대주교에게 죽음이 오다

대주교에게 죽음이 오다
Death Comes for the Archbishop

윌라 캐더 장편소설   윤명옥 옮김

DEATH COMES FOR THE ARCHBISHOP
by WILLA CATHER (1927)

일러두기

1. 이 책은 『Death Comes for the Archbishop』(Vintage Books, 1955)을 원전으로 삼았다.
2. 본문의 각주는 작가의 원주이다. 본문에서 서체가 달리 표기된 부분은 작가가 이탤릭체로 표기한 것으로, 이들은 스페인어나 프랑스어 인용문이다.

이 책은 실로 꿰매는 정통적인 사철 방식으로 만들어졌습니다.
사철 방식으로 만든 책은 오랫동안 보관해도 손상되지 않습니다.

이 책은 실로 꿰매어 제본하는 정통적인 사철 방식으로 만들어졌습니다.
사철 방식으로 제본된 책은 오랫동안 보관해도 손상되지 않습니다.

| 프롤로그 | 로마에서 | 7 |

제1부	로마 가톨릭 관할 교구	21
제2부	선교 여행	61
제3부	아코마에서의 미사	93
제4부	뱀을 숭배하는 인디언들	133
제5부	마티네즈 신부	157
제6부	도나 이사벨라	195
제7부	대교구	221
제8부	파이크스 피크 산봉우리 밑에 있는 금	263
제9부	대주교에게 죽음이 오다	293

| **역자 해설** | 소신 있는 삶, 인간 이해의 영역을 넓히다 | 337 |
| 윌라 캐더 연보 | | 343 |

프롤로그
로마에서

 1848년 어느 여름날 저녁, 세 명의 추기경과 선교사 자격으로 미국에서 온 주교가 함께 모여 로마 시내가 내다보이는 사비네 언덕 어느 저택의 정원에서 저녁식사를 하고 있었다. 그 저택은 뜰에서 바라보는 조망이 무척 아름다운 것으로 유명했다. 네 사람이 앉아 있는 식탁은 눈에 잘 띄지 않는 정원에 놓여 있었는데, 정원은 뜰의 남쪽 끝으로 20피트쯤 떨어진 곳에 있었다. 선반 모양의 평평한 바위 정원 밑으로는 포도밭을 이루고 있는 가파른 경사지가 쭉 뻗어 있었다. 그곳은 또한 층층으로 된 돌계단을 통해 위쪽의 산책로와 연결되어 있었다. 저녁 식탁은 그 평평한 바위 너머 또 다른 바위틈에서 가지를 활짝 펴고 웃자란 털가시나무 참나무들이 그늘을 만들어 주고 있는 정사각형의 모래밭 위에 차려져 있었다. 식탁의 양쪽으로는 오렌지 나무와 서양협죽도 화분들이 자리하고 있었다. 정원의 돌계단 난간은 곧장 허공에 닿았고, 그 낭떠러지 아래로는 부드럽게 물결치는 광경이 쭉 펼쳐지다가 로마 시내의 전경에 이르게 되는데, 그 지점에 이르기까지 눈을 사로잡을 만한 별다른 특별한 광경은 없었다.

주인인 스페인 추기경과 그의 손님들이 저녁식사를 하기 위해 이곳에 자리를 잡은 것은 식사를 하기에는 다소 이른 시간이었다. 아직도 해가 최고의 광채를 한 시간쯤은 더 보여 줄 수 있는 이 시간에, 아스라이 빛나는 시골 풍경들 너머 낮게 로마 시내가 하늘가로 간신히 그 옆모습을 드러내고 있었다. 로마 시내의 모습은 성 베드로 성당의 둥근 지붕을 제외하고는 모두 희미했다. 그것은 커다란 풍선 기구의 납작해진 꼭대기 부분처럼 파르스름한 잿빛으로, 그 지붕을 덮은 구리가 부드러운 금속 표면 위에서 번득이며 빛을 내고 있었다. 그 집의 주인인 추기경은 이처럼 해가 열렬하게 움직이고 있는 늦은 오후 시간에 저녁식사를 시작하는 괴상한 취향을 갖고 있었다. 태양 빛은 바삐 움직이다가 최고의 광채가 끝나 버리는 특별한 절정의 순간을 맞고 있었는데, 그 빛은 굉장히 많은 촛불들이 불빛 속에서 아주 매력적으로 붉은 기운을 낼 때와 같은 기운을 내뿜고 있어 강렬하면서도 부드러웠다. 햇살은 털가시나무 참나무들 속으로 스며들어 적갈색 나무줄기와 짙푸른 잎들을 연하게 비춰 주고 있었고, 오렌지나무들의 연초록빛을 따스하게 했으며, 서양협죽도의 장미가 금빛 꽃을 피우게 했다. 또한 다마스크 천으로 된 식탁보와 접시와 크리스털 유리잔 위에서 나선형의 문양들이 빙글빙글 돌며 떨게 만들었다. 성직자들은 햇빛을 가리기 위해 직사각형으로 된 신부복 모자를 쓰고 있었다. 세 명의 추기경들은 진홍빛으로 가장자리를 공글리고 진홍빛 단추를 단 검은색 성직자복을 입고 있었으며, 주교는 보라색 조끼 위에 기다란 검은색 코트를 입고 있었다.

그들은 만나서 상의하기로 되어 있던 업무에 대해 이야기하고 있었다. 사실 그들은 최근 미국에 합병된 북아메리카의 일부인 뉴멕시코에 가톨릭 교구를 새로 설립해 달라는, 볼티모어 지방 심의회에서 올라온 진정서에 대해 토의를 하기 위해 만난 것이었다. 이 새로운 영토는 그들 모두에게, 심지어 선교사 주교에게도 잘 알려지지 않은 곳이었다. 이탈리아인 추기경과 프랑스인 추기경은 그곳을 멕시코라고 했고, 주인인 스페인 추기경은 그곳을 〈뉴스페인〉이라고 언급했다. 이 새 교구에 대해 추진해야 할 일에 그들은 거의 관심과 열의가 없었기에, 선교사인 페랑 신부는 계속해서 이에 대해 언급하며 그들의 관심을 일깨우고 있었다. 조상이 프랑스 사람인 페랑 신부는 아일랜드에서 태어났는데, 신세계를 두루 돌아다니며 놀랄 만한 업적을 이룬 그는 가톨릭교회의 오디세우스라고 할 만한 인물이었다. 그들은 프랑스어로 말하고 있었다. 이때는 추기경들이 라틴어로 안건들을 마음대로 토의하던 시대가 이미 가버린 시점이었다.

각기 프랑스와 이탈리아 사람인 두 추기경은 생기 넘치는 중년 남자들로, 노르망디 출신 프랑스 추기경은 몸이 뚱뚱하고 얼굴의 혈색이 붉었고, 베네치아 출신 이탈리아 추기경은 홀쭉하고 피부가 누르스름한 데다가 매부리코였다. 그들을 초청한 집 주인 가르시아 마리아 데 알란데는 아직 젊은 사람이었다. 그는 피부색이 거무스레했지만 그의 선조들의 초상화들이 걸려 있는 방에 있는 수많은 그림들 가운데서 공통적으로 판별해 낼 수 있는, 전형적인 스페인 사람다운 기다란 얼굴을 갖고 있었다. 그 젊은 추기경의 모습 속에는 영국인 어머니의 모습도 많이 보였다. 커피색 눈동자의 그는 생기 있고 호감 가는 영국인의 입과 영국인의 개방적인 태도를 지니고 있었다.

교황 그레고리 14세의 재임 후반기 몇 해 동안 데 알란데는 바티칸에서 가장 영향력 있는 인물이었지만, 2년 전 교황 그레고리 14세가 죽은 후로는 은퇴하고 이곳 시골 영지로 와 있는 상태였다. 그는 새로 취임한 교황의 개혁안들에 대해 실용성이 없으며 위험하다는 확고한 생각을 지니고 있었기에, 교황청의 모든 정책에서 물러나 복음 선교회를 위해 활동하고 있었다. 그 단체는 그레고리 교황이 적극적으로 지원을 하던 것이었다. 그는 여가 시간에 테니스를 쳤다. 영국에서 소년 시절에 그는 이 운동을 굉장히 좋아했었다. 잔디 위에서 하는 테니스가 아직 유행하지 않았을 때여서 그가 하는 실내 테니스만 해도 경기가 만만치 않았다. 그 격렬한 운동을 즐기는 아마추어 선수들이 그와 테니스 기술을 대적하려고 스페인과 프랑스에서 오기도 했다.

선교사인 폐랑 주교는 그들 중 어느 누구보다도 훨씬 더 나이가 들었기 때문에, 맑고 열성적인 파란 눈을 제외하고는 늙고 거칠어 보였다. 그가 포교하고 있는 교구는 미국과 캐나다 국경 지대 오대호의 혹독하게 추운 지류들 속에 위치하고 있었는데, 혼자서 오랫동안 말을 타고 선교 활동을 하러 돌아다녔으므로 그는 세찬 바람에 몸이 거칠어져야 했다. 이 선교사는 어떤 목적을 갖고 이곳에 왔기 때문에 자신이 말하고자 하는 바를 집요하게 언급했다. 그는 다른 사람들보다 훨씬 빨리 식사를 하고는 그가 내세우는 명분을 호소하는 데 많은 시간을 할애했다. 나오는 음식 코스마다 그가 너무나 빨리 먹어 치웠기에, 프랑스인 추기경은 그가 나폴레옹의 저녁식사 친구로 이상적인 사람이 될 것 같다고 했다.

주교는 웃더니, 갈색 손을 내밀며 사죄의 뜻을 표했다.「제가 식탁 예절을 잊어버린 것 같군요. 그만 딴생각에 몰두하는 바람에요. 여기서는 미국이 신세계 신앙의 요람인 그 거대한 영토를 합병한 게 무슨 의미가 있는지 거의 이해할 수가 없습니다. 뉴멕시코에 새로 교구를 설립하면 이는 몇 년 뒤 주교 관할구로 승격될 겁니다. 그렇게 되면 여기서 관할하는 지역으로는 그곳이 러시아를 빼고는 중부 유럽과 서부 유럽보다도 더 큰 지역이 될 겁니다. 그 관할구의 주교는 중요한 일들을 시작하는 것을 감독하게 될 겁니다.」

「시작하는 것이라고요.」베네치아 출신의 추기경이 중얼거렸다.「그런 일이 아주 많이 있었지요. 하지만 거기 신대륙에서는 시작하는 일로 돈을 요구하는 골칫거리만 만들고 제대로 일을 성사시킨 게 하나도 없었습니다.」

선교사는 참을성 있게 그에게 시선을 돌렸다.「추기경님, 제 말씀을 좀 들어 보십시오. 이 지역은 1500년에 프란체스코파 가톨릭 신부들에 의해 선교되었던 적이 있습니다. 거의 3백 년 동안이나 내버려 두었지만 아직 가톨릭 신앙이 죽지 않고 살아 있어요. 그곳은 아직도 스스로를 가톨릭 국가라고 부르며, 가르쳐 주거나 인도해 주는 이도 없이 가톨릭 종교의 형태를 계속 유지하려고 애쓰고 있습니다. 옛날 선교 교회당들은 폐허가 된 상태입니다. 몇몇 사제들이 어떤 제대로 된 지도나 교육의 편달도 없이 가톨릭 종교 일을 계속해 가고 있는데, 그들은 종교적인 의식을 준수하는 데 태만하고, 그들 중 몇몇은 공개적으로 첩을 두고 살고 있습니다. 만일 이런 지저분한 마구간이 정화되지 않은 채로 이제 그 지역이 진보적인 정부의 통치 아래 놓이게 되면, 북아메리카에 있는 로마 가톨릭교회의 이익에 크게 손해를 끼칠 겁니다.」

「하지만 이 선교 교구들은 아직 멕시코의 관할 아래 있지 않습니까?」 프랑스인 추기경이 물었다.

「두랑고에 있는 주교의 관할 교구 아래에요?」 마리아 데 알란데 추기경이 덧붙여 말했다.

선교사는 한숨을 쉬었다. 「추기경님, 두랑고에 있는 주교는 늙은 사람입니다. 그가 있는 곳에서 산타페까지는 영국식 단위로 1천 5백 마일이나 됩니다. 마찻길도, 운하도, 배를 타고 다니는 강도 없습니다. 상업을 하는 사람들도 노새에 짐을 싣고 위험한 오솔길을 다니는 실정입니다. 거기 아래 사막은 아주 특이할 정도로 무시무시한 곳입니다. 사막에서 흔히 겪을 수 있는 갈증이나 인디언들에게 대학살당하는 일을 말하는 게 아닙니다. 그 지역은 가다 보면 갑자기 땅이 갈라지며 끊겨 어떤 때는 10피트 아래로, 또 어떤 때는 1천 피트 벼랑 밑의 수많은 협곡들과 개울들로 떨어지는 곳이 많습니다. 이 울퉁불퉁한 협곡들을 따라 여행자와 그들이 이끄는 노새들이 최선을 다해 기다시피 지나가지요. 협곡이나 개울을 건너지 않고서는 어느 방향으로도 멀리 갈 수가 없거든요. 설사 두랑고에 있는 주교가 편지를 보내 가톨릭 규율에 복종하지 않는 사제를 소환하려고 해도, 누가 그 신부를 데려올 수 있겠습니까? 그 신부가 소환 명령서를 받았다는 사실을 누가 증명할 수 있겠습니까? 우편물은 총 사냥꾼들이나 덫 사냥꾼들이나 금을 찾아다니는 사람들, 누구든지 간에 그 오솔길을 다니는 사람들을 통해 보내야 하는데요.」

노르망디 출신의 추기경이 술잔을 비우고 입술을 닦았다.

「그럼 주민들은요, 페랑 신부님? 그 지방 사람들이 주로 그런 여행자들이라면, 누가 그 지역에 있는 집에 거주하는 사람들입니까?」

「약 30여 개의 인디언 마을들이 있습니다, 추기경님. 그들은 각기 자신의 관습과 언어가 있고, 그들 중 많은 인디언 부족들이 서로에게 아주 사나우면서도 적대적입니다. 그 밖에 멕시코 사람들이 있는데, 이들은 천성적으로 신앙에 열성적인 사람들입니다. 배우지 못하고 누구에게 제대로 신앙의 지도를 받지도 못 했지만, 그들은 자신들의 조상이 믿었던 신앙에 매달리고 있습니다.」

「저는 두랑고에 있는 주교로부터 편지 한 통을 받았는데, 그는 새로 생기는 이 교구에 그의 교구 사제를 추천하고 있더군요.」 마리아 데 알란데가 말했다.

「추기경님, 만일 그곳 출신의 사제를 임명한다면 대단히 불행한 일이 일어날 겁니다. 그들은 그 지역에서 포교 일을 결코 잘 수행할 수가 없습니다. 게다가 그 교구 사제는 늙었습니다. 새로운 교구에 새로 임명되는 사제는 체력이 튼튼해야 하고, 열성으로 가득 차 있어야 하며, 무엇보다도 똑똑하고 젊은 사람이어야 합니다. 야만적이고 무지한 사람들을 다룰 수 있고, 방종한 사제들과 정책적으로 음모를 꾀하는 자들을 잘 다룰 수 있어야 합니다. 질서를 생명처럼 소중히 여기는 그런 사람이 필요하거든요.」

스페인 추기경이 손님으로 온 주교를 곁눈으로 응시하자, 그의 커피색 눈동자가 순간 노랗게 번뜩였다. 「열렬히 서론을 읊어 대는 걸 보니, 당신이 추천하는 후보가 있는 것 같군요. 혹시 그 사람이 프랑스인 사제인가요?」

「네 맞습니다, 추기경님. 선교 임무 수행에 프랑스인이 좋겠다는 데 저와 의견을 같이하게 되어 기쁩니다.」

「그렇습니다, 그들은 최고의 선교사들이지요. 우리 스페인 신부들은 순교자로서는 훌륭하지만, 프랑스인 예수파 신부들이 선교에 있어서는 보다 많은 일을 성취해 내지요. 그들은 훌륭하게 일을 추진하고 성취해 내는 사람들이지요.」

「독일인들보다도 더 잘하나요?」 오스트리아인들을 동정하는 베네치아 출신의 추기경이 물었다.

「아, 독일인들은 분류를 잘하지요. 하지만 프랑스인들은 무엇인가를 조직해서 추진하는 일을 잘하지요! 프랑스인 선교사들은 분배를 잘하고 이성적으로 조정을 잘하는 데 감각이 탁월하거든요. 그들은 늘 어떤 일들의 논리적인 관련성을 찾으려고 노력하거든요. 그것은 그들의 열정이지요.」 이렇게 말하고 주인 추기경은 다시 늙은 주교에게 고개를 돌렸다. 「하지만, 주교님, 이 버건디산 포도주를 그냥 내버려 두시렵니까? 제가 특별히 주교님의 캐나다 겨울 스무 배쯤의 추위를 따뜻하게 녹여 주려고 이 포도주를 저장실에서 꺼내 왔는데요. 틀림없이 휴런 호 근방에서는 이런 포도주가 나오지 못할걸요?」

선교사가 입에도 대지 않은 포도주 잔을 집어 들더니 미소를 지었다. 「추기경님, 이건 최고예요, 하지만 아무래도 제가 포도주에 대한 미각을 잃어버린 것 같군요. 캐나다에서는 약간의 위스키나 허드슨베이 회사에서 나오는 럼주가 우리에겐 더 좋거든요. 고백하건대, 파리에 도착해서 샴페인을 맛있게 마셨습니다. 40일간이나 배를 타고 온 후인 데다가 제가 배를 타고 하는 여행을 잘 못하는 편이라서요.」

「그렇다면 주교님께 샴페인을 좀 갖다 드려야겠군요.」 그는 집사장에게 샴페인을 가져오라는 신호를 보냈다. 「아주 차게 해서 드시는 걸 좋아하세요? 그런데 주교님이 추천하는 새 교구 선교 신부는 물소와 우글거리는 뱀들만 있는 그런 지역에서 무엇을 마시게 되나요? 무엇을 먹게 되나요?」

「말린 물소 고기와 멕시코 고추를 곁들인 콩 요리를 먹게 될 거예요. 그리고 물을 마실 기회를 얻게 된다면 물을 흔쾌히 마셔 두어야 할 거예요. 편안한 삶은 결코 생각할 수 없을 겁니다, 추기경님. 그 지역은 그의 젊음과 힘을 비처럼 모두 마셔 버릴 테니까요. 그는 희생이라 불리는 모든 것들을 감수해야 할 테고, 어쩌면 순교까지 해야 할지도 모릅니다. 불과 지난해만 하더라도 산페르난데스 데 내오스에 있는 푸에블로족 인디언이 미국인 지사와 열두어 명의 백인들을 살해해서 머리 가죽을 벗겼거든요. 그들이 자신들 신부의 머리 가죽을 벗기지 않은 이유는, 그 신부가 바로 이 반역의 주동자들 중 하나였고 그 스스로 그 대학살을 계획했었기 때문이지요. 뉴멕시코에서는 상황이 이렇게 돌아가고 있습니다!」

「주교님이 추천하는 후보는 현재 어디에 있습니까?」

「그는 제 관할구인 온타리오 호숫가에 있는 한 작은 교구의 사제입니다. 저는 9년간 그가 하는 일을 지켜봐 왔습니다. 그는 이제 겨우 서른다섯 살입니다. 신학교를 졸업하자마자 곧장 우리에게로 왔거든요.」

「그런데 그의 이름은 무엇이죠?」

「장 마리 라투르.」

마리아 데 알란데 추기경은 의자에 몸을 깊숙이 기대고서 기다란 손가락 끝을 한데 모아 맞대고 생각에 잠기는 듯했다.

「페랑 신부님, 물론 해외 선교 위원회가 볼티모어 심의회가 추천하는 이 사람을 그 새 교구에 임명하리라는 것은 거의 확실합니다.」

「아, 그렇지요, 추기경님. 하지만 추기경님께서 지방 심의회에 질의나 추천 같은 말 한마디만 더해 주시면……」

「좀 더 비중을 두게 될 거란 말이지요, 그럴 겁니다.」 추기경이 미소를 지으며 대답했다. 「그런데 이 라투르라는 사람은 똑똑하다고 그러셨지요? 그런 사람을 그런 혹독한 운명 속으로 끌어넣겠단 말씀이시군요! 하지만 뉴멕시코에서의 삶이 휴런 호 지역에서 사는 삶보다 더 나쁘다고 할 수 있을 것 같지는 않군요. 아메리카 대륙에 대한 저의 지식은 주로 페니모어 쿠퍼가 쓴 소설에서 얻은 건데, 저는 그 책을 영어로 아주 재미있게 읽었답니다. 하지만 주교님이 추천하시는 그 사제는 다방면으로 똑똑한 사람인가요? 예를 들면 예술 쪽으로도 똑똑한가 해서요.」

「그런데 그가 그런 재능을 가졌다고 해봤자 무슨 필요가 있을까요, 추기경님? 게다가 그는 오베르뉴 출신인데요.」

세 명의 추기경들이 웃음을 터뜨리더니 포도주 잔을 다시 채웠다. 그들은 모두 선교사가 한결같이 고집을 부리는 데에 지겨워하고 있었다.

「들어 보세요.」 주인 추기경이 말했다. 「주교님께서 제가 드린 샴페인을 마시는 영광을 베풀어 주시는 동안 제가 이야기 하나 해드릴 테니까요. 주교님께서 마지막으로 그렇게 대답한 이 질문을 제가 한 이유가 따로 있답니다. 발렌시아의 제 가문에는 유명한 스페인 화가들이 그린 수많은 그림들이 있답니다. 그 그림들은 주로 제 증조부께서 수집하신 것들인데, 제 증조부는 그분이 사시던 당대에는 이런 그림들에 대한 안목이 높으신 분이셨고 부자셨지요. 제 생각으로, 그분이 수집했던 엘 그레코의 그림은 스페인에서는 아주 최고입니다. 제 증조부께서 늙었을 때 뉴스페인 지방에서 이런 선교 일을 하는 사제 한 분이 구걸을 하러 찾아오셨어요. 미국 대륙에서 일하는 모든 선교사들은 지금이나 그때나 상습적으로 거지들인 셈이었지요, 페랑 주교님. 이 프란체스코파 선교사는 신앙심이 독실한 인디언들이 개종을 한 이야기와 힘겨운 선교 생활의 이야기들을 함으로써 모금을 하는 데 상당한 성공을 거두었지요. 그가 제 증조부 댁을 방문했는데, 제 가족의 신부님이 부재중이어서 직접 기도회를 주재하게 되었지요. 그는 노인네를 감언이설로 꾀어 제복과 리넨 천과 성배 잔들을 비롯해서 상당한 액수의 돈을 뜯어냈어요. 그는 말만 하면 어떤 것이든 가져갈 수가 있는 판이었는데, 그가 제 증조부께 인디언들이 있는 곳의 자기 선교 교회당 장식물로 걸게 유명한 수집품들 중에서 그림 한 점을 달라고 애원했어요. 제 증조부는 그 사제가 설마 뛰어난 그림을 보는 안목이 있을까 싶어 최고 수집품을 탐낼 리가 없다고 믿었지요. 그래서 그림들을 모아 두는 화랑에 데리고 가서 한 점 골라 보라고 했어요. 하지만 그는 증조부의 예상과는 전혀 달랐어요. 털이 많은 그 프란체스코파 사제는 수집품들 가운데서 최고품 중 하나에 갑자기 달려들었어요. 그 그림은 엘 그레코가 앨버커키 가문의 가장 잘생긴 공작을 모델로 해서 명상 중인 젊은 성 프란체스코 성자를 그린 것이었거든요. 제 증조부가 그 그림은 주지 못하겠다고 항변을 하면서 예수님이 십자가에 못 박힌 그림이라든가, 순교자의 그림이라든가, 붉은 피부색을 가진 홍인종 인디언들에게 더 강력하게 호소

할 수 있는 다른 그림을 골라 보라고 설득했어요. 거의 여성처럼 아름다운 성 프란체스코 성자의 그림이 사람의 머리 가죽이나 벗기는 사람들에게 무슨 의미가 있겠느냐고요? 그런데 모두 허사였답니다. 그 선교사는 주인에게 몸을 돌리더니, 이후 우리 가족 대대로 내려오고 있는 이 말 한마디로 응수했지요. 〈이것이 좋은 그림이니까 이 그림을 제게 주시지 않으려는 거군요. 그것은 하느님이 가지시기에는 너무나 훌륭한 것이지요. 하지만 그것은 당신이 가지시기에는 너무나 훌륭한 것이 아닙니다.〉 그래서 마침내 그는 그 그림을 가져갔습니다. 제 증조부의 그림 목록에 있는 성 프란체스코라는 제목과 번호 밑에는 이렇게 쓰여 있답니다. 테오도치오 신부에게 기증, 하느님의 영광을 위해, 뉴스페인의 야만인들 푸에블로 데 치아에 있는 그의 선교 교회당을 장식하기 위해. 페랑 신부님, 제가 두랑고에 있는 주교와 개인적으로 편지를 주고받게 된 것은 바로 이 잃어버린 보물 때문이었답니다. 한번은 제가 그에게 이 사연에 대해 낱낱이 써 보냈었어요. 그에게서 답장이 왔는데, 치아에 있는 선교 교회당은 오래전에 폐허가 되어 버렸고, 그 안에 있던 가구들도 뿔뿔이 흩어져 버렸다는군요. 물론 그 그림도 그때 횡행했던 약탈이나 대학살 속에서 파괴되었을지 모른다고 하더군요. 한편으로는 그 그림은 어쩌면 아직도 어떤 무너져 가는 성물 보관소나 연기 나는 인디언 오두막집에 숨겨져 있을지도 모른다고 했어요. 만일 주교님이 추천하는 프랑스인 사제가 예술에 대해 식별하는 눈이 있다면, 이제 이 교구로 가게 될 경우 그가 엘 그레코의 그림을 염두에 두고 살펴보았으면 합니다.」

주교가 고개를 내저었다. 「글쎄, 그건 제가 장담할 수 없군요. 저도 모르는 일이니까요. 아주 세련된 취향을 갖고 있는 것 같습니다만, 그는 아주 내성적이거든요. 그리고 거기 아래 뉴멕시코 지방에서는 인디언들이 오두막집에 살지 않습니다, 추기경님.」 그가 온화한 태도로 말했다.

「상관없습니다, 신부님. 저는 홍인종 인디언들을 페니모어 쿠퍼를 통해서 알고 있는 게 전부이긴 하지만, 그들을 아주 좋아합니다. 자 이제 우리 저쪽 뜰로 나가서 커피를 마시며 저녁이 다가오는 걸 지켜보도록 합시다.」

주인 추기경은 자신의 손님들을 좁다란 돌층계 길로 인도했다. 자갈이 깔린 기다란 길과 그 난간이 땅거미 지는 대기 속에서 호수처럼 파르스름해 보였다. 태양과 그림자들은 모두 이미 사라진 뒤였다. 겹겹이 붉은 색조였던 시골 지방이 이제는 보랏빛으로 변해 있었다. 성당의 둥근 지붕 뒤로부터 하늘 위로 장밋빛과 금빛이 용솟음쳐 오르고 있었다.

성직자들은 산책로를 걸어 오르내리는 동안 별이 나오는 모습을 지켜보며 다양한 일들에 관해 이야기를 나누었지만, 사람들이 정치 이야기를 하기에는 위험한 때라는 것을 알고 있는 만큼 그런 이야기는 피했다. 그들은 교황의 위치에 어떤 변화가 생길지 추측하기 곤란한 롬바드 전쟁 같은 이야기는 한마디도 하지 않았다. 그 대신 베네치아에서 공연한 젊은 베르디의 새 오페라라든가, 최근에 종교로 귀의했는데 안달루시아에서 기적을 행한다고 소문난 어느 스페인 무용수 아가씨에 대한 이야기를 했다. 이 대화에서 선교사는 아무 말도 하지 못했을 뿐 아니라, 관심을 갖고 이야기에 합류할 수도 없었다. 그는 자신이 너무 오래도록 선교의 최전선에 있어 왔기 때문에 보통 성직자들이 하는 이런 대화에 대한 취향을 아주 잃어버렸는지 의문스러울 지경이었다. 하지만 밤이 되어 그들이 헤어질 때 마리아 데 알란데 추기경이 그의 귀에 대고 영어로 이렇게 한마디 했다.

「페랑 신부님, 멍하니 계시네요. 신부님이 추천한 새 주교가 임명되는 일을 벌써부터 망치려는 겁니까? 그러기에는 너무 늦었어요. 장 마리 라투르였지요……. 제 기억이 맞지요?」

제1부
로마 가톨릭 관할 교구

1
십자가 모양의 나무

 1851년 가을 오후, 혼자서 말을 타고 가는 사람이 짐을 실은 노새 한 마리 앞에 서서 뉴멕시코 중심부 어딘가의 건조한 불모 지역을 헤쳐 나가고 있었다. 그는 길을 잃었기 때문에, 나침반과 길에 대한 자신의 방향 감각만으로 오솔길로 돌아가려고 애쓰고 있었다. 그가 보기에 이 지역은 구분이 되는 아무런 특징이 없다는 것이 가장 큰 문제였다. 아니, 오히려 너무 많은 특징들이 넘쳐 난다고 할 수 있었는데, 문제는 그 특징들이 모두 똑같다는 것이었다. 아무리 사방으로 멀리 내다보아도 경치는 단조롭게 솟아 있는 붉은 모래 둔덕에 이를 뿐이었다. 건초 더미보다 훨씬 더 크다고 할 수는 없지만 그와 같은 모양의 모래 둔덕만이 아주 많을 뿐이었다. 어느 누가 수십 마일을 쭉 둘러보더라도 똑같은 형태의 붉은 언덕들만 무수하다는 것은 도저히 믿을 수가 없는 일이었다. 이른 아침부터 그 언덕들 사이를 말을 타고 지나왔는데도, 그 지역의 모습은 마치 자신이 꼼짝 않고 서 있었던 것처럼 변하지 않은 채 똑같았다. 그는 이런 원추형의 붉은 둔덕들 사이로 구불구불한 좁은 틈을 지나 30마일이나 여행해 왔는데, 앞으로도 이런 모습 말고는 결코 아무것도 보지 못할 것 같다는 생각이 들기 시작했다. 마치 지형상의 악몽 속을 헤매고 다니고 있는 것처럼 그것들은 서로 모습이 아주 똑같았다. 그것들은 건초 더미들이라기보다는 멕시코인들이 쓰는 솥단지 형태에 더 가까운 모양으로 납작한 원추형이었다. 그렇다, 정확히 멕시코 솥단지 모양에, 어도비 흙벽돌을 만드는 흙처럼 붉었는데 그곳에는 조그만 노간주나무들 말고 다른 풀은 하나도 없었다. 그런데 노간주나무도 멕시코 솥단지 모양이었다. 모든 원추형의 둔덕에는 더 작은 원추형의 노간주나무들이 듬성듬성 있었는데, 둔덕들이 모두 똑같이 붉은 빛이듯 노간주나무는 모두 똑같이 노르스름한 초록빛이었다. 이 둔덕들은 땅에서 아주 두텁게 쑥 올라와 있었는데, 마치 서로 더 높이 솟아오르려는 듯 팔로 서로의 옆을 밀쳐 내고 있는 것 같았다.

그 뭉뚝한 피라미드 형상들이 그의 망막에 수백 번이나 똑같은 형태를 반복해 가며 나타나 열기 속에서 그를 압도하자 사물들의 모양에 민감한 이 여행자는 혼란스러워졌다.

「맙소사, 내가 환상을 보는 건가!」 그는 사방에 공격적으로 서 있는 이 삼각형 물체들로부터 잠시 눈을 쉬고자 눈을 감으며 중얼거렸다.

다시 눈을 떴을 때, 그는 즉시 다른 것들과는 모양이 다른 한 노간주나무를 주시했다. 그것은 두텁게 자라고 있는 원추형이 아니라 나뭇잎 없이 헐벗고 줄기 부분이 비틀린, 10피트 높이쯤 되는 것이었다. 그 끝은 두 개의 가지들이 옆면으로 갈라진 채 평평하게 놓여 있었는데, 갈라진 곳의 바로 위 중심은 초록빛이 선명한 조그만 반달 모양의 형태로 되어 있었다. 살아 있는 식물로서 이렇게 십자가의 형상을 더 충실하게 보여 줄 수 있는 것이 없다고 할 수 있는 모습이었다.

여행자는 말에서 내려 호주머니에서 너무나 닳고 닳은 책을 꺼내더니 머리에 아무것도 쓰지 못한 채 십자가 형태의 나무 발치에 무릎을 꿇었다.

그는 수사슴 가죽으로 만든 말 탈 때 입는 코트 밑에 검은색 조끼를 입고 있었고, 성직자의 칼라를 달고 있었으며, 성직자가 목에 두르는 것을 하고 있었다. 젊은 사제는 아주 열성적으로 기도를 했다. 얼핏 보기에도 그는 천 명에 하나 나올까 말까 하는 헌신적인 사제라는 것을 알 수 있었다. 수그린 그의 머리는 평범한 사람의 것이 아니었다. 그 앉은 자세는 아주 지성적인 모습이었다. 이마는 훤하고 너그럽고 빛이 났으며, 이목구비는 잘생겼으면서도 왠지 엄격해 보였다. 수사슴 가죽으로 만든 재킷의 주름 잡힌 소매 단 아래 보이는 손은 유독 우아했다. 모든 것이 그가 온화한 태생으로 용감하고 예민하고 예의 바른 사람이라는 점을 보여 주고 있었다. 그의 태도는, 심지어 그가 사막에 홀로 있을 때조차도 눈에 띄었다. 그는 그 자신을 향해서도, 그의 말들과 노새들을 향해서도, 자신이 그 앞에 무릎을 꿇고 앉은 노간주나무를 향해서도, 그리고 그가 기도하고 있는 하느님을 향해서도 아주 예의 바른 그런 사람이었다.

그의 기도는 약 30분간 계속되었다. 그리고 다시 일어났을 때 그는 한결 상쾌해 보였다. 그는 머뭇거리는 스페인어로 자신이 타고 온 암말한테 말을 걸기 시작했다. 지금 말이 지쳐 있는 상태에서 오솔길을 찾으리라는 희망에 차 계속 앞으로 나아가 보는 게 좋을지, 말이 이 의견에 동의하는지를 물은 것이었다. 물통에는 남아 있는 물이 없었다. 말과 노새는 어제 아침 이래로 아무것도 먹지 못했다. 그들은 어젯밤 이 언덕들로 에워싸인 곳에서 물 한 모금 마시지 못한 채 노숙을 했다. 동물들은 인내심이 거의 바닥이 나 있는 상태였지만, 물을 얻을 때까지 쉬려고 하지 않았다. 그들은 물을 찾기 위해 마지막 힘을 쏟는 일만이 최선이라고 여기는 것 같았다.

그는 예전에 텍사스를 횡단하는 상인들과 기나긴 여행을 하면서 목마름을 경험한 적이 있었다. 그때는 그와 함께 여행했던 일행들이 여러 날에 걸쳐 부족한 물을 아주 조금씩 나누어 준 적이 여러 번 있었다. 그래서 지금처럼 이렇게 고통스럽지는 않았다. 아침부터 그는 몸에 탈이 난 것 같았다. 입에서 열이 나는 것 같았고, 심하게 현기증이 났다. 이 원추형의 둔덕들이 그에게 점점 더 가까이 다가오면서 그를 짓누르자, 그는 프랑스 오베르뉴 산지에서 시작한 자신의 기나긴 여행이 여기서 끝나 버리는 것은 아닐까 걱정되기 시작했다. 그는 구세주 예수께서 십자가에 못 박혔을 때, 〈내가 목이 마르도다!〉 하고 외쳤던 그 울부짖음을 새삼 상기했다. 구세주 예수께서 우리 주님이 주시는 모든 육체적인 고통을 겪을 때 단 한 마디, 〈내가 목이 마르도다〉가 그분의 입에 떠올랐던 것이다. 오랜 동안 많은 훈련을 통해 단련된 이 젊은 사제는 그 자신의 의식을 모두 없애 버리고 주님께서 주시는 고통에 대해 명상을 하기 시작했다. 예수님의 열정이 그에게는 유일한 현실이 되었다. 그 자신의 육신의 욕구는 단지 그런 개념의 일부가 되었다.

그가 타고 가는 암말이 비틀거리는 바람에 명상하던 분위기는 깨졌다. 그는 그 자신보다 그의 짐승들한테 더 미안했다. 일행 중 똑똑하다고 생각되는 그 자신이 불쌍한 동물들을 끝없이 펼쳐지는 솥단지 같은 사막 속으로 끌어들였던 것이다. 그는 자신이 명상하느라 정신을 딴 데 두는 바람에 길을 제대로 보지 못하고 이런 곤란에 빠지게 된 것이 아닌가 하고 걱정했다. 그의 문제는 어떻게 주교의 관할 교구로 복귀할 것인가 하는 점이었다. 그는 밀려난 셈이었다. 그의 교구 사람들이 그를 받아들이지도 않은 셈이었다.

이 여행자는 장 마리 라투르였다. 그는 일 년 전 신시내티에 있는 아가토니카의 주교로 일하던 자리에서 뉴멕시코의 로마 가톨릭 관할 교구로 임명되어, 그 이래로 자신의 교구에 도착하기 위해 애써 오고 있었다. 신시내티에 있는 어느 누구도 뉴멕시코로 가는 방법을 알려 줄 수 있는 사람이 없었다. 그 누구도 거기에 가본 사람이 없었다. 젊은 라투르 신부가 미국에 도착했을 때, 뉴욕에서 신시내티까지는 철도가 건설되어 있었지만 철도는 거기까지가 끝이었다. 뉴멕시코는 어두운 대륙의 한복판에 있었다. 오하이오 상인들은 단지 두 개의 길만 알고 있었다. 하나는 세인트루이스에서 산타페로 가는 길이었지만, 그 당시에 이 길은 가다가 콤만체 인디언 부족의 습격을 받을 수도 있기 때문에 아주 위험했다. 친구들이 라투르 신부에게 뉴올리언스까지 강을 따라 내려가다가 거기서 배로 갤버스턴까지 가서 텍사스를 횡단하여 샌안토니오까지 가고, 거기서 다시 리오그란데 계곡을 굽이굽이 따라 올라가 뉴멕시코로 가라고 했다. 그래서 그는 이 길을 따라 여행을 했는데, 도중에 만난 재난들은 이루 말할 수 없을 정도였다!

그가 탔던 배가 갤버스턴 항구에서 난파되어 가라앉는 바람에 그는 책 말고는 이 세상에서 가진 모든 소지품을 잃어버렸는데, 책만 간신히 구하는 데도 목숨을 걸어야 했다. 그가 텍사스를 횡단할 적에는 상인들과 함께 여행했는데, 샌안토니오에 다다를 무렵 마차가 뒤집히는 바람에 뛰어내리다가 다쳐 3개월간 가난한 아일랜드계 가족이 사는 비좁은 집에서 지내며 다친 다리가 다시 튼튼해지기를 기다려야 했다.

미시시피에 도착한 지 거의 일 년이 되어서야 이 젊은 주교는 여름철 오후 석양이 지는 시간에 마침내 자신이 그렇게 오래도록 여행을 해왔던 방향에서 오래된 마을을 볼 수 있었다. 역마차는 하루 종일 명아줏과 관목 숲 평원을 달리더니, 오후 늦게서야 마부들이 저 너머로 마을이 보인다고 소리치기 시작했다. 평원 건너편으로 라투르 신부는 마치 땅벌레들처럼 꼭대기에는 나무가 하나도 없이 헐벗은 채 주름진 산허리만 푸르고 파도처럼 구불구불한 산, 평평한 바다로부터 심한 폭풍에 의해 위로 높이 솟아오른 물결을 닮은 그런 산들을 볼 수 있었는데, 그곳의 푸른 초목은 포플러 나무와 상록수로 이루어져 있었다. 그들은 확연히 구분되는 두 가지 색깔로 서로 섞이지 않은 채 빛과 어둠의 각기 다른 영역들을 차지하고 있었는데, 밑에 자리 잡고 있는 낮은 갈색의 형체들을 알아볼 수가 있었다.

마차가 앞으로 나아가고 해가 더 아래로 가라앉자, 산 밑에 놓인 언덕들은 빨간 홍옥수 빛깔로 보였다. 언덕들이 두 팔로 평원의 움푹 들어간 대지를 감싸 안고 있었는데, 그 움푹 들어간 지형이 바로 산타페였던 것이다! 어도비 흙벽돌로 지은 집들이 듬성듬성 너울거리고 있는 도시였다······. 흙으로 쌓아 올린 두 개의 탑이 평평한 곳에서 위로 높이 솟아 있는 성당의 한쪽 끝으로 푸른 광장이 있었다. 기다란 큰 거리는 성당에서 시작되고 있었고, 시내는 마치 샘물이 흐르듯이 그 성당을 기점으로 해서 성당으로부터 흘러가는 것처럼 보였다. 성당의 탑들과 모두 한결같이 낮은 어도비 흙벽돌집들이 석양 속에서 장밋빛을 띠고 있었는데, 그 뒤로 원형극장처럼 둘러쳐져 있는 붉은 언덕들보다는 그 색조가 다소 어두웠다. 그리고 포플러 나무의 깃털들이 바람 속에서 규칙적으로 휩쓸려 갔다 다시 돌아왔다 하면서 우아한 강세를 가진 말처럼 번쩍였다.

그런 때에 감동을 느끼는 것은 젊은 주교 혼자만이 아니었다. 그 옆에는 그와 긴 여정을 함께하며 위험을 함께해 온 그의 어린 시절 친구인 요셉 바일랑 신부가 말 위에 있었다. 그 둘은 하느님께 영광을 돌리며 함께 산타페로 들어갔다.

그런데 어찌하여 라투르 신부가 지금 그가 앉아 있는 자리, 산타페에서 수 마일이나 떨어진 여기 모래 언덕까지 와서 어떻게 돌아가는지 알지도 못한 채 길을 잃게 되었는가?

그가 산타페에 도착했을 때 어떤 일이 일어났다. 거기 있는 멕시코인 사제들이 새로 임명되어 온 그를 승인하기를 거부했다. 그들은 로마 가톨릭 관할 교구나 아가토니카에 있는 주교에 대해 아는 바가 없다고 했다. 자신들은 두랑고에 있는 주교의 관할 아래 있으며, 그에게 위촉되는 어떤 공문도 받지 못했다고 했다. 만일 라투르 신부가 그들의 주교가 되었다면 신임장은 어디에 있느냐고 했다. 로마 교황청에서 양피지에 쓴 임명장과 편지들을 두랑고에 있는 주교에게 보낸 것을 라투르 신부는 알고 있었지만, 이것들은 분명히 너무

멀어서 아직 도착하지 않은 듯했다. 세상의 이런 지역에서는 우편배달이라는 것이 없었다. 두랑고에 있는 신부와 연락을 할 수 있는 가장 빠르고 확실한 방법은 직접 그를 찾아 가는 것이었다. 그래서 산타페에 도착하기 위해 거의 일 년을 여행한 라투르 신부는 몇 주 후 그곳을 떠나 홀로 말을 타고 올드멕시코로 되돌아 가는, 꼬박 3천 마일이 되는 여행을 다시 하게 된 것이었다.

그는 리오그란데 계곡의 길에서는 제 길을 벗어나도록 하는 길들이 많이 있어서 그 지역을 알지 못하는 낯선 사람이 쉽게 길을 잘못 알려 줄 수도 있다는 경고를 받았다. 처음 며칠간 그는 조심하면서 신경을 써서 경계를 했다. 그러다가 점차 무신경해져 그는 완전히 시골로 빠지는 길로 들어가고 말았다. 그가 길을 잃었다는 사실을 깨달았을 때는 이미 물통은 텅 비어 있었고 말과 노새는 너무나 기진맥진하여 온 길로 발걸음을 되돌릴 수도 없는 상황이었다. 그는 점점 더 희미해져 가는 이 모랫길에서 어딘가가 나오겠지, 하고 생각하며 꾹 참고 길을 갔다.

갑자기 라투르 신부는 그가 탄 암말의 몸에 변화가 있는 것을 느꼈다. 말은 오랜만에 처음으로 머리를 들어 올리더니 다리가 가벼워지는 듯싶었다. 짐을 실은 노새도 비슷한 태도를 보였는데, 두 짐승은 걸음을 빨리하고 있었다. 그들이 물 냄새를 맡았나?

거의 한 시간이 지날 무렵이었다. 백 개가 모두 똑같아 보이는 두 개의 둔덕 사이로 구비 돌아 지났을 때, 두 짐승이 동시에 히힝 소리를 냈다. 그들 밑으로, 물결치는 모래의 대양 한가운데로 한 줄기 푸른 초목이 나열되면서 흐르는 시냇물이 있었다. 사막의 리본 같은 이것은 인간이 이쪽에서 저쪽으로 돌을 던질 수 있을 정도의 크기보다 더 넓어 보이지는 않았다. 그리고 이것은 라투르 신부가 이전에 본 어떤 것보다도, 구세계 유럽의 가장 푸른 어느 구석지에서 본 것보다도 더 푸르렀다. 암말의 목과 어깨의 피부가 떨리는 모습을 보지 않았더라면 그는 이것이 환영일지 모른다고, 갈증 때문에 생기는 망상일지 모른다고 생각했을 것이다.

흐르는 물, 클로버 들판, 미루나무, 아카시아, 눈부신 정원이 있는 조그만 어도비 흙벽돌집들, 하얀 염소 떼를 물가로 몰고 가는 소년, 이것이 바로 젊은 주교가 본 것이었다.

잠시 후, 짐승들이 탈이 날까 봐 물을 너무 많이 마시지 못하게 하느라 그가 짐승들과 씨름을 할 때, 머리에 검은 숄을 두른 어린 소녀가 그 쪽으로 달려왔다. 그는 자신이 그녀의 얼굴보다 더 친절한 모습을 한 얼굴을 본 적이 없다고 생각했다. 그녀의 인사는 예수님의 인사 같았다.

「순결하신 아베 마리아, 선생님. 어디에 오신 건가요?」

「얘야, 축복이 있기를.」 그가 스페인어로 대답했다. 「나는 길을 잃은 사제란다. 나는 목이 말라 죽을 뻔했단다.」

「사제라고요?」 그녀가 외쳤다 「그럴 리가요! 하지만 모습을 보니 맞는군요. 전에는 결코 신부님이 이곳에 오는 일이 있은 적은 없지만. 저희 아버지의 기도가 응답을 받았나 봐요. 페드로, 얼른 달려가서 아버지와 살바토르에게 신부님이 오셨다고 말씀 드려.」

2
숨은 물

 한 시간 후, 모래 언덕 너머로 어둠이 깔리자 젊은 주교는 이 멕시코인 마을에 가장 먼저 와서 이곳에 자리를 잡은 사람의 집에서 저녁상을 받고 앉아 있었다. 거기서 그는 이 마을이 〈숨은 물〉이라고 불린다는 사실을 알게 되었다. 그와 함께 식탁에는 집 주인인 베니토라고 불리는 노인과 그의 맏아들과 두 명의 손자들이 둘러앉아 있었다. 노인은 홀아비여서 그의 딸인 요세파가 집안일을 도맡아 하고 있었다. 요세파는 시냇가에서 주교를 만나려고 달려왔던 바로 그 소녀였다. 그들의 저녁식사는 고기를 넣고 요리한 으깬 콩, 빵과 염소젖, 신선한 치즈와 잘 익은 사과였다.
 두텁게 회칠을 한 어도비 흙벽으로 된 이 방으로 들어오는 순간부터 라투르 신부는 일종의 평화로운 기분을 느꼈다. 가구가 거의 하나도 없이 단순 소박한 이곳은, 그들 앞에 음식을 내놓고 이제는 벽에 기댄 채 그늘 속에 서 있는 진지한 소녀와 그의 얼굴을 응시하는 열성적인 그녀의 눈에서 풍기는 분위기와 똑같은 것이었다. 왠지 수수하면서도 편안한 느낌이 들었다. 그는 촛불이 켜진 곳에서 머리 색이 검은 네 명의 남자들과 함께 있는 동안 편안함을 느꼈다. 그들의 태도는 온화했고, 목소리는 낮고 유쾌했으며 순응적이었다. 그가 고기를 앞에 놓고 기도를 올리자, 남자들은 식탁 옆에서 무릎을 꿇고 기도했다. 할아버지는 성모 마리아께서 주교로 하여금 가던 길에서 벗어나게 하여 아이들에게 영세를 해주고 혼배 성사를 해주도록 이 마을로 그를 데려왔음에 틀림없다고 단언했다. 이 마을은 세상에 거의 알려져 있지 않다고 했다. 그들은 땅 문서도 없기 때문에 미국인들이 그들의 땅을 빼앗아 갈까 봐 두렵다고 했다. 이 마을에는 글을 읽거나 쓸 줄 아는 사람이 아무도 없었다. 그의 맏아들 살바토르는 앨버커키까지 가서 아내를 구하고 거기서 결혼식을 올렸다고 했다. 하지만 그곳의 사제가 그에게 20페소를 요구했는데, 그 돈은 그가 가구를 사고 집의 창에 유리를 끼우려고 저축한 돈의 반이나 된다고 했다. 그의 형제들과 사촌들은 이런 경험담을 듣고 낙담하여 혼배 성사 없이 아내들을 데려왔다고 했다.

주교의 질문에 답하여 그들은 소박하게 사는 이야기들을 했다. 그들은 자기들이 필요한 모든 것을 여기서 자급자족할 수 있어 모두 행복하다고 했다. 그들은 양 떼들의 털을 깎아 실을 잣고, 옥수수와 밀과 담배를 재배하고, 겨울에 먹기 위해 자두와 살구를 말려 둔다고 했다. 일 년에 한 번 사내애들이 곡식을 앨버커키로 가지고 가서 빻아 오고, 설탕과 커피 같은 사치품들을 사오기도 한다고 했다. 그들은 벌을 양봉해서, 설탕 값이 비쌀 때는 설탕 대신 꿀을 쓴다고 했다. 베니토는 그의 할아버지가 몇 년도에 이곳으로 이주해 왔는지 모르지만, 치와와에서 황소가 끄는 마차에 전 재산을 싣고 왔다고 했다. 「하지만 그것은 프랑스인들이 그들의 왕을 죽인 바로 직후였어요. 할아버지가 집을 떠나기 전에 그 말을 들었다고 했고, 늙었을 때는 그 일에 대해 우리 남자들한테 말씀해 주시곤 하셨으니까요.」

「제가 프랑스 사람이라는 건 짐작하셨겠지요.」 라투르 신부가 말했다.

그런데 그렇지가 않았다. 그들이 거기까지는 생각하지 못했지만, 그가 미국 사람이 아니라는 것만은 확실히 느끼고 있었다. 맏손자인 호세는 의아한 듯 방문객을 쳐다보고 있었다. 그 잘생긴 소년은 다소 샐쭉한 눈 위로 삼각형 모양의 검은 머리카락이 내려와 있었다.

「앨버커키에서 사람들이 그러는데, 이제는 우리도 모두 미국인이라고 하더군요. 하지만 그건 사실이 아니죠, 신부님? 저는 결코 미국인이 될 수 없어요. 그들은 이단자들이니까요.」

「모두 그런 건 아니란다, 애야. 난 북쪽의 미국인들 사이에서 10년간 살았는데, 아주 독실한 가톨릭교도들도 많이 만났거든.」

젊은이가 머리를 내저었다. 「그들이 우리와 싸울 때 우리 성당들을 파괴하고 성당을 마구간으로 사용하기까지 했는걸요. 이제 그들은 우리에게서 종교까지 빼앗아 갈 거예요. 우리는 우리의 방식과 우리의 종교를 원하거든요.」

라투르 신부가 그들에게 오하이오에 있을 때 만난 신교도들과의 친분에 대해 말하기 시작했지만, 그들은 마음속에 두 가지 생각을 받아들일 여지가 없었다. 성당과 그리고 세상의 나머지는 이단자라는 생각. 그들은 한 가지만 이해할 수 있었다. 라투르 신부가 말에 매달고 다니는 안장주머니에 그의 성직 제복과 제단과 미사를 집전하는 장비 일체를 가지고 있으니, 내일 아침 미사를 드리고 난 후에 고해성사를 듣고 영세를 해주고 혼배 성사를 해주겠다고 했다.

저녁식사가 끝난 뒤 라투르 신부는 촛불을 들고 화덕 위의 선반에 놓인 성자들의 조각상들을 자세히 살펴보기 시작했다. 성자들의 나무 조각 형상들은 심지어 가장 가난한 멕시코 가정에서도 찾아볼 수 있는데 이 점은 늘 그에게 흥미로웠다. 그는 똑같이 생긴 두 개의 성자 상도 아직 본 일이 결코 없었다. 베니토네 화덕 위에 있는 성상들은 거의 60년 전에 황소가 끄는 마차에 실려 이곳으로 온 것들이었다. 그들은 신앙심이 아주 독실한 사람이 조각을 하고 밝게 색칠을 한 것이지만, 색상은 시간이 흐르면서 옅어져 있었다. 그 조각상들은 인형처럼 천으로 된 옷을 입고 있었다. 손으로 깎아 만든 이런 성물들은 라투르 신부가 오하이오에 있을 때 그가 담당했던 성당의 공장에서 만든 주물 형상들보다, 취향 면에 있어서는 프랑스 오베르뉴에 있는 옛날 교구의 성당 앞에 있던 수수한 돌 조각상처럼, 훨씬 더 수준 높은 것들이었다. 나무 조각 성모 마리아 상은 실로 슬퍼할 만한 성모상이었다. 그것은 기다랗고 뻣뻣하고 엄격했는데, 목에서 허리까지 아주 길었고 허리에서 발까지는 그보다 더 길어서 마치 동방의 그리스 정교의 엄격한 모자이크 상 같아 보였다. 그 성모상은 검은색 드레스를 입고 하얀 앞치마를 두르고 머리에 검은 수건을 쓰고 있는 모습이 꼭 가난한 멕시코 여인네 같았다. 성모상 오른쪽으로는 성 요셉 상이 있었고 성모상 왼쪽으로는 사납게 생긴 조그만 기마상이 있었는데, 말을 타고 있는 성자는 자수가 많이 수놓아져 있으며 발목 부근이 널따란 멕시코 벨벳 바지와 벨벳 재킷과 비단 셔츠를 입고서 운두가 높은 널따란 테두리의 멕시코 솜브레 모자를 쓰고 있었다. 그 성자 상은 안장을 뚫어 그 구멍에 나무로 된 못을 끼운 형태로 살찐 말에 부착되어 있었다.

나이가 더 어린 손자가 라투르 신부가 이 성자 상을 흥미롭게 바라보는 것을 보았다.「그건……」그가 말했다.「제 이름의 성자예요, 산티아고.」

「오, 그래, 산티아고. 그분은 나처럼 선교사이셨단다. 우리 나라에서는 그분을 생자크라고 부른단다. 거기서는 그분을 지팡이와 지갑을 들고 있는 모습으로 만드는데……. 하지만 여기선 확실히 그분한테 말이 필요할 것 같구나.」

소년이 놀라서 라투르 주교를 쳐다보았다.「하지만 그분은 말의 성자이신데요. 신부님 나라에서는 그렇지 않은가요?」

주교가 고개를 내저었다.「그렇지 않단다. 난 그런 얘기를 들어 본 적도 없는걸. 그분이 어떻게 말의 성자가 된 거지?」

「그분이 암말에게 축복을 내려야 암말이 새끼를 많이 낳는대요. 인디언들도 그렇게 믿고 있어요. 그들은 만일 몇 년간 산티아고에게 기도하는 걸 게을리 하면 새끼 망아지들을 얻을 수가 없는 것으로 알고 있는데요.」

잠시 후 기도를 마친 다음 젊은 주교는 베니토가 마련해 준 푹신한 깃털 침대에 누워 오늘 밤은 자신의 예상과는 얼마나 다르게 잠을 자게 되었는가 하고 생각했다. 그는 황야에서 물 한 모금 마시지 못하고 노숙을 하면서, 예언자 예수님처럼 갈증으로 미칠 듯이 고통을 받으며 노간주나무 아래서 잠을 자게 되리라고 예상했었다. 하지만 여기 이렇게, 가슴에 평화가 흐르는 이 좋은 사람의 사랑 덕택으로 안락하고 안전하게 누워 있다니. 요셉 바일랑 신부가 여기 있었더라면, 그는 〈기적이야〉라고 말했을 것이다. 십자가 모양의 나무 앞에서 그가 기도를 올린 데 대해 성모 마리아께서 응답하여 그를 이곳으로 이끌었다고 말했을 것이다. 라투르 신부는 그것이 기적임을 알았다. 하지만 그의 사랑하는 친구 요셉 바일랑은 늘 아주 직접적인 놀랄 만한 기적이 자연의 법칙에 준해서가 아니라 그 법칙에 상반되게 일어나야 한다고 생각했다. 그는 우리의 성모 마리아가 그 노간주나무들 사이, 길도 없는 모래 언덕에서 말고삐를 쥐고 말을 끌어낼 때 입었던 성모 마리아의 망토 색깔까지 들먹이며, 이는 예수님께서 이집트로 도망가실 때 나귀를 이끈 천사와 같은 격이라고 말했을 것이다.

다음 날 오후 늦게 주교는 생명을 주는 시냇가 기슭을 따라 홀로 걸으며 아침에 있었던 일들을 다시 한 번 생각해 보았다. 베니토와 그의 딸이 슬픔에 찬 나무 조각 성모상 앞에 제단을 마련하고 그 위에 양초들과 꽃들을 갖다 놓았다. 살바토르의 아픈 아내를 제외하고는 마을 사람들 모두가 미사에 왔었다. 그는 혼배 성사를 해주었고, 아이들에게 영세를 해주었고, 고해성사를 듣고, 정오가 될 때까지 견진성사를 보며 모든 시간을 보냈다. 그런 다음, 세례 축하 연회가 있었다. 호세가 전날 밤에 새끼 양을 잡아 놓았고, 견진성사가 끝나자마자 요세파가 살그머니 빠져나가 올케가 그것을 굽는 것을 도왔다. 라투르 신부가 멕시코 고추 양념이 없는 부분으로 달라고 요청하자, 소녀는 고추 양념을 치지 않고 먹는 것이 더 성스러운 것이냐고 물었다. 그는 재빨리 프랑스 사람들은 대체로 양념을 강하게 해서 먹는 걸 좋아하지 않는다고 설명했는데, 그것은 그녀가 혹시나 그 후로 자기가 좋아하는 멕시코 고추 양념을 넣지 않고 양고기를 먹을까 우려해서였다.

연회가 끝난 후에 졸린 아이들을 집으로 돌려보내고, 남자들은 커다란 미루나무 아래 있는 광장에 모여 담배를 피웠다. 주교는 혼자 있고 싶어 누군가 함께 가주겠다는 것을 한사코 거부하고 산보를 나갔다. 가는 길에 그는 도리깨질을 하는 마당을 지나갔는데, 거기서 사람들이 〈이스라엘의 아이들〉처럼 곡식을 도리깨질하고 바람에 까부르고 있었다. 그는 또한 뒤에서 몹시 강렬하게 우는 음매 소리를 들었다. 그러더니 아주 많은 염소 떼를 몰고 가던 페드로가 그를 앞질러 달려갔는데, 그날 우리에 갇혀 있는 바람에 화가 난 염소들이 언덕을 따라 목초지 가장자리로 제멋대로 달려가고 있었다. 염소 떼들은 활을 떠난 화살처럼 쏜살같이 시내를 건너뛰더니 주교를 보고 마치 비웃듯이, 사람처럼 영리한 미소를 지으며 그를 지나쳐 갔다. 어린 염소들은 그 모습이 가볍고 우아했으며 뾰족한 턱에 반짝이는 기울어진 뿔을 갖고 있었다. 그들의 얼굴은 아주 다양한 모습을 하고 있었지만, 거의 모두가 건방지고 조소적인 표정이었다. 앙고라 종 염소들은 눈부시게 하얀 비단 같은 긴 털을 갖고 있었다. 햇빛 속에서 뛰어다닐 때 그들은 어린양의 피로 씻긴 하얀 것들의 이야기가 나오는 묵시록의 어느 한 페이지를 상기시켰다. 젊은 주교는 기독교와 이단이 뒤섞인 자신의 신학 이론을 생각하며 스스로 미소를 지었다. 하지만 비록 염소가 이단에서 늘 음란함의 상징으로 나오기는 하지만 염소의 털은 많은 선량한 기독교인들에게 따스함을 주고, 염소의 풍요로운 젖은 아픈 아이들에게 좋은 영양을 공급해 준다고 그는 혼잣말을 했다.

마을 위쪽으로 1마일쯤 가서 그는 물의 원천지, 다시 말해 물 버들이라 불리는 날카로운 잎이 달린 다양한 종류의 미루나무가 늘어져 있는 샘이 있는 곳까지 갔다. 그 주변은 온통 멕시코 솥단지 모양을 한 둔덕으로 둘러쳐져 있어 물이 나올 것 같은 징조는 아무 데도 없었는데도, 기적적으로 바싹 마른 갈증 나는 모래 바다에서 물이 솟구쳐 나오고 있었다. 여기서, 밖으로 나오는 어떤 지하의 물줄기가 어둠으로부터 흘러나왔던 것이다. 그 결과 풀과 나무와 꽃과 인간에게 삶을 가져왔고, 집안의 질서가 잡혔고, 부엌에서 소나무 장작을 땔 때는 연기가 천국의 향처럼 피어올랐다.

주교는 그 샘 옆에 오래 앉아 있었다. 해가 낮게 저물어 가며 장밋빛 집과 눈부신 정원 너머로 아름다운 빛을 쏟아 내고 있었다. 연로한 할아버지가 물의 원천지 근처 흙 속에서 발견했다는 화살촉과 부식한 메달들과 칼집 등을 그에게 보여 줬었는데, 거기에는 분명히 스페인어로 쓰여 있었다. 이 지점은 이 멕시코 사람들이 오기 이전에 오랫동안 인간들의 거주지였던 것 같았다. 그 자신의 나라 우물의 원천지들도 아마 그랬으리라. 로마 정착민들이 거주하면서 강의 여신상을 세워 놓고 후에 기독교 사제들이 십자가를 세워 놓았듯이, 이는 역사보다도 더 오래된 것이었으리라. 이 마을은 주교가 관할하는 커다란 교구의 축소판인 셈이었다. 목마른 사막이 수백 평방 마일이나 펼쳐져 있었고, 그런 다음 샘이 있었고, 마을이 있었고, 손자들에게 그들의 교리 문답서를 암기시키려는 노인네들이 있었다. 스페인 신부들이 심어 놓고 그들의 피로 물을 뿌렸던 신앙은 죽지 않았던 것이다. 그 신앙은 단지 농부의 노고를 기다리고 있었다. 그는 산타페에서의 반란이나 그 반란을 주도했던 이 고향 출신의 힘이 강력한 늙은 사제들에 대해서는 그다지 많이 신경 쓰지 않았다. 타오스의 마티네즈 신부 같은 사람에 대해서는……. 그는 그의 교구에 새로운 프랑스인 주교 목사를 받아들이는 데에 반대하여 그 자신을 쫓아내려 했던 사람이었다. 그는 다소 무섭게 생겼는데, 머리가 커다랗고 험악한 스페인 사람의 얼굴을 가졌으며, 물소 같은 어깨를 가진 늙은 사제였다. 하지만 독재를 부리던 그의 시대는 거의 끝나 가고 있었다.

3
고향을 생각하는 주교

크리스마스 날 늦은 오후였다. 주교는 책상에 앉아서 여러 통의 편지를 쓰고 있었다. 산타페로 돌아간 이래로 그는 공식적인 편지를 쓰느라 바빴었다. 하지만 몸을 숙이고 편지지에 가까이 다가가 생각하는 듯 미소를 지으며 쓰고 있는 이 편지는 성직자나 대주교나 로마 가톨릭교 책임자들에게 보내는 편지가 아니라 프랑스, 오베르뉴, 그리고 오늘 같은 날도 갈색 나뭇잎 몇 장이 매달려 있거나 하나씩 떨어지거나 벽의 차가운 덩굴에 걸려 있거나 한 자신의 조그만 도시 고향, 커다란 밤나무 옆에 그늘이 지고 자갈이 깔린 구불구불한 그 잿빛 거리로 보내는 편지였다.

주교는 불과 9일 전에 말을 타고 갔던 멕시코 여행에서 돌아왔다. 두랑고에서 늙은 멕시코인 성직자가 며칠을 끌며 지체하다가 그의 로마 가톨릭 관할 교구의 경계를 증명하는 서류들과 임명장 등을 그에게 넘겨주었고, 라투르 신부는 초겨울의 화창한 날씨에 1천 5백 마일이나 되는 산타페로 다시 말을 타고 돌아왔다. 도착하자마자 그를 기다리고 있는 것은 그곳 사람들의 적대적인 시선이 아니라, 그를 친절하게 맞아

주는 우호적인 태도였다. 바일랑 신부가 이미 그곳 사람들과 친분을 맺어 놓았기 때문이었다. 성당을 맡았던 이전 멕시코인 신부는 항거하지 않은 채 순순히 우아하게 은퇴를 하고, 그의 가족이 있는 올드멕시코로 짐을 싣고 떠나갔다. 바일랑 신부는 그 사제가 소유했던 집을 인수받았고, 목수와 교구의 멕시코 여자들의 도움을 받아 집을 질서정연하게 정리해 놓았다. 포트 마시 요새에 주둔해 있는 미국인 무역상들과 군 장교들이 너그럽게도 침구와 담요와 헌 가구를 보내 주었다.

이 성당 주거지는 낡은 어도비 흙벽돌집으로, 너무 오랫동안 수리를 하지 않아서 안락하지는 않았다. 라투르 신부는 별관 한쪽 끝에 있는 방을 서재로 택했는데, 지금 거기 앉아서 저녁으로 사그라져 가고 있는 크리스마스 오후를 보내고 있었다. 서재는 괜찮은 모양의 기다란 방이었다. 두터운 흙벽이 인디언 여자들의 솜씨 좋은 손으로 인해 안쪽에서 제대로 마무리되어 있었는데, 울퉁불퉁하고 친밀한 느낌이 드는 흙칠의 질감은 전적으로 인간의 손에 의해 생긴 것이었다. 벽과 그 주변에 있는 뭉툭한 문턱과 창문턱과 구석의 벽난로 주변에 뭉툭하게 발라져 널따랗게 도드라진 부분은 왠지 안도감을 주는 견고함과 깊이감을 갖고 있었다. 주교가 없는 동안에 내부는 새로 회칠을 했는데 명멸하는 불빛이 물결치는 듯한 벽 표면은 장밋빛으로 반짝여 결코 똑 고르지 않게, 결코 죽은 회칠 벽이 되지 않도록 바로 아래 붉은 진흙 빛에 따스한 색조를 가미해 라임 색 회칠로 보이게 했다. 천장은 무거운 삼나무 대들보로 만들어졌는데 모두 같은 크기의 사시나무 잔가지를 나란히 덧붙여 놓아 코르덴 천의 줄무늬처럼 서로 가까이 놓여 있었으며, 그들의 붉은 내부의 피부에 붉은 흙으로 옷을 입힌 듯했다. 흙마루에는 두터운 인디언 담요가 깔려 있었다. 아주 오래되었지만 디자인과 색깔이 아름다운 두 개의 담요는 태피스트리처럼 벽에 걸려 있었다.

벽난로 양쪽에는 회반죽으로 만든 벽장이 벽 안쪽으로 들어간 채 만들어져 있었다. 좁다란 아치형으로 된 벽장의 한쪽에는 주교의 십자가가 걸려 있었다. 다른 쪽에는 정사각형으로 석쇠처럼 조각한 나무문까지 달려 있었는데 그 안에는 몇 권의 진귀하고 아름다운 책들이 꽂혀 있었다. 그리고 주교의 나머지 책들은 방 한쪽 끝에 놓인 개방형 책꽂이 위에 있었다.

그 집의 가구는 바일랑 신부가 떠나가는 전임 멕시코인 사제에게서 산 것이었다. 그것은 무겁고 왠지 어색해 보였지만 그렇게 보기 싫지는 않았다. 책상과 식탁, 침상을 만드는 데 사용된 모든 목재는 도끼나 손도끼로 통나무 줄기를 잘라서 만든 것이었다. 주교의 신학 서적들이 꽂혀 있는 두꺼운 판자 책꽂이도 도끼로 다듬어 만든 것이었다. 그 당시 회전이 되는 선반이나 목재소 같은 것이 북 뉴멕시코 전역에는 없었다. 거기 살고 있는 원주민 목수들은 목재를 잘라 내어 의자의 가로대나 탁자 다리를 만들었는데, 쇠못이 아니라 나무못을 만들어 이들을 조립했다. 나무로 된 옷장들은 서랍이 달린 화장대 대신에 사용되었고, 때로는 이들을 아름답게 조각하거나 그 위에 장식용 가죽을 둘러씌우기도 했다. 주교가 앉아서 편지를 쓰고 있는 책상은 미국에서 수입된 것으로 호두나무로 만들어졌으며 글 쓰는 부분을 접어 닫을 수 있는 형태였는데, 바일랑 신부가 요새에 있는 장교들 중 하나에게 부탁해서 가져온 것이었다. 바일랑 신부는 오래전 프랑스에서 은촛대를 가져오기도 했는데, 그것은 그가 성직에 임명되던 날 그를 사랑하는 고모가 선물로 준 것이었다.

젊은 주교의 펜은 종이 위를 날아다니며 그 뒤로 보랏빛 잉크로 된 아름답고 정교한 프랑스어 필체를 남기고 있었다.

「사랑하는 형님, 제가 지금 편지를 쓰고 있는 새로 이주한 제 서재는 벽난로에서 타고 있는 소나무 장작의 향긋한 냄새로 가득 차 있어요. (여기서는 장작으로 모두 삼나무의 한 종류인 소나무를 사용하는데 그것은 몹시 향이 강하면서도 은근하거든요. 우리는 늘 향냄새 같은 것에 파묻혀 있는 셈이지요.) 사랑하는 누님, 안락하고 평화로운 정경 속에 있는 저를 보여 드리고 싶어요. 우리 선교사들은 하루 종일 프록코트를 입고 넓은 챙이 달린 모자를 쓰고 지내는데, 아시다시피 미국인 상인처럼 보이지요. 밤에 집에 와서 제 옛날 일상 성직복을 입으면 얼마나 기쁜지 몰라요. 그때서야 비로소 저 자신이 좀 더 사제같이 느껴지지요. 하루의 아주 많은 시간을 〈상인〉처럼 있어야 했으니까요! 그런데 어떤 이유에서인지, 밤에 옛날 성직복을 입고 있을 때만 저는 프랑스인같이 느껴져요. 하루 종일 저는 말과 생각에 있어서 미국인이에요. 그래요, 마음 또한 그렇습니다. 미국인 상인들은 친절하게 대해 줍니다. 특히 요새에 있는 군 장교들은 아주 친절한데, 그것은 겉으로 보이기 위한 친절이 아니라 충성심 같은 것으로 친절 이상의 무엇이라고 할 수 있지요. 저는 여기서 군 장교들의 업무를 돕는 셈이지요. 저는 그들이 깨닫고 있는 것 이상으로 그들을 돕고 있습니다. 성당은 요새에 주둔한 군부대가 이 가난한 멕시코인들을 〈선량한 미국인들〉로 만드는 것보다 더 많은 일을 할 수 있으니까요. 그리고 그것은 이 멕시코 사람들에게도 좋은 일입니다. 그들을 더 나은 상황 속에서 살도록 할 다른 방법이 없으니까요.

 하지만 오늘은 제가 일하고 있는 임무나 목적을 장황하게 설명하고자 하는 날이 아닙니다. 오늘 밤 우리는 망명객으로서, 고향을 생각하는 것만으로도 행복한 사람들이지요. 요셉 신부가 여기서 일하는 멕시코인 여자를 휴가를 주어 집으로 보냈기에 그가 지금 그녀 대신 맛있는 요리를 만들고 있습니다. 오늘 밤 우리가 먹을 저녁을 준비하고 있는 것이지요. 그는 오늘 피곤에 지쳐 있을 거예요. 왜냐하면 그는 여기 관습대로 크리스마스 전에 하는 9일간의 장엄미사를 집전했거든요. 그 기도가 끝난 후에는 한밤중 미사를 집전했는데, 저는 그가 오늘은 쉴 거라고 생각했습니다. 하지만 절대 그러지 않았지요. 그의 신조는 〈행동하며 쉬어라〉이거든요. 저는 두랑고에서 볼일을 보고 오는 길에 그에게 올리브 오일 한 병을 가져다주었습니다. (제가 〈올리브 오일〉이라고 말하는데, 여기서는 〈오일〉이라고만 말하면 마치 바퀴에 칠하는 기름을 뜻합니다.) 그래서 요셉은 지금 샐러드 요리 같은 것을 만들고 있습니다. 겨울철에는 이곳에 푸른 채소가 없습니다. 이곳에 있는 그 누구도 그 축복받은 식물인 상추에 대해 들어본 적이 없어요. 요셉은 샐러드 오일이 없으면 그 샐러드를 만들기가 어렵다는 것을 알고 있습니다. 그가 오하이오에 있을 때 늘 만들었던 것을 말이에요. 비록 그게 굉장히 사치스러운 일이었긴 하지만요. 그는 오후 내내 부엌에 있습니다. 그곳에는 뚜껑 없는 요리용 화덕이 하나 있을 뿐이고, 밖의 마당에는 질그릇으로 된 구이용 화덕이 있습니다. 하지만 그는 아직 어떤 일에도 저를 실망시키지 않고 있습니다. 오늘 밤 틀림없이 두 명의 프랑스인들이 훌륭한 만찬 자리에 앉아 형님과 누님의 건강을 위해 건배할 수 있을 거예요.」

주교는 펜을 놓고 벽난로에서 불을 붙여 두 개의 촛불을 켰다. 그런 다음 손으로 먼지를 쓸어 내고 안쪽으로 장착된 창가에 촛불을 놓고, 창밖으로 옅은 파란빛이 돌며 어두워지는 하늘을 보았다. 저녁별이 호박색 석양빛 위로 떠 있었는데, 마치 자기 자신의 은빛 빛 속에서 목욕을 한 듯 눈이 부셨다. 〈아베 마리아 별이여〉, 신학교에서 그의 친구가 아주 아름답게 흥얼거리던 노래 중 하나가 바로 그것이었다. 그 노래를 나지막이 흥얼거리며 그가 책상으로 돌아가 잉크병에 펜을 막 적셨을 때 문이 열리더니, 어떤 목소리가 이렇게 말했다.

「주교님, 저녁이 준비되었습니다, 촛불을 들고 나오실까요?」

주교는 촛불을 들고 식당으로 갔다. 식탁이 놓여 있었고 요셉 바일랑 신부가 요리를 하느라 성직복 위에 걸쳤던 앞치마를 풀어 놓고 있었다. 뚜껑 없는 화덕 너머로 진홍빛 불빛이 흘러나오는 바람에 그의 울퉁불퉁한 얼굴은 평소보다 훨씬 더 초라해 보였다. 낯선 사람이 요셉 신부를 만나면 그 무엇보다 먼저, 그가 주님께서 만든 아주 추한 남자들 중 하나라고 생각했다. 그는 키가 작고 말랐으며 거의 평생을 말 잔등 위에 있었기에 안짱다리였으며, 얼굴이 친절함과 활기에 차 있다는 것 말고는 추천할 만한 게 하나도 없었다. 그는 그때 마흔 살 정도였지만 그보다는 더 늙어 보였다. 혹독한 날씨에 자주 노출되는 탓으로 피부는 딱딱해지고 갈라져 있었다. 목은 노인네처럼 여위었으며 주름이 많이 져 있었다. 그는 굵고 끝이 뭉뚝한 코, 독단적인 턱, 아주 커다란 입, 두텁고 촉촉하지만 결코 느슨해지거나 처지지 않는, 늘 흥분해서 일하거나 애쓰느라 뻣뻣해져 있는 입술을 갖고 있었다. 머리카락은 마른 건초의 그늘처럼 햇볕에 타 있었는데, 원래가 마른 밀짚 색깔로 〈흰둥이〉여서 그는 늘 신학교에서 그렇게 불렸다. 눈조차 근시였는데, 그 눈은 창백했고 그다지 큰 인상을 주지 못할 정도로 담청색이었다. 외모에서 그가 사납다거나 불굴의 의지를 지닌 존재라거나 불같은 성격을 가진 사람이라는 인상을 주는 데는 단 한 군데도 없었지만, 심지어 혈기가 강한 멕시코인 피와 인디언 피가 반반씩 섞인 사람조차도 이런 그의 성질을 단번에 알아낼 수 있었다. 주교가 산타페로 돌아왔을 때 사람들이 그에게 친절하게 대한 것은 그곳 사람들 모두가 바일랑 신부를 믿었기 때문이었다. 그의 형편없는 체격 속에는 열두 명이나 움직일 수 있는 힘을 가진 수수하고 진실하고 일관성 있는 그 무엇이 들어 있었다.

식당으로 오자마자 라투르 주교는 촛대를 화덕 위에 놓았다. 이미 식탁에는 여섯 개의 촛대가 놓여 있어 갈색 수프 그릇을 비추고 있었기 때문이다. 그들은 서서 기도를 올렸다. 그런 후에 요셉 신부가 그릇의 뚜껑을 열고 수프를 접시에 국자로 퍼 담았다. 말린 빵 조각이 들어 있는 어두운 빛깔의 양파 수프였다. 주교는 진지하게 수프를 맛보더니 요셉 신부에게 미소를 지었다. 숟가락으로 수프를 몇 번 떠먹은 후에 그는 접시를 내려놓더니 의자에 깊숙이 앉으면서 말했다.

「보세요, 흰둥이, 미시시피와 태평양 사이의 이 거대한 나라에서 이렇게 수프를 잘 만드는 사람은 또 없을 겁니다.」

「프랑스 사람 말고는 없겠지요.」 요셉 신부가 말했다. 그는 성직자복 앞가슴께에 냅킨을 끼워 걸치고 생각에 잠기듯 말했다.

「요셉 신부, 당신의 개인적인 재능을 깎아내리는 건 아닙니다만⋯⋯.」 주교가 계속해서 말했다. 「이런 수프를 만들어 낼 수 있다는 것, 그건 한 사람만의 힘이 아닌 것 같아요. 계속해서 닦아 내려온 전통의 결과일 테니까요. 이 수프에는 거의 천 년의 역사가 들어 있는 것 같군요.」

요셉 신부는 식탁 가운데에 있는 도기 그릇을 열심히 쳐다보느라 얼굴을 찡그리고 있었다. 근시에 가까운 창백한 그의 눈은 늘 멀리 있는 사물을 응시하는 것처럼 보였다. 「그럼요, 그렇고말고요.」 그가 중얼거렸다. 그는 주교의 접시에 다시 수프를 담아 주면서 말했다. 「하지만 어떻게, 어떻게 채소의 왕이라고 할 수 있는 부추 없이 맛있는 수프를 만들 수 있겠어요. 우린 양파 수프만 계속해서 먹을 수는 없습니다.」

다 먹은 수프 단지를 들고 가더니, 그는 구운 닭과 감자튀김을 들고 왔다. 「샐러드도 있어요, 주교님.」 그가 닭고기를 베어 담으며 계속해서 말했다. 「우리는 남은 생애 동안 말린 콩과 뿌리나 먹고 살아야 한단 말인가요? 반드시 시간을 내서 채소밭을 만들어야 해요. 아, 샌더스키에 있는 내 채소밭이 그립군요! 당신이 거기서 나를 낚아채 그곳을 떠나도록 했잖아요! 프랑스에서도 그보다 더 좋은 상추를 먹어 본 적이 없다는 걸 인정해야 할 겁니다. 그리고 또 내 포도밭 말이에요, 포도를 재배하기에는 아주 좋은 천연 장소였지요. 말씀 드리건대, 에리 호숫가는 언젠가는 포도밭으로 뒤덮이게 될 거예요. 내 포도주를 마시는 사람을 나 자신이 부러워해야 하다니. 아 그런데, 그게 바로 선교사의 삶이지요. 심어 놓기만 하고 다른 사람이 수확해 가도록 하는 일이.」

오늘은 크리스마스 날이어서 두 친구들은 모국어로 말을

하고 있었다. 여러 해 동안 그들은 아주 특별한 경우를 제외하고는 서로 영어로 말하는 연습을 하고 있었다. 그리고 최근에는 스페인어로 대화를 했다. 그들 모두 스페인어를 유창하게 말할 필요가 있어야 했기 때문이다.

「그런데 가끔 당신이 사랑하는 샌더스키와 그곳에서의 안락함에 대해 안달하는 것을 봤는데……」 주교가 그에게 말했다. 「그렇다면 당신의 진짜 고향 교구는 모두 다 잊어버린 것 같군요.」

「물론 오하이오 사람들이 말하는 속담처럼, 사람이 케이크를 먹을 수도 있고 그걸 손에 쥐고 있을 수도 있으면야 좋겠지요. 하지만 그렇게 할 수는 없잖아요, 주교님. 이곳은 너무나 먼 곳이잖아요. 이제 더 이상 나를 더 먼 곳으로는 제발 끌고 가지 마세요.」 요셉 신부가 붉은 포도주 병의 코르크 마개를 손으로 부드럽게 비틀면서 말했다. 「이건 성 토마스의 날 아기에게 세례를 해주러 갔던 어느 농가에서 당신의 만찬을 위해 달라고 해서 가져온 거예요. 그 부자 멕시코인에게서 이 프랑스 포도주를 얻기는 쉽지 않았다고요. 그들은 이 포도주의 가치를 알고 있었거든요.」 그는 포도주 몇 방울을 따르더니 그것을 시음했다. 「약간 코르크 맛이 나는군요. 그들은 제대로 보관하는 법을 모르거든요. 하지만 선교사들한테는 이것도 과분하지요.」

「요셉 신부, 더 이상 먼 곳으로 데려가지 말아 달라고 했는데, 나도 말이에요……」 라투르 주교가 의자 뒤로 기대며 턱 밑에 손을 깍지 끼고 말했다. 「여기가 얼마나 먼 곳인지를 나도 알고 싶어요! 이 대교구의 경계나 우리가 있는 이 교구의 경계를 아는 이로 누가 있습니까? 요새의 사령관도 나만큼이나 도통 모르는 모양이던데요. 그가 말하기를 타오스에 사는 키트 카슨이라는 정찰병한테 정보를 얻을 수 있을 거라고 하던데요.」

「교구의 경계에 대해서는 걱정하지 마세요, 주교님. 현재로서는 산타페가 교구예요. 여기에서나 질서를 잘 확립하세요. 내일 나는 성당 관리인들에게 따질 겁니다. 그들은 한밤중에 미사를 보는데 술 취한 카우보이 패거리들이 들어와 성전을 모독하도록 내버려 두었다니까요. 여기서도 할 일이 많습니다. 급할수록 돌아가라, 나는 이제 앞으로 일 년간은 사흘 이상 걸리는 여행은 안 하기로 결심했습니다.」

주교는 미소를 짓더니 고개를 내저었다. 「신학교 다닐 때는 평생 명상의 삶을 영위하겠다고 결심했었잖아요.」

요셉 신부의 수수한 얼굴에 한 줄기 빛이 스치고 지나갔다. 「아직도 그 희망은 포기하지 않았습니다. 언젠가 당신이 나를 놔주는 날에는 프랑스에 있는 종교 단체로 돌아가 성모 마리아를 위해 헌신하며 남은 삶을 마칠 겁니다. 당분간 행동을 하며 성모 마리아를 섬기는 게 내 운명이라서 이러고 있을 뿐이지요. 하지만 이곳은 너무나 먼 곳입니다, 주교님.」

주교가 다시 고개를 내젓더니 중얼거렸다. 「이곳이 얼마나 먼 곳인지를 누가 압니까?」

계속 이어지는 산악 지대, 길도 없는 사막, 하품하듯 떡 벌어져 있는 계곡들, 갑자기 불어나는 강물들, 아직 알려져 있지도 않고 이름도 없는 지역으로 십자가를 메고 갔고, 노새들과 말들과 정찰병들과 마차 몰이꾼들을 데리고 돌아다니는 삶을 산 이 강인한 작은 사제가 오늘 밤에는 그의 상관에게 염려하는 듯이 되풀이해서 이렇게 말하고 있었다. 「이제 더 이상은 멀리 들어가지 맙시다, 주교님. 이곳만으로도 충분히 멀어요.」 그러더니 급히 주제를 바꾸어 경쾌한 어조로 말했다. 「콩 샐러드가 당신을 위해 내가 만들 수 있는 최상의 요리였어요. 하지만 양파와 함께, 소금에 절인 돼지고기 냄새도 살짝 냈고요. 그리 나쁘지는 않아요.」

말린 자두와 함께 설탕에 절인 과일을 먹으면서 그들은 라투르의 고향 정원에서 자라고 있는 커다란 노란 자두에 대한 이야기에 빠졌다. 추억에 잠긴 그들의 생각은 양쪽에 고르지 않은 채소밭 담장과 커다란 말밤나무들이 있는, 밤이 되면 외로운 거리 가장 어두운 모퉁이에서 등불 같은 형상의 부드러운 가로등 불빛이 있는, 언덕 아래로 구불거리는 그 경사진 자갈길에서 서로 만나고 있었다. 그 길 끝에는 주교가 처음으로 성찬식을 했던 성당이 있었다. 그 앞으로는 평평하게 대패로 깎은 나무들의 숲이 있고, 그 아래로는 화요일과 금요일마다 시장이 서곤 했었다.

그들이 이런 추억에 잠겨 있었을 때, 이렇게 한가로이 추억에 빠지는 적은 거의 없었지만, 두 선교사들은 밖에서 나는 천지를 울리는 듯한 총소리와 핏발 서는 듯한 외침 소리와 말발굽 소리에 깜짝 놀랐다. 주교는 반쯤 일어섰지만 요셉 신부는 어깨를 으쓱하며 올렸다 내리더니 그를 안심시켰다.

「불안해할 필요 없어요. 여기서는 저런 일이 위령의 날 전야에는 꼭 일어나니까요. 술 취한 카우보이들이 어젯밤 성당에 난입한 자들처럼 인디언 마을로 가서 테스케족 인디언 청년들과 술을 마시고, 이런 식으로 요새로 달려가서 노래를 불러 댈 겁니다.」

4
종과 기적

주교가 두랑고에서 돌아와 성당 주택에서 첫날 밤을 보낸 후 다음 날 아침, 그는 잠에서 쾌적하게 깨어났다. 그는 집으로 오는 도중에 목장에 들러 말을 갈아탄 뒤 거의 60마일이나 되는 길을 박차를 가해 달렸지만 땅거미가 진 후에야 도착했다. 그 결과 그는 다음 날 아침 늦게까지 잠을 자게 되었는데, 예수의 수태를 기념하는 아침 안젤루스 기도 종소리를 들은 6시까지도 잠을 깨지 않고 있었다. 그는 천천히 의식을 회복하여 마지못해 깨어나면서 마치 로마에 있는 것 같은 즐거운 착각에 빠졌다. 아직도 자신이 성 요한 라테란 성당에 묵고 있다고 반쯤 믿으며 그는 아베 마리아 종이 울리는 소리를 들었는데, 이는 놀랍게도 제대로 된 것으로(모두 아홉 번을 빨리 치지만 세 부분으로 나뉘어 세 번째마다 간격을 두고 쉬는), 종에서는 아름다운 소리가 울렸다. 완전하고 맑고 뭔가 순수하고 부드러우며, 매번 은방울처럼 공중에 떠다니는 소리였다. 아홉 번의 소리가 다 울리기 전에 로마에 있다는 느낌은 사라지고 그 뒤로는 왠지 동양적인 어떤 것, 야자수가 있는, 그가 한 번도 가본 적은 없지만 어쩌면 예루살

렘 같은 분위기가 감지되었다. 그는 눈을 감고서 한순간 갑자기 다가온 이 퍼지는 듯한 동방의 분위기를 소중히 여기며 즐겼다. 그는 언젠가 전에 몸에서 영혼이 빠져나와 어딘가로 멀리 갔던 것을 경험한 적이 있었다. 그것은 뉴올리언스의 어느 거리에서였다. 그는 모퉁이를 돌다가 노란 꽃바구니를 든 할머니를 만났다. 꿀처럼 달콤한 향기를 풍기는 흐드러지게 핀 노란 꽃이었다. 미모사 꽃이었던가. 하지만 그 이름을 생각하기도 전에 그는 어떤 장소의 느낌에 압도당하며, 성직복과 그 모든 것과 함께 그가 어린 시절 병 치료차 어느 겨울을 보냈던 프랑스 남부의 꽃밭으로 떨어져 들어가는 느낌이 들었다. 그리고 이제 이 은방울 같은 종소리가 음속보다도 더 빨리, 더 멀리 그를 데리고 갔다.

그가 바일랑 신부와 커피를 마실 때, 비밀을 결코 간직하지 못하는 이 솔직한 사람이 그에게 혹시 어떤 소리를 듣지 못했는지를 열렬한 어조로 물었다.

「나는 안젤루스 기도 종소리를 들은 줄로 착각했어요, 요셉 신부님. 하지만 내 생각에 그것은 그저 기나긴 바다 항해를 한 후라서 그런 종소리를 들었다고 착각한 것 같아요.」

「전혀 착각이 아닙니다.」 요셉 신부가 경쾌하게 말했다. 「여기에 정말 놀랄 만한 종이 있거든요. 오래된 산미겔 성당 지하실에요. 이곳 사람들이 그러는데, 그 종은 백년 이상이나 여기에 있어 왔다는군요. 그걸 매달 정도로 충분히 튼튼한 성당의 탑이 없어서요. 그 종은 아주 두꺼워서 8백 파운드 가까이 무게가 나가거든요. 하지만 내가 성당 뜰에 발판을 세워 놓았어요. 황소들의 도움을 받아 그걸 세워 놓고 가로대 위에 종을 매달아 놨지요. 그리고 내가 멕시코인 소년에게 당신이 돌아오기 전에 그걸 제대로 치는 법을 가르쳐 줬고요.」

「하지만 그게 어떻게 이곳에 와 있는 거죠? 그건 스페인 것 같은데요?」

「그래요. 거기 스페인어로 성 요셉에게, 그리고 1356년이라는 날짜가 새겨져 있어요. 아마도 그건 멕시코시티에서 소로 끄는 마차를 이용해 여기로 가져왔나 봐요. 분명히 영웅적인 어떤 임무를 수행하기 위해서였겠죠. 어느 누구도 그 종이 어디서 주조되었는지 아는 사람이 없어요. 하지만 여기 사람들은 그 종에 대한 이야기들을 해요. 그것은 무어인들과의 전쟁 때 스페인 사람들이 성 요셉에게 탄원하기 위해 만든 건데, 포위된 도시에 사는 주민들이 자신들이 가지고 있는 금속판과 은과 금 장신구들을 가져와서 기본 금속들과 섞어 만들었대요. 그 종에는 틀림없이 상당한 양의 은이 들어가 있을 거예요. 그렇지 않으면 그렇게 아름다운 소리가 안 나거든요.」

라투르 신부가 생각하는 듯이 말했다. 「그러면 스페인 사람들이 가졌던 은은 사실, 무어인들 것이었겠군요, 그렇지 않아요? 만일 그게 무어인들이 만든 게 아니라면, 스페인 사람들이 무어인들의 디자인을 모방해서 만든 것일 테고요. 스페인 사람들은 무어인들한테 배운 것 말고는 은 세공에 대해서 아무것도 모르거든요.」

「무슨 말을 하는 겁니까, 주교님? 제 종을 이단자들이 만들었다는 겁니까?」 요셉 신부가 조바심을 내며 말했다.

주교가 미소를 지었다. 저는 오늘 아침 그 종소리를 들었을 때 왠지 동방의 분위기를 느꼈다는 사실을 설명하려는 것뿐이에요. 몬트리올에서 근무할 때 학식 있는 스코틀랜드 예수교파 수도사들이 우리의 첫 번째 종과 유럽 전역에서 예식 때 치는 종에 대해 말해 줬는데, 그 의식이 원래는 동양에서 온 거라더군요. 그분이 말씀하시기를, 원래 안젤루스 기도 종을 치는 풍속은 십자군에 종군했던 성당의 무사들이 가져온 건데, 그건 실은 회교도의 풍속을 받아들여 가톨릭교식으로 응용한 거라고 하더군요.」

바일랑 신부가 코웃음을 쳤다. 「저는 학자들이 늘 뭔가를 깎아내리려고 애를 쓰며 파고드는 걸 보곤 하지요.」 그가 불평을 했다.

「깎아내린다고요? 저는 그 반대라고 말하고 싶은데요. 나는 당신의 종 속에 무어인들의 은이 들어 있다고 생각하면 무척 기쁜데요. 우리가 처음 여기 왔을 때 산타페에서 발견한 훌륭한 기술공은 바로 은세공업자였잖아요. 스페인 사람들이 그들의 기술을 멕시코 사람들에게 물려주었고, 멕시코 사람들은 나바호족 인디언들에게 은을 세공하는 법을 가르쳐 줬어요. 하지만 그건 모두 무어인들에게서 온 기술이지요.」

「아시다시피, 저는 학자는 아닙니다.」 바일랑 신부가 자리에서 일어나며 말했다. 「그리고 오늘 아침에는 우리가 해야 할 실무들이 많아요. 저는 당신이 멕시코에서 돌아오고 있을 때 이미 산타클라라에서 인디언 선교 활동을 하는 원주민 사제인 훌륭하신 노인 분을 당신이 접견하도록 선약해 놓았답니다. 그분은 과달루페 성모 성당을 순례하고 오는 길인데 그분의 신앙심이 거기서 많이 깊어졌다고 해요. 그는 자신이 경험한 이야기를 당신에게 하고 싶어 합니다. 성직자로 임명을 받은 이래로 그는 그 성소를 방문하기를 간절히 원했었다고 합니다. 당신이 없는 동안 나는 뉴멕시코에 있는 모든 가톨릭교 신자들에게 그 성소가 특별히 얼마나 귀중한지를 알게 되었지요. 그들은 그곳에, 이 신세계에 성모 마리아께서 친히 모습을 드러내셨다는 영광된 축복을 성모 마리아께서 이 대륙에 있는 그녀의 성당을 사랑하시어 친히 나타나신 것으로써 절대적으로 믿고 있습니다.」

주교가 서재로 들어가자 바일랑 신부는 에스콜라스티코 헤레라 신부를 데려왔다. 그는 거의 일흔 살에 가까웠는데 40년간 성직에 있었으며 평생 갈망하던 성스러운 순례의 임무를 이제야 완수하게 된 사람이었다. 그의 마음은 아직도 늦은 나이에 경험한 순례의 달콤함으로 가득 차 있었다. 그는 그 밖의 다른 데에는 아무런 관심도 없는 듯 아주 황홀경에 빠져 있었다. 그는 혹시 주교가 지금 바쁘면 자신은 오후에 한가할 때 찾아뵈도 괜찮다고 조심스럽게 말했다. 하지만 라투르 신부는 그에게 의자를 권하며 앉으라고 했다.

노인은 주교 앞에 앉게 된 특권을 누리게 된 데 대해 주교에게 감사를 표했다. 앞으로 몸을 숙이며 손을 깍지 끼워 무릎 사이에 놓고서, 그는 기적적인 모습에 대한 이야기를 모두 했다. 과달루페 성모 성당에 성모 마리아께서 친히 나타나신 이야기는 그의 마음에 아주 소중했다. 로마 교황청에서도 이 성당에 대한 세세한 이야기를 모두 알게 된 후 두 분의 교황께서 그 성소에 선물까지 보내셨지만, 〈미국인〉 주교는 이런 일에 대해서는 전혀 모른다고 그는 확신하고 있었다.

1531년 12월 9일 토요일이었다. 성 제임스 수도원에 있는 가엾은 신임 수도사가 멕시코 시내에 있는 성당의 미사에 참석하기 위해 급히 타페약 언덕을 내려오고 있었다. 그의 이름은 후안 디에고였고, 쉰다섯 살이었다. 그가 언덕 중턱에 이르렀을 때, 어떤 빛이 그가 가는 길에 비치더니 성모 마리아가 아주 아름다운 젊은 여인의 모습으로 파란빛과 금빛이 도는 옷을 입고 그 앞에 나타났다. 그녀는 그의 이름을 부르면서 이렇게 말했다.

「후안, 그대의 주교를 찾아가서 나에게 경의를 표하여 지금 내가 서 있는 곳에 성당을 세워 달라고 하여라. 어서 가거라, 나는 여기서 그대가 돌아오기를 기다리고 있을 테니.」

후안 수도사가 시내로 달려가 곧장 주교의 궁전으로 가서 이 사실을 보고했다. 주교는 주마라가라고 하는 스페인 사람이었다. 그는 수도사를 심하게 문책하며 거기 나타났던 그 여자가 악령이 아니라 진실로 성모 마리아라면 성모 마리아의 징표를 받아 오라고 말했다. 그는 불쌍한 수도사를 거칠게 내쫓고는 시종으로 하여금 그의 행동을 지켜보도록 했다.

후안은 매우 풀이 죽어 그의 삼촌인 베르나르디노의 집으로 가버렸는데, 그때 삼촌은 열병으로 아픈 상태였다. 이틀 연속해서 그는 죽음을 목전에 둔 늙은 삼촌을 보살피며 보냈다. 그리고 주교가 문책을 한 것에 대해 그 자신도 의심이 생겨, 그는 성모 마리아가 그를 기다리겠다고 한 곳으로 돌아가지 않았다. 화요일에 그는 시내를 떠나 삼촌 베르나르디노에게 줄 약을 가져오기 위해 수도원으로 돌아갔지만, 그가 성모 마리아의 환영을 본 곳을 피해 다른 길로 갔던 것이다. 그러자 그는 가던 길에서 다시 빛을 보았고 성모 마리아가 전처럼 그에게 나타나 이렇게 말했다. 「후안, 그대는 왜 이 길로 가느냐?」

그는 울면서 성모 마리아에게 주교가 자신의 보고를 믿지 않았다고 말하며 지금 죽을 지경으로 아픈 그의 삼촌을 보살피다가 시간을 보냈노라고 했다. 성모 마리아는 그를 위로하면서 삼촌은 한 시간 안에 치유될 터이니 주마라가 주교에게 가서 그녀가 처음 나타났던 곳에 성당을 세우라고 말하라고 했다. 그리고 그녀가 소중히 여기는 스페인에 있는 성당 이름을 따서 과달루페 성모 성당으로 그 이름을 지으라고 했다. 후안 수도사가 주교가 어떤 징표를 요구한다고 말하자 성모 마리아는 이렇게 말했다. 「저 너머 바위 있는 곳으로 올라가서 장미꽃을 꺾어라.」

그때는 12월이라서 장미가 꽃피는 계절이 아니었지만, 그가 바위 있는 곳으로 달려 올라가자 그곳에는 그가 전에는 결코 본 적이 없는 장미들이 가득했다. 그는 그의 틸마 망토를 가득 채울 때까지 장미꽃을 꺾었다. 틸마는 아주 가난한 사람들이 입는 망토였는데, 이 저질의 옷은 거친 삼실로 성기게 짠 것으로 가운데가 터져 있어 머리 위로 뒤집어써서 입는 망토였다. 그가 성모 마리아의 환영에게 돌아가자, 그녀는 꽃들을 향해 몸을 숙여 그것들을 가지런히 하더니 틸마의 끝을 한데 모아 덮고 그에게 말했다.

「이제 가거라, 주교 앞에서 이것을 펴서 꽃을 보여 줄 때까지 이 망토를 열어서는 절대 안 된다.」

후안은 속력을 내서 시내로 달려가 그의 교구 목사와 회의를 하고 있는 주교를 만나 보는 것을 허락받았다.

「주교님.」 그가 말했다. 「제게 나타난 성모 마리아께서 그 징표로 주교님께 이 장미꽃을 보내셨습니다.」

이 말을 듣고 주교가 틸마의 한쪽 끝을 집어 들자 장미꽃이 무수히 바닥으로 떨어졌다. 깜짝 놀란 주마라가 주교와 그의 교구 목사가 즉시 그 꽃들 사이로 무릎을 꿇었다. 수도사의 허름한 망토 안쪽에 파란빛과 장밋빛과 금빛의 옷을 걸치고 있는, 언덕 위에서 그에게 나타났던 그녀와 똑같은 성모 마리아의 초상이 그려져 있었다.

이 기적 같은 초상을 모시기 위해 그곳에 성당이 건축되었고, 그날 이래로 그곳은 무수히 많은 가톨릭교도들의 순례의 목표지가 되었으며 수많은 기적이 행해지는 곳이 되었다.

이 초상화에 대해 에스콜라스티코 신부는 많은 이야기를 했다. 그는 그 그림이 굉장히 아름다울 뿐만 아니라 금빛과 이른 아침의 색조처럼 순수하고도 섬세한 빛깔들로 풍요롭다고 단언한다고 했다. 많은 화가들이 그 성당을 방문하여 그 그림이 그처럼 형편없는 거친 천에 그려져 있는 게 놀랍다고 한다고 했다. 자연의 흔한 법칙에 따르자면 그 얇은 망토는 오래전에 모두 낡아 해졌어야 한다고 했다. 신부는 겸손하게 라투르 주교와 요셉 신부에게 그가 성당에서 가져온 작은 메달들을 선사했다. 그 메달의 한쪽 면에는 기적을 일으킨 성모 마리아 초상의 부조가 새겨져 있었고, 다른 쪽 면에는 이런 말이 새겨져 있었다. 성모께서 우리 말고 어떤 다른 나라에 이런 기적을 베푸신 적이 없나니.

바일랑 신부는 그 사제의 말에 깊이 감명을 받았고, 노인이 간 후에 그는 주교가 가능하면 빠른 시일 내에 과달루페 성모 성당으로 순례를 가야 한다고 했다.

「야만인 나라의 불쌍한 개종자들을 위해서는 얼마나 귀중한 것인지요!」 그가 강렬한 감정으로 인해 흐릿해진 안경을 닦으며 이렇게 말했다. 「오랫동안 아무런 지도도 받지 못한 채 지내 온 이 모든 불쌍한 가톨릭교도들은 그곳을 방문하는 것만으로도 안심을 하게 될 겁니다. 성모 마리아가 그들의 나라에, 불쌍한 개종자들에게 몸소 나타나셨다는 것은 이곳에 있는 모든 가정에서 다 알고 있습니다. 현명한 자에게는 교리로 충분합니다, 주교님. 하지만 기적은 우리가 손으로 만질 수 있고 사랑할 수 있는 대단한 것이지요.」

바일랑 신부는 들떠서 왔다 갔다 하며 말을 했고, 주교는 그를 지켜보면서 생각에 잠겼다. 주교에게 소중한 것은 그의 친구에게 있는 바로 이런 점이었다. 「위대한 사랑이 있는 곳에는 늘 기적이 있다.」 마침내 그가 말했다. 「환영은 성스러운 사랑에 의해 수정된 상태로 누군가의 눈에 나타나는 하나의 영상이라고 할 수 있습니다. 나는 진정한 당신으로서의 당신을 보지 못합니다, 요셉. 나는 당신에 대한 나의 사랑을 통해 당신을 봅니다. 내 생각에, 성당의 기적은 갑자기 우리에게 먼 곳으로부터 다가오는 얼굴이나 목소리나 치유력이 아니라 우리를 더 훌륭한 존재로 감지하는 순간, 바로 우리 주변에 있어 왔던 것을 우리의 눈과 귀가 보고 들을 수 있는 순간인 것 같습니다.」

제2부
선교 여행

1
하얀 노새들

3월 중순에 바일랑 신부는 앨버커키로 선교 여행을 떠났다가 돌아오는 중이었다. 그는 부유한 멕시코인 마누엘 루혼의 목장에 들러 결혼식을 올리지 못하고 살고 있는 그의 일꾼들과 하녀들의 혼배 성사를 해주고 아이들에게 영세를 해주기로 되어 있었다. 거기서 그는 하룻밤을 보내야 했다. 내일이나 모레 그는 산타페로 가는 도중에 산토도밍고의 인디언 마을에 들러 미사를 올려 주기로 되어 있었다. 산토도밍고에는 오래된 좋은 선교 성당이 있었지만, 그곳의 인디언들은 거만하고 의심이 많은 기질을 갖고 있었다. 그는 약 일주일 전, 앨버커키로 가는 도중에 그 인디언 마을에 들러 미사를 보았었다. 집집마다 다니며 미사에 참석해 달라고 부탁했고, 성당에 온 사람들 모두에게 메달과 컬러 종교 성화들을 선사했었다. 그 덕분에 상당히 많은 회중을 끌어모을 수가 있었다. 그곳은 크고 번창한 인디언 마을로 깨끗한 모래 언덕에 자리 잡고 있었으며, 풍부한 관개 시설이 있는 농장 땅이 그 마을 바로 아래에 있는 리오그란데 계곡에 놓여 있었다. 회중들은 조용하고 근엄했으며, 귀를 기울여 경청했다.

그들은 모두 흙바닥에 가장 좋은 담요를 깔고서 튼튼하고 곧은 등을 똑바로 보여 주며 앉아 있었다. 바일랑 신부는 그가 구사할 수 있는 스페인어의 한도 내에서 최대한 유창하게 설교를 했고, 그들은 존경심을 갖고 열심히 들었다. 하지만 영세를 받을 수 있도록 아이들을 데려오라고 하자 그들은 아이들을 데려오지 않았다. 스페인 사람들이 아주 오래전에 그들을 아주 많이 학대했었는데, 이에 대한 그들의 원한이 여러 세대에 걸쳐 계속 언급되며 내려오고 있었기 때문이었다. 바일랑 신부는 거기서 한 명의 아기도 영세를 해주지 못했지만, 내일 산타페로 돌아가는 도중에 다시 한 번 들러 시도해 볼 생각이었다. 그 마을에 들렀다가 높은 라바하다 언덕을 넘기만 하면 그는 주교에게 돌아가게 되는 것이었다.

그는 미국 북부 상인에게서 말을 샀는데, 그것은 완전히 속아 산 것이었다. 하루에 20마일이나 30마일씩 일주일을 여행하고 나자, 그 짐승은 완전히 힘을 못 썼다. 버날리로 너머에 있는 마누엘 루혼의 집을 향해 다가가면서 바일랑의 마음은 물질적인 욕심으로 가득 찼다. 모든 마구간과 가축우리와 막대기 울타리들로 된 목장 전체가 작은 읍은 될 정도로 보였기 때문이다. 커다란 저택은 길고 낮았으며, 유리가 달린 창들과 밝은 파란색 문과 파란 기둥들이 있는 저택에는 완전히 기다란 현관문이 있었다. 이 현관문 아래로 어도비 흙벽돌 담장에는 말고삐, 안장, 커다란 장화와 박차, 총과 말안장용 담요, 붉은 고추 두릅과 여우 가죽, 커다란 방울뱀 가죽 두 개가 걸려 있었다.

바일랑 신부가 문을 통해 들어가자 아이들이 사방에서 달려 나왔다. 몇몇은 옷도 걸치지 않고 그저 조그만 셔츠만 입고 있었다. 여자애들은 검은 머리에 숄도 걸치지 않고서 아이들의 뒤를 따라 달려 나오고 있었다. 그들은 마누엘 루혼이 커다란 집에서 모자를 벗어 손에 들고 미소를 지으며 바일랑 신부를 환대하러 걸어 나오자 모두 사라졌다. 마누엘 루혼은 서른다섯 살 된 남자로 체격은 건장했고 턱 밑에는 벌써 군살이 꽉 차 있었다. 그는 하느님의 이름으로 사제에게 인사를 하며 한 손을 잡아 그가 말에서 내리는 것을 도우려 했지만, 바일랑 신부는 그의 도움을 받지 않고 재빨리 땅으로 뛰어내렸다.

「하느님께서 당신과 당신의 집과 함께하시기를, 마누엘! 그런데 결혼할 사람들은 어디에 있는 겁니까?」

「남자 일꾼들은 모두 밭에 나가 있습니다, 신부님. 서두르실 것 없어요. 포도주 약간하고, 빵과 커피 약간 드시고 좀 쉬시다가, 그다음에 예식을 집전하시면 됩니다.」

「약간의 포도주라니 정말 입맛 당기는군요. 빵도요. 하지만 예식을 하기 전에는 제가 그런 것들을 먹을 수가 없습니다. 저는 점심시간까지 올 생각이었지만, 말이 상태가 나빠서 두 시간이나 늦어 버렸군요. 누군가를 시켜 제 말 안장주머니를 가져오게 해야겠어요. 제가 예식 제의로 갈아입어야 하니까요. 밭으로 사람을 보내서 남자 일꾼들을 불러 모으세요, 루혼 씨. 사람이 결혼식을 올리기 위해 잠시 일을 쉬어도 되겠지요.」

피부가 거무스레한 주인은 바일랑 신부가 성급하게 구는 데에 놀란 듯했다. 「하지만 잠깐만요, 신부님. 영세받을 아이들은 모두 있습니다. 아이들 영세부터 시작하시면 어떨까요. 성스러운 이마에서 먼지 좀 씻어 내시고 조금 쉬는 일부터 하지 못하신다면요.」

「제가 얼굴 좀 씻고 옷을 갈아입을 곳으로 안내해 주세요. 그러면 사람들이 여기로 모이기 전에 제가 준비를 끝내고 있을 테니까요. 루혼 씨, 제가 말씀드리건대, 결혼식이 먼저고 영세는 그다음이에요. 그렇게 하는 것이 가톨릭교식 순서거든요. 아이들 세례는 내일 아침에 할 거예요. 아이들의 부모들이 결혼식을 올리고 적어도 하룻밤은 지내야 하니까요.」

요셉 신부는 그의 방으로 안내되었고, 더 나이가 많은 남자애들이 결혼식을 올릴 남자 일꾼들을 데려오기 위해 밭으로 달려갔다. 루혼과 그의 두 딸들이 대청의 한쪽 끝에 제단을 만들기 시작했다. 두 명의 늙은 하녀들이 마루를 문질러 닦기 시작했고, 또 다른 하녀가 등받이가 있는 의자들과 등받이가 없는 의자들을 내왔다.

「맙소사, 정말 못생기셨네, 그 신부님은!」 이들 중 하나가 나머지 둘에게 속삭였다. 「하지만 그분은 아주 성스러우실 거야. 그분 턱에 난 커다란 사마귀 봤수? 우리 할머니가 살아 계셨더라면 그분 사마귀를 빼주셨을 텐데, 불쌍한 분 같으니라고! 누가 치마요에 있는 성스러운 진흙에 대해 그분께 말해 줘야 할 텐데. 그 흙이라면 사마귀를 말라붙게 할지 모르거든. 하지만 사마귀를 빼줄 수 있는 사람이 이젠 아무도 남아 있지 않으니.」

「없지, 이제 좋은 시절은 다 갔어.」 다른 한 사람이 맞장구를 쳤다. 「그런데 모두 이제야 결혼식을 올린다고 도대체 뭐가 나아진단 말이야. 함께 살면서 아이들까지 낳은 후에 결혼식을 올리는 게 무슨 소용이 있냐고? 남자들이 다른 여자 생각을 하고 있는 처지에, 파블로처럼 말이지. 내가 그 사람이 바로 일요일 밤에 트리니다드네 큰 딸이랑 숲에서 나오는 걸 봤다니까.」

그때 사제가 다시 나타나자 더 이상 좋지 못한 소문에 대한 이야기가 뚝 그쳤다. 그는 임시로 만든 제단 앞에 무릎을 꿇고 앉아 개인적으로 기도를 올리기 시작했다. 하녀들이 발꿈치를 들고 살그머니 사라졌다. 루혼 씨가 일꾼들의 숙소 쪽으로 나가더니 결혼식을 올릴 사람들은 어서 서둘러 준비를 하라고 했다. 여자들은 킬킬거리며 그들이 가진 가장 좋은 숄을 걸쳐 보고 있었다. 남자들 중 몇몇은 손도 씻었다. 그 집의 대청 안은 사람들로 꽉 찼고, 바일랑 신부는 굉장히 빠른 속도로 쌍쌍이 결혼식을 집전했다.

「내일 아침에는 영세가 있을 것입니다.」 그가 사람들에게 알렸다. 「그러니 어머니들께서는 아이들을 말끔하게 해서 데려오고 그들의 대모와 대부가 될 사람들도 데려와야 합니다.」

요셉 신부는 여행복으로 다시 갈아입은 후 주인에게 자신은 아침을 일찍 먹은 뒤로 아직 아무것도 먹지 않았다면서, 몇 시에 저녁을 먹느냐고 물었다.

「곧 준비가 되면 먹을 겁니다. 대개는 해가 지고 조금 있다가 먹습니다만, 오늘은 특별히 신부님이 오셔서 어린양을 잡았습니다.」

요셉 신부는 구미가 당겨 얼굴이 훤해졌다. 「아, 그럼 그건 어떻게 요리할 건가요?」

루혼 씨가 어깨를 으쓱하며 올렸다 내렸다. 「요리요? 멕시코 고추와 약간의 양파를 함께 넣고 솥에서 삶을걸요.」

「아, 바로 그 점이에요. 저는 삶은 양고기를 너무 많이 먹었거든요. 제가 부엌에 가서 제 요리법으로 제 몫의 고기를 요리해도 괜찮을까요?」

루혼이 손을 흔들었다. 「그럼요, 제 집은 신부님 집이나 마찬가지예요, 신부님. 저는 부엌에 들어가 본 적이 없지만요. 여자들이 너무 많이 있는 곳이거든요. 하지만, 그렇게 하세요. 저기가 부엌이에요. 거기 주방 책임자는 로사라는 사람이고요.」

신부가 부엌으로 들어갔을 때, 한 무리의 여자들이 결혼식에 대해 이야기하고 있었다. 그들은 화덕 옆에 늙은 로사만 남겨 놓고 재빨리 흩어졌다. 화덕에는 요셉 신부한테는 너무나도 익숙한 살찐 양고기 요리하는 냄새가 나는 솥단지가 걸려 있었다. 그는 문밖에 양 반 마리가 피 묻은 주머니로 덮인 채 걸려 있는 것을 발견하고, 로사에게 양 뒷다리를 구울 거라고 하면서 화덕에 불을 지펴 달라고 했다.

「하지만 신부님, 결혼식 전에 제가 구웠는데요. 화덕은 거의 다 식었어요. 그리고 그 불은 한 시간만 쓰셔야 할 텐데요. 저녁식사를 준비할 때까지 두 시간밖에 안 남았으니까요.」

「아, 그거면 충분해요. 한 시간이면 제 양고기 구이를 만들어 낼 수가 있으니까요.」

「한 시간 만에 양고기 구이를 다 한다고요!」 늙은 여자가 외쳤다. 「오, 맙소사, 신부님, 피가 고기 속에서 마르지도 않을 텐데요!」

「그렇다고 해도 어쩔 수 없지요!」 요셉 신부가 격렬하게 말했다. 「자, 불이나 서둘러 피워 주세요, 친절한 부인.」

신부가 저녁 식탁에서 구이를 한 양고기를 잘라 내자, 식탁 시중을 들던 여자들이 신부의 의자 너머로 칼질을 따라 새어 나오는 섬세한 분홍빛 핏물을 겁에 질려 보았다. 마누엘 루혼이 예의상 그 고기 조각을 하나 집어 갔지만 그것을 먹지는 않았다. 바일랑 신부는 양고기 뒷다리 하나를 혼자 다 먹었다.

모든 남자들과 남자애들이 주인과 함께 기다란 식탁에 죽 둘러앉았고, 여자들과 아이들은 나중에 먹을 예정이었다. 요셉 신부와 루혼이 식탁의 한쪽 끝에서 보르도산 백포도주 병을 사이에 두고 저녁을 먹고 있었다. 그 포도주는 노새 등에 실려 멕시코시티로부터 온 것이라고 루혼이 말했다. 그들은 신부가 산타페로 돌아가는 길에 대해 이야기를 나누고 있었는데, 그가 가는 길에 산토도밍고에 있는 인디언 마을에 들를 거라고 하자 주인은 그곳에서 말을 한 마리 사는 게 좋을 거라고 했다.「산타페까지 지금의 말로는 돌아가시지 못할 것 같은데요. 그 인디언 마을은 말 종자가 좋은 곳으로 유명한 곳이에요. 거기서 말 한 마리 사시는 것도 좋습니다.」

「아닙니다.」바일랑 신부가 말했다.「인디언들은 좀 쉽게 삐치고 사람을 잘 믿지 못하지요. 제가 그들과 상업적인 거래를 하면 그들은 저의 동기를 의심할 겁니다. 만일 우리가 그들의 영혼을 구하기로 한다면, 우리는 우리 자신을 위해 어떤 이익을 얻어서는 안 된다는 점을 명백히 해야 하지요. 제가 앨버커키에 있는 갈레고스 신부에게 말했듯이요.」

마누엘 루혼이 웃음을 터뜨리더니 그의 일꾼들이 앉아 있는 식탁 아래쪽을 흘낏 보았는데, 그들은 모두 하얀 이를 드러내며 웃고 있었다.「신부님께서 앨버커키에 있는 신부님께 그런 말씀을 하셨다고요? 용기가 대단하시군요. 갈레고스 신부님은 부자이십니다. 그래도 저는 그분을 존경합니다만. 저는 그분과 포커 게임을 하지요. 그분은 대단한 도박꾼이고, 돈을 잃어도 잃은 것을 남자답게 그냥 받아들인답니다. 그분은 잃고도 아무렇지도 않은 듯이, 미국인처럼 게임을 하신다 니까요.」

「그런데 저는…….」 요셉 신부가 이 말에 대꾸를 했다. 「저는 카드놀이를 하거나 부자가 되려는 사제를 그다지 존경하지는 않습니다.」

「그럼, 카드 게임을 하지 않으세요?」 루혼이 물었다. 「실망인데요. 저는 저녁식사를 마친 후에 신부님과 게임이나 하기를 바랐었는데요. 여기서는 저녁엔 아주 심심하거든요. 도미노 게임 같은 것도 안 하시나요?」

「아, 그건 또 다른 문제지요!」 요셉 신부가 말했다. 「커피를 마시거나 정신을 맑게 하는 아주 좋은 포도 브랜디를 맛보면서 벽난로 가에서 도미노 게임을 하는 거야 좋지요. 그런데 마누엘, 그 브랜디가 어디서 났는지 제게 좀 말씀해 주시겠어요? 그건 프랑스 술 같은데요.」

「숙성이 아주 잘 된 거예요. 저의 할아버지가 살아 계실 적에 버날리로에서 만들어진 거예요. 그들은 거기서 아직도 그 술을 만들어요. 하지만 지금은 그렇게 맛이 좋지는 않아요.」

다음 날 아침, 커피를 마신 후에 아이들이 영세받을 준비를 하는 동안 주인이 바일랑 신부를 가축우리와 마구간으로 데리고 가서 가축들을 보여 주었다. 그는 나란히 있는 마구간에 각기 넣어 둔 두 마리의 크림 빛 노새들을 특히 자랑스럽게 보여 주었다. 그는 손수 마구간에서 노새들을 데리고 나와 그들의 잘생긴 피부 거죽을 보여 주었는데, 그것은 하얀 말들에게서 볼 수 있는 것처럼 파란빛이 도는 흰색이 아니라, 풍요롭고 짙은 아이보리색으로 그늘에서는 사슴 빛깔로 변하는 색이었다.

「이 노새들의 이름은…….」 루혼이 말했다. 「콘텐토와 안젤리카예요. 이들은 이름만큼이나 훌륭하지요. 하느님이 이 노새들에게는 지능을 주신 것 같아요. 제가 이들에게 말을 걸면 기독교인처럼 저를 올려다보거든요. 이들은 서로 아주 좋은 친구들이에요. 이들은 늘 함께 다니고 서로에게 아주 애정이 깊거든요.」

요셉 신부는 한 마리의 노새 고삐를 붙잡고 주변을 걸려 보았다. 「아, 진귀한 것이군요! 저는 어린 사슴 같은 색깔을 한 노새나 말을 전에는 본 적이 없거든요.」 강건한 작은 사제는 주인이 깜짝 놀랄 만큼 민첩하게 콘텐토의 잔등 위로 메뚜기처럼 펄쩍 올라탔다. 노새 또한 깜짝 놀랐다. 노새는 격렬하게 몸을 흔들더니 헛간 뜰의 문이 있는 쪽으로 뛰쳐나갔다가 문이 있는 곳에서 갑자기 멈추었다. 이렇게 해도 노새를 탄 사람이 잔등에서 떨어지지 않자, 노새는 만족한 듯 다시 빨리 되돌아오더니 안젤리카 옆에 침착하게 섰다.

「승마를 대단히 잘하시는군요, 바일랑 신부님!」 루혼이 감탄을 했다. 「갈레고스 신부님도 이럴 때는 노새에서 떨어질 것 같은데요. 그분이 대단한 사냥꾼임에도 불구하고요.」

「당신 나라에서는 안장이 제 집이나 마찬가지인걸요, 루혼. 이 노새는 타고 다니기가 정말 편하군요. 등이 얼마나 좁은지! 저는 그 점을 특히 눈여겨보았습니다. 저처럼 다리가 짧은 사람에게는 하루에 여덟 시간씩이나 넓은 말 잔등 위에 있는 게 여간 고역이 아니거든요. 게다가 이런 일을 저는 날마다 해야 하거든요. 여기서부터 저는 산타페로 가야 하는데, 주교와 회의를 하고 나서 하루 있다가 다시 모라를 향해 떠나야 하거든요.」

「모라로 가신다고요?」루혼이 소리쳤다. 「그렇지요, 거긴 멀어요. 길도 아주 좋지 않고요. 신부님의 암말을 타고서는 거기까지 절대 갈 수 없을 거예요. 말이 신부님 밑에 깔려 죽어 나자빠질 거예요.」 그가 이렇게 말하는 동안 신부는 노새의 잔등 위에 그대로 타고 앉아 노새를 손으로 톡톡 두드려 주고 있었다.

「그래도 다른 말은 없는걸요. 그 말이 음식과 물이 없는 어딘가에서 나자빠져 죽지 않게 해달라고 비는 수밖에는 없지요. 그래서 제 제의와 성스러운 의식에 필요한 그릇들 말고는 아주 조금만 싣고 다닐 수밖에 없어요.」

멕시코인은 점점 더 생각에 잠겼다. 마치 뭔가를 심오하게 숙고하는 듯, 이제 그는 명랑하지 않았다. 그러더니 갑자기 이마가 훤하게 펴지면서 그는 밝게 미소 지으며 소년처럼 아주 단순하게 사제 쪽으로 몸을 돌렸다. 「바일랑 신부님.」 그가 약간 웅변하는 듯한 어조로 불쑥 말을 꺼냈다. 「신부님께서 저희 집을 천국과 함께하도록 올바로 인도해 주시면서도 저한테 그 대가를 아주 조금만 청구하시잖아요. 제가 신부님을 위해 아주 좋은 일을 하고 싶어요. 선물로 콘텐토를 드릴게요. 기도하실 때 특별히 저를 기억해 주십사 하고요.」

바일랑 신부는 땅으로 펄쩍 뛰어내려 오더니 주인을 얼싸안았다. 「마누엘!」 하고 그가 외쳤다. 「이 사랑스러운 노새를 제게 주시다니, 제가 당신이 천국에 가게 해달라고 기도를 드리겠습니다!」

멕시코인도 웃더니, 이에 대한 답례로 바일랑 신부를 따스하게 끌어안았다. 그들은 팔짱을 끼고 영세를 시작하러 들어갔다.

다음 날 아침, 루혼이 아침식사를 하라고 바일랑 신부를 부르러 갔을 때 그는 방에 없었다. 그는 헛간에 가 있었다. 그는 두 마리의 노새를 두루 쓰다듬어 주고 있었다. 특히 사슴 빛깔이 나는 허리를 매끄럽게 쓰다듬어 주고 있었지만, 얼굴이 어제처럼 유쾌하지가 않았다.

「마누엘.」 그가 즉시 말했다. 「저는 당신이 주는 이 선물을 받을 수가 없어요. 밤새 생각해 보았는데, 저는 그럴 수가 없어요. 주교님도 저처럼 열심히 일하시는데, 그분의 말은 제 것보다 훨씬 더 작거든요. 그분이 이곳으로 오시는 길에 배가 갤버스턴에서 난파하는 바람에 모든 물건을 잃어버렸다는 것은 당신도 알고 있지요? 그분이 잃은 모든 물건들 중에는 이 평원으로 여행해 오기 위해 만들었던 좋은 마차도 있답니다. 저의 주교가 변변치 못한 말을 타고 다니는데, 제가 이렇게 좋은 노새를 타고 돌아다닐 수는 없습니다. 그건 온당치 못해요. 저는 제 늙은 암말이나 타야겠어요.」

「네, 신부님?」 마누엘은 곤란에 처해 다소 침울해 보였다. 왜 신부님이 모든 걸 망치시려는 거지? 어제는 모든 게 아주 유쾌했었는데, 그분이 아주 관대함의 왕자처럼 보였었는데 하고 생각하는 듯했다. 「신부님이 지금의 말을 타고서는 라바하다 언덕도 넘어가지 못할 것 같은데요.」 그가 머리를 내저으며 천천히 말했다. 「저기 있는 제 말들을 한번 보시고 신부님께 맞는 말을 한 마리 고르세요.」

「아닙니다, 아니에요.」 바일랑 신부가 단호하게 말했다. 「이 노새들을 갖게 된다면 그 밖에 다른 건 원할 필요도 없지요. 이들은 정말로 아름다운 진주 빛깔이에요! 제가 혼배 성사 비용을 올려 받아서 돈을 모은 다음에 이 한 쌍의 노새들을 사러 당신에게 올게요. 선교사는 외로운 생활을 하기 때문에 그 위에 올라타고서 함께 다니는 동료한테 의지하고 다니는 법이거든요. 당신이 이 노새들에 대해 말했듯이, 저는 기독교인처럼 저를 처다볼 수 있는 노새가 필요해요.」

루혼 씨는 한숨을 짓더니 이런 난처한 상황에서 달아날 무슨 수라도 찾는 듯이 헛간 주변을 둘러보았다.

요셉 신부는 그에게 몸을 홱 돌렸다. 「마누엘, 만일 당신처럼 제가 부유한 목장을 갖고 있다면, 저는 훌륭한 일을 하겠어요. 저는 이 이교도의 나라를 돌아다니며 하느님의 말씀을 전하는 분들께 두 마리의 노새를 선사하겠어요. 그러고는 저 자신에게 이렇게 말하겠어요. 나의 주교님과 주교 대리 신부님이 나의 아름다운 크림빛 노새들을 타고 가시는구나.」

「그렇게 하세요, 신부님.」 루혼이 슬픈 듯이 미소를 지으며 말했다. 「하지만 저를 위해 좋은 기도를 많이 해주셔야 해요. 제 전 영토에서 이 두 마리 노새처럼 자랑할 만한 건 아무것도 없으니까요. 사실, 이 두 노새는 서로 오래 떨어져 있으면 서로를 그리워할지 몰라요. 이들은 서로 떨어져 있었던 적이 없거든요. 이들은 서로에 대해 대단한 애정을 갖고 있어요. 신부님도 아시다시피 노새는 애정이 많은 동물이잖아요. 제가 이 노새들을 포기하는 건 힘든 일이긴 하지만요.」

「마누엘, 하지만 당신은 그로 인해 훨씬 더 행복할 거예요.」 요셉 신부가 진심으로 말했다. 「이 노새들을 생각할 때마다 당신은 착한 행동을 했다는 데 자부심을 느끼게 될 거예요.」

아침을 먹은 후에 곧 바일랑 신부는 콘텐토를 타고, 안젤리카는 뒤에서 빨리 따라오도록 하면서 그곳을 떠났다. 루혼

씨는 문가에 서서 울적하게 그들이 사라질 때까지 지켜보았다. 그는 노새로 인한 힘겨운 문제로 자신이 슬픔과 걱정 속에 있다고 생각했지만, 신부에 대해 원한 같은 것은 품지 않았다. 그는 요셉 신부의 헌신에 대해 의심해 본 적이 없었으며, 그의 변치 않는 단 하나의 목적에 대해서도 의심해 본 적이 없었다. 결국 주교는 주교로서, 주교 대리 신부는 주교 대리 신부로서, 또 그들 둘이 공통으로 교구의 사제 일을 하는 데 대해 불신 같은 것은 결코 품어 본 적이 없었다. 그는 이들이 콘텐토와 안젤리카를 타고 다니며 선교를 한다는 사실에 스스로 자긍심을 느끼게 될 거라고 믿었다. 바일랑 신부는 자신이 노새 선물을 받기 위해 억지로 술수를 쓰긴 했지만, 그렇게 한 것에 대해 그는 오히려 기뻐하고 있었다.

2
모라로 가는 인적 없는 길

    라투르 주교와 바일랑 주교 대리는 빗속에서 노새를 타고 트루차스 산을 지나고 있었다. 무거운 납빛의 빗방울이 산봉우리에서 불어오는 살을 에는 듯한 바람에 공중에서 옆으로 휘날리며 몰아치고 있었다. 라투르 신부는 꼭 올챙이 모양처럼 생긴 이 빗방울들이 코와 뺨을 철썩거리며 후려치는 것 같다고 생각했다. 이 빗방울들은 속이 텅 빈 채 공기로 가득 차 있다가 후려치는 순간 폭발하는 것 같았다. 사제들은 높은 산지의 초원을 가로질러 가고 있었는데, 초원은 지금 당장은 슬레이트 빛깔이지만 몇 주 후면 푸르게 될 것이었다. 양쪽으로 청록빛 전나무들로 뒤덮인 산등성이가 있었고, 그들 위로는 뿔처럼 산맥의 등뼈가 솟아올라 있었다. 하늘은 매우 낮았다. 보랏빛이 도는 납빛 구름들이 안개의 장막을 소나무 산등성이 사이 계곡에 드리우고 있었다. 머리 위에서 움직이고 있는 어두운 안개 속에 반짝거리는 허연 빛은 없었다. 오히려 그것은 상록수의 차가운 초록 빛깔을 띠고 있었다. 심지어 하얀 노새들은 피부 거죽까지 젖은 채 뗏장처럼 되어 희끄무레한 색조로 변해 있었고, 두 사제의 얼굴도 보랏빛으로 변해 있었으며, 유일하게 빛을 내는 그들의 눈만이 번쩍이고 있었다.

라투르 신부가 노새를 타고 앞장서서 가고 있었다. 그는 노새 위에 꼿꼿하게 앉아 비가 눈을 내리치는 것을 피하려고 턱을 낮추고 있었다. 바일랑 신부가 그 뒤를 따르고 있었다. 그는 앞을 제대로 볼 수가 없었다. 이런 날씨 속에서 안경은 아무런 소용이 없었기에 그는 아예 안경을 벗어 버린 상태였다. 그는 안장에서 아래쪽으로 바짝 웅크리고 앉아 있어서 콘텐토의 목 쪽으로 그의 어깨가 거의 붙어 있다시피 했다. 요셉 신부의 누이인 필로메네는 퓌드돔에 있는 그녀의 고향 도시 수녀원의 원장이었는데, 그가 보낸 편지를 읽고 종종 오빠와 라투르 주교가 하는 이러한 선교 여행이 어떤 것인지를 마음속에 그려 보려 하고 있었다. 그녀는 그 장면을 상상하며 그녀에게 익숙한 그림인 성 프란시스 사비에르의 그림처럼, 두 명의 사제들이 성직복을 입고서 머리에는 아무것도 쓰지 않은 채 다니는 모습을 그려 보기도 했다. 하지만 현실은 그녀가 그려 보는 그림보다는 덜 그림 같았다. 하지만 그럼에도 불구하고 어느 누구도 이 두 사람을 사냥꾼이나 무역 상인으로 오해하지는 않았다. 그들은 목에 스카프가 아니라 성직자의 칼라가 달린 성직복을 입고 있었고, 사슴 가죽 재킷의 가슴 부위에는 주교의 은 십자가가 은 목걸이 줄로 매달려 있었기 때문이다.

그들은 모라로 가는 길이었다. 세 번째 날이 다 저물어 가고 있었는데도 아직 얼마나 가야 하는지조차 그들은 모르고 있었다. 아침 이래로 그들은 지나가는 여행객을 아무도 만나지 못했고 인간이 사는 곳을 보지도 못했다. 그들은 길을 올바로 가고 있다고 믿는 수밖에 없었다. 다른 것은 아무것도 보지 못했기 때문이다. 길을 떠난 첫날 밤을 그들은 산타크루즈에서 리오그란데의 따스하고 넓은 계곡에 누워 노숙을 하며 보냈다. 그곳의 밭과 채소밭은 벌써 이른 봄의 부드러운 빛깔을 띠고 있었다. 하지만 그들이 스페인 영토를 뒤로 하자마자 그들은 먼저 바람과 모래 폭풍과 씨름을 해야 했고, 이제는 추위와 씨름을 해야 했다. 주교는 모라에 있는 교구 신부가 그곳에 있는 그의 집으로 몰려든 한 떼의 피난민들을 처리하는 일을 돕기 위해 모라로 가는 길이었다. 코네호 계곡에 있는 새 정착지가 인디언들에게 최근 급습을 당했고 많은 주민들이 학살을 당했기 때문에, 원래 모라에 살다가 그곳으로 이주한 생존자들은 완전히 무일푼이 되어 모라로 간신히 돌아와 있었다.

여행객들이 산의 초원을 건너가기 전에 비는 진눈깨비로 변했다. 그들의 젖은 사슴 가죽 재킷은 재빨리 얼어붙었고, 얼음 같은 눈송이들이 그들을 내려치며 튀어 떨어졌다. 허허벌판에서 맞이하는 밤의 광경은 환호할 만한 것이 아니었다. 너무 젖어서 불을 피울 수도 없었고, 담요는 땅 위에서도 흠뻑 젖었다. 그들이 모라를 향해 산을 내려가자 이제 네 시밖에 되지 않았는데도 희끄무레한 해가 이미 떨어지기 시작했다. 라투르 신부는 안장에서 몸을 돌려 어깨 너머로 말했다.

「노새들이 아주 피곤한 것 같군요, 요셉 신부님. 노새들이 뭘 좀 먹어야 할 것 같은데요.」

「계속해서 갑시다.」 바일랑 신부가 말했다. 「밤이 되기 전에 어디 쉴 곳을 찾을 수 있을 겁니다.」 주교 대리는 초원을 건너오는 동안 끊임없이 기도를 해오고 있었기에, 그는 성 요셉이 분명 이 기도에 귀를 기울여 줄 것이라고 확신하고 있었다. 밤이 되기 전에 그들은 정말 어떤 누추한 어도비 흙벽돌집에 도착했는데 가파른 협곡 가장자리, 지나가는 길 옆에 바짝 붙어 있지 않았더라면 보지 못하고 지나쳤을 정도로 누추하고 초라한 집이었다. 마구간이 집보다도 오히려 더 머무를 만해 보였기에, 사제들은 어쩌면 마구간에서 하룻밤을 지낼 수 있을지도 모르겠다고 생각했다.

그들이 노새를 타고 문으로 다가가자 한 남자가 머리에 아무것도 쓰지 않은 채 밖으로 나왔다. 그들은 그가 멕시코인이 아니라 미국인이고, 어떤 선입관도 가질 수 없을 정도로 무뚝뚝한 사람이라는 사실에 놀랐다. 그 사람은 그들이 거의 알아들을 수 없을 정도로 우물거리는 사투리로 말을 하면서 그들에게 하룻밤 묵어 가고 싶은지 물었다. 몇 마디 말을 주고받는 동안 라투르 신부는 이렇게 못생기고 악마처럼 보이는 사람의 지붕 아래서는 단 몇 시간도 머물고 싶지 않다고 생각했다. 그는 키가 크고 마른 데다가 기형으로 생겼으며, 뱀 같은 목에 조그맣고 앙상한 머리 모양을 하고 있었다. 바짝 짧게 깎은 상고머리 아래로 이 역겨운 머리에는 수많은 두터운 고랑들이 나 있었는데, 두개골은 마치 너무 웃자란 뼈들이 머리 위로 올라와 얼기설기 얽혀 있는 것 같아 보였다. 조그맣고 미숙한 귀와 더불어 이 머리는 분명히 악의에 찬 모습을 보여 주고 있었다. 이 남자는 반쯤 인간의 형상을 한 사람이라고 보는 편이 나았지만, 모라로 가는 이 인적 없는 길에서 유일하게 집을 가지고 있는 사람이었다.

사제들은 노새에서 내려 그에게 노새들을 거처에 데려다 놓고 곡식을 먹여도 되느냐고 물었다.

「내가 코트를 입고 나면 그렇게 할 수 있습니다. 당신들은 안으로 들어오시오.」

그들은 그를 따라 구석에서 소나무 장작불이 타고 있는 방으로 들어갔다. 그리고 불이 있는 곳으로 가서 뻣뻣하게 굳은 손을 녹였다. 주인은 화가 나서 으르렁거리는 소리로 칸막이가 있는 쪽에다 대고 소리를 질렀다. 그러자 여자가 옆방에서 나왔는데, 그녀는 멕시코인이었다.

라투르 신부와 바일랑 신부가 그녀에게 예의 바르게 스페인어로 말하면서 관습대로 성모 마리아의 이름으로 인사를 했다. 그녀는 입을 열지 않았지만 한순간 멍하니 그들을 응시하더니 눈을 내려뜨리고 몹시 겁에 질린 듯 움츠러들었다. 사제들은 서로 쳐다보았다. 이 남자가 그녀를 어떤 식으로든 학대하고 있다는 생각이 두 사람 모두에게 들었다. 그때 갑자기 그 남자가 여자에게로 몸을 돌렸다.

「손님들이 앉도록 의자에 있는 것들 좀 치워. 이 사람들이 널 잡아먹지는 않을 테니. 사제들 같으니까.」

여자가 정신없이 누더기와 젖은 양말과 옷가지들을 의자에서 낚아채 치우기 시작했다. 그녀의 손이 너무 떨리는 바람에 물건들이 바닥에 떨어졌다. 그녀는 늙어 보이지 않았다. 오히려 아주 어려 보였다. 하지만 그녀는 어쩐지 반쯤은 얼뜨기 같아 보였다. 그녀의 얼굴에는 멍한 표정과 공포밖에 없었다.

그녀의 남편은 코트를 입고 장화를 신고 문으로 가서 걸쇠를 잡더니 민첩하게 어깨를 돌려 당황한 여자를 미움에 찬 눈길로 홀끗 보았다.

「자, 너! 따라와 봐. 너한테 시킬 일이 있으니까!」

그녀는 못 옷걸이에서 검은 숄을 잡더니 그를 뒤따라갔다. 그러더니 문가에 이르자 갑자기 몸을 돌려 측은하기도 하고 당황한 시선으로 그녀를 살펴보던 방문객들의 눈을 보았다. 무감각하던 그녀의 얼굴이 곧 강렬해지고 예언적이 되더니 어떤 무시무시한 의미를 가득 담았다. 그녀는 손가락을 공중에 뻗치면서 그들에게 도망치라고, 도망치라고 손짓했다! 그러더니 어떤 말로도 전달할 수 없는 공포에 찬 모습으로 고개를 끄떡거리면서 손바닥 끝을 재빨리 끌어당겨 부풀어 오른 목을 가로질러 긋는 시늉을 했다. 그러고는 사라졌다. 문가에는 아무도 없었다. 두 사제는 그곳을 응시하며 말없이 서 있었다. 전광석화와도 같은 충격이 매우 생생하고 분명한 경고를 해주었기에 그들은 놀라움에 휩싸인 채 벙어리처럼 그대로 서 있었다.

요셉 신부가 먼저 입을 열었다. 「그 여자가 의미하는 바가 무엇인지는 분명합니다. 주교님 권총은 장전되어 있습니까?」

「네, 하지만 젖지 않게 했어야 했는데 그러지 못했어요. 상관없어요.」

그들은 서둘러 그 집을 나갔다. 희뿌연 빗줄기 속에서 마구간을 충분히 구별해 볼 수 있는 빛은 아직 있었기에 그들은 마구간으로 갔다.

「미국인 씨.」 주교가 불렀다. 「우리 노새들 좀 내어 주시겠어요?」

남자가 마구간에서 나왔다. 「뭐라고요?」

「우리 노새들을 내어 달라고요. 우리는 마음을 바꿔 먹었답니다. 모라로 곧장 가기로요. 수고해 주신 데 대해 여기 일 달러 드리지요.」

남자가 위협하는 태도를 보였다. 그가 뱀처럼 옆에서 옆으로 사제들을 하나씩 훑어보았다. 「왜 그러시죠? 제 집이 묵기에 좋지 않은 거요?」

「그걸 설명할 필요는 없습니다. 헛간 안으로 가서 노새나 가져옵시다, 요셉 신부님.」

「당신들이 내 마구간에 감히 들어간다고, 당신들, 사제들 말이야!」

주교가 권총을 꺼냈다. 「그렇게 모독적인 말을 해서는 안 되지요. 우린 무례하게 내뱉는 당신의 말을 피해 가려는 것 뿐이니까요. 거기서 꼼짝 마시오.」

남자는 무기가 없는 상태였다. 요셉 신부가 노새들을 데리고 나왔는데, 다행히도 안장을 풀지 않은 상태였다. 그 불쌍한 것들은 아직도 한 입 가득 우적우적 먹고 있었지만, 노새들은 빨리 가라고 억지로 끌 필요도 없이 서둘러 갔다. 그들도 이곳을 좋아하지 않았던 듯하다. 뒤에서 말을 타고 오는 사람이 있는 것 같은 느낌이 들어서 길을 따라 재빨리 달렸기 때문에 그들은 곧, 비가 오지 않으면 물이 없는 시냇가까지 오게 되었다. 그들이 내리막길을 달리게 되자 요셉 신부는 그 사람이 분명히 집에 총이 있을 텐데 그걸 갖고 뒤쫓아 와 뒤에서 쏘지 않기를 바랄 뿐이라고 했다.

「저도 그러지 않길 바랍니다. 그러기에는 너무 어두워졌어요. 그 사람이 말을 타고 우리를 뒤쫓아 오지 않는다면요.」 주교가 말했다. 「마구간에 말들이 있던가요?」

「조그만 당나귀 한 마리만 있더군요.」 바일랑 신부는 성 요셉의 보호에 의존하고 있었는데, 그날 아침 성 요셉에게 열심히 그의 일과 기도를 드렸었기 때문이다. 그 불쌍한 여자가 그들에게 한 경고는 정말로 드문 기회였기에, 이는 분명 어떤 보호하는 힘이 그들을 염두에 두고 있다는 증거였다.

그들이 비가 내리지 않으면 물이 마르는 시내를 따라 다음 계곡을 향해 올라갈 때쯤에 밤은 아주 가까이 다가와 있었고, 비는 전보다 더 세차게 퍼붓고 있었다.

「우리가 길을 제대로 가고 있는지 통 알 도리가 없군요.」 주교가 말했다. 「하지만 적어도 그 사람이 우리를 뒤쫓아 오지 않는다는 건 확신하겠어요. 이 영리한 짐승들을 믿는 수밖에요. 불쌍한 여자 같으니라고! 그 사람이 그 여자를 의심하고 그녀를 학대할까 걱정되는군요.」 그는 노새를 타고 가는 내내 어둠 속에서 그녀를 줄곧 보는 것 같았다. 장작 불빛 속 그녀의 얼굴을, 그리고 그녀의 무시무시한 몸짓을.

자정이 조금 지나서야 그들은 모라 시내에 도착했다. 그곳 교구 신부의 집은 피난민들로 가득 차 있었다. 그들 중 두 사람이 주교와 주교 대리가 들어가 잠을 자도록 침대를 비워 주었다.

아침에 소년이 마구간에서 나오더니 어떤 미친 여자가 밀짚 속에 누워 있는데, 그녀가 하얀 노새를 가진 두 명의 신부들을 만나 보기를 간청한다고 했다. 그녀가 안으로 들어왔다. 그녀의 옷은 완전히 넝마처럼 찢겨 있었고 다리와 얼굴, 심지어 머리까지도 진흙으로 뒤엉켜 있어서 사제들은 그녀가 전날 밤에 자기들의 생명을 구해 주었던 바로 그 여자라는 것을 거의 알아보지 못할 뻔했다.

그녀는 집으로 다시 돌아가지 않았다고 했다. 두 사제가 달아났을 때 남편은 집으로 달려 들어와 총을 가지고 나갔고 그녀는 마구간 뒤, 물이 솟구치는 곳에서 물줄기를 따라 시냇가로 곤두박질쳐 밤새 모라를 향해 왔다고 했다. 그녀는 그가 자신을 붙잡아 죽일 거라고 생각했지만 그러지는 못했다고 했다. 그리고 동이 트기 전 그녀가 마을에 도착했지만 마구간으로 기어 들어가 동물들 사이에서 몸을 녹이며 이 집 사람들이 깰 때까지 기다렸다고 했다. 주교 앞에서 무릎을 꿇고 그녀가 그토록 무시무시한 일들을 연속적으로 말하기 시작하자, 주교는 그녀에게 말을 멈추게 하더니 멕시코인 사제에게 몸을 돌려 이렇게 말했다.

「이것은 시 당국에서 처리해야 할 사건입니다. 여기에 치안 판사가 있습니까?」

그는 치안 판사는 없지만 은퇴한 모피 덫꾼이 있는데, 그 사람이 공증인으로 일하고 있으니까 공증을 받을 수 있다고 했다. 그는 공증을 받기 위해 모피 덫꾼을 부르러 사람을 보냈고, 그사이에 라투르 신부는 코네호에서 온 피난민 여자들로 하여금 이 불쌍한 여자를 목욕시키고 괜찮은 옷을 입히고 다리의 벤 상처와 긁힌 상처를 보살피라고 했다.

한 시간 후, 이름이 막달레나라고 하는 그 여자가 음식을 먹고 친절한 보살핌에 진정이 되어 그녀가 겪은 이야기를 할 준비가 되었다. 공증인은 그의 친구인 세인트 브레인이라는 사람과 함께 왔는데, 그는 캐나다인 덫꾼으로 공증인보다도 스페인어를 더 잘했다. 더욱이 그는 그 여자를 알고 있었는데, 그녀는 로스란초스 데 타오스에서 태어난 막달레나 발데즈로 스물네 살이라며, 그녀의 진술을 확신하도록 해주었다. 그 여자의 남편은 버크 스케일스로 와이오밍의 어딘가에서 사냥꾼들 무리를 따라 타오스까지 오게 되었다고 했다. 모든 백인들이 그를 개나 타락한 놈쯤으로 알고 있었다. 하지만 멕시코 여자들에게 미국인과 결혼하는 것은 출세를 의미했다. 그녀는 그와 6년 전에 결혼했으며, 그 이후로 줄곧 모라의 오솔길에 있는 그 형편없는 집에서 그와 살아왔다. 그동안 그는 하룻밤 묵기 위해 그곳에 들른 네 명의 여행객들에게 강도짓을 하고 그들을 살해했다. 그들은 모두 초행길인 사람들로, 그 지역에 대해서는 전혀 몰랐다. 그녀가 그들의 이름을 잊었지만, 한 명은 스페인어는 거의 하지 못하고 영어도 잘하지 못하는 독일 소년이었다고 했다. 파란 눈을 가진 선량한 소년이었는데, 그녀는 다른 사람들보다 그가 죽은 것이 더 슬펐다고 했다. 그들은 모두 마구간 뒤에 있는 모래 흙 속에 묻혔다고 했다. 그녀는 늘 폭풍우에 모래가 쓸려 나가 그들의 시체가 드러날까 봐 두려워했다고 했다. 그리고 그들의 말은 남편 버크가 밤에 타고 나가 북쪽 어딘가에 있는 인디언들에게 팔았다고 했다. 막달레나는 결혼 후 세 명의 아이들을 낳았는데, 그녀의 남편이 아기들이 태어나고 며칠 뒤에 그녀가 차마 말할 수 없는 끔찍한 방법으로 모두 죽였다고 했다. 그가 첫 번째 아기를 죽인 후 그녀는 그에게서 달아나 란초스에 있는 부모님 댁으로 돌아갔지만, 그가 그녀를 뒤쫓아 와서 집에 가지 않으면 노인네들한테 해를 끼치겠다고 협박하여 그와 함께 집에 가도록 했다고 했다. 그녀는 어딘가에 가서 도움을 요청하는 게 두려워 자신은 그대로 있었지만 전에 두 번인가는, 남편이 집에 없을 때 지나가는 여행객들에게 도망치라고 간신히 경고를 해주었다고도 했다. 이번에 그녀가 이 두 사제들의 얼굴을 보았을 때 그녀는 그들이 좋은 사람들이라는 것을 알았고, 그들을 따라 도망치면 그들이 자신을 구해 줄 거라고 생각하고 용기를 얻었다고 했다. 그녀는 남편이 사람을 죽이는 것을 더 이상 참을 수가 없었다. 그녀는 자기 영혼이 하느님과 함께 올바로 인도될 수 있도록 얼마간 자신이 성당과 신부님 가까이 숨어 있을 수만 있다면 죽는 것 말고 다른 소원은 없다고 했다.

세인트 브레인과 그의 친구 공증인은 즉시 탐정대를 조직했다. 그들은 말을 타고 버크 스케일스의 집으로 가서, 그 여자가 말했던 대로 마구간 뒤 가축우리 아래에 묻힌 네 사람의 시신을 발견했다. 그들은 또한 타오스에서 돌아오는 길이던 스케일스를 체포했는데, 그는 아내를 찾으러 그곳에 갔다 오던 길이었다. 그들은 그를 모라로 이송했고, 세인트 브레인은 치안 판사를 데리러 말을 타고 타오스로 갔다.

모라에는 구치소가 없어서 스케일스를 빈 마구간에 가두어 놓고 사람이 지켜야 했다. 이 마구간은 곧 많은 사람들로 둘러싸이게 되었는데, 그들은 죄수가 아내에게 소리를 질러대며 소름 끼치는 협박을 해대는 것을 듣기 위해 그 근처에서 얼쩡거리고 있는 사람들이었다. 막달레나는 계속해서 교구 신부의 집에 있었는데, 그녀는 구석에 있는 매트에 누워 라투르 신부에게 그녀의 남편이 접근할 수 없는 산타페로 자기를 데려가 달라고 애원했다. 스케일스가 비록 묶여 있는 몸이긴 했지만, 주교도 그녀의 안전에 대해 걱정하고 있었다. 그래서 그와 함께 새로운 스타일의 연발 권총을 갖고 있는 미국인 공증인이 대청에 앉아 밤새 그녀를 지켰다.

아침에 치안 판사와 그의 일행이 타오스에 도착했다. 공증인은 그에게 모든 사람이 들을 수 있도록 광장에서 범죄 사건의 죄목들을 발표했다. 주교는 막달레나가 공포스러운 상태로 여기 머물러 있을 수 없다며, 타오스에 막달레나가 있을 만한 곳이 있는지를 물었다.

사슴 가죽으로 된 사냥복을 입은 남자가 군중 속에서 앞으로 나오더니 막달레나를 만나 보기를 청했다. 라투르 신부는 막달레나가 매트를 깔고 누워 있는 방으로 그를 안내했다. 낯선 사람은 그녀에게 다가가더니 모자를 벗었다. 그는 몸을 숙이더니 그녀의 어깨에 손을 얹었다. 그가 분명히 미국인이긴 했지만, 그는 스페인어를 쓰는 원어민의 태도로 말을 했다.

「막달레나, 나를 기억하겠어요?」

그녀가 어두운 우물 속에서 바라보듯 그를 올려다보았다. 그녀의 깊고 얼빠진 눈에 생기 같은 게 도는 것 같았다. 그녀는 그의 주름이 잡힌 사슴 가죽 무릎을 양손으로 잡았다.

「크리스토발.」 그녀가 외쳤다. 「오, 크리스토발.」

「막달레나, 내가 당신을 집으로 데려갈게요. 당신은 내 아내와 함께 있으면 돼요. 내 집은 무섭지 않겠죠, 그렇죠?」

「안 무서워요, 안 무서워요, 크리스토발. 당신과 함께 있으면 무섭지 않아요. 그리고 저는 사악한 여자는 아니잖아요.」

그는 그녀의 머리카락을 쓰다듬었다. 「당신은 착한 여자예요, 막달레나. 늘 그랬잖아요. 괜찮아질 거예요. 물건들을 챙겨 가지고 나오세요.」

그런 다음, 그는 주교에게로 몸을 돌렸다. 「주교님, 그녀는 제가 데리고 가겠습니다. 저는 타오스 근처에 삽니다. 제 아내는 원주민 여자인데, 아내가 그녀를 잘 돌볼 겁니다. 해를 끼치는 저 들짐승 같은 놈은 감옥을 부수고 나온다 해도 제 집 근처는 얼씬도 못 할 겁니다. 그놈은 제가 누군지 알거든요. 제 이름은 카슨입니다.」

라투르 신부는 이 정찰병을 몹시 만나 보고 싶어 하던 차였다. 카슨은 틀림없이 체격이 아주 크고 힘이 좋은 몸집으로 압도하는 모습일 것이라고 추측했지만 실제로는 주교 자신만큼도 크지 않았는데, 체격이 아주 날씬하고 태도가 온순했으며 부드러운 남부 지방의 강세가 있는 영어를 썼다. 그의 얼굴은 사려가 깊어 보이면서도 민첩했다. 그의 푸른 눈 사이에 져 있는 골에는 어떤 근심 같은 게 서려 있었다. 금빛 수염 아래의 입은 아주 세련된 모습이었다. 입술은 둥글고 섬세한 모양이었다. 그의 입 주변으로는 무의식적으로 호기심이 이는 듯한 기미가 있었으며, 숙고하는 듯하고, 다소 우울해 보이기도 했다. 또한 그것은 다정함을 보여 주는 듯한 모습이었다. 주교는 이 사람을 만나자 즉시 기분이 좋아졌다. 그가 사슴 가죽옷을 입고 거기서 일어섰을 때, 그에게 표준이 되는 자기 원칙과 충성, 그리고 뭐라고 꼭 집어 말할 수는 없지만 어떤 원칙에 의해 삶을 살아가는 두 사람이 우연히 만나게 되는 순간 느낄 수 있는 감정이 일었다. 그는 정찰병의 손을 잡았다. 「저는 오래도록 키트 카슨 씨를 만나고 싶었습니다.」 그가 말했다. 「제가 뉴멕시코에 오기 전부터요. 저는 당신이 산타페로 저를 방문해 주시길 바라 왔습니다.」

상대방이 미소를 지었다. 「저는 부끄러움을 많이 타는 사람입니다. 그래서 늘 만나 뵙는 분을 실망시켜 드리지 않을까 걱정합니다. 하지만 이제부터는 찾아뵈도 괜찮을 것 같습니다.」

이것은 오랜 우정의 시작이었다.

그들이 카슨의 목장으로 돌아가는 길에, 막달레나는 바일랑 신부의 보살핌 아래 놓이게 되었으므로 주교와 정찰병은 노새를 함께 타고 가게 되었다. 카슨이 말하길, 미국인이 멕시코 여자와 결혼함으로써 가톨릭교를 믿게 되었기에 가톨릭교는 자신에게 단지 어떤 형식적인 종교 같은 것이었다고 했다. 그의 아내는 좋은 여자로 신앙심이 아주 돈독하다고 했다. 하지만 그에게 종교는 여자들이나 매달리는 문제 같아 보였다고 했다. 그런데 그가 캘리포니아에 마지막으로 갔다 온 후로는 그렇지 않게 되었다고 했다. 그는 거기서 아파 누워 있게 되었는데, 선교 활동을 하고 있는 어느 신부님들이 그를 보살펴 주었다고 했다. 「저는 사물들을 다르게 보기 시작했고, 언젠가 진정한 가톨릭교도가 되어야겠다고 생각해 왔습니다. 저는 사제들이 악한들이고 수녀들은 나쁜 여자들이라고 생각하며 자랐습니다. 미주리에서는 사람들이 그렇게 말하거든요. 이곳에 있는 많은 멕시코 원주민 신부님들이 그런 이야기를 듣고 있습니다. 타오스에 있는 우리 교구의 마티네즈 신부는 늙은 망나니입니다. 그는 여기 근방에 있는 거의 모든 마을에 자식들과 손자들이 있으니까요. 그리고 아로요 혼도에 있는 루체로 신부는 엄청난 구두쇠로 기독교식 장례식을 집전하고는 가난한 사람의 전 재산을 빼앗아 갑니다.」

주교는 마침내 카슨과 그의 교구 사람들이 필요로 하는 것을 토의하게 되었다. 그는 카슨의 판단을 굉장히 신뢰했다. 두 사람은 나이가 거의 같았는데, 둘 다 마흔 살을 약간 넘긴 상태였고 또 두 사람 다 폭넓은 경험을 했기 때문에 진지하고 예리했다. 카슨은 이제 세상에서 유명한 탐사의 안내자였지만, 그는 비버 덫꾼이던 시절처럼 아직도 가난했다. 그는 멕시코인 아내와 함께 조그만 어도비 흙벽돌집에서 살고 있었다. 산타페와 태평양 해안 사이에 광대한 사막과 산맥이 놓인 커다란 나라는 아직 지도로 만들어지지도 못한 상태였고, 지역의 경계가 확실히 정해지지도 못한 상태였다. 그 지역의 가장 믿을 만한 지도는 키트 카슨의 머릿속에 있었다. 이 미주리 사람, 그의 눈은 아주 민첩하게 풍경이나 사람의 얼굴을 읽을 수 있었지만, 인쇄된 글자는 읽지 못했다. 그는 그 당시에 자기 이름도 거의 쓰지 못했다. 하지만 그에게는 민첩하고 분별력 있는 지성이 있었다. 그가 문맹이라는 것은 일종의 우연한 사고 같은 것이었다. 그는 책보다 앞질러 갔고, 인쇄물도 따라갈 수 없는 곳으로 앞서 갔다. 그는 소년 시절을 힘겹게 보냈는데, 열네 살부터 스무 살까지 요리사나 마차 무리의 노새 몰이꾼으로 간혹 잔인하고 막돼먹은 사람들의 시중을 들며 간신히 먹고살았지만 명예를 소중히 여기는 깨끗한 마음과 동정 어린 마음을 늘 간직하고 있었다. 주교에게 불쌍한 막달레나에 대해 이야기하면서 그는 슬프게 말했다. 「그녀가 아주 예쁜 소녀였을 때 제가 그녀를 타오스에서 보곤 했었습니다. 그런데 이젠 불쌍하게 되지 않았어요?」

타락한 살인마인 버크 스케일스는 약식 재판을 받은 후 교수형에 처해졌다. 4월 초, 주교는 말을 타고 산타페를 떠나 볼티모어에 있는 지방 심의회에 참석하러 가는 길에 세인트루이스에 들렀다. 9월에 돌아왔을 때, 그는 문맹인 산타페에 여학교를 설립하려고 로레토 수녀원에서 다섯 명의 용감한 수녀들을 데리고 왔다.

그는 즉시 막달레나를 불러와 수녀들의 시중을 들도록 했다. 그녀는 가정부 겸 수녀들의 부엌 관리인이 되었다. 그녀는 수녀들에게 헌신적이었다. 주교가 학교를 방문했을 때 그녀의 청명하고 멋진 얼굴을 보기 위해 부엌 옆의 채소밭으로 들어서면, 그녀는 성당에서 일을 하는 것이 아주 행복하다고 했다. 그리고 그녀는 카슨이 그녀가 소녀였을 때 예뻤다고 말했던 것처럼 그렇게 예뻐졌다. 무시무시한 젊은 시절의 해충을 입은 이후 그녀는 하느님의 집에서 다시 꽃을 피우는 것 같았다.

제3부
아코마에서의 미사

1
앵무새 나무 조각품

　주교가 산타페에 부임한 후 첫해 동안 사실상 그는 4개월 정도만 그의 교구에 있었던 셈이다. 첫해의 6개월간은 본회의에 참석해 달라는 요청을 받고 볼티모어에서 보냈다. 그는 말을 타고 산타페 오솔길을 지나 1천 마일쯤 되는 거리인 세인트루이스까지 간 다음 거기서 다시 피츠버그까지 증기선을 타고 간 뒤 컴버랜드까지 산을 넘었고, 그다음 워싱턴까지는 새로 부설된 철로로 기차를 타고 갔다. 돌아오는 길은 〈빛의 성모 마리아〉라는 학교를 설립하기 위해 다섯 명의 수녀들을 데려오느라 훨씬 더 오래 걸렸는데, 그는 9월 말이 되어서야 산타페에 도착했다.

　지금까지 라투르 주교는 그의 교구 밖에서 하는 일을 주로 수행했었다. 커다란 그의 교구는 아직도 그에게는 상상조차 할 수 없는 신비에 감싸여 있었다. 그는 교구를 한번 돌아보고 교구 사람들에 대해 알고 싶어졌다. 학교를 건설하고 설립하는 걱정에서 조금 달아나, 오래도록 등한시되어 온 인디언 선교구들 중 서쪽으로 가보고 싶었다. 그래서 그는 좋은 말의 종자로 유명한 산토도밍고와 석고로 하얗게 칠해진 마을로 유명한 이슬레타, 널따란 목초지가 있는 라구나, 그리고 마지막으로 구름이 걸려 있는 아코마를 가보기로 했다.

10월의 황금빛 날씨에 주교는 담요와 커피포트를 갖고 페코스 마을에서 불러 온 젊은 인디언 하신토를 안내자로 고용하여 대동하고 인디언 선교구를 방문하러 서쪽을 향해 떠났다. 그는 앨버커키에서 친절하고 인기가 많은 갈레고스 신부와 하룻밤 하룻낮을 보냈다. 앨버커키는 라투르 주교의 대교구 중에서 산타페 다음으로 가장 중요한 소 교구였다. 그곳의 교구 사제는 영향력 있는 멕시코인 가정 출신이어서, 그와 그곳의 목장 주인들은 성당을 그들의 구미에 맞도록 하여 자기들 멋대로 일을 처리하고 있었다. 비록 갈레고스 신부가 라투르 주교보다 열 살이나 더 많았지만, 그는 아직도 닷새 밤을 연속으로 스페인 환당고 춤을 추고도 만족하지 못하는 사람이었다. 그는 미국 식민지에 미국인 친구들이 많이 있어 멕시코인들과 춤을 추지 않을 때는 그들과 포커 게임을 하거나 사냥을 나갔다. 그의 지하실은 엘파소 델 노르트에서 가져온 포도주들과 타오스에서 가져온 위스키, 버날리로에서 가져온 포도주 브랜디로 가득 차 있었다. 그는 진정 사람을 환대할 줄 아는 사람이었으므로, 그의 행운을 건드리지 않는 도박꾼이나 술 취하지 않은 군인은 늘 그의 식탁에 초대되었다. 갈레고스 신부는 또한 어떤 부유한 멕시코인 과부에게 찬미를 받고 있었는데 그녀는 그의 저녁 파티에서 여주인 노릇을 하기도 하고, 그를 위해 하인들을 고용해 주기도 하고, 성단에 까는 레이스와 식탁에 까는 흰 천을 손수 만들어 주기도 했다. 일요일마다 앨버커키에서 유일하게 덮개가 달린 그녀의 마차가 광장에서 대기하고 있으면, 미사가 끝난 뒤 사제가 법의를 벗고 나와 그 마차를 타고 부인의 저택으로 점심식사를 하러 갔다.

주교와 바일랑 신부는 갈레고스 신부의 문제를 철저히 검토하고 크리스마스가 오기 전에 그 일대에서 오래도록 추문을 일으켜 온 그 문제를 종결짓기로 했다. 하지만 라투르 신부는 이번 방문에서는 어떤 놀라움을 표현하거나 불쾌감을 드러내지는 않을 생각이었다. 갈레고스 신부는 아주 진심 어린 태도로 예의 바르고 정중하게 대했다. 그가 견진성사를 행하지 않는 것을 알고 주교가 약간 놀라는 표정을 짓자, 신부는 영세를 할 때 아기들에게 견진성사를 하는 것이 그의 관습이라고 능수능란하게 둘러댔다.

「우리 같은 기독교 단체에서는 모든 게 똑같습니다. 우리는 아기들이 자라면서 종교적인 가르침을 받게 된다는 걸 알거든요. 그래서 일찍부터 그들을 좋은 가톨릭교도로 만들고자 하는 겁니다. 그래선 안 된단 말입니까?」

갈레고스 신부는 혹시 주교가 그의 선교구를 도는 이번 여행에 동행하자고 요청하지 않을까 하여 불안해하고 있었다. 그는 선교구를 돌아다니는 도중에 음식도 부족한 상태로 바위에서 노숙하는 것을 좋아하지 않았다. 그래서 주교가 그를 방문하기 전날까지만 해도 며칠 동안 춤을 추었음에도 불구하고, 그는 한쪽 발에 붕대를 감고 인디언들이 신는 사슴 가죽신을 신은 채로 자기 발에 통풍이 심해졌다고 엄살을 부리며 그의 상사를 접견했던 것이다. 주교가 아코마에 가서 미사를 마지막으로 해준 것이 언제냐고 묻자 그는 곧장 대답을 하지 못했다. 그러다가 그는 부활제 주에 거기에 가서 미사를 해오던 것이 그의 관습이었지만, 아코마 인디언들이 겉으로만 가톨릭교도지 마음속으로는 이교도인 데다가 미사를 올리는 것을 원하지 않는다고 했다. 그가 마지막으로 거기 갔을 때는 성당 안으로 들어가 보지도 못했다고 했다. 인디언들은 성당 문의 열쇠가 없는 척했다. 성당 관리인이 그 열쇠를 갖고 있는데, 그가 〈인디언적인 업무〉를 보느라 세볼레타 산속에 올라가 있다고 했다.

라투르 주교는 갈레고스 신부가 그의 교구 순례 여행에 동반하지 않았으면 했기에, 동반한다고 할 경우 그걸 어떻게 거절할지 고민하지 않게 되어 기뻤다. 그는 정중하게 작별인사를 한 후에 앨버커키를 떠났다. 그는 한 인간으로서는 갈레고스가 아주 매력적인 데가 있다고 생각했다. 하지만 사제로서 그는 구제불능이었다. 그는 자기만족에 너무 빠져 있는 데다가 생활방식을 바꾸기에는 인기가 너무 많아 지금까지 살아온 방식을 결코 바꿀 수가 없었다. 전문 도박꾼 같아 보이지는 않았지만 그의 용모에는 뭔가 유들유들하고 번지르르한 데가 있어 저속한 생활을 하고 있는 사람이라는 것을 암시해 주고 있었다. 오직 한 가지 방법밖에는 없었다. 그 사람에게서 사제로서의 역할을 하는 모든 자격을 정지시키고, 더 작은 교구의 멕시코 원주민 사제들에게 경고가 되도록 본때를 보여 주는 것이었다.

바일랑 신부는 주교에게 무슨 일이 있더라도 이슬레타에서 하룻밤 묵으며 그곳의 사제인 예수 데 바카 신부를 만나 보면 좋을 것이라고 했었다. 그는 머리가 허옇고, 눈이 거의 멀 지경에 이르렀는데, 이슬레타에서 아주 오랫동안 사제로 일해 오며 그곳 인디언들에게 신뢰와 애정을 얻은 사람이었다.

라투르 신부가 잿빛 모래로 덮인 낮은 평원을 가로질러 하얗게 빛나는 이슬레타 마을로 다가가자 그의 기운이 충천되었다. 옛날식 종이로 된 창문 블라인드 빛깔처럼 강렬한 청록 빛을 띤 몇 그루의 밝은 아카시아 나무들로 그늘이 져 있는 성당과 옹기종기 모여 있는 집들의 따스하면서도 풍요로운 하얀 빛이 아름다웠다. 아카시아 나무는 라투르 주교에게 늘 즐거운 기억을 일깨워 주며 그가 어린 사촌들을 방문하곤 했던 프랑스 남부의 정원을 상기시켜 주었다. 그가 노새를 타고 성당으로 올라가자 늙은 사제가 그를 마중하기 위해 나와 인사를 한 후, 손으로 시력이 좋지 않은 눈에 그늘을 만들어 주며 서서 라투르 신부를 바라보았다.

「이분이 바로 저의 주교님이란 말씀입니까? 이렇게 젊으신 분이요?」 그가 외쳤다.

그들은 성당 뒤로 담장이 쳐져 있는 정원을 지나 사제의 집으로 들어갔다. 담장으로 둘러쳐진 이곳은 집에서 기르는 선인장 식물들, 그러니까 아주 다양한 종류와 커다란 규모의 선인장 식물들로 가득 차 있었다(아마도 신부가 선인장을 좋아하는 것 같았다). 이 선인장들 사이에는 버드나무 가지로 만들어진 등나무 새장들이 걸려 있었는데, 거기에는 앵무새들이 가득 차 있었다. 모래로 된 오솔길 근방을 뛰어다니는 앵무새들도 있었는데, 집에만 있도록 하기 위해 한쪽 날개가 잘려 있었다. 예수 신부는 앵무새 깃털은 인디언들이 그들의 예복을 장식하는 것으로 쓰기 때문에 이곳에서 앵무새 깃털은 아주 소중히 여겨진다고 하면서 오래전, 자신이 앵무새를 기르는 것이 여기 교구 사람들에게 무척 사랑을 받는다는 사실을 알았다고 설명했다.

사제의 집은 안과 밖이 모두 이슬레타의 모든 집들처럼 하안색이었다. 그 집은 또한 인디언들이 사는 집처럼 가구가 거의 없었다. 그 노인은 가난했지만, 마음이 너무 여려서 마을 사람들에게 사제로서 일한 대가로 돈을 달라고 할 수가 없었다. 인디언 소녀가 콩과 옥수수 죽을 요리해 주었기에, 그는 그 밖에 다른 음식은 먹을 필요가 없었다. 그 소녀는 요리 솜씨가 아주 좋지는 않지만 요리는 아주 깨끗하게 한다고 그가 말했다. 주교가 이 마을에 있는 모든 것, 심지어 거리까지도 아주 깨끗해 보인다고 하자 신부는 이슬레타 근처에 어떤 하얀 광석이 나는 언덕이 있는데, 인디언들이 그것을 파내 하얀 회칠을 하는 데 사용한다고 설명했다. 그들은 이것을 태고 적부터 사용해 왔으며, 마을은 늘 하얀 마을로 외부에 알려져 왔다고 했다. 예수 신부와 이야기를 조금만 나눠 봐도 그가 거의 아이처럼 천진할 정도로 단순하고, 아주 미신적이라는 것을 알 수 있었다. 하지만 그에게는 황금만큼이나 소중한 선함이 있었다. 그의 오른쪽 눈은 백내장이 너무 웃자라 있어 마치 그가 가까운 주변 너머로 멀리 보려는 듯, 늘 고개를 기울이고 있도록 했다. 그의 모든 움직임은 왼쪽으로 기울어졌는데, 그가 가는 길에 어떤 장애물을 만나 그 주변으로 돌아서 걷는 것 같아 보였다.

앵무새들로 가득 차 있는 정원을 지나 집 안으로 들어온 라투르 신부는 가구가 거의 없는 가난한 그곳 신부의 대청에서 유일한 장식물이 앵무새 나무 조각품이라는 것을 발견하고 기뻤다. 그 앵무새는 지붕 서까래 중 하나에 매단 갈고리에 홰를 틀고 앉아 있었다. 예수 신부가 부엌에서 인디언 소녀에게 음식에 대한 지시를 내리는 동안 주교는 이 조각품을 횃대에서 내려 살펴보았다. 그것은 나뭇가지 하나를 정확하게 살아 있는 앵무새 크기만큼 잘라서 만든 것으로, 몸통과 꼬리는 뻣뻣하고 곧았고 머리는 약간 구부러진 모양이었다. 날개와 꼬리와 목의 깃털은 연장으로 약간만 형상을 새겨 낸 뒤 얇게 색칠을 했다. 그는 그것이 얼마나 가벼운지를 알고는 놀랐다. 겉 표면은 아주 오래된 나무처럼 허옇고 벨벳 천처럼 매끄러웠는데, 그것은 이상하게도 살아 있는 듯 보였기에 나무로 된 앵무새의 형상 같았다.

신부는 새를 손에 들고 있는 주교를 보더니 미소 지었다.

「제 보물을 발견하셨군요! 그건, 감사하게도 아마 이 마을에서 가장 오래된 물건일 겁니다. 이 마을 자체보다도 더 오래된 걸 거예요.」

앵무새는 마을의 인디언들에게는 늘 경이와 소망의 새였다고 예수 신부가 말했다. 아주 오랜 옛날에는 그 깃털이 조가비 구슬이나 터키석보다도 더 가치가 있었다고 했다. 심지어 스페인 사람들이 오기 전까지만 해도, 북 뉴멕시코의 마을에서는 탐험꾼들을 보내 위험하고도 힘든 무역 상인들이 가는 길을 따라 열대 멕시코로 들어가 앵무새 깃털을 한 아름 몸속에 지니고 돌아오게 했다고 했다. 이걸 사기 위해 무역 상인들이 산타페 근처에 있는 세릴로스 언덕으로 터키석을 가득 담은 주머니들을 가지고 왔다. 그때는 앵무새가 아주 진귀하던 시절이라, 상인이 살아 있는 앵무새를 가져오는 데 성공하기만 하면 이곳 주민들로부터 아주 성스럽고 명예로운 대접을 받았다고 했다. 그리고 새가 죽으면 마을 전체가 깊은 애도에 빠졌다고 했다. 심지어 앵무새의 뼈도 경건하게 보존되었는데, 이슬레타에는 아주 오래된 앵무새 두개골이 하나 있다고 했다. 신부가 갖게 된 앵무새 나무 조각품은 그에게 신세를 많이 진 노인에게서 산 것인데, 그 노인은 후손도 없이 죽을 처지에 있었다. 예수 신부는 여러 해 동안 그 앵무새 나무 조각품에 눈독을 들여 오고 있었다. 그 인디언이 말하기를, 아주 여러 세대 전에 그의 조상들이 어머니의 마을에서 그 조각품을 가져왔다고 했다. 사제는 이 앵무새가, 아주 옛날에 열대 지방으로 오래 여행을 했던 사람이 산 채로 가져온 아주 진귀한 새들 중 하나를 실물과 똑같이 본떠 만든 것이라고 믿고 있었다.

예수 신부는 주교에게 라구나와 아코마에 사는 인디언들에 대해 유익한 정보가 되는 보고를 해주었다. 그는 더 젊었을 적에 예배를 드리기 위해 그 마을들로 가곤 했는데 그들은 늘 다정하게 대해 주었다고 했다.

「아코마에서는 아주 성스러운 어떤 것을 볼 수 있습니다. 그들은 오래전에 스페인 왕 중 하나가 보낸 성 요셉의 초상을 갖고 있는데, 그 초상화는 많은 기적을 행하고 있습니다. 만일 어느 계절에 비가 오지 않으면, 아코마 사람들은 아코마에 있는 그들의 농장으로 이 초상화를 가져가는데, 그러면 꼭 비가 내립니다. 그 지역의 인근 어디에서도 내리지 않는 비가 내린다니까요. 그리고 흉년이 들어 그 인근의 라구나 인디언들이 아무것도 수확하지 못할 때에도 그들은 농작물을 수확한다니까요.」 하고 그가 말했다.

2
하신토

 라투르 신부와 그의 길 안내자는 아침 일찍이 이슬레타와 그곳의 사제를 떠나 앨버커키 서부의 마른 사막 평원을 하루 종일 지나갔다. 그곳은 마른 재의 나라 같았다. 노간주나무도 없고 토끼 덤불숲도 없고 단지 시들어 가는, 죽은 것처럼 보이는 선인장 덤불과 야생 호박 밭만 있었는데, 그 유일한 식물인 호박은 어떤 생기 같은 걸 뿜어내고 있었다. 그것은 뻗어 나가거나 번성하려는 것이 아니라 그저 한군데 모여서 산을 이루려는 듯이 덩굴로 올라가고 있었다. 길고 날카로운 화살 모양의 호박 덩굴 잎에는 은빛 바늘이 서리처럼 돋아 있었는데 호박 덩굴은 위로 올라가며 한데 모여 있어, 전체적으로 뻣뻣하고 위로 뭉쳐 떼를 이루고 있는 모양이 식물이라기보다는 갑자기 놀라서 움직이고 있는 희끄무레한 초록빛 도마뱀의 군서지처럼 보였다.

 아침 무렵에 그들은 태양을 완전히 차단하는 모래 폭풍 속을 계속해서 가고 있었다. 하신토는 라구나에서 열리는 종교적인 춤 의식에 참석하러 가느라 종종 그 길을 다녔기에 그 지역을 잘 알고 있었지만, 그는 머리를 숙이고 보랏빛 손수건으로 입을 막고 말을 타고 가고 있었다. 숲과 물이 있는 마을에서 살다가 이런 곳에 오게 되자 그는 이 평원에 대해 불만을 갖게 되었다. 정오가 되자 그는 주교의 커피를 끓일 만큼의 명아줏과 관목을 주워 모아 불을 피웠다. 그들은 화톳불 양쪽에 무릎을 꿇고 앉았다. 주변으로 소용돌이치는 모래가 그들이 먹는 빵에 섞일 정도로 모래 폭풍이 심하게 휘몰아쳤다.

태양은 모래로 인해 어두컴컴한 대기에 붉은 빛을 내다가 지고 있었다. 여행객들은 노숙지에서 담요를 깔고 잤다. 밤새 차가운 바람이 그들에게로 불어왔다. 라투르 신부가 동이 트기 훨씬 전에 일어났을 때 그의 몸은 아주 뻣뻣했다. 마침내 밝고 맑게 새벽이 다가왔고, 그들은 일찍 출발했다.

그날 오후의 중간쯤에 하신토가 멀리 높다란 모래 언덕의, 밝은 누런색 혹은 황토색처럼 누런 물결 가운데 라구나가 보인다고 손으로 가리켰다. 그곳으로 다가가면서 라투르 신부는 이것들이 경화되어 모래 둔덕이 되어 있는 모습을 보았다. 부드럽고 모래알처럼 누런 돌멩이들의 오래된 물결이 반짝이고 있었는데, 이들이 풍화되어 갈라진 틈으로 자라 나온 어두운 빛깔의 노간주나무 몇 줄을 제외하고는 나무라고는 거의 없었다. 약간 있는 나무조차도 아주 늙은 것이었다. 이 굽이치는 돌멩이 물결 발치에 물로 가득 찬 돌 대야라고 할 수 있는 파란 호수가 있었는데, 〈라구나〉라는 마을의 이름은 바로 여기서 따온 것이었다.

이슬레타에서 친절한 신부가 자기 요리사의 오빠를 라구나로 미리 보내 그곳 사람들에게 새로 오신 높은 사제가 방문할 것이며, 그분은 좋은 사람으로 돈을 요구하지 않는다고

전했다. 따라서 그들은 미리 준비를 하고 있었다. 성당은 깨끗이 청소를 해놓았고 문은 열려 있었다. 조그만 하얀 성당은, 성단 위와 그 주변에 바람과 아름다움과 천둥과 태양과 달을 주관하는 신들의 그림이 걸려 있었다. 그것들은 진홍빛과 파란빛과 짙은 초록빛의 기하학적인 모양으로 연결되어 있어서 꼭 성당 끝에 태피스트리를 죽 걸어 놓은 것 같아 보였다. 이는 라투르 신부에게, 리옹에서 열린 천 작품 전시회에서 본 페르시아 추장의 텐트 내부 광경을 연상시켰다. 이 장식물을 스페인 선교사들이 장식했는지, 인디언 개종자들이 장식했는지는 그가 알아낼 수 없었다.

그곳의 성당 관리인이 주교에게, 사람들이 아침 미사에 참석할 것이며 많은 아이들이 영세를 받을 것이라고 말했다. 그가 주교에게 성물 보관소에서 하룻밤 묵을 것을 제안했지만, 그곳은 눅눅하고 흙냄새가 났기 때문에 라투르 신부는 바위 둔덕으로 가서 노간주나무들 아래서 잠을 자기로 이미 마음먹고 있었다.

하신토는 화톳불을 피우기 위한 장작과 물을 라구나에서 얻었다. 그런 다음 그들은 마을 북쪽의 바위가 있는 쾌적한 곳에 야영지를 만들었다. 해가 낮게 떨어지자 하얀 성당과 노란 어도비 흙벽돌집들에서 불빛이 흘러나와 평평한 바위판에 안도감을 주는 분위기를 가져왔다. 그들의 야영지 뒤로 멀지 않은 곳에 일단의 평평한 대지들 같은 산들이 있었다. 주교는 하신토에게 그들과 가장 가까이에 있는 산의 이름을 아느냐고 물었다.

「모릅니다, 저는 이름 같은 건 몰라요.」 그가 고개를 내저었다. 「저는 인디언 이름만 알아요.」 생각났다는 듯이 그가 큰 소리로 즉시 덧붙여 말했다.

「그럼, 인디언 이름은 뭐지?」

「라구나 인디언들은 〈스노우 버드(눈 새) 산〉이라고 불러요.」 그가 다소 멋쩍은 듯 말했다.

「이름이 아주 좋군.」 주교가 생각하는 듯이 말했다. 「그래, 그거 참 예쁜 이름이야.」

「아, 인디언들도 좋은 이름들 갖고 있어요!」 하신토가 재빨리 입을 오므리며 모으며 대답했다. 그러더니 마치 그가 주교를 비난할 이유가 없는데 그에게 그렇게 말했다고 느낀 듯 순간적으로 다시 이렇게 말했다. 「라구나 사람들은 높은 사제가 젊은 사람이라는 사실이 웃기다고 생각해요. 이곳 성당 관리인은 주교가 자기 아들들보다도 더 젊은데 어떻게 그를 신부님이라고 부르느냐고 했어요.」

하신토의 목소리에는 주교에게 잘 보이려고 아첨하는 듯 하면서도 우쭐하는 긍지심 같은 게 들어 있었다. 그는 인디언들이 아주 친절할 때는 참으로 친절한 목소리가 될 수도 있구나 하고 생각했다. 목소리에 들어 있는 약간의 억양이 어떤 사람으로 하여금 대단한 찬사를 받게 할 수도 있었다.

「난, 마음은 아주 젊지가 않단다, 하신토. 애야, 넌 몇 살이지?」

「스물여섯이요.」

「아들이 하나 있지?」

「하나요. 아기예요. 태어난 지 얼마 안 됐어요.」

하신토는 스페인어로 말할 때는 영어로 말할 때처럼 대개 관사를 빠뜨렸다. 하지만 그가 명사에 관사를 붙일 때는 올바른 관사를 쓴다는 것을 주교가 주목하고 있었다. 그러니까 말하자면 그가 영어를 제대로 쓸 줄 몰라서가 아니라, 좀 더 멋스럽게 말하기 위해 습관적으로 일부러 관사를 빼고 말하는 것 같았다. 언어의 관념에 있어 인디언들은 그렇게 관사를 첨가하는 것은 과잉이며 불쾌한 것이라고 생각하는 듯했다.

그들은 다시 하나의 대화의 형태로써 침묵 속에 빠졌다. 주교는 화톳불 재 근처에 커피포트를 그대로 둔 채 양철 컵으로 천천히 커피를 마시고 있었다. 이제 해가 지고 있었고, 노란 바위들이 잿빛으로 변하고 있었다. 저 아래 마을에서는 요리용 화덕의 불빛들이 유리가 없는 창에서 조각조각의 붉은빛을 만들어 내고 있었고, 소나무 타는 연기 냄새가 고요한 공기 속으로 부드러이 실려 왔다. 서쪽 하늘 전체가 금빛 재 같은 빛깔이었고, 여기저기 작은 구름의 입 속에서는 붉은빛이 번쩍이고 있었다. 저 지평선 너머 높이에서 저녁별이 방금 켠 등불처럼 깜박거렸고, 그 바로 밑에는 훨씬 더 작은, 늘 있는 또 하나의 별빛이 깜박거리고 있었다.

하신토는 옥수수 껍질로 싼 담배꽁초를 버리더니 다시 주저 없이 말하기 시작했다.

「저 저녁별은요……」 그가 영어로 다소 천천히 문장 하나하나를 내뱉듯이 말하더니 스페인어로 넘어갔다. 「신부님, 저 옆에 있는 작은 별 좀 보세요. 인디언들은 그걸 〈안내자〉라고 불러요.」

밤이 그들 주위로 가까이 오는 동안 두 명의 동반자는 앉아서 각자 자기 생각에 빠졌다. 별이 있는 파란 밤, 외로운 평평한 대지 같은 높은 산이 창공을 가르고 있는 곳이었다. 주교는 하신토에게 그의 생각이나 신념 등에 대해 묻는 적이 거의 없었다. 그는 그게 예의 바르지 못하다고 생각했고, 설혹 그게 가능하다 해도 쓸데없는 일이라고 생각했다. 그가 유럽인의 문명에 대한 그 자신의 개념을 이 인디언의 마음속에 전해 줄 수 없고, 하신토가 갖고 있는 오랜 전통과 경험에 관한 이야기를 그에게 설명해 줄 수 있는 언어가 있을 리 없다고 그는 생각했다. 차가운 냉기가 어둠과 함께 왔다. 라투르 신부는 모피가 덧대어진 낡은 망토를 입었고, 하신토는 담요를 허리 주위로 늘어뜨려 머리와 어깨까지 위로 끄집어 올렸다.

「별들이 많아요.」 곧 그가 말했다. 「신부님, 별들에 대해 어떻게 생각하세요?」

「현명한 사람들이 그러는데, 그것들도 각자 하나의 세계라고 해. 우리 지구처럼 하나의 세계라고 말이지, 하신토.」

인디언 안내자의 담배꽁초가 밝게 타더니 그가 말을 꺼내기 전에 다시 꺼졌다. 「저는 그렇게 생각하지 않아요.」 그가 이 문제를 잘 숙고해 보고 그것을 거부하게 된 사람의 어조로 말했다. 「저는 별들이 지도자들이라고, 위대한 혼들이라고 생각해요.」

「어쩌면 그럴지도 모르지.」 주교가 한숨을 쉬면서 말했다. 「그들이 무엇이든 간에 그들은 위대해. 우린 우리의 하느님 아버지께 기도 드리고 자도록 하자꾸나, 얘야.」

타다 남은 화톳불 재의 양쪽에 무릎을 꿇고서 그들은 함께 기도를 했고, 그런 다음에 담요를 돌돌 말아 덮었다. 주교는 그가 인디언 소년과 어떤 일종의 인간적인 동료애를 갖기 시작했다는 데 만족하며 잠이 들었다. 사람들은 젊은 인디언들을 〈소년들〉이라고 불렀다. 아마도 그들의 몸이 젊고 탄력이 있기 때문인 것 같았다. 그러나 그들의 행동에 관해 분명한 건 미국적인 개념으로 소년다운 점은 아무것도 없었다. 유럽식 개념으로 말한다 해도 그런 점은 없었다. 하신토는 어떤 경우에도 결코 어리석게 순진하지는 않았다. 그는 어떤 일이 일어나도 결코 놀라지 않았다.

그가 직면하게 될 상황에 어떻게 대처할지에 대해 그가 어떤 훈련을 받았는지, 어떤 준비를 했는지는 모르지만 주교가 관찰한 바에 의하면 그는 어디에 있든지 자기 마을에 있을 때와 똑같이 편하고 느긋하게 행동했다. 그는 어디에서건 지나치게 편하고 느긋하게 행동하지도 않았다. 라투르 신부는 자기가 어떻게 해서 자기를 안내하고 있는 이 인디언의 우정을 얻게 되었는지는 모르겠지만 아무튼 그의 우정을 좋은 식으로 얻었음을 느꼈다.

사실, 하신토는 주교가 사람들을 만나는 방식을 좋아했다. 그는 갈레고스 신부와 올바른 어조로 얘기했고, 예수 신부와도 그러했고, 인디언들에게도 똑같이 좋은 태도를 취해 주었다고 생각했다. 그의 경험에 의하면, 백인들은 인디언들을 대할 때 늘 거짓 얼굴로 대했다. 거짓 얼굴을 한 많은 사람들이 있었다. 예를 들면, 바일랑 신부는 너무나 지나치게 친절했다. 주교는 그런 태도를 취하지 않았다. 그는 똑바로 서서 라구나의 성당 관리인에게 몸을 돌렸는데, 얼굴에는 조금도 변한 기미가 없었다. 하신토는 이 점이 주교가 뛰어나게 훌륭한 점이라고 생각했다.

3
바위

 다음 날 아침 일찍 미사를 마친 후 라투르 신부와 그의 안내자는 라구나와 아코마 사이에 있는 낮은 평원을 가로질러 갔다. 지금까지의 모든 여행에서 주교는 이런 지역을 본 적이 결코 없었다. 붉은 모래의 바다에서 굉장히 커다란 평평한 바위가 솟아올라 있었는데, 외형이 고딕적이어서 꼭 거대한 성당을 닮은 것 같았다. 그것들은 무질서하게 떼를 지어 모여 있는 것이 아니라, 거대한 공간과 공간 사이에 나란히 놓여 기다란 조망을 형성하고 있었다. 이 평원은 한때 거대한 도시였는데 시간이 흐르면서 더 작은 규모인 집 같은 건물들은 파괴되고 단지 공공건물이었던 큰 규모의 건물만이 산 같은 건축 형태를 띠며 남아 있는 것일지도 모를 일이었다. 평원 모래 바닥에는 밝게 반짝이는 노간주나무가 있었고 군데군데 토끼풀 꽃이 무더기로 피어 있는 곳이 있었는데, 그 올리브 빛깔의 식물은 구르는 바다처럼 높은 물결을 이루며 자라서 이 계절에 가시금작화처럼 노랗거나 메리골드처럼 오렌지 빛으로 꽃을 피운 채 평원을 뒤덮고 있었다.
 이 평평한 높은 바위산이 있는 평원은 아주 옛날 고대의 모습, 불완전한 그 어떤 모습을 연상시키고 있었는데 마치 창조주께서 세상을 창조하기 위한 모든 재료들을 이곳으로 모아다 놓고 산, 평원, 고원 등으로 배열하기 바로 직전에 그것들을 내버려 두고 가버린 것 같은 모습이었다. 그래서 그 지역은 마치 어떤 풍경이 되기 위해 아직도 기다리고 있는 듯이 보였다.

주교가 아코마로 가는 길에 이 평평한 높은 바위산 지역을 처음 지나간 이래로 줄곧 그는 기억 속에 이 모습을 간직하게 되었다. 그 모습을 보는 순간 그에게 떠오른 생각은 모든 평평한 높은 산이 마치 구름의 평평한 높은 산에 의해 반사된 듯이 이중으로 복제되고 있다는 것이었다. 그런데 구름은 그 위에서 꼼짝 않고 있거나 그 뒤에서 아주 천천히 움직이고 있었다. 이 구름 모양은 하늘이 얼마나 뜨겁고 파랗든지 간에, 늘 거기 있는 것 같아 보였다. 가끔 그것들은 평평한 언덕이나 수증기의 모임이 되기도 하고 때로는 둥근 지붕 형태가 되기도 했는데, 마치 동양의 도시가 바위 뒤로 곧장 솟아오른 듯 그리고 차곡차곡 쌓여 솟아올라 있는 은빛 탑 꼭대기처럼 환상적인 모습이었다. 굉장히 커다란 화강암 판석들이 텅 빈 평원에 구름도 없이 홀로 놓여 있다는 것은 상상조차 할 수 없는 일이었는데, 마치 연기가 향로의 일부이거나 거품이 파도의 일부인 것처럼 구름은 그것들의 일부가 되고 있었다.

캔자스의 광대한 평원에서 산타페 오솔길을 따라오는 가운데 라투르 신부는 하늘이 땅보다 더 삭막하다는 것을 발견했다. 딱딱하고 텅 빈 파란색 하늘은 프랑스인의 눈에 아주 단조로워 보였다. 하지만 페코스 서쪽에서 모든 상황은 바뀌었다. 여기서는 늘 머리 위에서 활발한 움직임이 일고 있었다. 구름들이 형성되어 하루 종일 움직이고 있었던 것이다. 하늘은 어두웠고 폭력으로 가득 차 있거나, 또는 사치스러운 한가로움으로 부드러우면서 하얀색을 띠기도 했는데, 그들은 그들 바로 밑의 세상에 강력한 영향력을 행사하고 있었다. 사막, 산, 평평하고 높은 바위산은 구름의 형상들에 의해 계속해서 여러 형태를 취하고 여러 빛깔을 띠게 되었던 것이다. 구름의 계속되는 강약의 변화, 빛의 다양한 분포 아래서 그 모든 지역이 눈으로는 끊임없이 움직이는 듯 보였다.

하신토가 감탄을 자아내며, 주교가 이런 풍경을 감상하고 있는 데에 끼어들었다.

「아코마예요!」 그는 노새를 멈추었다.

주교는 눈으로 인디언 안내자의 손이 가리키는 곳을 똑바로 따라가면서, 저 멀리 두 개의 커다랗고 평평한 바위산을 보았다. 그들은 거의 정사각형 모양이었고, 이런 정도의 거리에서는 그 산들이 실상 몇 마일 떨어져 있음에도 불구하고 함께 붙어 있는 것처럼 보였다.

「멀리 있는 것 말이에요.」 인디언 안내자가 아직도 손으로 가리키고 있었다.

주교의 눈은 하신토처럼 그렇게 예리하지는 않았지만 이제는 그들이 멈춰 선 고지에서 멀리 있는 평평한 바위산 꼭대기를 볼 수 있었다. 그는 잿빛 표면 위의 평평하고 하얀 윤곽을 보았는데, 정사각형으로 된 하얀 물체였다. 그게 바로 아코마 마을이라고 주교의 길 안내자가 말했다.

그들은 계속해서 노새를 타고 갔다. 이윽고 그 평평한 마력적인 높은 바위산 아래로 하신토가 먼저 노새 고삐를 끌고 가면서 주교에게도 이렇게 하라고 했다. 하신토는 옛날에는 그곳에 마을이 있었지만, 그곳으로 접근할 수 있는 유일한 계단이 수 세기 전 커다란 폭풍에 의해 파손되어 그곳에 살던 사람들이 굶주려 죽었다고 했다.

하지만 어떻게 이처럼 허허벌판 같은 바위 꼭대기에, 수백 피트나 떨어진 공중에, 흙이나 물도 없이 사람들이 살 수 있는지 주교가 그에게 물어보았다.

하신토는 어깨를 으쓱하고 올렸다가 내렸다. 「사람이 동물처럼 밤낮 쫓겨 다니는 운명이었던 시절에는 그럴 수도 있겠지요. 북쪽에 있는 나바호족, 남쪽에 있는 아파치족이 으르렁거리자 아코마족은 안전을 찾아 바위 위로 올라간 거예요.」

이 모든 평원이 한때는 인간의 사냥터였던 장면을 주교는 마음속에 그려 보았다. 이 인디언들은 여러 세대에 걸쳐 공포 속에서 태어나고 폭력에 시달리며 죽게 되자 마침내 땅에서 이렇게 멀리 공중으로 뛰어올라, 모든 고통과 힘겨운 존재들로부터 피해 저 바위 위에서 안전하게 지내는 희망을 선택했던 것이다. 그들은 평원으로 내려와 사냥을 하고 곡식을 가꾸기도 했지만 늘 그곳으로 돌아갔다. 만일 나바호족이 떼를 지어 아코마의 바위산 오솔길에 나타나면 바위산 위로 피신하는 한 가지 희망밖에는 없었던 것이다. 그들이 다가와 바위에 이르러도 그곳은 그들에게 성소였던 것이다! 낭떠러지로 구불거리는 돌층계에서 한 줌밖에 안 되는 아코마 남자들이 적의 대군을 막을 수 있었기 때문이다. 아코마족이 사는 바위산은 딱 한 번, 무장을 한 스페인 사람들에게 빼앗긴 적이 있었다. 그곳은 산꼭대기 요새와는 아주 달랐다. 더 고적하고, 더 강건하고, 더 울적하고, 상상만 해도 그렇다는 걸

113

짐작할 수 있는 곳이었다. 바위는, 생각만 해도 인간이 필요로 하는 최고의 표현이었고 그것을 갈망하는 단순한 감정을 불러일으키는 것이었다. 바위는 사랑과 우정에 있어서 충실함을 최고로 비유할 수 있는 존재였다. 예수님 자신이 제자들에게 교회의 열쇠를 주면서 충성심을 바위에 비교한 적이 있었다. 그리고 구약 성서의 유대인들은 늘 외지에 포로로 끌려가며, 고향에 있는 그들의 바위는 하느님의 이상이고 그들의 정복자들이 그들로부터 빼앗아가지 못한 유일한 것이라고 생각했다.

벌써부터 주교는, 인디언 삶에서 종종 놀랍고도 당황스러울 만큼 신기하게도 그들이 문자 그대로 어떤 것을 이미 해석해서 쓰고 있다는 것을 깨닫고 있었다. 아코마족들은 영원과 불멸의 어떤 것에 대한 모든 인간의 염원을 변화의 그림자 없이 그대로 쓰고 있었던 것이다. 그들은 물질에 있어서도 그들 자신의 생각을 가지고 있었다. 그들은 실제로 그들의 바위 요새에서 살았다. 그들은 바위에서 태어나 바위에서 죽었다. 그렇게 아주 단순한 것 속에 확대 해석할 수 있는 과장의 요소가 들어 있었던 것이다!

그들이 아코마의 평평하고 높은 바위산 근처로 다가갔을 때 그들 뒤에서 어두운 구름이 눈부신 하늘에 잉크 얼룩을 흩뿌리듯 끓어오르기 시작했다.

「비가 올 거예요.」 하신토가 말했다. 「그러면 좋을 거예요. 그들이 기분 좋아질 테니까요.」 그는 노새들을 평평하고 높은 바위산 발치에 있는 목장 우리에 두고는 담요를 들고 울퉁불퉁한 가장자리가 자연스럽게 벼랑에 형성되어 있는, 돌계단처럼 된 바위 속의 좁게 갈라진 틈으로 라투르 신부를 급히 데려갔다. 잡을 곳이 마땅치 않은 곳에는 작은 손 구멍 같은 것이 있어 도움을 받을 수 있었는데, 매끈한 벙어리장갑 같은 돌 속으로 손을 집어넣을 수 있었다. 바위산에는 식물이라고는 전혀 없었지만 그 발치에는 모래밭임에도 불구하고 눈에 띄게 커다란 식물 하나가 자라고 있었다. 부활절에 쓰는 백합꽃처럼 커다란 하얀 꽃을 피우는 식물이었다. 라투르 신부는 커다랗고 조잡한 이빨처럼 삐죽삐죽한 그 짙은 청록 빛 나뭇잎들 옆에 일종의 독성이 있는 흰독말풀이 있는 것을 발견했다. 이 독풀의 크기와 그 무성함을 보고 그는 놀랐다. 그것들은 빛나는 비단 천으로 만들어진 굉장히 커다란 인조 식물 같아 보였다.

그들이 바위를 올라가는 동안 머리 위에서 귀청이 떨어져 나갈 것 같은 천둥이 울리더니 마치 구름이 터지면서 쏟아져 내리듯 비가 내리기 시작했다. 그들은 돌층계의 더 깊이 후미진 곳, 벼랑에서 약간 튀어나온 곳 아래로 간 다음 그들 앞에서 공중의 무거운 장막이 흔들리며 물로 쏟아져 내리는 장면을 지켜보았다. 잠시 후에 그들이 서 있는 곳의 틈새로 보니, 빗물 흐르는 것이 시냇물이 흘러내리는 계곡 같았다. 평평한 높은 바위산들이 군데군데 있고, 비로 그 표면들이 반짝이고 있는 거대한 평원 너머를 내다보며 주교는 멀리 있는 산들이 햇빛에 빛나는 광경을 보았다. 다시금 그는, 마른 땅이 깊은 바다로부터 끌어올려지고 모든 것이 혼돈 속에 있던 첫 번째 창조의 아침이 이런 광경이 아니었을까 하고 생각했다.

폭우가 반시간 만에 그쳤다. 주교와 그의 길 안내자가 바위산 돌층계 길의 마지막 고비에 다다라 몸을 쭈그리며 걸었던 그 돌 틈에서 일어서며 바위의 평평한 꼭대기로 발을 내

딛자 정오의 태양이 거의 눈이 부실 정도로 밝게 아코마에 쨍쨍 내리쬐고 있었다. 아무것도 없는 그 마을의 돌바닥과 깊이 닳아 파인 길은 하얗고 맑게 씻겨 있었고, 아코마 주민들이 그들의 물탱크라고 부르는 움푹 파인 곳은 신선한 빗물로 가득 채워져 있었다. 이미 여자들이 옷가지를 가져와 빨래를 하고 있었다. 마시는 물은 바위산을 오르내리는 돌층계 길을 통해 땅에서, 그러니까 아래에 있는 비밀의 샘으로부터 여자들이 물 단지를 머리에 이고 날라 왔다. 하지만 사람들은 다른 다양한 목적으로 쓰는 물은 이 물탱크에 받은 빗물을 사용하고 있었다.

평평하고 높은 바위산 꼭대기는 그 규모가 10에이커쯤 되리라고, 주교는 가늠을 했다. 거기에는 나무 한 그루나 푸른 잎사귀 하나 없었다. 어도비 흙벽돌로 담장이 쳐진 성당 뜰을 제외하고는 한 줌의 흙도 없었다. 그곳에 있는 묘지의 흙은 저 아래 평원에서 양동이로 실어 올린 것이었다. 2층이나 3층으로 된 하얀색의 주거용 집들은 서로 흩어져 있지 않고 아주 가까이 붙어 있었다. 그것들은 경사진 땅이나 바위 둔덕이 하나도 없어 아무런 보호도 받을 수 없는 평평한 곳에 평평하게 지어져 있고 눈이 부시는 곳에 눈이 부시게 지어져 있었기 때문에, 바위 판과 회칠을 한 집들은 모두 이글거리는 태양에 무방비 상태로 있었다.

이 바위산 가장자리, 담장 한쪽이 바위가 되도록 지어져 벼랑 그 자체의 일부처럼 보이는 곳에 오랜 동안 전쟁을 겪은 듯 보이는 아코마 성당이 두 개의 돌탑과 함께 서 있었다. 수척하고 음울하고 잿빛인 성당 본당의 천장은 70피트 높이까지 올라가 있었지만, 지붕 반쪽은 폐허가 되다시피 늘어져 있어서 그곳은 예배를 드리는 곳이라기보다는 요새 같아 보였다. 그 널따란 실내는 어떤 선교 성당도 실망시킨 적이 없는 주교를 우울하게 했다. 그는 정오가 되기 전에 미사를 집전했는데, 이번 미사 의식처럼 정말로 힘든 적은 없었다. 주교 앞에는 잿빛 바다, 잿빛의 빛 속에 화려한 밝은 색상의 숄과 담요들을 걸치고 있는 일단의 사람들 오륙십 명이 조용한 얼굴로 앉아 있었다. 그들 위와 뒤쪽은 모두 잿빛 벽이었다. 주교는 마치 자신이 바다 밑바닥에서 태고 적 생물들을 모아놓고 예배를 드리고 있는 것처럼 느꼈다. 이 생물들은 아주 오래되고 딱딱해져 조개껍질 속에 꽉 닫혀 있는데, 갈보리 예수의 복음이 그토록 꽉 닫혀 있는 그들에게 과연 도달할 수 있을까 하는 생각이 들었다. 그 뒤에 있는 조개껍질 같은 등짝들은 완전히 발달되지 않은 어린 아기들이 그렇듯 영세와 성스러운 은총으로 구원받을는지 모르지만, 그들 자신의 어떤 경험을 통해 구원받을 수는 없으리라는 생각이 들었다. 축복을 해줌으로써 미사를 끝내고 그들을 내보내자, 주교는 자신이 사제로서 부적합하다는 생각이 들었으며 영적인 패배감 같은 것이 느껴졌다.

제의를 벗어 치운 다음 라투르 신부는 하신토와 함께 성당으로 갔다. 그곳을 면밀히 살펴보는 동안 그의 놀라움은 더욱 커졌다. 아코마에 이렇게 대단한 성당이 세워질 무슨 필요가 있었을까? 그 성당은 1600년대 초에 위대한 선교사 프레이 후안 라미레즈가 세운 것인데, 그는 20년 이상을 아코마의 바위산 위에서 수고를 한 사람이었다. 다른 쪽에 노새길을 만든 것도 바로 라미레즈 신부였다. 그 길은 작은 당나귀가 이 바위산에 오를 수 있는 유일한 길로, 아직도〈신부님이 뚫은 길〉로 불리고 있었다.

라투르 신부가 이 성당을 살펴보면 볼수록, 그는 프레이 라미레즈나 그의 후임인 어떤 스페인 사제가 모두 순수한 마음에서 품은 세속적인 야심을 가졌던 것이 아니었으며, 인디언들을 위해서가 아니라 그들 자신의 만족을 위해서 이곳에 있었던 사람들이라고 생각하게 되었다. 굉장히 좋은 광경을 볼 수 있는 지리적 위치와 이 강한 자연적 웅장함이 그들의 머리를 약간 돌게 했던 것 같았다. 그리고 그들은 매우 강력한 사람들이었음에 틀림없었다. 그 스페인 신부들이 군대의 지원을 받지 않고 이 대단한 일을 인디언들의 노역으로만 이처럼 완성시킨 것을 보면……. 그 건물을 짓는 데 들어간 모든 돌과 수천 파운드의 어도비 흙벽돌을 만드느라 들어간 모든 흙은 남자들과 소년들과 여자들의 등짐으로 돌층계 길을 걸어 올라 날라 온 것이었다. 라투르 신부는 근사하게 조각한 지붕의 서까래들을 놀란 눈으로 바라보았다. 이곳까지 오는 내내 평원에서는 몇 그루의 건장한 소나무밖에 결코 보지 못했었기에, 그는 하신토에게 이 거대한 목재들을 어디서 가져왔냐고 물었다.

「산마테오 산일걸요.」

「하지만 산마테오 산은 40에서 50마일 정도 떨어져 있을 텐데. 이런 목재들을 그들이 어떻게 날랐지?」

하신토가 어깨를 으쓱 올렸다 내렸다. 「아코마 사람들이 날랐겠죠.」 틀림없이 다른 설명이 있을 수가 없었다.

성당 본 건물 이외에도 벽이 두꺼운 커다란 회랑이 있었는데, 평원에서 이것을 짓는 데 필요한 재료들을 가져오자면 거대한 노역이 필요했을 듯했다. 깊숙한 회랑 복도는 바깥쪽에 있는 바위가 불쾌할 정도로 뜨거운데도, 그곳만은 시원했다. 낮게 위치해 있는 아치형의 문들이 폐쇄된 정원으로 열려 있었다. 흙의 깊이로 판단해 보건대, 이곳은 한때 식물들이 아주 무성했던 곳 같았다. 위로 보이는 푸른 정원과 터키석 빛깔의 하늘 이외에는 모든 것을 차단한 창문 없는 어도비 흙벽돌집의 그늘진 서늘한 길을 걸으면서, 초창기의 선교사들은 그 옛날부터 바위 거북이처럼 사는 불쌍한 아코마 부족 사람들을 잊어버리고 그들 스스로 피레네 산맥 벼랑에 걸려 있는 어떤 수도원에 있다고 생각했을 것이다.

폐쇄된 정원의 잿빛 흙 속에는 반쯤 죽은 두 그루의 홀쭉한 복숭아나무들이 여전히 가뭄에 시달리며 버티고 있었다. 늙은 뿌리에서 새로 싹이 돋아나 자란 것이어서 열매를 맺지 못할 나무들이었다. 벽 옆에는 노란 움이 튼 줄기들이 늙은 덩굴 줄기에서 뻗어 나왔는데 아주 두텁고 강해 보였다. 그것은 한때는 상당히 번성했던 것 같았다.

주교는 수도원의 북동쪽 구석지에 지어진 누각을 발견했다. 그것은 사방이 뚫린 형태로 지붕만 있는 건축물이었는데, 하얀 집들이 있는 마을과 황갈색 바위와 아래쪽으로 넓은 평원이 내려다보였다. 거기서 그는 하룻밤을 보내기로 했다. 그리고 이 누각에서 해가 지는 것을 지켜보았다. 사막이 컴컴해지고, 그늘이 위쪽으로 기어 올라가는 것도 지켜보았다. 평원 너머로 듬성듬성 있는 평평한 바위산 꼭대기들이 저녁노을로 인해 붉어지더니 꺼지는 촛불처럼 차츰 빛을 잃어 갔다. 그는 초목 하나 없는 사막의 바위산 위에서 석기 시대에 있던 그 자신과 같은 종족, 그 자신의 시대에 대한 향수, 유럽인에 대한 그의 영광스러운 욕망과 꿈의 역사에 대한 향수를 느끼고 있었다. 세계 속에 존재하는 그 자신의 일부가 동틀 무렵의 하늘처럼 변화하는 모든 세기 동안 내내 그러고 있는 것 같았다……. 이곳에서 살았고 여전히 살고 있는 이 사람들은 숫자도 늘리지 않고 욕망도 늘리지 않고 그대로 고정되어 바위 위에 살고 있는 바위 거북이와 같은 존재였던 것이다. 그는 여기서 파충류 같은 어떤 것, 전혀 움직이지 않고 모든 것을 참아 내는, 그 어떤 것도 도저히 닿을 수 없는 존재, 갑옷 입은 갑각류 같은 존재를 느낄 수 있었다.

집으로 돌아가는 길에 주교는 이슬레타의 선량한 신부인 예수 신부에게 들러 하룻밤을 묵었다. 그는 모키 지방과 서쪽으로 더 가면 아직도 남아 있는, 옛날 바위산을 본거지로 형성되어 있는 많은 인디언 마을들에 대한 이야기를 해주었다. 한 가지 이야기는 아코마에서 있었던, 오랫동안 잊혔던 수사에 관한 이야기였는데, 그것은 다음과 같다.

4
발타차 신부에 대한 전설

 1700년대 초 어느 해, 북 뉴멕시코에서 인디언 대반란이 일어나 모든 선교사들과 모든 스페인인들이 쫓겨나거나 살해된 지 거의 50년이 되던 때였다. 그 지방이 다시 정복되어 정돈되고 새 선교사들이 순교자들의 자리를 다시 채웠을 때, 수도사 발타차 몬토야가 아코마에 사제로 부임해 왔다. 그는 독재적이고 지나치게 지배적인 성격을 갖고 있어 인디언 원주민들을 몹시 부려먹었다. 지금은 폐허가 된 모든 선교 성당들은 그 당시에 활발했고, 각각 거기 거주하는 사제가 있어 그들의 천성에 따라 교구민들을 위해 살거나 교구민들 위에 군림하며 살고 있었다. 발타차 수사는 가장 야심차고 힘들게 부려먹는 사제들 중 하나였다. 아코마족 마을은 그 주요 목적이 훌륭한 성당을 유지하기 위해 존재하고, 이것이 그 자신만큼이나 인디언들의 긍지가 되어야 한다고 그는 믿고 있었다. 그는 그들이 수확한 것 중 가장 좋은 옥수수와 콩과 호박을 그의 식탁에 올리도록 했고, 그들이 잡은 양고기 중 가장 좋은 부위를 자기가 먹을 것으로 선택했고, 가장 좋은 가죽을 그가 사는 집의 카펫으로 바치도록 했다. 더욱이 그는 교구민들에게 힘겨운 노동력을 요구했다. 그는 교구민들이 평원에서부터 바구니에 흙을 실어 나르도록 하면서도 결코 만족하지 않았다. 그는 성당 뜰을 확장하고 수도원에 깊숙이 흙을 넣어 정원을 만들고 축사에서 나오는 똥으로 그곳을 기름지게 했다. 이곳에서 그는 정말로 멋있는 정원을 가꿀 수 있었는데, 여자들로 하여금 매일 저녁 물을 길어 나르게 함으로써 여자들이 수도원에 들어와서는 안 된다는 교칙까지 어겼다. 여자들은 일주일에 몇 양동이씩 물웅덩이에서 물을 길어다 신부에게 바쳐야 하는 의무가 주어졌는데, 그들은 그 노역에 대해서가 아니라 그로 인해 다용도로 쓰이는 물이 부족해지지 않을까 해서 걱정을 했다.

발타차는 게으른 사람이 아니어서, 그곳으로 부임해 온 첫해 그가 뚱뚱해지기 전에는 선교도 하고 정원도 돌보느라 먼 거리까지 돌아다녔다. 그는 좋은 복숭아씨를 구하기 위해 여러 날이 걸리는 오라이비까지도 다녀왔다. (오라이비의 복숭아 과수원은 아주 오래되었는데, 그곳은 초창기 스페인인 탐험대가 온 이래로 계속 과수원을 경작해 왔었다. 코로나도 주둔군의 장교들이 스페인에서 복숭아씨를 가져와 모키족에게 주었기 때문이다.) 그는 또한 소노라까지 가서 포도 묘목을 사서 바구니에 담아 노새 잔등에 싣고 왔고, 무리를 지은 무역 상인들이 리오그란데 계곡까지 올라오는 계절에는 늘 산타페에 있는 빌라에 가서 정원에 심을 과수나무의 씨앗들을 사오기도 했다. 인디언들이나 멕시코인들은 콩과 호박과 고추 등에만 만족하여 더 이상 아무것도 바라지 않았지만, 초기 성직자들은 씨앗을 구하는 일에 열을 올렸다.

발타차 신부는 스페인에 있는 아주 신앙심이 깊은 부잣집에서 태어났으며, 성당의 식당에서 일을 한 경험도 있었다. 그는 훌륭한 요리사였으며 목수로서도 뛰어났다. 그는 이 세상의 끝인 이곳 바위산 위에 와서도 자신이 안락하게 살 수 있도록 하기 위해 많은 일들을 했다. 그는 두 명의 인디언 소년들을 뽑아서 자신을 시중들라고 했는데 한 명은 당나귀를 돌보고 정원을 가꾸는 일을 하도록 했고, 다른 하나는 요리를 하며 그의 식사 시중을 들게 했다. 몸이 점점 더 뚱뚱해지자 그는 세 번째 소년을 뽑아 먼 거리로 선교 여행을 보내는 심부름꾼으로 썼다. 이 소년은 붉은 천이나 쇠 삽이나 새 칼 등을 사러 빌라까지 내내 걸어서 갔다 와야 했고, 중도에 버날리로에 들러 포도 브랜디로 가득 찬 술 부대를 사와야 했다. 신부가 육식을 금해야 하는 날을 위해 그는 닷새나 걸려 샌디아 산까지 가서 물고기를 잡아 말리거나 소금에 절여 가지고 와야 했고, 또 신부들이 토끼를 기르는 주니까지 달려가서 한 쌍의 토끼를 가져와야 했다. 그가 하는 심부름에는 성직에 관련된 일은 거의 드물었다.

아코마의 수도사가 정신이 아니라 육신의 향락을 위해 살았던 것은 분명했다. 이 허허벌판 바위산 위에서 흥미롭고 다양한 음식을 구하기가 어렵다는 사실은 그의 식욕을 더욱 자극하고 그 식욕을 채우기 위해 연구하도록 그를 더욱 유혹한 것 같았다. 하지만 그의 육욕은 정원과 식탁 이상을 넘어 더 나아가지는 않았다. 성직자가 인디언 여자들을 자기 마음대로 취하기는 아주 쉬웠을 텐데다가 이 수도사는 그런 것에 대한 유혹이 특히 왕성한 남자 나이였지만, 만약 선교사가 조금이라도 정숙한 행동에서 빗나가게 되면 인디언 개종자들에게 아무런 영향력도 미치지 못할 뿐만 아니라 권위도 잃게 된다는 점을 일찍부터 깨닫고 있었다. 인디언들은 그들 스스로가 가끔 참회의 표시나 영혼을 구하는 강한 의약으로서 금욕을 수행하기도 했는데, 그들은 그들의 신부야말로 당연히 이를 행해야 한다고 자연스럽게 생각하고 있었다. 성직자가 성욕에 탐닉할 경우, 이에 대한 처벌은 어쩌면 스페인에서보다 이곳에서 더 가혹한 일이기에 발타차 신부는 그의 교구민들이 자신의 약점을 발견하고 의기양양해할 기회를 절대로 주지 않으려는 것 같았다.

그는 아코마에서 거의 15년간이나 자기 자리를 차지한 채 성당과 주거지를 계속해서 개선하고, 새로운 채소들과 약용 식물들을 재배하고, 유카 뿌리로 비누를 만들기도 하며 번영하는 삶을 누렸다. 뚱뚱해진 후에도 그의 팔은 강해지고 근육질이 되었으며 손가락들은 민첩했다. 그는 복숭아나무들을 재배하고, 작은 왕국과 같은 그의 정원을 감독하며 원주민 여자들이 물 주는 일을 결코 게을리 하지 않도록 했다. 그의 첫 번째 하인 소년이 결혼을 하게 되자 그를 놔주고 다른 소년들을 연달아 채용했는데, 그들은 이전보다 훨씬 더 세세한 것까지도 훈련을 받았다.

발타차의 포악함은 조금씩 점점 더 심해졌고, 아코마 사람들은 때로 반란을 일으킬 생각까지도 하게 되었다. 하지만 그들은 신부의 마술이 얼마나 강력한지 짐작할 수 없었고 신부가 그것을 시험해 볼까 봐 두려워하고 있었다. 성 요셉의 성화가 이 신부의 요청으로 스페인 왕에게서 온 것은 틀림없는 사실이었다. 그리고 이 성화가 다른 모든 원주민 주술사들보다 가뭄에 비를 내리게 하는 데 신통력을 더 발휘하고 있는 것도 사실이었다. 제대로 축원을 드리고 경배를 드리면

이 성화는 반드시 비를 내리게 했다. 아코마는 발타차 수도사가 이 성화를 처음 그들에게 가져다준 이래로, 인근의 라구나와 주니가 가뭄으로 인해 굶주림에 허덕일 때에도 가뭄으로 인해 농작물 손실을 본 적이 없었는데 이는 정말로 놀라운 일이었다.

라구나 인디언들이 계속해서 아코마에 사절을 보내 이 성화를 잠시만 빌려 달라고 청했지만, 발타차 수도사는 빌려줄 수 없다고 경고했다. 만일 성화를 다른 부족에게 빌려 줌으로써 그런 강력한 보호가 철회되거나, 신부가 마술을 교구민들에게 좋지 않게 사용하면, 그 결과는 마을에 무시무시한 형태로 나타날 것이라고 했다. 그래서 교구민들은 그에게 가장 좋은 곡식과 양고기와 도자기를 갖다 바치고 세 명의 하인 소년들을 보내는 게 더 낫다고 생각했다. 그리고 이로 인해 선교사와 개종한 교구민들 사이에는 겉으로 보기에 우정이 잘 진행되고 있는 것 같았다.

어느 여름, 수도사는 이제 너무 뚱뚱해져 장거리 여행을 할 수 없었기에 동료들을 불러 그의 훌륭한 정원과 정교한 부엌과 부분 카펫이 깔리고 물 단지가 놓인 공기가 잘 통하는 누각, 바로 그가 명상도 하고 점심식사 후에 낮잠도 자는 그곳을 보여 주고 싶어졌다. 그래서 그는 성 요한 성일이 지나간 주에 점심식사 파티를 할 계획을 세웠다.

그는 주니, 라구나, 이슬레타로 심부름꾼을 보내 신부들을 연회에 오도록 청했다. 그들은 약속한 날 왔는데 모두 네 명이었다. 그 당시 주니에는 두 명의 사제가 있었기 때문이다. 마구간 일을 보는 소년이 바위산 발치에 그들이 타고 온 짐승들을 갖다 매고 방문객들을 계단을 따라 오르도록 안내했다. 바위산 돌층계 길의 맨 위에서 발타차가 그들을 맞이했다. 그들은 그곳을 둘러보고, 허허벌판인 바위산의 바깥쪽이 너무나 뜨거워서 거의 손을 댈 수도 없을 지경인데 반해, 아주 시원하고 조용한 회랑의 산책로를 거닐며 아침나절을 보냈다. 포도덩굴의 잎새들이 기분 좋게 산들바람에 살랑이며 당근과 양파 줄기들이 나와 자라고 있는 흙 주변은 지난밤에 물을 주어 마르긴 했지만 상쾌한 냄새를 한껏 발산하고 있었다. 손님들은 그들의 주인이 아주 잘 살고 있다고 생각하며 그들도 어떻게 그럴 수 있는지 그의 비법을 배웠으면 했다. 만일 그가 그의 직위를 이용해 유복한 생활을 하고 있는 데 대해 슬쩍 자랑을 한다 해도 그것을 비난할 사람은 그들 중 아무도 없었을 것이다. 점심식사에서 발타차는 아주 사치스러운 음식을 내놓으려고 애를 많이 썼던 참이었다. 그가 스페인의 세르빌로 가는 주요 도로로부터 조금 떨어진 수도원에서 요리를 배웠을 당시, 스페인의 귀족들과 왕이 가끔 그곳에 들렀었다. 그 커다란 부엌에서는 다양한 불꼬챙이 화덕들이 있어 종달새 구이 같은 조그만 것부터 커다란 멧돼지 구이까지 구워 낼 수 있었다. 또한 이 수사는 소스에 대한 다양한 것을 배우기도 하여, 그가 아코마에 홀로 있는 세월 동안 좀 더 그곳의 자연적인 특성에 맞춰 배운 비법들의 기술을 더욱 발전시켰다. 음식 재료는 형편없지만, 실망하기보다는 재료가 형편없다는 사실이 오히려 그에 맞는 비법을 개발하도록 더욱더 그를 자극했던 것이다.

초대받은 선교사들은 그들 아래로 멀리 일련의 사막이 펼쳐져 보이도록 창의 블라인드가 열린 식당에 아직 들어가 보지 못한 게 분명했다. 서늘한 부엌에서 만들어진, 그들을 기분 좋게 해줄 음식을 마주하지도 못한 채……. 다음번에 그들이 방문할 때는 회랑 가까운 곳에 분수대가 설치되어 있을 것이라고 주인은 뽐내며 말하고 있었다. 그는 입맛을 돋우는 음식과 수프를 아주 맛있게 먹고 있는 굶주린 손님들을 보고, 다음에 나올 음식을 대비해서 미리 너무 많이 먹어 놓지 말라고 조언을 했다. 구이는 야생 칠면조로 아주 잘 요리된 것이었다. 하지만 슬프게도 그들은 그 칠면조 구이를 결코 맛도 보지 못하게 되었다. 이 전에 나오는 요리는 주인이 특별히 신경을 쓴 것인데, 여기서 그는 요리사를 전혀 믿지 않았기에 그것을 손수 만들었었다. 그것은 토끼 요리로(거기든 당근과 양파는 부드럽고 아주 맛이 좋았다), 그가 여러 해 동안 연구하고 연습해서 완벽하게 만들어진 소스를 곁들인 것이었다. 주 메뉴에 속하는 이 요리는 부엌에서 커다란 도기 접시에 담아 가져왔는데, 그 접시가 음식을 담기에 충분히 크지 않아서 너무 풍부한 소스가 당근과 함께 가장자리로 넘쳐흘렀다. 더군다나 요리사가 부엌에서 구이를 굽고 있었기 때문에, 마구간 일을 돌보는 소년이 그날 식탁에서 시중을 들고 있었다. 그때까지 깔끔하고 민첩하고 효율적으로 식탁 시중을 들었기 때문에 수도사는 요리사에게 만족하고 있었고, 그의 노고에 대해 동이나 은을 입힌 조그만 메달을 상으로 수여할까 생각하고 있던 중이었다.

소스 속에 든 토끼 요리를 들여왔을 때, 이슬레타에서 온 사제가 동료들이 크게 웃을 만한 이야기를 하고 있었다. 시중을 드는 소년은 스페인어를 조금 알고 있었기 때문에 신부들이 아주 재미있어 하는 이야기의 요지가 무엇인가를 알아내려고 하는 게 겉으로도 역력했다. 어쨌든 소년이 정신을 딴 데 두는 바람에, 그가 주니에서 온 연로한 신부의 뒤를 지나갈 때 소스로 가득 찬 요리 접시에서 풍성한 갈색 그레비 소스가 그 사람의 머리와 어깨 너머로 흘러내렸다. 발타차는 성미가 급한 사람인 데다가, 그때 이미 알코올 도수가 높은 포도 브랜디를 마실 대로 마신 상태였다. 그는 그의 오른쪽에 있던 빈 백랍 잔을 집어 들어 이 잘못을 저지른 방정맞은 소년에게 던졌다. 그것은 소년의 머리 한쪽에 맞았다. 소년은 음식이 들어 있는 접시를 떨어뜨리더니 몇 발자국 비틀거리며 가다가 쓰러졌다. 그는 일어나지 못했고, 움직이지도 못했다. 주니에서 온 신부가 의학 기술이 있었는데, 그는 눈에서 소스를 씻어 내더니 몸을 굽혀 소년을 살펴보았다.

「죽었어요.」 그가 나지막하게 말했다. 이와 함께 그는 자기 부하 신부의 소매를 끌어 잡아당겼다. 그러더니 둘이 아무 말도 없이 번개같이 정원을 가로질러 돌층계 길 쪽으로 향했다. 순간적으로 라구나와 이슬레타에서 온 신부들도 인사도 없이 그들과 똑같이 했다. 놀랄 만한 속도로 이 네 명의 손님들은 바위산에서 내려가 노새 안장 위로 올라가더니 얼른 평원을 가로질러 갔다.

발타차는 이제 홀로, 자신이 너무나 성미가 급한 바람에 벌어진 결과와 함께 남게 되었다. 불행하게도 마지막으로 신부들의 갈색 옷자락이 수도원을 가로질러 막 사라질 때, 부엌에 있던 요리사가 방에서 침묵이 너무 오래 계속되는 데 놀라 문틈으로 안을 들여다보았다. 그는 자신의 동료가 바닥에 쓰러져 있는 것을 보고 조용히 그만이 알고 있는 비상구를 통해 경내에서 사라졌다.

발타차 수사가 부엌으로 가보았더니, 칠면조가 아직도 홀로 구이 꼬치 화덕 위에서 양념을 뚝뚝 떨어뜨리며 구워지고 있었다. 물론 그 구이를 먹고 싶은 생각은 없었다. 그는 실로 깊이 후회를 하며 불안으로 떨었다. 또한 떠나간 손님들에 대한 분개심으로 화가 치밀어 올랐다. 잠시 그는 그들을 따라갈 생각을 해보기도 했지만, 일시적으로 도망치는 것은 그의 지위를 약화시킬 뿐이었다. 영구적인 도피 같은 것은 여기서 생각할 수도 없었다. 그의 정원은 지금 한창 제철이라서 복숭아들이 막 무르익고 있었고, 포도덩굴이 푸른 덩굴들을 무성하게 늘어뜨리고 있었다. 기계적으로 그는 불꼬챙이 석쇠에서 칠면조를 꺼냈는데, 먹고 싶어서가 아니라 마치 새가 바싹 불에 타면서 고통받고 있는 듯해 보인다는 본능적인 동정심 때문에 그런 것이었다. 이렇게 하고서 그는 다시 누각으로 가서 앉아, 그가 며칠 동안 부엌에서 음식 장만에 몰두하느라 등한시했던 성무일과서를 읽었다. 그는 그 소소를 준비하느라 애를 썼던 노고가 결국엔 그의 잘못된 행동을 초래한 꼴이 되었다는 것이 생각할수록 기가 막혔다.

그가 습관적으로 오후면 휴식을 취하는, 바람이 잘 통하는 이 누각은 산들바람 속에 매달려 있는 새장 같았다. 열린 아치형 문가를 통해 밀집되어 있는 인디언 마을이 내려다보였고, 저 멀리 아래에는 높고 평평한 커다란 바위산이 산재해 있는 평원이 내다보였다. 그는 성무일과서를 읽는 일에 마음을 집중시킬 수가 없었다. 저 아래 마을은 너무나도 조용했다. 이 시간쯤이면 몇몇 여자들이 그릇을 닦거나 누더기를 빨고, 몇 명 아이들이 물탱크 옆에서 칠면조들을 쫓아다니며 놀고 있을 터였다. 그러나 오늘 바위산 꼭대기는 완전한 고요 속에서 태양의 불에 구워지고 있었고, 한 사람도 보이지 않았다. 그렇다, 한 사람도……. 비록 그가 방금 전에 그곳에 가보지는 않았지만. 돌층계 길 꼭대기에, 바위들 바로 위로 윤기가 나는 검은 무리들이 있었는데…… 그것은 인디언들의 머리카락이었다. 그들은 바위산 돌층계 길 위에서 무리 지어 보초를 서고 있었다.

이제 발타차 신부는 깜짝 놀라며 그가 아직 시간이 있을 적에 다른 신부들과 함께 그 계단 길로 도망을 갔더라면 차라리 좋았을 것이라고 생각했다. 그는 지금 이 바위산 위가 아닌 세상의 어느 곳에 있었더라면 하고 소망했다. 오래된 라미레즈 신부의 당나귀 길이 있었지만, 인디언들이 한쪽 길을 지키고 있다면 그들은 다른 하나인 그 길도 분명히 지키고 있을 터였다. 검은 머리들이 보이는 지점은 결코 움직임이 없었다. 평원으로 내려가는 길은 그 두 개의 길 말고는 없었다. 그 두 개의 길뿐이었다. 어느 방향으로 돌아도 사람이 매달릴 나무나 잡목 한 그루 없이 3백 50피트나 되는 허허벌판 같은 낭떠러지만이 있을 뿐이었다.

해가 점점 더 낮게 가라앉자, 발타차 신부가 있는 아래쪽 마을에서 깊이 흥얼거리는 남자들 목소리가 들리기 시작했다. 그것은 노래라기보다는 심각한 사건이 있을 때 인디언들이 토의를 하면서 올리는 인디언 주술의 율동적인 기도 소리였다. 1680년에 있었던 대반란으로 선교사들이 고문을 당한 무서운 이야기가 발타차 수도사의 마음속에 번개처럼 스쳐 지나갔다. 프란체스코파 선교사 하나가 눈알을 찢겨 빼앗겼으며, 또 다른 선교사가 불에 타 죽었고, 야메즈에 있는 늙은 신부는 벌거벗긴 채 술 취한 인디언들을 잔등에 태우고 네 개의 손발로 밤새 광장을 돌아다니도록 내몰리다가 피로에 지쳐 구르다 죽었다고 했다.

이날 누각에서 바라보는 달이 뜨는 광경은, 이런 데서 감성적이 되지 못하는 이 신부에게조차도 인상적인 것이었다. 하지만 오늘 밤 그는 사막으로 달이 뜨지 않기를 바랐다. 달이 떠오르는 시각은 인디언 마을에서는 그들이 거사를 벌이는 시각이었다. 그는 공포에 차서 밤의 짙푸른 벨벳 천 같은 배경 너머로 떠오르는 금빛 테두리를 바라보았다.

달이 떠오르자 아코마 사람들이 일제히 문밖으로 뛰쳐나왔다. 한 무리의 남자들이 조용히 바위를 가로질러 회랑으로 걸어왔다. 그들은 사다리를 타고 올라오더니 누각에 모습을 드러냈다. 수도사는 그들에게 뭘 원하느냐고 퉁명스러운 목소리로 물었지만 그들은 대답하지 않았다. 그에게나 그들 서로에게나 말을 하지 않고 즉시 그의 두 발을 모아 묶었고, 그의 팔을 옆구리에 대고 꽁꽁 묶었다.

아코마 사람들이 후에 말하기를, 발타차 신부는 애원하지도 않고 버둥대지도 않았다고 했다. 만일 그랬더라면 그들은 그를 더욱 잔인하게 대했을 것이다. 하지만 그는 인디언들이 어떤지를 알고 있었고, 그들이 집단적으로 마을 사람들의 마음을 집결시켜 행동할 때는 그게 어떻다는 것을 알고 있었다. 게다가 그는 스페인 사람으로서의 자부심이 있었고, 영양이 잘 섭취된 그의 몸에는 어떤 불굴의 기상 같은 것이 있었다. 애원하는 것이 아니라 명령하는 데 익숙해져 있었던 그는 끝까지도 인디언들의 군주로서의 임무를 수행하고자 했다.

그들은 그를 사다리로 끌어내려 회랑을 지나 가장 가파른 낭떠러지가 있는 바위 쪽으로 데려갔는데, 그곳은 아코마 여자들이 깨진 항아리나 칠면조들이 먹지 않는 음식 찌꺼기를 내던지는 곳이었다. 그곳에 사람들이 모여 있었다. 그들은 그를 동여맨 줄을 잘라 내고 손발을 잡고 바위 벼랑 끝으로 들이밀었다 내밀었다를 몇 차례 반복했다. 신부가 무거웠기 때문에 어쩌면 이러는 것이 그들에게는 위험한 장난이 될 수도 있다고 그들은 생각했다. 발타차 신부의 이 사이로 쉿쉿 하는 소리 말고는 아무 소리도 들리지 않았다. 네 명의 인디언들이 그가 누워 있던 바위 가장자리에서 그를 다시 들어올리더니, 몇 번 들이밀었다 내밀었다를 한 후에 그를 공중으로 내던졌다.

이렇게 해서 그들은 자신들이 대체적으로는 아주 좋아했었던 그들의 폭군을 제거했다. 모든 것은 종말이 있는 법이다. 처형을 행한 후 그들은 성당에 가서 어떤 약탈을 하거나 성스러운 물건들을 모독하는 일을 하지는 않았다. 그들은 단지 신부의 물건들과 집안 물건들을 나눠 가졌을 뿐이었다. 사실, 여자들은 감히 수도원 안으로 들어가서 정원의 소나무가 가뭄으로 말라 들어가는 것을 보고 즐거워하며 웃고, 허옇게 말라 가는 복숭아나무의 잎새들과 푸른 포도덩굴들이 말라 가는 것을 보고 고소해하며 수다를 떨었을 뿐이었다.

여러 해가 지난 후 다음번 사제가 부임해 왔을 때, 그는 그곳 사람들이 그와 가톨릭교에 대해 어떤 적개심 같은 것을 품고 있다고 여기지는 않았다. 멕시코 원주민이었던 그 사제는 잘난 척하는 취향을 가진 사람이 아니어서 콩과 육포에 만족했고, 그 인디언 마을 사람들이 기르는 칠면조가 한때는 발타차의 정원이었던 곳에서 뜨거운 흙 속을 돌아다니며 파헤치고 다녀도 내버려 두었다. 늙은 복숭아나무 줄기는 여러 해 동안 연약한 새싹들을 계속해서 돋아나게 했다.

제4부
뱀을 숭배하는 인디언들

1
페코스에서의 하룻밤

주교가 앨버커키와 아코마를 방문한 지 한 달 후에 싹싹한 갈레고스 신부는 공식적으로 자격정지 처분을 받았고 바일랑 신부가 직접 그 교구를 맡게 되었다. 처음에는 그곳에 쓸쓸한 감정이 감돌았다. 앨버커키의 부유한 목장 주인들과 삶을 즐기는 부유한 집의 부인들이 이 프랑스 신부에게 매우 적대적이었다. 그는 즉시 개혁을 단행했다. 모든 것에 변화가 일었다. 갈레고스 신부가 교구 사제를 맡았던 시절에는 주연을 베풀며 놀고 지내던 성스러운 날들이 이제는 엄격하게 경건한 날이 되었다. 변덕스러운 멕시코 사람들은 한때 추문을 일으키는 행동을 일삼는 데 열심히 동참했던 것처럼, 또 쉽게 확 바뀌어 금세 경건해졌다. 바일랑 신부는 프랑스에 있는 그의 누이 필로메네에게 자신의 교구민들은 성격이 꼭 남학생들 같다며 이렇게 편지를 써 보냈다. 한 선생님 밑에서 장난을 치고 말썽을 부리는 데 서로 뛰어나려고 애쓰던 소년들이, 또 다른 선생님 밑에서는 충성스러운 행동으로 서로 뛰어나려고 애쓰는 것 같다고 했다. 또한 그들이 크리스마스 이전에 있는 9일의 기도 기간을 그토록 오래도록 춤추고 신나게 노는 것으로 경축해 왔는데도, 올해는 종교적인 열성이 부활된 것처럼 경건하게 보냈다고 했다.

바일랑 신부가 앨버커키에 있는 교구의 사제로서 그 임무를 모두 해내고 있었지만, 그는 여전히 주교 대리로서 2월에는 주교가 긴급한 업무로 그를 라스베이거스에 파견했다. 그가 예정된 날짜에 돌아오지 못한 데다가 여러 날이 지나도록 그에게서 소식이 없자, 라투르 신부는 어떤 불미스러운 생각에 걱정이 되기 시작했다.

어느 날 아침 동이 틀 무렵 몹시 아픈 인디언 소년이 주교의 뜰로 요셉 신부의 하얀 노새 콘텐토를 끌고 들어오면서 나쁜 소식을 전했다. 그가 말하기를, 요셉 신부가 페코스 산중에 있는 자기 마을에 들렀다고 했다. 그때 홍역이 발생해서 사람들이 죽어 가고 있어 그들에게 종부성사를 해주려고 그가 들렀는데, 그 자신도 그만 병에 걸렸다고 했다. 소년은 산타페를 향해 출발할 때만 해도 건강했었는데, 오는 도중에 발병했다고 했다.

주교는 그 소년을 정원 끝자락에 홀로 있는 건물인 나무로 지은 집에 데려다 놓고 로레토의 수녀들로 하여금 돌보도록 했다. 그는 수녀원장에게 약과 아픈 사람에게 좋은 위로품들을 한 보따리 가져오라고 하여 그것들을 갖고 떠나면서, 그의 요리사인 프룩토사에게 그가 말을 타고 여행할 때 대략 필요한 식량을 준비해 달라고 했다. 그의 하인이 문가에 짐을 싣는 노새와 주교의 노새인 안젤리카를 데려다 놓자, 라투르 신부는 거친 승마용 바지와 사슴 가죽 재킷을 입고 나오며 잘생긴 짐승을 보더니 고개를 내저었다.

「아니야, 안젤리카는 콘텐토와 남아 있도록 하지. 군대에서 보내 준 새 노새가 더 힘이 세니 이번 여행에는 그걸 타고 가도록 하겠네.」

인디언 소년이 소식을 전해 준 지 두 시간 만에 주교는 노새를 타고 산타페를 떠났다. 그는 곧장 페코스로 가고 있었는데, 거기서 하신토를 데려갈 생각이었다. 그가 하신토가 사는 마을에 도착했을 때는 늦은 오후였다. 그 마을은 전나무가 무리 지어 있는 산으로, 왕관 모양처럼 반쯤 둘러쳐진 채 노간주나무와 삼나무의 바다를 마주하고서 붉은 바위 판 위에 낮게 자리 잡고 있었다. 주교는 페코스에서 말들을 좀 쉬게 한 다음 곧장 산을 넘을 생각이었지만, 하신토와 더 나이가 든 인디언들이 말을 모는 주교의 주변으로 모여들더니 거기서 하룻밤 묵고 내일 아침 일찍 출발할 것을 강력하게 권고했다. 파란 하늘에서는 태양이 밝게 빛나고 있었지만, 서쪽으로는 산 뒤로 커다란 검은 구름이 바윗장처럼 꼼짝 않은 채 거무스름하게 주둔하고 있었다. 노인들이 그것을 보더니 머리를 내저었다.

「아주 큰 바람이 올 거예요.」 성당 관리인이 심각하게 말했다.

마지못해 주교는 노새에서 내려 노새들을 하신토에게 주었다. 그는 시간을 허비하고 있는 것 같은 생각이 들었다. 땅거미가 지기 전 한 시간가량은 고요했다. 그는 마을과 폐허가 된 옛날 선교 성당 사이에 있는 헐벗은 바위 등성이를 열심히 오르내렸다. 해가 졌다. 그러자 그 붉은 구체가 소나무로 뒤덮인 산등성이 너머로 용해된 구릿빛 석양을 내던졌고, 잉크 빛깔이 나는 불길한 구름의 가장자리를 용해된 은빛으로 물들였다. 커다란 붉은 흙벽돌로 된 성당은 벽돌 먼지처럼 붉은빛을 띠고 그 앞에서 우울하게 하품을 하고 있는 듯한 모습이었는데, 지붕의 한쪽은 안으로 떨어져 내렸고 나머지도 곧 썩어 문드러질 것 같았다.

이 순간 요셉 신부는, 그것도 겨울철에, 인디언 마을의 흙먼지와 불편함 속에 위험하게도 병에 걸려 누워 있었다. 주교는 왜 자신이 친구를 곤경과 위험이 가득한 이런 삶을 살도록 이곳으로 데려왔는지를 스스로에게 묻고 있었다. 바일랑 신부는 그가 비록 불굴의 열성으로 인내심을 갖고 있긴 했지만, 어린 시절부터 허약했었다. 몽페랑 수도원에서 수도사들은 나약한 사람에게 결코 동정을 베풀지 않았다. 하지만 해마다 그들은 요셉 바일랑만은 높은 볼빅 산으로 보내 거기서 휴양을 하도록 해주었는데, 수도원이라는 감금된 생활 속에서 그의 생기가 소진되었기 때문이다. 그와 라투르 신부가 오하이오에서 선교 활동을 하고 있을 때, 요셉은 두 번이나 죽음의 문 앞에 갔었다. 한번은 콜레라에 걸려 아팠는데, 신문 부고란에 그의 이름이 실리기도 했었다. 그때 오하이오의 주교가 그에게 죽음의 승리자라고 세례명을 지어 준 일이 있었다. 그렇다고, 라투르 신부는, 흰둥이 요셉은 죽음을 그처럼 자주 잘 이겨냈으니까 늘 다시 그렇게 할 수 있다고 스스로에게 말했다.

폐허가 된 성당의 벽 주위를 걸으면서 주교는 이 성물 보관소가 습하지도 않으며 깨끗하다는 것을 발견하고 바로 거기 안쪽 벽에 붙어 달려 있는 흙으로 된 벤치들 중 하나에서 담요로 똘똘 말아 덮고 하룻밤을 지내기로 했다. 그가 이 방을 살펴보는 동안 옛 성당 자리의 주변에서는 바람이 으르렁거리기 시작했고, 밤이 재빨리 왔다. 마을의 낮은 문가에서는 불그스레한 불빛이 반짝이고 있었는데, 그의 눈에는 유독 감사해 보였다. 바위에서 그를 기다리고 있는 하신토의 작은 모습이 보였다. 그는 머리까지 담요를 바짝 끌어올려 쓴 채 바람 쪽으로 어깨를 수그리고 있었다.

이 젊은 인디언은 저녁식사가 준비되었다고 했다. 주교는 그를 따라 조그만 집들이 모두 똑같이 줄지어 있고 똑같은 형태로 모여 있는 특이한 굴 같은 곳으로 들어갔다. 하신토의 문 앞에는 사다리가 놓여 있었는데, 이는 이층으로 올라갈 때 사용되는 것으로 이층에는 다른 가족이 살고 있었다. 하신토의 집 지붕은 그 위에 사는 가족을 위해 베란다가 만들어져 있었다. 문이 낮았기에 주교는 머리를 숙이고 내려갔다. 방바닥은 문턱 아래로 길게 놓여 있었는데, 인디언들이 바람을 막기 위해 이렇게 한 것이었다. 그가 내려가 들어간 방은 길고 좁았고, 매끈하게 회칠이 되어 있었으며, 눈으로 보기에는 적어도 거의 가구가 없었기 때문에 깨끗해 보였다. 벽에는 몇 개의 여우 털과 조롱박 몇 개와 붉은 고추들 말고는 아무것도 없었다. 하신토가 아주 자랑스러워하는 알록달록 다채로운 색깔의 담요들이 흙으로 된 침상에 개어진 채 쌓여 있었는데, 그 침상은 그와 그의 아내가 잠자는 곳으로 화덕 근처에 있었다. 침상의 흙은 낮에 따뜻해져서 그 열기가 러시아 농부들의 난로 침대처럼 아침까지 지속되었다. 화덕 위에서는 콩과 말린 고기가 들어 있는 냄비가 끓고 있었다. 소나무 장작 타는 냄새가 구수하게 연기를 피우며 방을 채우고 있었다. 주교가 들어가자 하신토의 아내인 클라라가 미소를 지었다. 그녀는 국자로 수프를 퍼주었고, 주교와 하신토는 각자 자기 수프 그릇을 들고 불 옆으로 가서 바닥에 앉았다. 그들 사이로 클라라가 호박씨를 넣어 구운 따뜻한 옥수수 빵, 말하자면 백인들 사이에서는 건포도가 든 빵에 비유할 수 있는 그런 빵이 가득 든 그릇을 내놓았다. 주교는 감사의 기도를 올리고 손으로 빵을 잘라 먹었다. 이 두 남자가 먹고 있는 동안 젊은 여자는 그들을 지켜보더니 천장 기둥에 매달려 있는 사슴 가죽으로 된 작은 요람을 흔들었다. 주교가 무슨 일이냐고 묻자 하신토는 아기가 아프다고 슬프게 말했다. 라투르 신부는 어디 한번 아기를 보자고 청하지 않았다. 아기는 여러 겹 이불로 덮여 싸여 있다는 것을 그는 알고 있었다. 심지어 얼굴과 머리까지도 바람이 통하지 않을 정도로 싸여 있을 터였다. 인디언들은 겨울철에 아기들을 결코 목욕시키는 법이 없었고, 아기가 아픈 사람들에게 아기를 치료해 주라고 말해 봤자 소용없는 일이었다. 그 문제에 관해서는 인디언들한테 쇠귀에 경 읽기였다.

하신토의 아기에게도 그가 해줄 수 있는 게 아무것도 없다니 안된 일이었다. 요람은 페코스 마을에 그다지 많지 않았다. 그 인디언 부족은 사라져 가고 있었다. 아기 사망률이 심각할 정도로 높았고, 젊은 부부들이 마음대로 아기를 잘 낳지 못했다. 아기 생존율도 낮았다. 이곳에서는 소아마비와 홍역이 심각할 정도로 사망자를 만들어 내고 있었다.

물론 이에 대해서는 따로 이유가 있다고 설명하는 이야기들이 산타페에 사는 많은 사람들에게 용인되고 있었다. 페코스는 비밀스러운 미신 같은 것을 믿고 있는데, 어쩌면 그것은 백인에게는 너무나 유혹적인 이야기로 역사 이상 가는 것이었다. 이 사람들은 태고 적부터 산속에 있는 어떤 동굴에서 의식을 위한 불을 피우고 계속해서 그 불이 꺼지지 않도록 지켜 오고 있는데, 그 불이 밖으로 새어 나가지 않아야 하고 백인들에게 결코 드러나지 않도록 해야 한다는 것이었다. 이야기인즉슨, 불을 지키며 의식을 지속하기 위해 가장 힘이 세고 생기가 있는 젊은 남자들, 부족 중에서 가장 훌륭한 남자들을 징발해 갔기 때문에 그렇다는 것이었다. 라투르 신부는 이 이야기가 거의 신빙성이 없다고 생각했다. 목재가 많은 산에서 불이 뭐 그리 귀하다고, 어디서 났는지도 모르는 그 작은 불을 아주 열렬하게 수 세기 동안 숨겨 놓고 지키겠는가?

또한 초창기 스페인 탐험가들과 미국인 탐험가들에 의해 보고된 뱀에 관한 이야기가 있었는데, 그들이 보고한 이래로 이 이야기는 사람들 사이에서 계속 전해지며 믿어졌다. 이 부족은 특히 뱀을 숭배하는 데 중독되어 있어 방울뱀들을 각자 집에 숨겨 놓고 있고, 산 어딘가에는 그들이 어떤 잔치를 위해 마을로 데려오곤 하는 거대한 뱀을 감춰 두고 있다고 했다. 이들은 이 거대한 뱀에게 어린 아기들을 제물로 바치기 때문에 아기들의 숫자가 줄어드는 것이라고 했다.

하지만 백인들이 들어오면서 가져온 전염병이 이 부족이 줄어드는 진짜 이유로 더 맞을 것 같았다. 인디언들에게는 홍역, 성홍열, 백일해가 백인들에게 장티푸스나 콜레라처럼 치명적인 것이 되었다. 확실히 이 부족은 해마다 줄어들고 있었다. 하신토의 집은 주거지 마을의 한쪽 끝에 자리 잡고 있었는데, 그 뒤로는 폐허가 된 인디언 마을의 기다란 바위 능선이 있었다. 집들은 모두 텅 빈 채 비바람에 폐허가 되어 이제는 흙과 돌 더미 말고는 거의 남아 있는 것이 없었다. 주거지가 있는 마을의 거리에서 인구는 백 명도 채 안 되었다.* 이것은 코로나도 탐험대의 씨큐예가 발견했던 풍요롭고 사람이 많던 그 당시 모습이 모두 사라진 후였다. 그때 씨큐예가 보고한 바에 의하면, 인디언 마을에는 6천 명의 사람들이 있다고 했다. 그들은 페코스 강에서 관개 시설을 이용해 물을 끌어들여 농사를 짓는 비옥한 밭을 갖고 있다고 했다. 시내는 물고기로 가득 차 있고, 산은 사냥감으로 가득 차 있다고 했다. 실로 인디언 마을은 이 초목이 무성한 산들 사이에 귀여움을 받는 아이처럼 놓여 있는 것 같았다. 이곳은, 저 너머 마을 앞 노간주나무가 듬성듬성 나 있는 고원 위로 스페인 사람들이 야영지를 만들어 진을 치고 묵으면서 옥수수와 모피와 무명옷 등을 우연히 만나게 된 그들의 주인으로부터 강제로 징수하던 곳이었다. 그들이 키베라의 일곱 황금 도시를 찾아가는 그릇된 운명에 놓이는 바람에, 봄에 떠날 때 페코스 사람들로부터 노예들과 첩들을 약탈해 간 곳이 바로 이곳이었다.

라투르 신부는 화덕 옆에 앉아 산에서 매섭게 불어오며 고원 너머로 으르렁거리는 바람 소리를 들으며, 이런 지나간 일들을 생각하고 있었다. 그는 하신토 역시 자신처럼 화덕 옆에 말없이 앉아 그런 생각들을 하고 있는 게 아닐까 했다. 바람은, 해질 녘 산 뒤쪽에 머물러 있던 잉크 빛 먹구름으로부터 불어온다는 것을 그는 알고 있었다. 하지만 그것은 후회스럽기 이를 데 없는 검은 과거로부터 불어오는 것일는지도 몰랐다. 바람에 대항하여 유일하게 일어나는 인간의 소리는 요람에 누워 있는 아픈 아기 때문에 희미하게 울부짖고 있는 소리뿐이었다. 클라라는 구석에서 소리를 죽이려 애쓰

* 실제로 점점 죽어 가는 페코스 인디언 부락은 뉴멕시코가 미국에 점령되기 몇 년 전에 폐허가 되었다.

고 있었고, 하신토는 불을 응시하고 있었다.

  주교는 한 시간 동안 성무일과서를 불빛에 비추며 읽었다. 그런 다음, 뼛속까지 따스해지자 이제 따스해진 담요로 자신의 몸을 돌돌 말아도 되리라 생각하고 일어나서 잠을 자기 위해 나갔다. 하신토가 담요와 물소 가죽으로 된 겉옷 중 하나를 가지고 뒤를 따랐다. 그들은 붉은 빛이 스며 나오는 몇 개의 문가를 거쳐 초목이라고는 아무것도 없는 바위를 지나, 아직도 버티고 있는 옆면의 벽들이 폭풍을 막아 내기는 하지만 지붕이 없어져 별빛이 그대로 보이는 휑한 폐허지에 이르렀다.

2
바위 입술

 주교가 아침 일찍 잠에서 깨어나는 것은 어렵지 않았다. 한밤중이 지나면서 그의 몸은 점점 냉기가 흐르더니 경련이 일었다. 그는 담요를 말아 놓기 전에 기도를 했다. 일어나서 가장 먼저 기도를 하면 그 후로 다른 일들을 처리하는 데 많은 시간이 남게 되리라는 바일랑 신부의 격언이 생각났기 때문이다.

 조용한 마을을 지나 하신토의 집 문으로 들어가서 주교는 그를 깨운 다음, 그에게 불을 피우라고 했다. 인디언이 노새들을 준비하는 동안 라투르 주교는 안장주머니에서 커피포트와 양철 컵과 둥근 멕시코 빵 덩어리를 가져왔다. 빵과 설탕과 크림이 들어 있지 않은 블랙커피를 마시면서 그는 여러 날을 여행할 수 있었다. 하신토는 빵을 먹지 않고 출발하려 했지만 라투르 주교는 그에게 앉으라며 자신의 빵을 나눠 주었다. 인디언 가정에서는 빵이 많지 않았다. 클라라는 여전히 아기와 침상에 누워 있었다.

 새벽 네 시에 그들은 길을 떠났다. 하신토는 담요를 싣고 가는 노새를 탔다. 그는 어둠 속에서도 다닐 수 있을 정도로 그 지역에 있는 산속의 길들을 잘 알고 있었다. 정오가 될 무렵 주교는 노새들이 쉴 수 있는 거처가 있는지를 물었지만, 그의 안내자는 하늘을 보더니 고개를 내저었다. 태양은 어디에도 보이지 않았고, 짙고 어두운 잿빛 공기는 눈 냄새가 났다. 그러더니 금방 눈이 내리기 시작했다. 처음에는 가볍게 내렸지만 점점 더 눈발이 굵어지고 심해졌다. 그들 앞의 소나무 광경이 흩어져 내리는 눈송이로 인해 점점 더 보이지 않게 되었다. 한낮이 조금 지난 후에 두 명의 여행객들 주변으로 한바탕 바람이 눈을 회오리치게 하더니 갑자기 엄청난 폭설이 내렸다. 바람은 바다에서 부는 허리케인 같았고, 쏟아져 내리는 눈으로 인해 앞이 전혀 보이지 않았다. 주교는 그의 안내자조차 거의 볼 수가 없었다. 단지 그 모습의 일부만 보였는데 머리가 보이다가, 한쪽 어깨가 보이다가, 그가 탄 노새의 검은 혹만 보이다가 하는 식이었다. 길가의 소나무들은 잠시 우뚝 서 있는 것처럼 보이다가도 눈이 휘몰아치면서 완전히 보이지 않기도 했다. 길과 지형을 알려 주는 큼직한 산들마저도 모두 지워져 버렸다.

하신토가 노새에서 펄쩍 뛰어내리더니 노새에 매달았던 담요 꾸러미를 풀어냈다. 주교에게 안장주머니를 던지며 그가 외쳤다. 「이리 오세요, 제가 아는 곳이 있어요. 서두르세요, 신부님.」

주교는 노새들을 내버려 둘 수가 없다고 했다. 하신토는 노새들은 그들 나름대로 피신할 곳을 찾아야 할 거라고 했다.

라투르 신부에게 그다음 한 시간은 정말이지 인내심을 시험하는 것이었다. 그는 눈이 먼 듯 앞을 볼 수 없었고, 숨을 제대로 쉬지 못하면서 헐떡거리느라 입을 벌리고 있어야 했다. 그는 반쯤 보이는 바위들 너머를 기어올라 튀어나온 나무 등걸에 걸려 넘어지며 깊은 구멍 속으로 떨어졌다가 간신히 기어 나오면서 늘 인디언 젊은이의 어깨에 둘러메진 빨간 담요를 보며 따라갔는데, 어떤 때는 그 젊은이의 모습을 잃어버리고 허둥대기도 했다.

갑자기 눈발이 엷어졌다. 그의 안내자가 잠시 걸음을 멈추었다. 이제야 폭설을 막아 주는 장벽이 되고 있는, 앞으로 뻗어 나온 바위벽 아래에 그들이 서 있다는 것을 주교는 알게 되었다. 하신토는 어깨에서 담요를 떨어뜨려 놓더니, 절벽을 기어오를 준비를 하는 것 같았다. 주교가 위를 올려다보니 독특한 형태의 바위들이 있었다. 두 개의 둥근 바위가 있었는데, 한쪽이 다른 쪽으로 곧장 삐죽 삐져나와 둘 사이에 입을 벌리고 있는 모양을 하고 있었다. 마치 두 개의 커다란 바위 입술이 약간 떨어진 채 바깥쪽으로 내밀고 있는 모습 같았다. 이 입술 위로 하신토는 그가 잘 알고 있는 발 지지대에 의지해 재빨리 기어 올라갔다. 거기로 올라간 후, 그는 더 낮은 바위 입술 위에 앉아 주교가 올라올 수 있도록 도왔다. 그는 라투르 주교에게 자신이 짐을 가져올 테니, 여기 삐죽 나온 곳에서 기다리고 있으라고 했다.

잠시 후에 주교는 담요를 든 하신토의 뒤를 따라 그 구멍을 통해 동굴의 목구멍 속으로 들어갔다. 그 안에는 인디언들이 지하방으로 내려갈 때 사용하는 나무로 된 사다리가 놓여 있어서 이것을 타고 쉽게 바닥으로 내려갈 수 있었다.

그는 외관이 애매모호하고 왠지 고딕 스타일의 성당 같은 모습을 하고 있는 높은 동굴 속에 들어와 있다는 것을 알았는데, 그 안에서 유일하게 비치는 빛은 바위 입술 사이의 좁은 틈새를 통해 들어오는 것이었다. 피신할 곳이 몹시 필요한 처지이기는 했지만, 주교는 그 사다리를 타고 내려오는 내내 영 마음이 꺼림칙하고 이곳이 아주 좋지 않은 곳이라는 생각이 들었다. 동굴 속의 공기는 빙하처럼 차가워 뼛속까지 파고들었다. 곧이어 악취도 풍겨 왔는데, 그 냄새가 강하지는 않았지만 몹시 불쾌했다. 그의 머리 위로 20피트쯤 되는 높이에서 열린 입이 높이 있는 채광창처럼 잿빛 햇빛을 안으로 들어오게 하고 있었다.

그가 주변을 두리번거리면서 동굴의 크기가 어느 정도인지 가늠하며 서 있는 동안, 그의 안내자는 조심스럽게 바닥과 벽을 살펴보는 데 몹시 열중하고 있었다. 사다리 발치에는 반쯤 타다 남은 장작더미가 놓여 있었다. 거기에 불이 피워졌고, 그 불은 흙을 가져다 덮어 끈 것 같았다. 한 무더기의 흙이 불이 있던 자리의 중심부를 덮고 있었고, 한 무더기의 소나무 장작이 동굴 벽에 기대진 채 단정하게 쌓아 올려져 있었다. 안내인은 바닥을 세밀하게 살펴보더니 조심스럽게 이 장작더미를 가져다가 다른 곳에다 하나씩 세워 쌓았다. 주교는 그가 곧 불을 피울 것이라고 생각했지만, 그는 서두르지 않았다. 마침내 장작을 다 옮기고 나자 그는 바닥에 앉더니 생각에 잠겼다. 라투르 신부는 그에게 더 지체하지 말고 불을 피우라고 했다.

「신부님.」 인디언 젊은이가 말했다. 「제가 신부님을 이곳으로 모셔온 것이 올바른 일인지 잘 모르겠어요. 이곳은 저의 부족들이 의식을 하는 곳인데, 우리만 알고 있는 곳이거든요. 여기서 밖으로 나가시면 여기 왔던 일은 싹 잊으셔야 해요.」

「그래, 꼭 잊을게. 하지만 지금 불을 피우지 않는다면 차라리 폭설 속으로 다시 나가는 게 나을 것 같은데. 난 여기서 벌써 아프기 시작하는걸.」

하신토는 담요를 풀더니 덜덜 떨고 있는 신부 주변에서 가장 마른 곳에 담요를 깔았다. 그런 다음 잿더미와 숯이 있는 곳으로 몸을 굽히더니, 불타는 장작들의 불길을 보호하기 위해 모닥불 주변에 울타리처럼 돌려 가며 쳐 놓았던 많은 작은 돌멩이들을 골라냈다. 이것들을 보자기에 모아 가지고 동굴의 뒤쪽 벽으로 가져갔는데, 거기에 그의 머리 약간 위로 구멍 같은 것이 있었다. 그것은 아주 커다란 수박만큼이나 널따랬는데, 불규칙한 타원형이었다.

그런 모양의 구멍들은 파하리토 고원의 검은 화산 벼랑에서는 흔한 것이었다. 그곳에는 그런 데가 아주 많았다. 이것은 하나였는데 어두웠고, 다른 동굴로 연결되는 것 같았다. 그것은 하신토의 머리보다 조금 더 높이 있었지만, 그가 팔을 뻗으면 쉽게 닿을 수 있는 데는 아니었다. 주교가 놀랄 정도로 재빨리 하신토는 소리 없이 그가 주워 간 돌들을 이 구멍의 입 안에 넣어 그것을 완전히 메워서 막았다. 그런 다음, 소나무 장작에서 쇄기를 잘라 내 돌들의 틈새 안으로 밀어 넣었다. 마침내 그는 불을 끄는 데 사용했던 한 줌의 흙을 가져다가 바위틈 사이로 불어 들어오는 젖은 눈과 섞더니, 이 두터운 진흙으로 그가 막은 곳 위에 짓이겨 바르고는 손바닥으로 그곳을 매끄럽게 문질렀다. 그 모든 작업을 하는 데는 15분도 채 걸리지 않았다.

그러더니 어떤 설명이나 말도 없이 그는 불을 피웠다. 불을 피우는 냄새는 주교에게 너무나 불쾌했지만, 장작이 불타기 시작하자 장작의 향기에 그 냄새는 사라졌다. 열기는 굴 속의 음침한 공기를 정화시켜 줄 뿐 아니라 지독한 냉기도 사라지게 해주었다. 하지만 주교의 머리에 현기증을 일으키는 소음은 사라지지 않았다. 처음에 그는 추위로 인한 순환기의 변화로 귀에서 윙윙거리는 소리가 나는 것이 현기증 때문이라고 생각했다. 하지만 점점 따스해지며 몸이 풀려도 이 동굴에서는 지나치게 떨리는 듯한 그 소리가 계속해서 났다. 그것은 벌들이 벌통에서 윙윙대는 소리 같기도 했고, 멀리서 북이 세게 울리는 소리 같기도 했다. 잠시 후 그는 하신토에게도 이런 소리가 들리느냐고 물었다. 마른 인디언 젊은이가 그들이 동굴에 들어온 이래 처음으로 미소를 지었다. 그는 횃불을 밝히기 위해 장작을 가져다 불을 붙이고서 신부에게 자기를 따라오라고 하더니 산속으로 뚫린 터널을 따라갔다. 그곳에는 훨씬 더 낮은, 거의 손이 그 안까지 닿을 만한 지붕이 있었다. 하신토는 도기에 금이 간 것처럼 돌바닥의 갈라진 틈에 납작 엎드렸다. 그곳은 흙으로 메워져 있었는데 그는 이곳을 사냥칼로 파내더니 그 구멍에 귀를 대고 몇 초간 듣고는, 주교에게 똑같이 해보라는 시늉을 했다.

라투르 신부는 이 틈새에서 추위가 스며 나오는데도 불구하고 오랫동안 거기에 귀를 대고 있었다. 그는 자신이 지금 지구의 가장 오래된 목소리 중 하나를 듣고 있는 것이라고 스스로에게 말했다. 그가 들은 것은 동굴을 통해 울려 퍼지며 흐르고 있는, 지하에 있는 커다란 강의 소리였다. 물은 저 아래 멀고도 먼 곳에서, 아마도 산의 발치만큼이나 깊은 곳에서, 태고 적 바위의 갈비뼈 밑에서, 완전한 어둠 속에서 흘러가고 있는 것 같았다. 그것은 빨리 흐르느라 내는 소리가 아니라, 커다란 강물이 장엄하고 위엄 있게 흐르며 내는 소리였다.

「무시무시하군.」 그가 마침내 일어나며 말했다.

「그래요, 신부님.」 하신토가 그 틈새로부터 조금 떼어 낸 흙에 침을 뱉어 짓이겨 다시 바르며 말했다.

그들이 불이 있는 곳으로 돌아왔을 때, 그 두 개의 입술 사이로 비치는 한 조각 햇빛이 훨씬 더 흐릿해져 있었다. 주교는 햇빛이 사라지고 있는 것을 안타깝게 바라보았다. 그는 안장주머니에서 커피포트와 빵 덩어리와 염소 치즈를 꺼냈다. 하신토는 입구의 더 낮은 바위가 있는 곳으로 올라가더니 소나무를 흔들어 커피포트와 담요 하나를 갓 내린 눈으로 채웠다. 그의 안내자가 그 일을 하는 동안, 주교는 호주머니에 차고 다니는 술을 담는 플라스크 병에서 오래된 타오스 위스키를 한 모금 몰래 마셨다. 그는 인디언이 있는 곳에서 술을 마시는 것을 좋아하지 않았다.

하신토는 그가 빵과 블랙커피를 먹게 되어 행운이라고 생각한다고 말했다. 커피를 다 마시고 주교에게 양철 컵을 돌려주더니, 그는 하얀 이를 모두 드러내며 좋아 웃으면서 손을 어깨띠에 문질렀다.

「이 근처까지 오게 된 것만 해도 우린 행운이었어요.」 그가 말했다. 「우리가 노새들을 두고 떠날 때만 해도 여기로 오는 길을 과연 찾을 수 있을지 확신할 수가 없었거든요. 제가 이곳에 많이 와보지 않아서요. 신부님은 겁먹으셨죠?」

주교가 잠시 생각을 하는 듯했다. 「네가 겁먹을 시간을 주지도 않았었잖니, 그렇지 않아?」

인디언 젊은이가 어깨를 으쓱 올렸다 내렸다. 「저는 마을로 다시는 돌아가지 못할 거라고 생각해서 겁먹었거든요.」 그는 자기가 겁먹었던 사실을 시인했다.

라투르 신부는 화톳불 빛 옆에서 성무일과서를 읽었다. 이른 아침 이래로 그의 마음은 정신적인 것 이외의 다른 것에만 집중되어 있었다. 마침내 그는 잠을 자야겠다고 생각했다. 그는 그들이 늘 야영지에서 그러하듯이, 하신토에게 그와 함께 주기도문을 여러 번 되풀이해 외도록 하고는 담요를 똘똘 말아 덮고 불이 있는 쪽으로 발이 가도록 하고 드러누웠다. 하지만 마음속으로는, 밤중에 깨어 그의 안내자가 아주 조심스럽게 막아 놓은 그 호기심 나는 작은 구멍을 몰래 살펴봐야겠다고 그는 생각하고 있었다. 진흙을 바른 후에 하신토는 결코 그 구멍 쪽으로는 다시 눈길을 돌리지 않았고, 라투르 신부도 인디언 안내자에 대한 배려로 그쪽으로는 눈길도 주지 않으려고 애썼었다.

그가 밤중에 깨었을 때, 불은 여전히 높다란 고딕풍의 공간에서 불빛을 많이 비추고 있었다. 하지만 그의 안내자는 벽에 기대어, 발 지지대가 거의 보이지 않을 정도로 팔을 바위에 쭉 뻗고 몸을 바위에 납작하게 붙인 자세로 갓 바른 진흙에 귀를 댄 채 귀를 기울이고 있었다. 아주 민감한 소리까지 듣기 위해 이렇게 하고 있는 것 같았는데, 그런 열렬한 마음으로 인해 그가 바위에 붙어 있을 수 있는 것처럼 보였다. 주교는 아무 소리도 내지 않은 채 다시 눈을 감고, 왜 자기 안내자가 잠도 자지 못하면서 자신을 위해 지키고 있으리란 걸 예상하지 못했나 하고 생각했다.

다음 날 아침 그들은 바위 입술 사이로 기어 나와 하얗게 반짝이는 세상으로 나왔다. 눈으로 옷을 입은 산들은 떠오르는 태양으로 인해 붉었다. 주교는 겨울 전나무들이 모든 가지에 부드러운 장밋빛 처녀 눈의 구름들을 이고 그들 사이로 동이 터오는 부드러운 아침과 함께 있는 전나무 산등성이들을 내려다보며 서 있었다.

하신토는 지금은 노새들을 찾을 수가 없을 것이라고 했다. 눈이 녹으면 안장과 고삐나 찾을 수 있을 것이라고 했다. 그들은 정처 없이 약 8마일을 걸어서 무단 거주자의 오두막에 이르러 말을 빌려 가지고 별빛을 의지 삼아 여행을 계속했다. 그들이 바일랑 신부가 있는 곳에 도착했을 때, 그는 물소 가죽이 깔린 침대에서 일어나 앉아 있었고, 열도 내리고 이미 회복 중에 있었다. 주교가 도착하기에 앞서 또 다른 좋은 친구가 이미 그에게 와 있었다. 바로 키트 카슨이었다. 그는 타오스에 사는 두 명의 인디언들과 함께 산에서 사슴 사냥을 하던 중 이 마을이 전염병으로 고통받고 있으며 주교 대리가 이곳에 있다는 소식을 듣고 그를 구하기 위해 서둘러 온 것이었다. 그는 폭설이 닥치기 바로 전에 사냥한 사슴고기를 갖고 이 마을에 도착했다. 바일랑 신부가 말안장에 앉을 수 있게 되자마자 카슨과 주교는 그를 산타페로 데려갔는데, 그의 몸이 아직도 허약한 상태임을 고려해 나흘간에 걸쳐 천천히 중간 중간 쉬며 여행을 했다.

주교는 하신토와의 약속을 지키기 위해 하신토와 그 동굴에 갔던 일을 누구에게도 말하지 않았다. 하지만 주교는 그 동굴에 대한 의구심이 끊이지 않았다. 가끔 그의 마음속에는 그 동굴에 대한 생각이 스쳐 지나갔고, 늘 그가 거기서 어떤 올바르지 않은 일을 한 것처럼 회개의 전율이 일기도 했다.

극한의 상황에서 그곳은 그에게 아주 환대할 만한 은신처였었다. 하지만 그 후로도 그때의 폭설을 생각하기만 하면, 심지어 그때 완전히 지쳤었던 상황을 생각하면, 한편으로 그는 즐거움으로 전율이 일기도 했다. 그래도 그 동굴이 자신의 목숨을 구해 주긴 했지만, 그 동굴을 생각하면 그는 무서웠다. 그래서 그가 그 동굴에 대한 어떤 이상한 이야기를 듣더라도 다시는 그곳에 가보고 싶지는 않으리라고 스스로 생각했다.

다시 집에 돌아와 있게 되자, 주교는 의식을 올리는 이 동굴과 하신토의 당황스러운 행동에 대해 어떤 호기심이 이는 것을 느꼈다. 페코스의 종교에 관한 그 불쾌한 이야기들 중 어떤 것이 그럴 법한 가능성의 색채를 띠는 듯하기도 했다. 그는 이미 산타페에 있는 백인들이나 멕시코인들에 있어서 인디언의 미신이나 인디언의 마음을 이해하는 사람은 아무도 없다고 확신하고 있었다.

키트 카슨이 주교에게 말하기를, 글로리에타 고개와 페코스 마을 사이에 있는 상점의 주인은 이 인디언들과 가까운 이웃에서 자랐기 때문에 누구보다 이들에 대해 많이 안다고 했다. 그가 상점을 운영하기 전에 그의 부모가 이 상점을 운영했는데, 그의 어머니는 인디언들의 이웃에 사는 최초의 백인 여자였다고 했다. 그 상인의 이름은 제브 오차드였다. 그는 소금과 설탕과 위스키와 담배 등을 인디언과 백인들에게 팔며 산속에서 혼자 살고 있었다. 카슨의 말에 따르면 그는 정직하고 믿을 만하며 인디언들에게는 좋은 친구로, 한때는 페코스의 인디언 처녀와 사귀어 그녀와 결혼하고 싶어 했지만, 〈백인〉이라는 사실에 남달리 자부심이 아주 강한 그의 늙은 어머니가 그런 소리를 듣고 싶어 하지 않아서 독신으로 살며 은둔자가 되었다고 했다.

라투르 신부는 선교 업무로 여행을 하게 되면 언제 한번 날을 잡아 이 상인과 하룻밤 묵으면서 페코스 인디언들의 관습과 의식에 대해 그에게 물어보기로 했다.

오차드는 꺼지지 않도록 지키며 지속시켜야 하는 불에 대한 전설은 물을 필요도 없이 사실이라고 했다. 하지만 페코스 인디언들은 산속에서가 아니라, 그들의 마을에서 불을 유지한다고 했다. 그것은 질화로 속에 불씨로 있는데, 몇 세기 전 이 마을이 생긴 이래로 지하실 중 어느 한 곳에서 계속 불타고 있다고 했다. 뱀 이야기에 대해서는, 그는 확실히 믿고 있지는 않았다. 그는 마을 근처에서 방울뱀들을 본 것은 확실하지만 거기는 어디에나 방울뱀들이 많이 있는 곳이라고 했다. 페코스 부족의 한 소년이 몇 해 전 방울뱀한테 발목을 물렸는데 그에게 와서 약으로 쓰기 위해 위스키를 달라고 했다고 했다. 그 소년은 뱀한테 물린 다른 소년처럼 발목이 부어오르고 아주 아팠다고 했다.

주교는 오차드에게, 스페인 탐험가들이나 미국인 탐험가들에게 흔히 보고된 것처럼 그 인디언 부족들이 커다란 뱀을 어딘가에 감춰 두고 있다고 생각하는지에 대해서도 물었다.

「그들이 종교적인 의식을 할 때 가져오기 위해 해를 주는 어떤 짐승을 산속에서 키우고 있는 건 사실입니다.」 그 상인이 말했다. 「하지만 그게 뱀인지 아닌지는 모릅니다. 인디언의 종교에 대해서 아는 백인은 아무도 없거든요, 신부님.」

그들이 좀 더 이야기를 나누게 되자, 오차드는 소년 시절 그 자신이 이런 뱀 이야기에 아주 호기심을 갖게 되어 한번은 페코스 부족 남자들이 잔치를 벌일 때, 조금 위험한 일이 었는데도 불구하고 몰래 그들을 엿본 적이 있다고 했다. 그는 산에서 이틀 밤을 잠복해 있다가 한 무리의 인디언들이 햇불을 든 채 궤짝을 들고 오는 것을 보았다고 했다. 그 궤짝은 여자의 몸뚱이 정도 되는 크기로, 어린 포플러 나뭇가지에 매달아 메고 가는데 그 나뭇가지가 구부러질 정도로 무거웠다고 했다. 「만일 백인 남자들이 어두워진 후에 그런 궤짝을 메고 온다면, 저는 그 안에 무엇이 들어 있는지 확실히 추측해 낼 수 있어요. 돈이나 위스키나 총일걸요. 하지만 인디언들이 그러는 걸 본다면, 저는 뭐라고 말할 수가 없어요. 그것은 조상 때부터 섬겨 오던 그저 이상하게 생긴 바윗덩어리일 수도 있으니까요. 그들이 가장 귀중하게 여기는 것들은 우리에게는 아무런 가치도 없는 것들이거든요. 그들은 그들 자신의 미신을 믿고 있고 그들의 마음은 심판의 날이 올 때까지 그 옛날부터 똑같이 해오던 것들을 반복하며 빙빙 돌고 있을 테니까요.」 그가 이렇게 말했다.

라투르 신부는 그가 인디언들을 좋아하는 이유는 바로 그들이 오래도록 내려오는 관습을 숭상하기 때문이라며, 그것은 그 자신의 종교인 가톨릭교에서도 마찬가지로 큰 역할을 한다고 말했다.

상인은 주교가 인디언들을 훌륭한 가톨릭교도로 만들 수도 있겠다고 하면서, 하지만 그들을 그들 자신의 미신으로부터는 결코 떼어 놓을 수 없을 것이라고 말했다. 「인디언 사제들은 그들 자신의 어떤 신비성을 가지고 있어요. 그것이 얼마나 사실적이고 얼마나 인위적으로 만들어진 것인지 저는 모르지만요. 제가 어렸을 때 본 적이 있는 어떤 일이 기억나는군요. 어느 날 밤에 페코스 부족 처녀가 아기를 안고 여기 부엌으로 들어오더니 저의 어머니에게 축제가 끝날 때까지 자기를 숨겨 달라고 간청하더군요. 그녀는 추장들이 서로 손짓하는 것을 봤는데, 그녀의 아기를 뱀한테 제물로 바치려는 게 틀림없다는 것이었어요. 그것이 사실이든 아니든 간에, 그녀는 분명히 그렇게 믿고 있었어요. 가련한 사람 같으니라고……. 그래서 어머니는 그녀를 숨겨 주었지요. 이 일은 그 당시 제게 굉장히 깊은 인상을 남겼지요.」

제5부
마티네즈 신부

1
옛 질서

 라투르 주교는 하신토와 함께 그의 교구에서 가장 크고 풍성한 앨버커키를 방문한 이후 그의 첫 번째 공식적인 방문지인 타오스로 향하느라 산속을 가고 있었다. 그곳의 사제와 사람들은 미국인들에게 적대적이었고 그들이 통치하는 데 대해 항거를 했다. 스페인 사람을 제외한 어떤 유럽인도 그들은 외국인으로 간주했다. 주교는 이 교구에만 적대감이 누그러질 시간을 많이 주었다. 카슨의 도움으로 그는 그곳의 상황과 그곳에서 세력을 쥐고 있는 늙은 사제 안토니오 호세 마티네즈에 대해 충분히 알게 되었는데, 그 사제는 그곳에서 정신적인 문제에 있어서뿐만 아니라 다른 문제에 있어서도 통치자 행세를 하고 있었다. 실로, 라투르 신부가 뉴멕시코로 부임하기 전 마티네즈는 북 뉴멕시코에 있는 모든 교구들에서 독재자로 횡포를 부리고 있었으므로, 산타페에 있는 멕시코 원주민 사제들은 모두 그의 엄지손가락 밑에 놓여 있는 형편이었다.

 미국인 지사인 벤트와 다른 열두 명의 백인들이 살해당하고 머리 가죽이 벗겨지는 사건이었던, 5년 전에 일어난 타오스 인디언 대반란 사건의 주동자가 마티네즈 신부였다는 것은 널리 알려진 이야기였다. 타오스 인디언들 중 일곱 명이 군법재판에 회부되어 처형당했지만, 주동자였던 이 사제에 대해서는 소환 조치조차도 없었다. 또한 마티네즈 신부는 이 사건으로 인해 상당한 이익을 얻었다.

사형 선고를 받은 인디언들은 그들의 신부에게 구명 운동을 해달라고 간청했다. 마티네즈는 인디언 마을 근처에 있는 그들의 땅을 주면 그들의 목숨을 구해 주겠다고 했다. 그래서 그들이 이에 동의하고 소유권 이전까지 해주었지만, 신부는 이 문제에 신경을 쓰지 않고 그의 고향인 애비큐로 놀러 갔다. 그가 없는 동안 일곱 명의 인디언들이 지정된 날 교수형에 처해졌다. 마티네즈는 이제 그들의 기름진 농토를 경작했고, 이로 인해 그는 그 교구에서 가장 부자가 되었다.

라투르 신부는 마티네즈와 예의 바른 편지를 교환해 오고 있었지만, 그 전에 그를 단 한 번 만난 일이 있었다. 그것은 신부가 타오스에서 산타페로 달려와 새 주교를 거부하는 시위를 하던 기억에 남을 만한 날이었다. 오래전 일이었지만, 주교는 마치 바로 어제 만났던 듯 그의 모습을 그려 볼 수 있었다. 타오스의 사제는 쉽게 잊을 수 있는 사람이 아니었다. 그는 누구든지 거리에서 한번 스쳐 지나가기만 해도 깊은 인상을 남기는 신체적인 특징을 가졌으며, 위압적인 기세를 느끼게 하는 사람이었다. 그의 넓고 높은 어깨는 수물소의 어깨와 같았고, 커다란 머리는 두터운 목 위에 도전적으로 얹혀 있었으며, 뺨이 통통하고 얼굴색이 불그스레한 계란형의 전형적인 스페인 사람 얼굴이었는데, 주교는 바로 그 얼굴을 얼마나 생생하게 기억할 수 있었는지! 그가 얼른 다시 보고 싶을 정도로 그 얼굴은 정말 독특했다. 이마는 위아래로 넓으면서도 옆으로는 좁았고, 빛나는 누런 눈은 강력한 아치 형태로 속에 깊이 안착되어 있었고, 뺨은 다시 말하지만 통통하고 불그스레했다. 앵글로색슨족의 얼굴처럼 매끄러운 피부가 아니었고, 근육질이 계속 움직이고 있어 이목구비 중 어느 한군데도 빠짐없이 감정을 드러내고 있었다. 입은 폭력적이고 통제되지 않는 열정과 독재자적인 자기 의지를 아주 강력하게 드러내고 있었다. 도톰한 입술은 동물이 공포나 욕망에 못 이겨 그런 모습이 되듯 팽팽하며 앞으로 쑥 내밀고 있었다.

라투르 신부는 그 국경 지대인 타오스가 어느 개인의 무법적인 힘에 의해 이끌리는 시대는 이미 지났다고 판단하고 있었고, 이 인물이 아무리 인상적이고 압도적인 힘이 있는 존재지만 실로 힘을 쓰지 못하도록 해야 한다고, 그는 과거로부터 나온 잔재에 불과하다고 생각했다.

주교와 하신토가 산을 뒤로 하고 나자 길은 사람의 다리만큼 굵은 줄기가 우거진, 아주 늙은 산 쑥 숲 무더기로 덮인 평원으로 향하는 내리막길로 접어들고 있었다. 하신토는 먼지 구름이 그들을 향해 빠른 속도로 움직여 오는 것을 가리켰다. 백 명도 넘는 인디언들과 멕시코인들의 기병대가 소리를 지르며 소총 사격 의례를 하면서 주교를 환영하러 달려오고 있었다.

말을 탄 사람들이 다가오자 마티네즈 신부가 쉽게 눈에 띄었다. 그는 사슴 가죽 바지를 입고 긴 부츠를 신고 은 박차를 달고 챙이 넓은 멕시코 모자를 쓰고 있었고, 커다란 검은 망토가 양치기의 격자무늬 담요처럼 어깨 주위에 걸쳐 있었다. 그는 주교에게로 달려오더니 검은 종마의 고삐를 당기며 모자를 벗어 인사했다. 그리고 그의 호위대가 이 성직자들을 에워싸더니 공중에 소총 사격 의례를 했다.

두 사제가 나란히 말을 타고 누런 담장과 구불구불한 거리와 푸른 과수원이 있는 작은 도시인 타오스의 로스랜초스로 갔다. 거주자들이 성당 앞 광장에 모두 모여 있었다. 주교가 말에서 내려 성당 안으로 들어가자 여자들은 얼른 숄을 벗어 흙먼지 길 위에 깔고는 그가 밟고 걸어가도록 했다. 그리고 그가 무릎을 꿇고 있는 회중들 사이를 지나가자 남녀 모두 그의 손을 잡고 손가락에 낀 가톨릭교 반지에 입을 맞추었다. 그의 나라에서라면 이러한 모든 행위는 장 마리 라투르에게 몹시 불쾌했을 것이다. 하지만 여기서는 이러한 표시가 풍경과 정원 속에 있는, 불타오르는 선인장과 번쩍거리게 장식을 한 성단에 있는, 고통받는 예수상과 슬픈 성모상과 성자들의 조각상 속에 들어 있는 강렬한 색채의 일부와 같은 것이었다.

로스랜초스에서 주교 일행은 잿빛 평원을 가로질러 성당 맞은편 마티네즈 사제의 집이 있는 타오스로 서둘러 말을 달렸다. 그곳에도 너무나 많은 군중들이 모여 있었다. 사람들이 모두 무릎을 꿇고 있었는데 열 살이나 열두 살쯤 되어 보이는 깡마른 한 소년만이 입을 벌린 채 모자를 그대로 쓰고 서 있었다. 마티네즈 신부가 몇몇 무릎 꿇은 여자들의 머리를 만지더니 그 소년의 모자를 낚아채 벗기고 따귀를 때렸다. 라투르 신부가 뭐라고 항변을 하자, 그 멕시코 원주민 사제는 대담하게 이렇게 말했다.

「이 애는 제 아들입니다, 주교님. 제가 예절을 가르쳐야 할 때가 되었거든요.」

이 말을 듣고 주교는 이것이 꼭 자신에게 하는 말 같다는 생각이 들었다. 하지만 오랫동안 수양을 쌓아 온 그의 얼굴은 이런 도전을 받고도 조금도 그늘지지 않은 채 신부의 집으로 들어갔다. 그들은 곧 마티네즈의 서재로 들어갔는데, 그곳에는 젊은이가 바닥에 누워 잠들어 있었다. 그는 아주 체격이 큰 젊은이로 매우 건장했는데, 책을 베고 드러누워 있었다. 그가 숨을 쉴 때마다 가슴 부분이 놀라울 만큼 크게 부풀어 올랐다 가라앉았다 했다. 그는 프란체스코파 가톨릭의 갈색 성직복을 입고 있었고 머리는 짧게 잘려 있었다. 잠자는 사람의 모습을 보더니 마티네즈 신부는 웃음을 터뜨리며 그의 갈비뼈 부분을 아주 살짝 걷어찼다. 그 사람이 매우 놀라서 벌떡 일어나더니 정원으로 통하는 문으로 도망쳤다.

「너, 거기 있어 봐.」 신부가 그를 불렀다. 「밤에 열심히 공부한 젊은 녀석만이 낮에 잠을 잘 텐데! 너, 밤에 촛불 켜놓고 공부했나 보구나. 내가 너한테 신학 시험을 쳐봐야겠구나!」 이렇게 말하자 뜰 건너편 창문에서 여자들이 킬킬거리며 웃는 소리가 들려왔다. 도망친 사람은 말리려고 널어 놓은 빨래들 뒤로 피신을 했다. 그는 키가 크고 뚱뚱한 몸을 굽혀 두 개의 젖은 침대보 사이로 사라졌다.

「저 녀석은 제 학생, 트리니다드입니다.」 마티네즈가 말했다. 「아로요 혼도에 있는 제 오랜 친구 루체로 신부의 조카지요. 그는 수도사인데 우리가 그를 공부시키고 있습니다. 두랑고에 있는 신학교에 보냈었지만 향수병이 너무 심했는지 아니면 너무 우둔해서 별로 배우지를 못했는지 돌아왔습니다. 그래서 제가 여기서 그를 가르치고 있습니다. 우리는 언젠가 그를 사제로 만들 생각이거든요.」

라투르 신부는 그 집을 자기 집처럼 생각하라는 말을 들었지만, 전혀 그러고 싶은 마음이 없었다. 집은 그의 까다로운 취향이 참아 낼 수 있는 것 이상으로 너무 지저분했다. 신부의 서재 책상 위에는 코담배가 흩어져 있었고 책들이 아주 높이 쌓여 있었는데, 그것이 그 뒤에 있는 십자가를 거의 가릴 정도였다. 책은 온 집안의 의자들과 책상들 위에도 쌓여 있었다. 책들과 바닥에는 봄바람이 불어 들여온 모래 먼지가 깊이 쌓여 있었다. 마티네즈의 장화와 모자가 구석지에 놓여 있었고, 그의 코트들과 성직복들이 못 옷걸이에 걸려 있거나 가구 위에 걸쳐 있었다. 하지만 그곳에는 젊고 늙은 하녀들이 너무 많은 것 같았다. 더구나 특수 종처럼 보이는, 털이 부드러운 커다란 누런 고양이들도 많았다. 고양이들은 창문턱에서 잠을 자고 있었고, 안뜰의 우물 뚜껑 위에도 있었다. 가장 대담한 녀석이 곧장 저녁 식탁으로 왔는데, 주인이 아무렇게나 접시에서 먹을 것을 집어 녀석에게 던져 주었다.

그들이 저녁식사를 하러 식탁에 가서 앉았을 때 주인은 주교에게 키가 크고 건장하고 앞면이 툭 튀어나온, 서재 바닥에서 잠을 자고 있던 바로 그 젊은이를 소개했다. 그리고 트리니다드 루체로는 자기 밑에서 공부를 하고 있는 학생으로, 그의 비서가 될 예정이라고 되풀이해서 말했다. 그러고는, 그가 대부분의 시간을 부엌을 얼쩡거리며 거기서 일하고 있는 여자애들과 노닥거리며 보낸다고 덧붙였다.

이런 말을 자기 앞에서 하는데도 그 젊은이는 전혀 당황해하지 않았다. 그의 모든 관심은 양고기 찜에 집중되어 있었는데, 그는 개인 접시가 자기 앞에 놓이자마자 서둘러 열심히 먹기 시작했다. 주교는 후에 트리니다드가 가난한 친척이나 하인처럼 대접받는다는 것을 알게 되었다. 그는 이 젊은 이를 심부름 보내거나, 그에게 미안하다는 말도 없이 신부의 장화를 가져오게 하거나, 불 피울 장작을 가져오게 하거나, 말에 안장을 올리는 일을 시켰다. 라투르 신부는 이 청년의 성격이 싫어지자 그의 얼굴조차 보기 싫어졌다. 그의 통통한 얼굴은 아주 신경질적으로 어리석어 보였는데 그 모습이 꼭 잿빛에 기름기 흐르는 부드러운 치즈 같았다. 입술 모퉁이는 통통해서인지 깊이 겹쳐 있었는데, 꼭 아기 다리가 겹쳐 있는 것 같았다. 코 위에 걸쳐 있는 쇠 안경테는 부드럽게 반짝이며 놓여 있었다. 그는 저녁을 먹는 동안 한마디도 하지 않은 채, 마치 다시는 음식을 보지 못할까 두려운 듯이 먹는 데만 열중했다. 그의 관심이 잠시 접시를 떠나 있는 틈에는, 먹을 때와 똑같은 탐욕스러운 그 눈빛이 식탁 시중을 드는 여자애한테 고정되어 있었다. 그녀는 그에게 무관심한 태도를 취함으로써 그를 경멸하는 것 같았다. 그 학생은 감각적인 것의 한 가지 형태인 식욕이나 또 다른 형태인 육욕에만 늘 관심을 기울이는 듯 보였다.

마티네즈 신부는 성직복에 음식이 묻지 않게 하려고 목에다 냅킨을 두른 채 그야말로 잘 먹고 잘 마셨다. 주교는 요리사가 많은데도 불구하고 음식이 맛이 없다는 것을 알게 되었다. 하지만 엘 파소 델 노르트에서 사왔다는 포도주만은 아주 괜찮았다.

저녁을 먹는 동안 주인은 주교에게, 독신 생활이 사제직을 가진 사람의 필수조건이라고 여기는지에 대해 솔직하게 물었다.

라투르 주교는, 이 질문은 아주 오래전에 결론이 나서 이미 토론의 여지가 없는 문제라고 간단히 대답했다.

「이미 결정된 것이라는 건 아무것도 없습니다.」 마티네즈 신부가 격렬하게 주장했다. 「독신 생활이 프랑스 성직자들에게는 모두 아주 좋을지 모르지만, 우리 멕시코 성직자들에게는 그렇지 않습니다. 성 아우구스티누스도 자연을 거스르는 일은 좋지 않다고 했거든요. 저는 그분이 나이가 들었을 때 젊은 시절 금욕을 지킨 것을 후회했다는 증거를 모두 갖고 있습니다.」

주교는 그가 성 아우구스티누스가 쓴 책들에 대해 아주 잘 알고 있지만, 그런 결론을 끌어낼 만한 구절이 어디 나와 있는지 알려 주면 자기도 흥미를 갖고 다시 한 번 보겠다고 했다.

「제가 어딘가에 그렇게 말하는 구절들을 모두 적어 놓았습니다. 주교님이 가시기 전에 그것들을 찾아보도록 하지요. 아마도 주교님이 그 구절을 읽을 때는 마음의 문을 닫아 놓으셨나 보군요. 금욕을 하는 사제들은 인지하는 감각을 잃게 되거든요. 자신이 죄를 져보지 않은 사제는 죄에 대한 참회와 용서를 제대로 경험할 수 없습니다. 색욕은 가장 보편적인 유혹의 형태이기 때문에 사제가 색욕에 대해 뭔가 아는 편이 더 좋지요. 영혼은 금식과 기도에 의해 겸허해질 수 없어요. 그것은 도덕적인 죄를 저지름으로써 죄에 대한 용서를 경험하고 은총의 상태로 올라설 수 있거든요. 그렇지 않으면 종교는 단지 죽은 논리에 불과하거든요.」

「이 문제는 우리가 후에 좀 더 길게 이야기할 주제인 것 같군요.」 주교가 조용히 말했다. 「저는 제 교구 안에서라도 가능하면 빨리 이런 행동을 못 하도록 개혁할 생각입니다. 저는 빠른 시간 내에, 성단에서 봉직하기로 스스로를 바쳤을 때 맹세한 모든 것을 지키지 않는 사제가 남아 있지 않기를 바랄 뿐입니다.」

피부가 거무스레한 마티네즈 신부가 웃으면서 그의 어깨에 올라가 있던 커다란 고양이를 집어 던졌다. 「주교님, 그렇게 하시려면 바쁘셔야겠군요. 당연히 그렇게 되겠지만요. 하지만 우리 멕시코 원주민 사제들은 주교님 같은 예수교파 프랑스인 사제들보다 더 독실하다는 걸 아셔야 합니다. 우리는 죽은 유럽 성당의 지부가 아니라 여기서 살아 있는 성당이거든요. 우리의 종교는 이 땅에서 자라 나왔기에 이 땅에 그 뿌리를 갖고 있습니다. 우리는 성부님의 사람에게 자식으로서의 존경을 보이기는 하지만, 로마가 여기에 권위를 가질 수는 없습니다. 우리는 선교단의 지원은 필요치 않습니다. 우리는 로마 가톨릭교회의 간섭에 분개합니다. 프란체스코파 신부들이 이곳에 이식한 로마 가톨릭교는 잘렸습니다. 지금 있는 이것은 다시 나와 자란 것으로 이곳의 토착적인 것입니다. 우리 신도들은 세상에서 가장 독실한 사람들입니다. 만일 유럽의 형식주의에 얽매여 그들의 신앙을 타파해 버린다면, 그들은 이단자가 되거나 방탕아가 될 것입니다.」

마티네즈 신부의 이런 열변을 듣고도 주교는 온화한 표정을 유지하며, 그가 여기 온 목적은 이곳 사람들의 종교를 빼앗으려는 게 아니라 이곳 교구의 사제들 몇몇이 생활방식을 바꾸지 않으면 그들의 지위를 박탈하기 위해서라고 말했다.

마티네즈 신부는 잔을 채우더니 완전히 기분 좋은 태도로 대답했다. 「제 직위를 빼앗지는 않으실 거죠, 주교님. 그래만 보세요! 저는 저 자신의 성당을 이끌어 나갈 테니까요. 주교님은 타오스에 명목상 프랑스 신부를 두세요. 실질적으로는 제가 신도들을 가질 테니까요!」

 이 말을 남기고 마티네즈 신부는 식탁을 떠나 화덕 옆으로 가 서서 등을 따뜻하게 하고 그의 성직복을 허리 쪽으로 끌어 올려 바지를 내보이며 그곳을 따뜻하게 했다. 「주교님은 젊은 사람이에요.」 그가 커다란 머리를 뒤로 굴리며 연기가 잘 나는 지붕의 막대 통을 보면서 말을 이었다. 「주교님은 인디언이나 멕시코인에 대해 아무것도 모르시잖아요. 만일 주교님이 유럽의 문명을 여기로 끌어들여 우리의 오래된 방식들을 바꾸려 하고, 인디언들의 비밀 춤 같은 것을 간섭하려 하거나, 예컨대 참회자의 피 흘리는 의식을 폐지하려 한다면 주교님이 일찍 죽게 되리라는 걸 예언할 수 있지요. 제가 충고하는데 주교님은 개혁을 단행하시기 전에 우리 원주민 전통 의식을 먼저 공부하는 게 좋을 거예요. 프랑스인이시여, 주교님은 야만인들 사이, 그러니까 두 야만족들 사이에 있는 셈이니까요. 주교님의 로마 가톨릭교에 의해 금지된 그 어두운 일들은 인디언 종교의 일부입니다. 주교님이 이곳에 프랑스 방식을 끌어들일 수는 없어요.」

 이때 그 학생인 트리니다드가 조용히 일어나더니 주교에게 아첨하듯이 절을 하고는 살그머니 나가 부엌 쪽으로 달아났다. 그의 갈색 옷자락이 문틈으로 사라지자 라투르 주교가 주인 쪽으로 얼른 몸을 돌렸다.

 「마티네즈 신부님, 젊은이 앞에서, 특히 사제직을 공부하고 있는 젊은이 앞에서 그렇게 경솔한 말씀을 아무렇게나 하시는 것은 옳지 못한 일 같습니다. 더군다나 이런 정도밖에 안 되는 그 젊은이에게 성직을 하도록 하는 것도 이해할 수가 없군요. 그 사람은 제가 관할하는 교구 자리에서는 결코 어떤 성직도 갖지 못할 것입니다.」

마티네즈 신부가 웃으며 길고 누런 이를 드러냈다. 웃는 모습은 그에게 어울리지 않았다. 그의 이는 너무 커서 아주 천박해 보였다.「오, 트리니다드는 이제 점점 늙어 가는 그의 삼촌을 보좌하러 아로요 혼도로 갈 겁니다. 그는 아주 독실한 사람입니다, 트리니다드는요. 주교님이 예수 부활제 주간 때의 그의 모습을 보셔야만 합니다. 그가 애비큐로 올라가기만 하면 딴 사람이 되거든요. 가장 무거운 십자가를 지고 가장 높은 산으로 올라가 다른 사람들보다도 더 많은 형벌을 받기를 원하거든요. 그의 등은 선인장 가시로 완전히 뒤덮여 이곳으로 돌아오기 때문에 여자애들이 그에게서 닭처럼 가시를 뽑아 줘야 하거든요.」

피곤해진 라투르 신부는 저녁식사 후에 곧 그의 방으로 들어갔다. 자세히 살펴보니 침대는 깨끗하고 안락했지만, 주변 환경 때문인지 그는 안정이 되지 않았다. 그는 이 집의 분위기가 마음에 들지 않았다. 그가 잠자러 물러난 뒤로도 설거지하느라 떨거덕거리는 소리와 여자들이 안뜰에서 킬킬거리며 오가는 소리가 오래도록 그를 잠들지 못하게 했다. 그 소리가 멈추자, 마티네즈 신부가 그 근처 어느 방에선가 코를 골기 시작했다. 그는 안뜰 쪽으로 방문을 열어 놓았음에 틀림없었다. 어도비 흙벽돌은 두꺼워서 소리가 잘 들리지 않기 때문이다. 마티네즈 신부가 격노한 황소처럼 코를 골았기에, 주교는 밖으로 나가 그의 방문을 찾아서 닫기로 했다. 그는 일어나 촛불을 켜고 방문을 반쯤 열어 놓았다. 그러자 밤바람이 방으로 불어 들어오면서 약간 어두운 그림자가 벽에서 마루를 가로질러 펄럭였다. 아마도 생쥐인 것 같았다. 그러나 아니었다. 그것은 여자의 머리카락 뭉치였다. 아마도 칠칠치 못한 어떤 여자가 이 방에서 머리를 빗고 빠진 머리카락 뭉치를 이렇게 내버리고 간 모양이었다. 이것을 발견한 주교는 몹시 짜증이 났다.

대 미사가 다음 날 오전 열한 시에 있었는데, 교구의 사제인 마티네즈가 집전하고 주교는 성직자 자리에 앉아 있었다. 그는 타오스의 성당에 아주 만족했다. 건물은 깨끗하고 잘 수리가 되어 있었으며, 회중은 아주 많고 독실했다. 제단 위에 깔린 섬세한 레이스, 눈처럼 하얀 무명천, 그리고 거기 놓인 잘 닦은 성전의 제기들은 이곳 성당의 제단 유지회가 신앙이 독실하다는 것을 말해 주고 있었다. 제단에서 시중을 들고 있는 소년들은 손으로 뜬 레이스로 만든 겉옷을 진홍빛 성직복 위에 걸쳐 입고 있었다. 마티네즈 신부가 집전하는 것보다 더 인상적인 미사를 본 적은 없다고 주교는 생각했다. 마티네즈 신부는 아름다운 바리톤 목소리를 갖고 있어, 아주 감정이 풍부한 힘을 끌어내고 있었다. 그는 예배에서 그 어느 것도 소홀히 하지 않으며 모든 말과 몸짓이 하나같이 귀중하고 가치 있는 것이 되도록 했다. 성체거양식 순간에 이르자 거무스레한 사제는 온힘을 다하면서 그의 거무스레한 몸과 모든 피를 끌어올리는 것 같았다. 이 멕시코 신부가 올바로 지도를 받았더라면 정말로 위대한 사람이 되었을 것이라고 주교는 생각했다. 그는 모든 사람을 끄는 어떤 매력과 알 수 없는 신비한 힘을 지니고 있었다.

견진성사를 마친 후 마티네즈 신부는 말들을 끌어내더니 주교에게 그의 농장과 가축들을 한번 둘러보러 나가자고 했다. 그는 주교로 하여금 타오스와 인디언 마을 사이 비옥한 낮은 지대의 땅에 위치한 목장을 둘러보게 하였다. 그것은 그 신부가 일곱 명의 인디언들이 교수형에 처해질 때 빼앗은 땅이라는 것을 주교는 알고 있었다. 마티네즈 신부는 말을 타고 다니면서 벤트 대학살 사건을 아무렇지도 않게 언급했다. 그는 뉴멕시코에서 일어난 폭동이나 반란이 타오스에서 시작되지 않은 사건은 하나도 없다고 자랑을 해댔다.

석양이 지기 직전 그들은 인디언 마을의 서쪽에 멈추었는데, 그 인디언 마을은 주교가 방문했던 다른 인디언 마을과는 아주 달랐다. 두 개의 커다란 공동주택이 피라미드 형태로 되어 있었는데, 오후의 햇빛 속에서 그 건물은 금빛이 되었으며 그 바로 뒤로는 보랏빛 산이 있었다. 하얀 두건이 달린 겉옷을 입은 황금빛 남자들이 지붕에서 별처럼 재빨리 나오더니 조각상처럼 꼼짝 않고 서서 산 위에서 석양이 변화하는 모습을 지켜보았다. 그곳에는 어떤 종교적인 침묵 같은 것이 있었다. 염소가 음매 하고 우는 소리 이외에 어떤 소리도 황금빛 먼지구름을 통해 집으로 다가오는 것은 없었다.

이 두 개의 공동주택은 천년 이상 동안 이 부족이 계속해서 살아오고 있다고 마티네즈 신부가 주교에게 말했다. 코로나도 원정대 사람들은 거기서 이 인디언들을 발견하고는, 그들이 인디언 중 가장 우수한 종으로 잘생겼고 위엄 있는 행동을 하며, 사슴 가죽 코트와 유럽인들이 입는 것과 같은 바지를 입고 있었다고 전했다고 했다.

산이 목재용 나무들로 울창했지만 산의 모양새는 너무나 날카로워 샌디아스처럼 나무 없는 산 형태로 조각해 놓은 것 같았다. 산허리에 일반적으로 자라고 있는 것은 상록수였지만 계곡과 협곡에는 포플러 나무가 자라고 있었다. 따라서 산

허리는 연초록색인 데 반해 모든 계곡의 형태는 짙은 초록색으로 칠해져 있어 뱀, 반달형, 반원형처럼 마치 무슨 상징을 나타내는 것 같아 보였다. 이 산과 산의 계곡은 수 세기 동안 옛날 종교 의식의 본거지로서 조용한 인디언식 삶의 벌통 같은 곳이었고, 인디언의 비밀 저장소였다고 신부가 설명했다.

「그리고 저기 어딘가에 그들이 분명히 포페의 관을 보관하고 있겠지만, 백인은 그걸 볼 수 없을 겁니다. 포페가 1680년의 반란을 준비할 때 빛을 절대로 보지 않고 4년간 들어가 살았다는 바로 그 관을 말하는 겁니다. 그 반란 사건에 대해서는 주교님도 아실 거라고 생각합니다만, 라투르 주교님?」

「물론, 약간 알지요. 〈순교자 열전〉을 읽어서요. 하지만 그게 타오스에서 시작된 줄은 몰랐습니다.」

「뉴멕시코에서 일어나는 모든 반란 사건은 타오스에서 발발했다고 제가 방금 말씀 드리지 않았나요?」 마티네즈 신부가 자랑스럽게 말했다. 「포페는 산후안의 인디언으로 태어났지만요. 왜, 나폴레옹도 프랑스 사람이 아니라 코르시카 사람이잖아요. 포페는 타오스에서 모든 일을 조정했지요.」

마티네즈 신부는 자기 나라에 대해, 글로 쓴 역사서가 없는 나라인데도 잘 알고 있었다. 그는 주교에게 1680년의 인디언 대반란에 대해 들어 볼 수 있는 가장 많은 설명을 해주었는데, 그것은 모든 스페인 사람들이 죽거나 쫓겨나고, 유럽인들은 엘파소 델 노르트에 살아남은 사람이 하나도 없는 그 반란에 관한 〈신세계에서의 순교열전〉에 길게 덧붙일 수 있는 이야기였다.

그날 저녁, 식사를 마친 후에 주인이 코담배 냄새를 흡입하고 있을 때 라투르 신부는 여러 가지 질문을 통해 마티네즈 신부에 대해, 그리고 그의 삶에 대해 이야기를 듣게 되었다.

마티네즈는 애비큐에서 꼭대기가 잘려 나간 피라미드 형태의, 타오스의 지평선 서쪽 자락에 외로이 있는 파란 산 바로 아래서 태어났다. 사실상 외부 세계와 교통이 차단된 아주 깊고 울퉁불퉁한 바위투성이 산간 계곡으로 둘러싸인 그 지역은 가장 오래된 멕시코 마을들 중 하나였다. 이렇게 고립되어 있기 때문인지 마을 사람들은 성미가 음울하고 격렬하고 종교에 열광적이어서 부활제에는 십자가를 메고 피 흘리는 형벌을 감수하는 것을 예찬하곤 했다.

안토니오 호세 마티네즈는 글을 읽거나 쓰는 것을 배우지도 못한 채 거기서 자랐는데, 스무 살에 결혼을 했고 스물세 살이 되었을 때 아내와 아이를 잃었다. 결혼한 후에 그는 교구의 사제로부터 글을 읽는 것을 배웠다. 그리고 가족을 모두 잃고 홀아비가 되자 그는 성직자가 되기 위해 공부를 하기로 결심했다. 세간을 팔아 장만한 옷가지와 약간의 돈을 갖고 그는 올드멕시코에 있는 두랑고를 향해 말을 타고 출발했다. 거기서 그는 신학교에 들어가 열심히 공부하는 삶을 시작했다.

주교는 혹독한 학문적 훈련이 어른이 될 때까지 읽는 것을 배우지 못한 사람에게 얼마나 힘들었을지 상상할 수 있었다. 주교는 마티네즈가 가톨릭 성부들뿐만 아니라 라틴 고전이나 스페인 고전에도 아주 능하다는 점을 알아챘다. 신학교에서 6년을 공부한 후 마티네즈는 고향인 애비큐로 돌아가 그곳 성당 교구의 사제가 되었다. 그는 피라미드 형태의 산 아래에 있는 그 오래된 마을에 열렬하게 붙어 있었다. 그리고 이제는 반평생이나 있게 된 타오스로 온 이후에도, 마치 고향의 누런 흙냄새가 그의 영혼에 약이 되는 듯이 그는 말을 타고 애비큐까지 순회를 하곤 했다. 당연히 그는 미국인들을 싫어했다. 미국인들의 점령은 그에게 그 자신과 같은 사람들의 종말을 의미했다. 그는 옛 질서를 준수하는 사람이었고 애비큐의 아들이었기에 그의 좋은 시절은 끝난 셈이었다.

타오스를 떠나 집으로 돌아가는 길에 주교는 가던 길에서 벗어나 키트 카슨의 목장 집을 방문했다. 카슨이 양을 사러 나가 집에 없다는 것을 알고 있었지만, 라투르 신부는 카슨 부인을 만나 불쌍한 막달레나를 돌봐 주었던 친절에 대해 그녀에게 감사의 인사를 하고, 막달레나가 산타페에 있는 학교에서 수녀들과 행복하고 경건한 삶을 살고 있다는 소식을 전하고 싶었다.

카슨 부인은 조용하지만, 멕시코 가정주부에게서 흔히 보이는 우아하면서도 수줍어하지 않는 환대의 태도로 그를 맞았다. 그녀는 키가 크고 날씬하고 어깨가 처지고 빛나는 검은 눈과 검은 머리를 가진 여자였다. 비록 글을 읽을 줄은 몰랐지만 그녀의 얼굴과 대화는 모두 지성적이었다. 주교 생각에, 그녀는 잘생겼다. 그가 감탄할 만한 정도로 그녀의 용모는 살아가는 올바른 태도를 교육받은 바 있음을 보여 주고 있었다. 그녀는 또한 명랑했고 유쾌한 유머감각이 있었다. 그가 그녀에게 모든 것을 털어놓고 이야기를 해도 될 정도였다. 그녀는 주교가 마티네즈 신부 댁에서 안락하게 보냈기를 바란다고 말했는데, 말의 억양으로 미루어 주교가 그러지 못했으리라는 것을 그녀가 이미 알고 있음이 드러났다. 이에 주교가 트리니다드 루체로 때문에 신경이 쓰였다고 고백하자, 그녀가 약간 웃었다.

「사람들이 그러는데, 그가 루체로 신부의 아들이라고 하더군요.」 그녀가 어깨를 으쓱 올렸다가 내리며 말했다. 「하지만 저는 그렇게 생각하지 않아요. 마티네즈 신부의 아들일 가능성이 더 크거든요. 작년 부활제 기간 중 애비큐에서 그에게 있었던 일을 혹시 들으신 적 있으세요? 그는 구세주처럼 되고 싶어서 자신을 십자가에 매달아 달라고 했어요. 오, 못은 박으면 안 되었고요! 그는 밧줄로 십자가 위에 묶여 거기 밤새 매달려 있겠다고 했대요. 애비큐에서는 사람들이 그러기도 하거든요. 아주 옛날 풍습을 지금도 그대로 따라 하는 곳이니까요. 하지만 그가 너무 무거운 나머지 거기 매달린 지 몇 시간 만에 십자가와 함께 떨어져서 그는 아주 톡톡히 창피를 당했다고 해요. 그러자 그는 막대에 자신을 묶어 놓고 구세주께서 맞으신 만큼 매를 때리라고 했대요. 예수님께서 아마 6백 대의 매를 맞았다고 성 브리짓에 나와 있던가요. 하지만 사람들이 백 대도 때리기 전에 그는 기절을 했대요. 사람들이 선인장 회초리로 형벌을 주는 바람에 그의 등이 독이 들어 아주 오랫동안 아파 누워 있어야 했을 정도였다니까요. 올해 애비큐에서는 그를 원치 않으므로 여기서 부활제 기간을 보내야 한다며 모두가 그를 비웃었다고 하더군요.」

라투르 신부는 카슨 부인에게 마티네즈 신부가 참회 규정서의 사치스러운 축제를 그만두게 될지 아닐지에 대해 어떻게 생각하는지 솔직히 말해 달라고 했다. 그녀는 미소를 짓더니 고개를 내저었다. 「제가 종종 남편에게 그러는데, 주교님이 그걸 시험해 보지 않으시길 바랄 뿐이에요. 괜히 사람들이 주교님께 대적하도록 할 뿐이거든요. 나이 든 사람들은 옛날 관습을 그대로 따르고 싶어 해요. 젊은 사람들은 시대에 맞춰 나가길 바라지만요.」

주교가 그곳을 떠날 때 그녀는 그의 안장주머니에 막달레나를 위해 만든 아름다운 레이스 작품 하나를 넣어 주었다. 「그 애가 이걸 자기가 쓰려고 하지는 않을 거예요. 하지만 그 애는 수녀님들께 이것을 선사하며 좋아할 거예요. 잔인한 그 애 남편은 그녀에게 아무것도 남긴 게 없더래요. 그가 교수형에 처해졌을 때, 총과 작은 당나귀 한 마리 말고는 팔 게 아무것도 없더래요. 그래서 그가 두 분 신부님들을 죽이고 노새들을 빼앗을 생각을 했었나 봐요. 어쩌면 종교에 대한 악의 때문이었을지도 모르지만요! 막달레나가 그러는데, 모라에 살 때 그가 종종 사제를 죽이려고 위협하기도 했었다는군요.」

주교가 산타페로 돌아오자 바일랑 신부가 그를 기다리고 있었다. 그들은 부활절 이래로 서로 만나 보지 못하고 있던 차여서 의논할 일들이 많았다. 라투르 주교의 열의 있고 정력적인 행정 관리는 이미 로마에서 정평이 나 있었다. 그는 최근에 선교회 위원장인 프랑소니 추기경의 편지를 받았는데, 그는 편지에서 산타페 교구를 정식 대교구로 승급시켰다고 했다. 또한 중도에서 오래 지체된 편지가 왔는데 그것은 추기경이 초대를 하는 편지로, 라투르 신부에게 내년 바티칸에서 열리는 중요한 회의에 참석해 달라고 긴급히 요청하는 내용이었다. 이 모든 일들이 주교와 그의 주교 대리 사이에 의논되어야 할 일들이지만, 요셉 신부가 앨버커키에서 특별히 시간을 내어 온 이유는 말할 것도 없이 주교가 타오스에서 어떤 대접을 받았는지 듣고 싶은 열렬한 호기심 때문이었다.

서재에서 옛날 성직복을 입고 앉아 탁자에 촛불을 켜놓고 그들은 긴 저녁 시간을 보냈다.

「현재로서는……」 라투르 신부가 말했다. 「타오스에서의 올바르지 못한 의아한 상황을 바꿀 수 있는 게 아무것도 없을 것 같아요. 간섭하는 게 시급한 건 아니니까요. 성당은 강건하고 신도들은 독실합니다. 사제의 행동이 어떻든지 간에 그는 강한 조직체를 만들어 놓았고, 그의 신도들은 그에게 아주 경건하게 충성을 다하고 있습니다.」

「하지만 그를 징계할 수 있습니까, 어떻게 생각하세요?」

「오, 징계가 문제가 아닙니다! 그는 너무나 오랫동안 작은 왕의 역할을 해왔어요. 그곳 사람들이 프랑스 주교에 반대해서 확실히 그를 지지할 거예요. 당분간 거기서 마음에 안 드는 일도 눈감고 있을까 합니다.」

「하지만, 장 주교님.」 요셉 신부가 얼른 말했다. 「그 사람의 사생활은 이미 널리 알려질 정도로 추문을 내고 있고, 모든 사람이 도처에서 그에 대한 추문을 듣고 있어요. 바로 몇 주 전에도 저는 멕시코 소녀가 코스텔라 계곡에서 인디언의 습격을 받아 납치되었다는 불쌍한 이야기를 들었어요. 그녀는 납치될 때 여덟 살이었는데, 열다섯 살이 되어서야 발견되어 풀려났대요. 그 오랜 동안 신앙심이 강한 소녀는 연속하여 일어난 기적으로 인해 그녀의 처녀성을 지킬 수 있었다고 해요. 그녀는 과달루페의 성모 성당에서 사온 메달을 목에 걸고 있었는데, 그녀가 배운 대로 기도를 했대요. 그녀는 여러 차례 겁탈을 당할 뻔했지만 늘 예기치 않은 일이 생겨 재난을 면할 수 있었다고 해요. 그녀가 발견되어 아로요 혼도에 살고 있는 몇몇 친척들에게 보내졌는데, 그녀는 종교인이 되어야겠다고 결심할 정도로 아주 신앙심이 독실했다고 합니다. 그래서 그녀는 마티네즈 신부를 찾아갔는데, 이 신부가 그녀를 능욕한 다음 그의 일꾼들 중 하나와 결혼을 시켰다는군요. 그래서 이제 그녀는 그의 농장들 중 한 곳에 살고 있대요.」

「그래요, 크리스토발이 내게도 그 이야기를 해주더군요.」 주교가 어깨를 으쓱 올렸다 내리며 말했다. 「하지만 마티네즈 신부는 이제 돈 후안 역할을 하기에는 너무 늙었어요. 저는 그 사제를 처벌함으로써 타오스의 교구를 잃고 싶지는 않아요. 그의 자리를 대신할 정도로 강한 사제가 아직 없잖아요. 그 상황을 대처할 수 있는 유일한 사람이 당신인데, 당신은 앨버커키를 맡고 있고요. 이제 일 년 후 나는 로마에 가 있을 테고, 타오스 교구를 맡을 스페인 선교사가 오길 바랄 뿐이에요. 스페인 선교사만이 거기서 환영받을 거라고 생각하거든요.」

「맞는 말입니다.」 요셉 신부가 말했다. 「저는 너무 급하게 판단을 내리는 경향이 있어요. 당신이 유럽에 가 있는 동안 당신 대신 일을 잘 처리할 수 있을지 걱정이 되는군요. 당신이 거기 갈 때 나더러 사랑하는 앨버커키를 떠나 여기 산타페로 와 있으라고 할 것 같으니까요.」

「그야 물론 그래야지요. 그곳 사람들이 잠시 당신이 없는 걸 경험해야 다음에는 당신을 더욱더 좋아하게 될 테니까요. 내가 돌아올 때는 우리 신학교에서 좀 더 강건한 오베르뉴 사람들을 데려왔으면 하거든요. 그래서 그들 중 하나를 앨버커키로 보내야지요. 당신은 거기 오래 있었으니까요. 거기서 필요한 일은 당신이 다 한 셈이니까요. 당신이 여기 있을 필요가 있어요, 요셉 신부. 지금처럼 우리 중 하나가 대화를 하고 싶을 때면 늘 70마일을 말을 타고 다녀야 하니, 그래서야 되겠습니까?」

바일랑 신부가 한숨을 지었다. 「아, 그런 때가 오기만 한다면요! 당신은 샌더스키에서 나를 데려올 때처럼, 앨버커키에서도 나를 데려오는군요. 내가 거기 갔을 때 모두가 나의 적이었지만, 이제는 모두가 내 친구가 되었는데 말입니다. 그런데 이제 떠나야 한다니요.」 바일랑 신부는 안경을 벗더니 접어 안경집에 넣었다. 그것은 늘 그가 이제 이야기를 마치고 쉬어야겠다는 뜻을 알리는 신호였다. 「그러니 이제 일 년 뒤 당신은 로마에 가 있겠군요. 음, 솔직히 말하면 나는 앨버커키의 내 교구민들 사이에 있는 사람들과 지내는 게 더 좋은데. 하지만 클레르몽, 그곳에 가는 당신이 부럽군요. 나도 다시 고향 산을 보고 싶은데. 적어도 당신은 내 가족을 모두 만나 보고 내게 그들의 소식을 전해 주겠지요. 그리고 내 사랑하는 여동생 필로메네와 거기 있는 수녀들이 3년간 날 위해 만든 옷을 가져다주겠지요. 그것들을 가져다주면 정말 고맙겠어요.」 그가 일어나더니 촛불 하나를 들었다. 「그럼 당신이 클레르몽을 떠나올 때, 장, 나를 위해 호주머니에 그곳의 밤 몇 알 넣어다 주세요!」

2
구두쇠

 2월에 라투르 주교는 다시 한 번 말을 타고 산타페 오솔길을 출발했는데, 이 여행의 목적지는 로마였다. 그는 거의 일 년간을 로마에 머물다가 산타페로 돌아올 때, 그 자신이 다녔던 몽페랑 신학교에서 네 명의 젊은 사제들과 그가 로마에서 만난 스페인 사제 탈라드리드 신부를 데려왔다. 이 스페인 신부는 산타페에 오자마자 곧 타오스로 파견되었다. 주교의 지시에 따라 마티네즈 신부는 장엄한 행사를 위한 미사만 집전한다는 조건 아래 공식적으로 그의 교구에서 사임을 했다. 그는 이 특권을 잘 이용하여 모든 결혼식과 장례식을 집전하고 교구민들의 생활을 여전히 지휘했는데, 이로 인해 그와 탈라드리드 신부 사이에는 공개적으로 싸움이 벌어졌다.

 주교는 그들의 의견 차이를 조정할 수 없게 되자 새로 임명된 사제인 탈라드리드 편을 들어주게 되었고, 마티네즈 신부와 그의 친구인 아로요 혼도의 루체로 신부는 복종하기를 명백히 거부하며 반란을 일으키면서 그들 자신의 교회를 조직했다. 주교의 가톨릭교회는 미국식 성당인 반면에, 이것은 멕시코의 성 가톨릭교회 성당이라고 그들은 선언했다. 독실한 멕시코인들 몇몇은 몹시 당황하여 두 군데 미사에 모두 참석하기도 했지만 타오스와 아로요 혼도, 두 도시에서 더 많은 주민들이 이 분리종파 성당에 나갔다. 마티네즈 신부는 길고도 장황한 선언문을 인쇄하여(그것을 읽을 수 있는 교구민은 거의 없었지만) 그의 분리종파의 역사적인 정당성을 선언하고 성직자에게 금욕 생활을 강요하는 것을 부인했다. 그와 루체로 신부 둘 다 나이가 너무 들었기 때문에, 이 특별한 명분은 트리니다드를 제외하고는 그들의 새로운 조직체에서 혜택을 누릴 사람이 하나도 없었는데도 불구하고 말이다. 두 명의 사제가 그들 자신의 성당을 세워 분리종파로 떨어져 나간 후 그들이 첫 번째로 한 진지한 행동 중 하나는 루체로 신부의 조카를 성직에 임명하고 그가 그들 둘 다를 보좌하도록 하는 일이었다. 이에 따라 루체로 신부의 조카인 트리니다드는 타오스와 아로요 혼도 사이를 왔다 갔다 해야 했다. 이 분리종파 성당은 적어도 그 윗자리를 차지하고 있는 두 명의 반역 사제들을 새로 부흥시킴으로써 이들에 대한 사람들의 관심은 멀리까지 널리 생기게 되었다. 비록 이들이 전에도 사람들에게 늘 많은 소문거리를 제공해 주고는 있었지만 말이다. 이웃에 근접한 두 교구에서 이들은 젊었을 때부터 절친한 친구 사이였지만 서로 경쟁자였고 때로는 아주 극심한 원수지간이기도 했다. 하지만 그들의 싸움은 결코 오래 지속되지 않았다.

늙은 마리오 루체로는 권위를 아주 좋아한다는 것 말고는 마티네즈와 공통점이 한 가지도 없었다. 그는 젊어서부터 지독한 구두쇠여서, 그가 비록 아주 부자였지만 가장 가난한 곳인 아로요 혼도의 음울한 세계에서도 빈한하게 살았다. 그는 자기 집이 당나귀 축사만큼이나 가난하다는 것을 자랑하고 다니곤 했다. 침대와 십자가와 콩 냄비가 그가 가진 세간의 전부였다. 그는 아주 변변치 못한 노새 한 마리 말고는 가축도 가진 게 없었는데, 그는 그 노새를 타고 친구인 마티네즈와 싸움을 하거나 배가 고플 때는 배불리 잘 얻어먹기 위해 타오스까지 가곤 했다. 그의 이웃 부인 중 하나가 그를 불쌍히 여겨 닭고기 요리를 가져다주지 않으면, 그의 집은 매일매일이 육식을 금하는 금요일 같았다. 그의 교구민들은 그를 좋아했다. 그는 돈을 움켜쥐는 사람이었지만, 교구민들을 압박하지는 않았다. 아로요 세코나 케스타에서 돈을 많이 받아 내는 신부들보다 그는 그의 교구인 아로요에서 교구민들로부터 돈을 적게 받았기 때문이다. 검약은 멕시코인들 사이에서 거의 소중히 여기지 않는 자질이었기에, 그들은 그가 그렇게 검약하는 것을 아주 우습게보았다. 그의 교구민들은 그가 결코 어떤 물건도 돈 주고 사는 법이 없다고 했다. 그는 가정주부들이 내버린 낡은 빗자루를 집어 오기도 하고, 마티네즈 신부가 더 이상 입지 않는 옷을, 그 옷들이 자신에게 너무나 큰데도 불구하고 얻어다 입었다. 두 사제가 가장 격렬하게 싸운 문제들 중 하나는 마티네즈가, 추운 겨울이 왔는데 입을 옷도 없이 그의 집에서 공부하고 있던 멕시코에서 온 수도사에게 그의 낡은 옷 몇 가지를 주었을 때였다.

두 사제는 늘 너무나 창피할 정도로 서로에 대해 심한 말을 했다. 마티네즈는 루체로에 대한 최고의 이야깃거리를 제공하고, 루체로는 마티네즈에 대한 최고의 이야깃거리를 제공하곤 했다.

루체로 신부는 어느 결혼식 파티에서 젊은이들에게 이렇

게 말하기도 했다. 「내 방식이 늙은 호세 마티네즈 방식보다 얼마나 나은지 좀 보시오. 그의 코와 턱은 이제는 아주 서로 이웃이 될 정도로 붙어 가는데, 페티코트 입은 여자는 이제 그에게 더 이상 좋아 보이지가 않을 거란 말이야. 하지만 나는 돈만 보면 아직도 벌떡 일어날 수가 있잖아. 내 손에 새 돈만 들어오면 난 더 이상 행복할 수가 없거든. 마티네즈는 아름다운 여자와 있어도 안타까울 뿐인데 말이야?」

그는 사람에게 탐욕은 늙어 갈수록 더 강하고 달콤하게 하는 정열 같은 것이라고 단언하기도 했다. 마티네즈가 여자에 대한 욕망이 강하듯이, 그는 돈에 대한 욕망이 강했다. 그러니 그들이 즐거움을 추구하는 데 있어서는 서로 결코 경쟁자가 될 수가 없었다. 트리니다드가 성직 임명을 받고 그의 삼촌인 루체로 신부와 살러 갔을 때, 그는 조카가 마티네즈와 살면서 생긴 나쁜 버릇으로 인해 집안을 거덜 낼 지경이라고 불평을 해댔다. 반면에 마티네즈 신부는 트리니다드가 아로요 혼도 교구를 스펀지처럼 빨아먹으며 이 집 저 집의 콩 냄비에 코를 들이밀고 다니는 게 정말 재미있다고 말했다.

이들의 반란에 더 이상 귀먹은 채 하고 있을 수가 없었기에 주교는 바일랑 신부를 타오스로 보내 3주간 경고문을 게시하고, 이 두 사제들에게서 직권을 빼앗도록 했다. 넷째 주일요일에 요셉 신부는 〈사나운 고양이는 늘 내가 길들여야 하는군.〉 하고 말하면서 주교가 마티네즈 신부의 성직자로서의 권한과 특권을 빼앗는다는 편지를 진지하게 읽었다. 그날 오후에 그는 노새를 타고 80마일이나 떨어져 있는 아로요 혼도로 가서 루체로 신부에게 같은 내용의 공문서도 읽었다.

마티네즈 신부는 그때까지도 그의 분리종파 성당의 우두

머리 역할을 하고 있었는데, 잠시 병석에 누워 있다가 파면된 채로 죽어 루체로 신부의 집전 아래 무덤에 묻히고 말았다. 이런 일이 일어난 후 곧 루체로 신부가 병석에 눕게 되었다. 하지만 병이 든 후에도 그는 그 지방에서 이야깃거리의 주인공이 될 정도로 공적을 쌓아 올렸는데, 그것은 어느 날 한밤중에 쳐들어온 강도와 싸워 그를 죽인 일로 인해서였다.

도둑질을 했다는 이유로 팀에서 해고된 떠돌이 역마차 마부가 타오스에 들어와 하루 품팔이를 해가며 살고 있었는데, 루체로 신부가 엄청난 재산을 숨겨 두었다는 소문을 들었다. 그는 이 노인을 강탈하기 위해 아로요 혼도로 갔다. 루체로 신부는 깊이 잠들지 못하는 사람이었다. 누군가 한밤중에 살그머니 들어오는 소리를 듣고서 그는 침대 매트리스 밑에 숨겨 놓은 조각용 칼을 들고 벌떡 일어나 이 침입자에게 대들었다. 그들은 어둠 속에서 싸우기 시작했는데, 도둑이 젊은 사람인 데다가 무장을 하고 있음에도 불구하고 늙은 사제는 그를 찔러 죽이고 온몸이 피로 범벅이 된 채 일어나 시내로 나가 사람들을 깨웠다. 이웃 사람들이 도착하여 마치 도살장처럼 되어 있는 신부의 침실과 신부가 파놓은 구멍 옆에 죽은 채로 누워 있는 그 희생자를 보았다. 사람들은 노인네가 그런 일을 할 수 있었다는 사실에 모두 놀랐다.

하지만 그날 밤의 충격으로 인해 루체로 신부는 병에서 결코 회복되지 못했다. 그의 교구 사람들이 서둘러 타오스에서 말을 돌보는 수의사를 데려와 그를 보게 했지만, 그는 이미 소용없을 지경에 이르러 있었다. 이 수의사는 말뿐만 아니라 사람도 아주 치료를 잘하는 것으로 소문난 미국 북부 사람이었지만 그가 말하기를, 루체로 신부에게는 해줄 것이 아무것도 없다고 했다. 그는 신부에게 종양이나 암 같은 게 있는 것이 분명하다고 했다.

루체로 신부는 회개하고 죽었다. 그의 파면을 선언했던 바일랑 신부가 그가 로마 가톨릭교회와 화해할 수 있도록 도와주었다. 타오스에 있는 주교 대리가 주교 대신 업무를 보러 가서 키트 카슨과 카슨 부인과 함께 그 집에 머무르고 있을 때였다. 어느 날 저녁 심한 비바람이 이는 때에 그들이 모두 앉아서 저녁을 먹고 있었는데 말을 탄 사람이 현관문으로 달려왔다. 카슨이 나가 그를 맞이했다. 카슨과 함께 들어온 방문객은 바로 트리니다드 루체로였다. 비옷을 벗은 그는 아로요 혼도 교구민이 만든, 자락이 넓은 성직복을 입고 있었고 목에는 십자가를 걸고 있었는데 그의 체격과 그가 가지고 온 어떤 중대한 임무로 인해 방이 꽉 채워지는 느낌이었다. 마치 의식을 올리듯 카슨 부인에게 절을 하고서 그는 그가 할 수 있는 최상의 영어로 바일랑 신부에게 두텁고 껄껄한 목소리로 천천히 이렇게 말했다.

「저는 루체로 신부의 단 하나밖에 없는 조카임다. 저희 삼촌이 어주 아픈데 곧 죽을 것 같아요. 그녀가 피를 토합니다.」 이렇게 말하고 그는 시선을 떨어뜨렸다.

「이봐요, 당신의 모국어로 말해 봐요!」 요셉 신부가 말했다. 「당신이 영어로 말하는 것보다 내 스페인어가 더 나은 것 같으니. 자, 당신의 삼촌 상황이 어떤지 말해 봐요.」

트리니다드는 삼촌의 병세에 대해 스페인어로 설명을 하더니 진지하게 영어로 이렇게 되풀이해 말했다. 「그녀가 피를 토합니다.」 이 말은 그를 매우 인상적으로 만들었다. 아픈 사람이 바일랑 신부를 만나 보고 싶어 하고, 그가 와서 종부성사를 해주기를 바라고 있었다.

〈혼도〉로 내려가는 길이 비에 씻겨 아주 좋지 않을 터이고 어둠 속에 그곳을 가는 일이 아주 위험하니 내일 아침까지 기다리는 게 좋겠다고, 카슨이 주교 대리에게 말했다. 하지만 바일랑 신부는 길이 좋지 않다면 걸어서라도 가야 한다고 했다. 카슨 부인에게 인사를 하고서 그는 승마용 옷으로 갈아입고 안장주머니를 가지러 방으로 들어갔다. 트리니다드는 식탁에 초대되어 앉아 그곳에 있는 음식 그릇을 모두 비워 내며 그 기회를 최대한 이용하고 있었다. 주인은 바일랑 신부의 노새에 안장을 얹어 주고, 주교 대리는 안내를 하는 트리니다드와 함께 노새를 타고 떠났다.

아로요 혼도로 가는 길에 그는 안내자가 필요 없었다. 그곳은 그가 좋아하는 데여서 그는 늘 거기 갈 핑계를 찾아내 기꺼이 그곳에 가곤 했었다. 쾌청한 여름날에나 푸른 새싹들이 돋아나기 전의 이른 봄철에나 매번 그 지역은 다채로운 지도처럼 분홍빛, 파란빛, 노란빛이었는데 그가 얼마나 자주 노새를 타고 다니던 곳이었던지.

이 길을 가다 보면 저 멀리 산 아래와 같은 높이로 펼쳐진 산 쑥이 무성한 평원이 보이고, 그러다가 갑자기 절벽의 가장자리에 서게 된다. 이 절벽은 2백 피트 깊이가 넘는 벼랑으로, 양면이 순전히 중간에 거치는 게 없는 벼랑이지만 바위가 아니라 흙으로 된 벼랑이다. 그 가장자리까지 가서 아래를 내려다보면 이 커다란 도랑의 밑바닥, 그 아래 푹 꺼진 곳에 분홍빛 어도비 흙벽돌집들이 있는 마을과 함께 푸른 밭과 정원이 있는 세상이 펼쳐져 있다. 거기 아래에서는 사람들과 노새들이 걸어 다니거나 밭을 갈고 있는데, 이들은 아이들이 보는 노아의 방주에 나오는 모습처럼 조그맣게 보였다. 그 움푹 들어간 밭과 목초지를 따라 높은 산에서 쏟아져 내리는 시냇물이 흘러갔다. 비가 오지 않으면 말라 버리는 그 물의 기원지는 실로 아주 높은 산이어서, 멕시코인들은 절벽의 정면에 나무로 만든 관 모양 같은 것을 놓아 관개 시설을 설치하여 물을 보존해서 절벽 꼭대기에 있는 저수지까지 수백 피트나 끌어들였다. 바일랑 신부는 종종 멈추어 서서 이 나무로 만든 관에 갇힌 물이 가파른 길을 따라 내려와 혼도가 시작되는 곳에 이르러 살아 있는 사물처럼 빛 속으로 펄쩍 뛰어나오는 것을 지켜보았었다. 물은 이렇게 전환되기도 하지만 단지 작은 물줄기만 이 나무 관을 통해 흘렀고, 대부분의 물은 시냇가 둑에 푸른 버드나무와 깊은 건초 풀과 반짝이는 야생초가 있는, 시내의 하얀 바위 바닥 위로 흘러내렸다. 그곳에서는 저녁 앵초 꽃, 불탄 자리에 나는 잡초, 나비 잡초가 열대성 식물만큼의 크기로 크게 자라 골풀 사이에서 눈이 부셨다.

하지만 땅거미가 진 후 아로요 혼도로 절벽 가장자리를 따라 내려가기는 이번이 처음이어서 바일랑 신부는 콘텐토를 아주 잔인하게 시험하지 않기로 마음먹었다. 「이 노새는 잘 내려갈 수 있습니다.」 그가 트리니다드에게 말했다. 「하지만 그러지 않을 생각입니다.」 그는 노새에서 내려 구불거리는 가파른 길을 걸어 내려갔다.

자정이 되기 전에 그들은 루체로 신부의 집에 도착했다. 그 도시의 반쯤이나 되는 사람들이 거기 모여 있는 것 같았고, 그곳은 마치 축제인 양 불이 환하게 켜져 있었다. 병든 사람의 침실은 멕시코 여자들로 꽉 차 있었는데, 그들은 바닥에 앉아 검은 숄을 걸친 채 그 앞에 불이 켜진 촛불을 들고 기도를 하고 있었다. 촛불 때문에 발을 내디딜 수가 없었다.

바일랑 신부가 그가 잘 알고 있는 여자인 콘셉션 곤잘레스를 손짓해 불러 지금 무엇을 하고 있는 것인지를 물었다. 그녀는 죽어 가는 신부가 그렇게 해달라고 했다고 속삭였다. 죽어 가는 신부의 모습은 점점 창백해지고 있었는데, 그는 계속해서 불을 더 환하게 켜달라고 요청했던 것이다. 평생 그렇게도 양초를 아끼느라 저녁에는 소나무 가지에 불을 켜 놓고 지내시더니, 하고 콘셉션이 한숨을 쉬었다.

구석에 있는 침대 위에서 루체로 신부가 신음 소리를 내며 몸을 뒤척이고 있었고, 한 남자가 그의 발을 문지르고 있었고, 또 한 사람은 통증을 가라앉히기 위해 뜨거운 물에 천을 적셔 짠 다음 환자의 배 위에 올려놓고 있었다. 곤잘레스 부인은, 그녀가 집에서 가장 좋은 침대보를 갖다 주었는데 이 아픈 신부가 고통 때문에 침대보를 갉아 뜯는 바람에 끝 부분이 레이스처럼 씹혀 있다고 나지막이 말했다.

바일랑 신부가 침대 옆으로 다가갔다. 「침대에서 조금만 물러나 주세요, 부인들. 벽 쪽으로 좀 가주세요. 촛불 때문에 볼 수가 없으니.」

하지만 그들이 촛대를 들고 바닥에서 일어나기 시작하자, 아픈 사람이 소리쳤다. 「안 돼, 안 돼, 불을 가져가지 마! 도둑이 들어올 거야, 그러면 난 아무것도 남는 게 없게 돼.」

여자들이 어깨를 으쓱 올렸다가 내리더니 질책하듯이 바일랑 신부를 바라보다가 다시 앉았다. 루체로 신부는 뼈만 앙상하게 남아 있었다. 두 뺨은 푹 꺼졌고, 매부리코는 흙빛에 밀랍 같았으며, 눈은 열기로 번득였다. 그 불타는 눈이 요셉 신부를 향하고 있었다. 크고 검게 반짝이며 의심하는 듯한 눈이었다. 이 세상을 떠나려는 밤에 이 노인은 멕시코 사람이라기보다는 스페인 사람에 더 가깝게 보였다. 그는 요셉 신부의 손을 놀라울 정도로 아주 세게 잡더니, 그의 발을 문지르던 사람의 가슴을 홱 찼다.

「거기 내 발은 그만 해. 이 젖은 물수건도 치워 버리고. 이제 주교 대리가 왔으니, 내 할 말이 있어. 당신들도 모두 들었으면 해.」 루체로 신부의 목소리는 늘 얇고 톤이 높아서 그의 교구민들은 꼭 말이 히힝거리는 소리 같다고 얘기하곤 했었다. 「주교 대리님, 마티네즈 신부를 기억하시지요? 그러실 테죠, 당신이 나와 그를 파면시켰으니까요. 들어 보세요.」

루체로 신부는 마티네즈가 죽기 전 자신에게 얼마간의 돈을 주며 그의 영혼의 안식을 위한 미사에 써 달라고 간청하면서 애비큐에 있는 그의 고향 성당에 헌사해 달라고 했다고 말했다. 그런데 루체로는 그가 약속한 대로 그 돈을 쓰지 않고 이 방의 흙바닥에 묻었다고, 저 벽에 걸려 있는 커다란 십자가 바로 밑에 묻었다고 했다.

이런 고백을 듣자 바일랑 신부는 다시 여자들에게 나가 달라고 손짓을 했고, 이어 그들은 촛불을 들고 일어섰다. 그러자 루체로 신부가 잠옷 바람으로 일어나더니 소리쳤다. 「그대로 있어, 원래대로! 당신들이 나를 낯선 사람하고만 남겨 두고 도망치려는 거지? 난 당신들보다 이 사람을 더 믿지는 못하겠어! 오, 왜 하느님은 사람이 죽은 후에도 자기 재물을 지키지 못하도록 하신 거지? 살아 있는 동안에는, 내가 늙긴 했어도 칼을 갖고 내 재물을 지킬 수 있었는데. 하지만 죽은 후에는 어떻게……?」

곤잘레스 부인이 루체로 신부를 달래서 도로 베개 위에 눕히더니 그가 하고 싶은 말을 모두 하라고 했다. 그는 마티네즈로부터 의뢰받은 돈을 애비큐로 보내서 마티네즈 신부가 원했던 대로 써 달라고 했다. 그리고 십자가 밑에, 그가 누워 있는 침대 바닥 밑에 그 자신의 돈이 있다고 했다. 그 많은 돈 가운데 삼분의 일은 트리니다드에게 주고 나머지는 그의 영혼을 위해 드리는 미사에 써 달라고 했는데, 그 미사는 산타페에 있는 산미겔 옛날 성당에서 해달라고 했다.

바일랑 신부는 그가 원하는 대로 모든 것을 꼼꼼히 수행하겠으니, 이제 이 세상의 모든 근심 걱정을 버리고 마음속으로 종부성사를 받을 준비를 하라며 그를 안심시켰다.

「때가 되면 그래야지요. 하지만 사람이 이 세상을 그렇게 쉽게 떠날 수 있는 게 아닙니다. 콘셉션 곤잘레스는 어디 있지? 이리 와봐요. 내가 이 침실에 있는 동안 방바닥을 파고 돈을 꺼내 내 몸이 죽기 전에 모든 여인들이 보는 앞에서 그것을 세어 보고 합계를 적어 놓도록 하시오.」이렇게 말하더니 노인은 어떤 새로운 희망으로 깜짝 놀라는 듯했다.「그런데 크리스토발, 바로 그 사람이 해야 해! 크리스토발 카슨을 여기로 오라고 해서 돈을 세어 적으라고 해야 해. 그가 공명정대한 사람이야. 트리니다드, 바보 녀석 같으니라고, 왜 크리스토발을 데려오지 않은 거야?」

바일랑 신부는 아연실색하였다.「루체로 신부, 마음을 가라앉히고 천당에 생각을 고정시키지 않으면, 저는 종부성사를 집전하는 것을 거부하겠습니다. 당신의 마음이 그런 상태에서 종부성사를 하는 것은 신성모독입니다.」

노인이 양손을 포개고 눈을 감더니 이에 수긍했다. 바일랑 신부는 옆방으로 가서 성직복을 입고 영대를 걸쳤다. 그사이 콘셉션 곤잘레스가 침대 옆에 있는 조그만 탁자에 자신의 하얀 수건을 깔고 그 위에 두 개의 밀랍 촛불을 놓은 다음 사제가 쓸 물 컵을 갖다 놓았다. 바일랑 신부가 옷을 입고 성체 용기와 성수가 담긴 그릇을 들고 들어와 침대에, 그리고 구경꾼들에게 물을 뿌리며 성가를 반복해서 불렀다. **주여, 제게 성수를 뿌려 주소서, 이 세상에 성수를 뿌려 주소서.** 여자들이 바닥에 촛불을 남겨 두고는 살그머니 나갔다. 루체로 신부는 자신이 한 이단의 행동을 포기하고 뉘우친다는 참회를 한 뒤에 종부성사를 받았다.

종부성사는 고민에 휩싸인 사람을 진정시켜 주었고, 그는 가슴에 손을 얹은 채로 조용히 누워 있었다. 여자들이 돌아와서 앉아 전처럼 중얼거리며 기도를 했다. 유리창에 비가 내리치고 바람이 깊은 시내를 삼킬 듯 불어 닥치며 공허한 소리를 냈다. 지켜보는 사람들 중 몇몇은 지쳐서 고개를 숙였지만, 한 사람도 집에 돌아갈 기미를 보이지는 않았다. 임종의 침상을 지켜보는 것은 그들에게는 힘든 일이 아니라 하나의 특권이었기 때문이다. 더군다나 죽어 가는 사제의 경우에 그것은 하나의 명예이기도 했다.

그 당시에는 심지어 유럽 국가에서도, 죽음은 진지하고 중요한 사회적 의례였다. 이는 단순히 어떤 신체적인 기관이 그 기능을 멈추는 순간이 아니라 극적인 절정의 순간, 다시 말해 한 영혼이 정확한 의지를 갖고 그 어떤 불가사의한 곳으로 가는 낮은 문을 열고 통과하여 다음 세상으로 들어가는 순간으로 간주되었다. 임종을 지켜보는 사람들 사이에서는, 죽어 가는 사람이 그만이 볼 수 있는 어떤 것을 드러내지 않을까 하는 희망 같은 게 여전히 맴돌고 있었다. 입술이 아니라면 얼굴이라도 무슨 말을 하지 않을까, 혹은 그의 이목구비 위에 저 너머로부터 오는 어떤 빛이나 그림자가 떨어지지 않을까 하는. 나폴레옹, 바이런 경 같은 위대한 사람들의 〈마지막 유언〉이 아직도 선물용 책으로 출간되기도 했고, 모든 평범한 남녀가 죽어 가며 중얼거린 말들이 그들의 이웃이나 친척들에게 귀 기울여 듣고 소중히 여겨야 하는 것이 되기도 했다. 이러한 말들은 얼마나 하찮은 것인가에 상관없이, 언젠가는 같은 길을 가게 될 사람들한테는 하나의 신탁처럼 중요한 것으로 여겨지고 곰곰이 되새겨지는 것이었다.

이 죽음의 방의 적막은 트리니다드 루체로가 갑자기 벽 위에 걸린 십자가 앞에 기도하려고 무릎을 꿇으면서 깨져 버렸다. 모두가 잠이 든 줄로만 알고 있었던 그의 삼촌이 갑자기 몸부림을 치며 외쳤기 때문이다. 「도둑이야! 도와줘, 도와줘!」 트리니다드가 재빨리 그 자리에서 물러났지만 노인은 한쪽 눈을 여전히 뜨고 있었고, 그 누구도 감히 십자가 근처에는 가지 않았다. 동이 트기 한 시간 전쯤에 신부의 숨소리가 매우 고통스러워지자 두 남자가 그의 뒤로 가서 베개를 높였다. 여자들이 그의 얼굴색이 변하고 있다고 속삭이더니, 촛불을 더 가까이 가져가 그의 침대 가까이에 무릎을 꿇었다. 그의 눈은 살아 있는 것 같았고, 그들을 알아보는 것 같았다. 그는 한쪽으로 머리를 돌리더니 얼굴 표정이 날카로워졌다. 그러더니 눈 하나 깜박하지 않고 촛불을 열렬히 응시했다. 몇 번인가 입술을 움직이다 말았다. 숨을 죽이고 지켜보는 사람들은 그가 죽기 전에 뭔가 할 말이 있다고 확신했는데, 드디어 그가 말을 했다. 조소하는 듯 미소를 짓는 표정으로 그는 얼굴에 경련을 일으키더니 입으로 숨을 한번 쉬고는 말 우는 소리처럼 마지막으로 이렇게 말했다.

「네 꼬리를 먹어라, 마티네즈. 네 꼬리를 먹어!」 이와 거의 동시에 경련을 일으키더니 그는 죽었다.

동이 튼 후 트리니다드는 마을을 돌아다니며 루체로 신부가 죽는 순간에 다른 세계로 들어가며 마티네즈가 고통 속에 있는 모습을 보았다고 떠들어댔다(멕시코 여자들도 그의 말이 맞는다며 이를 확인시켜 주었다). 이 임종의 침상을 지켜보았던 기독교인들이 살아 있는 동안 이 이야기는 아로요 혼도에 내내 회자되었다.

루체로 사제의 집 방바닥을 파는 날, 그의 마지막 유언에 따라 바닥 밑에 숨겨 있던 사슴 가죽 자루에 든 금화와 은화를 보러 타오스, 산타크루즈, 모라 같은 먼 곳에서도 사람들이 산타페로 왔다. 거기에는 스페인, 프랑스, 미국, 영국 등지의 동전들이 있었는데 그중 어떤 것은 아주 오래된 것도 있었다. 이 돈들은 모두 정부 조폐국으로 가져가 조사되었는데 미국 돈으로 거의 2만 달러나 되었다. 도랑 밑에 위치한 어느 시골 교구에서 긁어모은 한 늙은 사제의 재산치고는 엄청난 액수였다.

제6부
도나 이사벨라

1
돈 안토니오

 라투르 주교는 아주 열렬한 세속적인 야망을 하나 가지고 있었는데, 그것은 산타페에 그곳의 주위 자연환경과 아름답게 어우러지는 성당을 짓는 일이었다. 그는 이 소망을 소중히 여기고 이에 대해 숙고함으로써 그런 건물을 지으면 자신이 죽은 후에도 자신이 목표로 해온 이상이 지속될 수 있으리라 생각했고, 이에 대한 생각을 이어감으로써 그것은 곧 그의 열망이 되었다. 이곳에 취임해 온 초창기부터 그는 이 성당을 지을 기금을 마련하기 위해 자신의 형편없는 재산에서 얼마간씩 저축해 오고 있었다. 이러던 차에 그는 어느 멕시코인 부자 목장 주인으로부터 많은 도움을 받게 되었는데, 바로 돈 안토니오 올리바레스라는 사람이었다.

 안토니오 올리바레스는 지성적이고, 형제들과 사촌들이 많은 대가족 출신의 부유한 사람이었다. 그는 오랜 세월 동안 이곳저곳을 많이 돌아다녀 경험이 풍부했으며 세상에 대해 아는 것이 많았다. 그는 인생에서 아주 많은 시간을 뉴올리언스와 엘파소 델 노르트에서 보냈지만, 주교 라투르가 취임한 지 몇 해가 지난 후에 산타페로 돌아왔다. 그는 미국인 아내를 데려왔으며 가구도 한 마차 가득 실어 왔는데, 그가 태어나고 자란 읍내의 정 동쪽에 위치한 옛 목장 집에서 말년을 보내기 위해서였다. 그때 그의 나이는 예순이었다. 젊어서 그는 첫 번째 부인을 잃었고, 뉴올리언스로 간 후 루이지애나에서 친척들 사이에서 자란 켄터키 출신의 처녀와 두 번째로 결혼했다. 그의 부인은 예뻤고 재주가 많았으며, 프랑스 수녀원에서 교육을 받아 남편을 유럽화시키는 데 많은 영향을 미쳤다. 올리바레스가 세련된 옷을 입고 세련된 예법을 갖추고 좀 사치스러운 방식으로 생활하는 것은 그의 형제들과 친구들 사이에서 반쯤은 경멸하는 듯한 부러움을 샀다.

올리바레스의 아내인 도나 이사벨라는 독실한 가톨릭 신자로 그들의 집에서는 프랑스인 사제들이 늘 환영받았는데 최고로 친절하게 환대받았다. 올리바레스 부인은 산만한 어도비 흙벽돌 건물과 커다란 뜰과 대문, 조각한 들보와 서까래, 청어 뼈 모양으로 아름답게 조각한 천장과 아늑한 벽난로들을 쾌적한 분위기로 꾸며 놓았다. 그녀는 우아한 안주인으로서, 비록 이제는 아주 젊어 보이지는 않지만, 보는 사람으로 하여금 여전히 매력적으로 보이게 했다. 날씬하고 생기 있고 동작이 민첩하며 섬세하고 하얀 얼굴을 가진 그녀는 산타페의 좋지 않은 기후에도 불구하고 워낙 자신을 잘 보호하고 가꾸어 아름다웠으며, 약간 은빛이 돌지만 여전히 아름다운 금발을 지니고서 얼굴 윤곽이 더 뚜렷하게 보이도록 머리카락을 많이 부풀리고 동글동글하게 말고 있었다. 그녀는 스페인어는 그다지 잘하지 못했지만 프랑스어를 잘했으며 하프를 연주할 줄 알았고 노래도 아주 잘 불렀다.

하루 벌어 하루 사는 일꾼들과 인디언, 거친 개척민들

사이에서 살고 있는 라투르 신부와 바일랑 신부에게 가끔 모국어로 교양을 지닌 여자와 대화를 나눌 수 있다는 것은 분명히 대단한 행운이었다. 그 환대할 만한 벽난로 가에 앉아 옛 스타일의 거울과 조각들과 천으로 치장된 의자들이 있는 풍요로운 방에서, 창은 깨끗한 커튼이 처져 있고 장식장과 식기장들은 접시와 벨기에산 유리잔들로 채워져 있는 그곳에서……. 바깥세상이 어떻게 돌아가고 있는지에 관심이 많은 이 집 부부와 저녁 시간을 함께 보내고 훌륭한 저녁식사를 하고 훌륭한 포도주를 마시고 음악을 듣는 것은 유쾌한 일이었다. 모순투성이인 사람이라고 할 수 있는 요셉 신부는 듣기 좋은 테너 목소리를 갖고 있었는데, 그것은 강하지 않으면서도 진실한 목소리였다. 올리바레스 부인은 그와 함께 옛날 프랑스 노래들을 부르기를 좋아했다. 그녀는 사소한 데서 약간 잘난 척하는 면이 있어서, 노래를 부를 때면 언제나 세 개의 언어로 부르자고 고집을 부리곤 했다. 그녀는 남편이 좋아하는 노래들,「라 팔로마」,「라 골론드리나」,「나의 넬리는 숙녀」 같은 곡들을 잊지 않고 불렀다. 스테판 포스터가 곡을 쓴 흑인 가락들은 그때 강물을 따라 이미 변방까지 널리 퍼져 있었는데, 이는 인쇄된 악보를 통해서가 아니라 한 사람이 노래를 부르고, 또 이를 따라 누군가가 다시 노래를 부르면서 이렇게 멀리까지 퍼진 것이었다.

 돈 안토니오는 체구가 큰 사람으로, 뚱뚱하고 배가 불룩 나왔으며 약간 대머리에 말을 아주 느리게 했다. 하지만 그의 눈은 생기가 있으며 노란 섬광이 일었는데, 그가 말없이 있을 때 가장 감지를 잘하는 것 같았다. 저녁식사가 끝난 후, 뉴올리언스에서 가져온 커다란 의자 중 하나에 푹신하게 앉아 금빛이 도는 갈색 손가락 사이에 담배를 끼고 아내가 하프를 켜는 모습을 바라보고 있는 그를 관찰하는 것은 흥미로운 일이었다.

산타페에서는 물론 그녀에 대한 소문이 나돌았다. 올리바레스 부인의 얼굴이 아름다운 데다가 그녀의 남편이 아주 여러 해 동안 변함없이 그녀를 사랑하고 있기 때문이었다. 미국인들과 올리바레스 형제들은 그녀가 지나칠 만큼 젊어 보이게 옷을 입는다고 했는데, 그것은 어쩌면 맞는 말이었다. 또한 그들은 그녀가 뉴올리언스와 엘파소 델 노르트에 애인들을 두고 있다고도 했다. 그녀의 남편 쪽 조카들은 그녀가 반조 연주를 위해 샌안토니오에서 데려온 멕시코 소년을 사랑한다고 단언하는 말까지도 서슴지 않고 했다. 올리바레스 부부는 둘 다 음악을 아주 좋아했는데, 이 소년 파블로는 반조를 연주하는 데 있어서 마술사 같았다. 모든 이야기들은 그 집 부엌에서 밖으로 흘러나간 것이었다. 도나 이사벨라가 장롱 가득 옷을 채워 두고 있지만 옷들이 모두 너무나 사치스러운 것이어서 여기서는 그것들을 입을 수가 없다느니, 그녀가 남편 호주머니에서 금을 꺼내 그녀 방의 바닥에 숨긴다느니, 그녀가 남편의 정력을 증강시키려고 강장제와 약초 차를 남편에게 준다느니 하는 소문들은 그녀의 하인들이 그녀에게 충성스럽지 않아서 나온 말이 아니라 자기들의 여주인을 자랑스러워하는 데서 나오는 말이었다.

올리바레스는 신문이 발행된 지 몇 주 후에야 도착하는데도 신문을 구독해서 읽었고, 그냥 담배보다는 여송연인 시가 담배를 더 좋아했으며, 위스키보다는 프랑스 포도주를 더 좋아했기에 그보다 더 어린 형제들과는 공통점이 거의 없었다.

그의 오랜 친구 마누엘 차베스 다음으로 이 두 명의 프랑스인 사제들은 그가 산타페에서 가장 좋아하는 사람들이었는데, 그는 이 사실을 사람들에게 공공연히 말하고 다니기도 했다. 그는 친구들을 소중히 여기는 사람이었다. 그는 주교의 집을 방문해서 어린 과수묘목을 어떻게 보살필지에 대해 그에게 충고를 하거나, 요셉 신부를 위해 집에서 만든 체리 브랜디 병을 놓고 가기를 좋아했다. 라투르 신부에게 은으로 된 대야와 주전자와 세면도구를 선사해 라투르 신부의 여생을 아주 만족하게 한 사람도 바로 올리바레스였다. 산타페에는 은세공을 아주 잘하는 멕시코인들이 있었다. 돈 안토니오는 그의 친구인 라투르 신부를 위해 그 자신의 세면도구를 본떠 은으로 만들라고 했던 것이다. 도나 이사벨라가 얘기하길, 언젠가 그녀의 남편이 바일랑 신부에게는 혀를 기쁘게 해주는 것을, 그리고 라투르 신부에게는 눈을 기쁘게 해주는 것을 늘 선물한다고 말한 적이 있다고 했다.

 이 부부에게는 딸이 하나 있었다. 이네즈라는 아가씨였는데, 꽤 나이가 찼지만 아직 결혼을 하지 않은 상태였다. 실은 그녀가 결코 결혼을 하지 않으리란 사실을 모두들 알고 있었다. 그녀는 수녀가 쓰는 베일을 쓰고 다니지는 않았지만, 그녀의 삶은 거의 수녀와 같았다. 그녀는 아주 못생긴 데다가 어머니가 가진 사교적인 우아함 같은 것도 없었지만, 아름다운 소프라노 목소리를 갖고 있었다. 그녀는 뉴올리언스의 가톨릭 성가대에서 노래를 했고, 거기 있는 수녀원에서 노래를 가르쳤다. 그녀는 이 부부가 산타페에 정착한 후 딱 한 번 부모를 방문하러 산타페에 왔다. 그녀는 이 유쾌한 집에 어울리지 않게 왠지 음울한 모습을 하고 있었다. 도나 이사벨라는 그녀를 몹시 애지중지하는 것 같았다. 그래서 그녀의 기분을 상하지 않게 하려고 애썼다. 이네즈가 집에 와 있는 동안 이네즈의 어머니는 아주 수수하게 옷을 입고, 그녀의 오른쪽 귀 너머로 걸쳐 있는 동글동글 만 곱슬머리를 핀을 꽂아 뒤로 고정시켰으며, 두 여자들은 하루 종일 함께 성당에만 갔다.

안토니오 올리바레스는 주교가 성당을 건축하려는 꿈을 갖고 있는 데에 깊은 관심을 가졌다. 그가 이 일에 관심을 갖게 된 첫 번째 이유는, 라투르 신부가 성당 건축하는 일을 마음속에 꼭 간직하고 있다는 것을 그가 알게 되었기 때문이다. 올리바레스는 친구가 가슴속에 간직한 소망을 이루도록 돕는 것을 좋아하는 사람이었다. 더욱이 그는 자신의 고향 시내에 대해 깊은 애정을 갖고 있었고, 여행하면서 멋있는 성당들을 바라보며 언젠가 산타페에도 그런 성당이 생기기를 바라고 있었다. 수많은 밤들을 올리바레스와 라투르 신부는 벽난로 가에 앉아 성당 건축에 대한 이야기를 나누었다. 그 위치와 모양과 건축할 돌과 비용과 돈을 모을 중대한 어려움 등에 대해 함께 토의했다. 라투르 주교가 주교직에 임명된 지 10년째 되는 1860년에 성당을 짓기 시작하는 것이 주교의 바람이었다. 어느 날 저녁, 올리바레스의 집에서 오래도록 기억에 남을 신년축하 파티가 열렸다. 올리바레스가 손님들이 있는 자리에서, 새해가 가기 전에 성당 건립 기금으로 라투르 신부가 그의 목적을 실행할 수 있을 정도의 충분한 자금을 내놓겠다고 선언했다.

올리바레스의 집에서 있었던 그날 만찬 파티는 이런 약속을 하는 올리바레스의 선언 때문에, 그리고 옛 친구들과의 작별이 있던 자리였기 때문에 기억에 남을 만했다. 도나 이사벨라는 요새의 주둔군으로 와 있는 장교들을 초청했는데, 그들 중 두 명이 상부의 명령으로 산타페를 떠나 다른 곳으로 옮겨 갈 예정이었다. 인기 있는 사령관은 워싱턴으로 돌아가라는 명령을 받았고, 아일랜드계 가톨릭 신자로 최근에 결혼을 했으며 라투르 신부에게 아주 귀여움을 받던 젊은 기병대 중위는 더 먼 서부로 가라는 명령을 받았다. (그런데 그는 다음번 새해 첫날이 오기 전에 애리조나 평원에서 있었던 인디언과의 전투에서 죽고 말았다.)

하지만 그날 밤 이런 미래를 예측하며 마음 불편해하는 사람은 아무도 없었다. 그 집은 휘황찬란한 불빛과 음악으로 가득 차 있었고, 친척들과 멀리 떨어져 살고 있는 사람들은 거친 삶을 살아가는 가운데 즐기기 위해 함께 모일 기회가 별로 없는 개척지에서 이런 소박하고 화기애애한 환대를 받고 아주 따스한 분위기를 느꼈다. 올리바레스 부인을 대단히 찬미하는 키트 카슨이 타오스에서 이틀이 걸려야 하는 길을 달려 그날 밤 만찬 파티에 참석하기 위해 왔다. 그는 멕시코인과 미국인 사이에 태어난 그의 상냥한 혼혈 딸을 데려왔는데, 그녀는 세인트루이스에 있는 수녀원 학교에서 최근 집에 돌아와 있었다. 이 행사를 위해 그는 은실 자수가 놓이고, 갈색 벨벳 소매 단과 칼라가 달린 멋진 사슴 가죽 코트를 입고 있었다. 카슨의 아내는 조그만 분홍빛 공단 장미들의 화환으로 온통 장식이 된, 뉴올리언스에서 산 프랑스제 드레스를 입고 있었는데 치마는 쇠테가 들어가 부풀어 오르는 형태였다. 주교는 거의 입는 법이 드문 보랏빛 성직 조끼를 입고 있었고, 바일랑 신부는 리옹에 있는 그의 누이 필로메네의 사랑스러운 손에 의해 갓 새로 만들어진 성직복을 입고 나타났다.

라투르 신부는 요셉이 그의 누이와 그녀의 수녀원에 있는 수녀들로 하여금 그를 위해 성직복과 옷을 만들게 함으로써 괜스레 그들을 바쁘게 만드는 데 대해 약간 창피함을 느끼고 있었다. 하지만 지난번 프랑스에 갔을 때 그는 이 모든 것을 다른 관점으로 보게 되었다. 그가 필로메네 수녀원을 방문했을 때 더 나이가 어린 수녀들 중 하나가 그에게, 은둔 생활을 하고 있는 그녀들에게 머나먼 곳에서 선교 활동 같은 일을 하는 것은 어떤 영감을 불러일으켜 준다고 고백했기 때문이다. 그녀는 또한 자신들에게 바일랑 신부가 써 보내는 긴 편지들, 그 나라와 인디언들과 신앙심 깊은 멕시코 여자들과 그 옛날 스페인 순교자들에 대해 그가 그의 누이에게 이야기해 주는 편지들이 얼마나 귀중한지 모른다고 했다. 이 편지들을 필로메네 원장님은 저녁에 큰 소리로 읽어 준다고 했다. 수녀는 라투르 신부를 바깥쪽으로 불룩 튀어 나간 창가로 데려가더니 담장이 어느 지점에서 돌다가 더 이상 아무것도 보이지 않는 좁은 거리를 올려다보게 했다. 「보세요.」그녀가 말했다. 「원장님이 원장님 오빠의 편지를 우리에게 읽어 준 후에 저는 이 반침으로 와 서서 가로등이 있는 저 조그만 거리를 올려다보곤 해요. 그러면 바로 저 모퉁이 너머가 뉴멕시코인 것 같아요. 바일랑 신부님이 우리에게 편지로 써서 보낸, 그 붉은 사막과 파란 산과 넓은 평원과 물소 떼들과 우리나라의 깊은 산 계곡보다도 훨씬 더 깊고 심오한 계곡들이 있는 곳 말이에요. 저는 마치 제가 거기 가 있는 듯 가슴이 빨리 고동치는 것을 느끼는데, 그러다가 곧 잠자는 시간을 알리는 종소리에 꿈을 깨곤 한답니다.」그래서 주교는 이 수녀들이 요셉 신부를 위해 좋은 일을 하고 있다고 믿으며 그곳을 떠나게 되었다.

오늘 밤 올리바레스 부인이 포플린과 벨벳으로 윤기가 나는 옷을 입은 바일랑 신부에게 찬사를 보내자, 어쩐지 라투르 신부는 그녀의 반침 창가로 그를 데려갔던 수녀와의 대면 순간이 떠오름과 동시에 그녀의 하얀 얼굴과 불타는 눈이 생각나서 한숨을 쉬었다.

저녁식사가 끝난 후에 건배를 하며 술을 마셨고, 남자들이 담배를 피우는 동안 파블로라는 소년이 반조 연주를 위해 불려 왔다. 반조는 라투르 신부에게 늘 이국의 악기 같았다. 그는 반조가 약간 야만적이라기보다는 좀 더 문명화된 것임을 알게 되었다. 이 낯선 누런 피부의 소년이 반조를 연주하자, 그 현이 울리는 음악 속에는 부드러움과 권태로움이 함께 들어 있었다. 하지만 그 속에는 일종의 광기 같은 것도 있었다. 어떤 무모함. 이런 식으로든 저런 식으로든 여기 멕시코 남자들 모두가 느끼고 따르는 황야의 부름 같은 것. 시가 담배 연기 속에서 정찰병들과 군인들과 멕시코 목장 주인들과 사제들이 머리를 숙이고 어깨를 웅크리고 반조를 연주하는 소년을 조용히 지켜보았다. 활을 켜는 그의 누런 빛깔 손이 얼마나 빠른지 보이지 않을 정도여서, 마치 어떤 물체가 한 무더기의 모래 폭풍처럼 휙 지나가는 것 같았다.

이렇게 휴식을 취하는 가운데 명상을 하면서 그 손들을 지켜보며 라투르 신부는 이 사람들이 각기 자신의 이야기를 갖고 있으며, 그것은 또한 자신의 이야기도 되고 있다는 생각을 했다. 불안한 듯 먼 곳을 응시하는 카슨의 파란 눈, 그 눈은 정찰병에게도, 산속에 오솔길을 처음 만들어 내는 사람에게도 있는 것이 아니던가? 돈 마누엘 차베스는 일행 중 가장 잘생긴 사람이었다. 그는 벨벳으로 된 아주 우아하고 폭넓은 옷을 입고 있었는데, 그의 섬세한 이목구비에는 경멸하는 듯한 모습이 어려 있었다. 그가 방을 걸어가는 모습을 통해서나 식탁에서 그 옆에 앉기만 해도 그의 차가운 과묵함 아래로 전기처럼 섬뜩 하는 것, 어떤 씁쓸한 격렬함, 위험에 대한 열정 같은 게 있음을 감지할 수 있을 정도였다.

차베스는 자신이 1160년에 차베스 시를 무어족으로부터 해방시킨 두 명의 카스틸리안 기사들의 후손이라고 자랑하고 다녔다. 그는 페코스와 산마테오 산지에 토지를, 그리고 산타페에 집을 갖고 있었는데, 거기서 그는 아름다운 나무들과 정원 뒤에 숨어 살고 있었다. 그는 자신이 사는 지역 자연의 아름다움을 열정적으로 사랑했고, 이에 대해 아무것도 모르는 미국인들을 혐오했다. 그는 인디언 전사로서의 카슨의 명예를 질투했기에, 카슨이 일생 동안 싸운 것보다 자기가 스무 살도 되기 전에 인디언과 싸운 횟수가 더 많다고 주장했다. 그는 총싸움에 있어서도 카슨의 경쟁자가 될 수 있을 정도로 능했다. 활과 화살을 다루는 데 있어서도 그와 맞설 사람이 없었다. 그는 결코 진 적이 없었다. 어떤 인디언도 차베스만큼 멀리 활을 쏠 수 없었다. 해마다 인디언 몇 명이 산타페에 있는 그의 집으로 와서 내기를 걸고 그와 활쏘기를 했다. 그리고 차베스는 이 활쏘기에서 이겼기 때문에, 그의 집과 마구간은 이들에게서 받은 전리품들로 가득 차 있었다. 그는 인디언들의 말이나 은이나 담요 등 그들이 내기에 건 무엇이든 간에, 뺏는 즐거움을 추호의 동정심도 없이 냉정하게 누렸다. 그는 인디언의 무기를 다루는 데 있어서도 자랑할 만했다. 힘든 훈련을 통해 그가 그런 기술을 습득했기 때문이다.

마누엘 차베스가 열여섯 살 소년이었을 때, 그는 한 떼의 멕시코인 젊은이들과 함께 나바호족을 사냥하러 갔었다. 그 당시에는 미국이 점령하기 전이라서 〈나바호족 사냥〉은 어떤 설명 같은 게 필요하지 않았으며, 일종의 스포츠 같은 것으로 여겨졌었다. 일단의 멕시코인들이 나바호족이 사는 지역으로 서쪽을 향해 말을 달려 몇 개의 양 우리를 습격하고 양 떼들과 망아지들과 한 무리의 포로들을 데리고 집으로 돌아왔다. 인디언들을 생포한 사람들은 멕시코 정부로부터 인디언 한 사람당 큰 상금을 받았다. 차베스 소년은 전리품과 모험을 위해 이런 습격에 나서는 무리에 끼어 나갔다.

그런데 인디언들이 하나도 보이지 않자, 이 어린 멕시코인들은 그들이 목적했던 곳보다 훨씬 더 깊숙이까지 들어가게 되었다. 그들은 나바호족이 캐넌 데 첼리라는 계곡에 모두 모여 종교적인 의식을 하는 때라는 것을 모르고, 그 신비스럽고도 무시무시한 계곡의 가장자리까지 무모하게 말을 달렸다가 벌 떼 같은 인디언들에게 둘러싸여 곧 포위당했다. 거기서 후퇴는 불가능했다. 그들은 그 깊은 계곡에서, 매달려 있는 나무 한 그루 없는 모래 바위에서 싸웠다. 마누엘의 형인 돈 호세 차베스가 그 무리의 대장이었는데, 가장 먼저 쓰러졌다. 50명이나 되는 이 습격대원들이 최후의 한 사람까지 살해되었다. 마누엘은 51번째 사람이었고 그만이 살아남았다. 일곱 군데나 되는 화살 상처와 한 군데는 창이 몸을 관통한 채로, 그는 죽은 사람들의 시체 더미 속에 남겨졌다.

그날 밤 나바호족이 그들의 승리를 축하하는 동안 이 소년은 그와 적 사이에 놓여 있는 높은 둥근 돌에 이를 때까지 바위를 따라 기어서 동쪽을 향해 걷기 시작했다. 때는 여름이어서 붉은 모래 바위로 둘러싸인 그 지역의 열기는 혹심했다. 그의 상처는 불에 타는 듯했다. 하지만 그는 어린 소년이 지니는 놀라운 생기를 갖고 있었다. 그는 이틀 밤낮을 물 한 모금 발견하지 못한 채 걸었는데, 평원과 산을 건너 반대편에 있는 샘에 이르렀을 때는 거의 60마일이나 되는 거리를 걸은 셈이었다. 그 샘은 후에 유명해졌고, 이 샘이 있는 곳에는 〈도전의 요새〉가 세워졌다. 거기서 그는 물을 마시고 상처를 씻고 잠이 들었다. 싸우는 날, 아침을 먹은 이후로 그는 아무것도 입에 대지 못한 상태였기에 샘 근처에서 커다란 선인장 식물을 발견하고는 사냥칼로 그 줄기를 잘라 내어 즙이 듬뿍 들어 있는 선인장 속살로 배를 채웠다.

여기서부터 사람이라고는 한 명도 만나지 못한 채 비틀거리며 걸어서 그는 라구나 북쪽에 있는 산마테오 산까지 갔다. 거기 산 계곡에서 멕시코인 양치기들이 야영을 하고 있는 곳을 우연히 만나게 되자 그는 의식을 잃고 쓰러졌다. 양치기들은 풋나무 가지와 양가죽 코트로 들것을 만들어 그를 세볼레타 마을로 날랐고, 거기서 그는 며칠 동안 인사불성 상태에 있었다. 그 후 몇 년이 지나 차베스가 부모의 재산을 물려받게 되자, 그는 자신이 두 그루의 고상한 참나무 밑에 의식을 잃고 쓰러졌던 산마테오 산의 그 아름다운 계곡을 사서 그 참나무들 사이에 집을 짓고 그곳을 아름다운 영토로 만들었다.

미국인의 통치에 타협을 거부하는 차베스는 산타페에 머무를 때면 은둔해서 살았다. 그리고 인디언 반란 사건이 일어났다는 소식을 듣기만 하면, 그곳이 가까운 곳이건 먼 곳이건 간에 그는 말을 달려 그곳으로 가 인디언 몇 명은 꼭 머리 가죽을 벗겨 인디언을 죽인 그의 기록에 그 숫자를 더했다. 그는 새로운 주교가 인디언들과 미국인들 모두에게 친절하기 때문에 그 주교를 신임하지 않고 있었다. 게다가 차베스는 마티네즈를 후원하던 사람이었다. 그는 오늘 밤 이곳에 올리바레스 부인에 대한 예의상 온 것이었다. 그는 미군 제복을 입은 사람들 사이에서 저녁 시간을 보내는 것을 달가워하지 않았다.

반조 연주자가 지치자 요셉 신부는 그 혼자만이라도 작은 실내악 음악을 듣고 싶다며 올리바레스 부인에게 하프를 켜달라고 요청했다. 그녀는 하프를 연주하고 있을 때 아주 매력적이었다. 살짝 끝을 쳐든 카나리아 머리 같은 자세를 취하고 있는 모습이며, 조그마한 발과 하얀 팔이 하프와도 아주 잘 어울렸다.

잠자는 듯한 무거운 얼굴로 그녀를 향해 눈으로 미소 짓고 있는 그녀의 찬미자인 남편을 위해 그녀가 「라팔로마」를 부르는 것을 주교가 들은 것은 이때가 마지막이었다.

올리바레스는 칠순절 일요일에 죽었다. 그는 저녁식사를 한 후 촛불을 켜다가 자기 집 벽난로 가에 쓰러져서 반조를 켜는 소년이 주교를 부르러 달려와야 했다. 자정이 되기 전 올리바레스의 형제들 중 둘이 브랜디를 마시고 술에 취해, 그리고 흥분에 들떠 미국인 변호사를 만나러 산타페에서 나와 앨버커키로 가는 길로 말을 달렸다.

2
올리바레스 부인

안토니오 올리바레스의 장례식은 산타페에서 거행된 장례식 중 가장 장엄하고 웅대했다. 하지만 바일랑 신부는 거기 참석하지 못했다. 그는 긴 선교 여행으로 인해 남쪽으로 출타 중이었으므로 올리바레스 부인이 미망인이 된 지 몇 주가 되어서야 집에 도착했다. 그는 승마 장화를 벗을 새도 없이 라투르 신부의 서재로 호출을 당했는데, 그곳에는 올리바레스 부인의 변호사가 와 있었다.

올리바레스는 젊은 아일랜드계 가톨릭교도인 보이드 오레일리에게 그의 법적인 일 처리를 맡겼었는데, 그는 보스턴에서 이 새로운 영토로 와 변호사 개업을 하고 있었다. 그 당시 산타페에는 강철 금고 같은 것이 없었지만, 오레일리는 올리바레스의 유언장을 튼튼한 상자 속에 안전하게 보관하고 있었다. 그 서류는 간단하고 명료했다. 안토니오의 영토는 합쳐서 미국 돈으로 20만불 정도 되었다(그 당시로서는 상당한 재산이었다). 거기서 들어오는 수입은 〈내 아내, 이사벨라 올리바레스와 그녀의 딸 이네즈 올리바레스〉가 살아 있는 동안 쓸 수 있도록 하고, 그들이 죽은 후에는 그의 재산이 가톨릭 성당에, 믿음 선교회에 가도록 하라는 것이었다. 성당 건립을 찬성하는 유언 보충서는 불행하게도 그 유언에 첨가되어 있지 않았다.

젊은 변호사는 올리바레스 형제들이 앨버커키에 있는 큰 법률 회사를 통해 그 유언의 부당성에 대해 소송을 걸었다고 바일랑 신부에게 설명했다. 그들이 공격하는 요지는 이네즈 아가씨가 올리바레스 부인의 딸이 되기에는 나이가 너무나 많다는 것이었다. 돈 안토니오가 젊은 시절부터 호색한 기질이 있어 이네즈는 잠시 만나 관계를 맺었던 다른 여자의 자손으로 도나 이사벨라에게 입양되었을 것이라고 그들이 주장한다고 했다. 오레일리는 올리바레스 부부의 결혼 기록과 이네즈 아가씨의 출생증명서를 떼러 뉴올리언스로 사람을 보냈었지만 그곳에서는 그런 것을 보관하고 있지 않았다. 그래서 부인이 태어난 켄터키로 사람을 보냈지만, 그곳에서도 출생 기록을 보관해 두고 있지 않아 이사벨라 올리바레스의 나이를 입증할 서류가 없다고 했다. 그래서 올리바레스 부인에게 그녀가 자신의 실제 나이를 법정에서 시인하도록 했지만 설득하지 못했다고 했다. 산타페에서는 일반적으로 그녀가 아직도 사십대 초반인 것으로 믿고 있는데, 그럴 경우 이네즈가 태어난 날짜에 그녀는 여섯 살이나 여덟 살밖에 되지 않는다. 사실 그 부인은 쉰 살이 넘었고, 오레일리가 이를 법정에서 시인하라고 그녀를 설득했지만, 그녀는 그의 말에 귀 기울이기를 단번에 거절했다. 그는 주교와 주교 대리가 마지막까지 그녀에게 영향력을 행사해 주기를 간청하고 있었다.

라투르 신부는 이렇게 민감한 문제에 끼어들지 않으려고 했다. 하지만 바일랑 신부는 즉시 두 여자를 보호하는 것이 그들의 명백한 의무이며, 동시에 선교회의 권리를 찾는 일도 그들의 의무라고 보았다. 더 이상 소란을 피울 것도 없이 그는 성직복 위에 낡은 망토를 둘러썼고, 세 사람은 붉은 진흙 속을 출발하여 그 도시의 동쪽 언덕에 있는 올리바레스의 저택으로 갔다.

요셉 신부는 신년 축하 파티가 열리던 날 밤 이래로 올리바레스의 집에 간 적이 없었는데, 그곳에 다가가자 관리를 제대로 하지 않아 많이 변해 있는 것을 보고 한숨을 쉬었다. 커다란 문은 쇠갈고리가 없어진 채 막대기로 열도록 받쳐져 있었고, 뜰은 누더기와 개들이 들고 다니며 먹다가 버렸지만 아무도 치우는 사람이 없어 그대로 있는 고기 뼈다귀들로 어지럽혀 있었다. 커다란 앵무새 새장은 현관문 앞에 매달려 있었지만 몹시 더러웠고, 새장 안의 새들도 소리를 질러 대고 있었다. 오레일리가 바깥문에 있는 초인종을 누르자, 반조 연주자인 파블로가 흐트러진 머리에 더러운 셔츠를 입고 달려 나와 방문객들을 맞았다. 그는 방문객들을 기다란 거실로 안내했는데 그곳은 텅 빈 채 차가웠고, 벽난로에도 불기가 없이 어두웠으며, 벽난로 속 청소도 되어 있지 않았다. 의자들과 창문턱에는 붉은 먼지가 깊이 쌓여 있었고, 유리창은 더러웠고, 마치 눈물방울로 얼룩이 진 것 같아 보였다. 책상 위에는 빈 병들과 끈적끈적한 유리잔들과 시가 담배꽁초들이 있었다. 한쪽 구석에는 하프가 푸른색 커버로 덮인 채 놓여 있었다.

파블로는 신부들에게 앉으라고 했다. 그의 여주인이 침대에 누워 있고, 요리사는 손을 데었고, 다른 하녀들은 게으름을 피운다고 했다. 그는 장작을 가져다 불을 피웠다.

잠시 후에 도나 이사벨라가 나왔는데, 그녀는 무거운 상복을 입고 있었다. 그 검은 상복과 대조적으로 그녀의 얼굴은 아주 하얗고, 눈은 붉었다. 그녀의 목과 귀 주변에서 곱슬거리는 머리도 창백했는데, 아주 잿빛이 되어 있었다.

바일랑 신부가 그녀에게 인사를 하고 위로의 말을 한 후, 젊은 변호사가 다시 한 번 부드럽게 그들이 직면한 어려움과 올리바레스 형제들이 제기한 소송 사건을 이기기 위해서 해야 할 일에 대해 설명했다. 그녀는 작은 레이스 손수건으로 눈과 코를 닦아 내며 다소곳이 앉아 있었지만 변호사가 그녀에게 하는 말은 한마디도 이해하지 않으려 들었다.

요셉 신부가 곧 인내심을 잃고 직접 미망인에게 다가갔다. 「잘 아시잖아요, 부인.」 그가 경쾌하게 말을 하기 시작했다. 「당신의 남편 형제들이 남편의 소망을 무시하고 당신과 당신 딸의 재산, 결국에는 성당의 재산이 되려는 것까지도 횡령하려고 한다는 것을요. 유치하게 허영심으로 고집부릴 때가 아닙니다. 당신 남편의 유서를 뒤집어엎으려는 이런 분노할 행동을 막기 위해서는 직접 법정에 나가 당신이 이네즈 아가씨의 어머니가 될 정도의 진짜 나이를 증언해야 합니다. 당신의 진짜 나이를 분명히 증언해야 합니다. 쉰세 살이잖아요, 그렇지 않아요?」

도나 이사벨라는 놀라서 오싹하는 것 같았다. 그녀는 푹신푹신한 소파 한쪽 끝으로 움츠러들었지만 그녀의 파란 눈은 빛이 났는데, 그녀가 앉은 소파 구석지에서는 강렬하면서도 엄격하게 생기가 나는 듯했다. 막다른 벽에 이르렀을 때 마지막으로 기운이 나는 것처럼.

「쉰세 살이라고요!」 그녀가 무시무시하게 놀라는 목소리로 외쳤다. 「맙소사, 그런 무례한 말을 들어 본 적이 없군요! 저는 지난번 생일 때 마흔두 살이었는데요. 12월이었죠, 12월 4일이요. 만일 안토니오가 여기 살아 있었다면 그이는 잘 알 거예요! 그리고 그이는 당신이 나를 꾸짖거나 나에게 이래라저래라 하지 못하게 했을 거예요, 요셉 신부님. 그이는 그 누구도 제게 이런 얘기를 하지 못하게 했을 거라고요!」 그녀는 작은 손수건으로 얼굴을 가리고 울기 시작했다.

라투르 신부는 성급한 주교 대리에게 가만히 있으라고 저지한 다음, 소파로 가서 올리바레스 부인 옆에 앉아 그녀에 대해서는 안됐다며 아주 부드럽게 말했다. 「친애하는 올리바레스 부인, 당신 친구들에게 그리고 세상 사람들에게 당신은 마흔두 살입니다. 마음으로나 얼굴로 볼 때는 그보다 더 젊지요. 하지만, 법률과 성당에는 원래대로 말해야 합니다. 법정에서 형식적인 절차에 따라 사실을 진술했다고 해서 당신이 당신 친구들에게 더 나이가 들어 보이지는 않습니다. 그랬다고 해서 당신 얼굴에 주름살이 하나 더 느는 것도 아닙니다. 당신도 알다시피, 여자는 보이는 모습 그대로가 그 사람 나이가 되거든요.」

「그렇게 말씀해 주시다니 친절하시군요, 라투르 주교님.」 부인이 몸을 떨며 물기 어린 눈을 들어 주교를 바라보았다. 「하지만 제가 다시는 고개를 들고 다닐 수 없게 되잖아요. 그 케케묵은 돈은 올리바레스 형제들이나 가지라고 하세요. 저는 그 돈 원치 않아요.」

바일랑 신부가 벌떡 일어나더니, 마치 그가 단지 강렬하게 노려보는 것만으로도 그녀의 고개 숙인 머릿속으로 상식이라는 것을 집어넣어 줄 수 있다는 듯이 그녀를 노려보았다. 「이사벨라 부인, 40만 페소나 되는 큰돈이에요!」 그가 소리쳤다. 「당신과 당신 딸의 여생을 아주 편안하고 안락하게 살게 해줄 수 있는 돈이라고요. 당신 딸을 거지로 만들 셈이에요? 올리바레스 형제들이 모두 가져가게 하고서요.」

「이네즈에 대해서는 저는 어쩔 수가 없어요.」 그녀가 탄원했다. 「어쨌든, 이네즈는 수녀원으로 갈 생각이던데요. 그리고 저는 돈에 대해서는 상관하지 않아요. 아, 신부님, 전 늙은 부자가 되기보다는 젊은 거지가 되는 게 차라리 나아요. 네, 그래요, 그렇습니다!」

요셉 신부는 그녀의 얼음처럼 차가운 손을 잡았다. 「그런데 당신은 당신의 책임 아래 맡겨진 성당의 돈이 횡령당하도록 할 권리가 있는 겁니까? 당신이 그런 배신을 하게 되면 당신 자신에게 어떤 결과가 생길지 생각해 보셨습니까?」

라투르 신부가 엄격하게 주교 대리를 흘깃 보았다. 「그만두세요.」 그가 재빨리 말했다. 그는 요셉 신부가 놓아준 부인의 작은 손을 잡고 몸을 숙여 정중하게 손에 입을 맞추었다. 「우리는 이 문제를 더 이상 강요하지 않는 게 좋겠습니다. 이 문제는 올리바레스 부인과 그분 자신의 양심에 맡겨 두도록 합시다. 부인, 허영심을 희생하는 쪽이 영혼의 평안을 위해 좋을 거라고 스스로 깨달을 때가 올 겁니다. 그리고 이 경우를 단지 일시적이고 세속적인 측면에서 보더라도, 당신은 가난을 견뎌 내기 힘들다는 걸 알게 될 겁니다. 당신은 올리바레스 형제들에게 자선을 베풀어 달라고 구걸하며 살아가야 할 테니까요, 그렇지 않겠습니까? 저는 이런 일이 일어나는 것을 보고 싶지 않습니다. 저도 세속적이고 이기적인 관심은 갖고 있습니다. 저는 당신이 늘 매혹적인 모습을 유지하며 여기 이곳에서 조금은 시적인 삶을 살길 소망합니다. 우리는 그런 생활을 많이 누리지 못하고 있으니까요.」

올리바레스 부인은 울음을 멈추었다. 그녀는 고개를 들고 앉아서 눈물을 닦았다. 그러더니 갑자기 주교의 성직복에 달린 단추들 중 하나를 잡고는 그것을 손가락으로 신경질적으로 배배 꼬며 만지작거렸다.

「신부님.」 그녀가 소심하게 말했다. 「이네즈의 어머니가 되려면 제 나이가 최하 몇 살이나 되어야 하지요?」

주교는 그 판단을 스스로 할 수가 없어서 얼굴을 붉히며 머뭇거리다가, 섬세하고 하얀 손으로 공개적으로 손짓을 해서 오레일리에게 말하도록 했다.

「쉰두 살입니다, 올리바레스 부인.」 젊은이가 경의를 표하며 말했다. 「만일 부인께서 그 사실을 시인하고 고수하기만 하면 틀림없이 우리가 승소할 겁니다.」

「잘 알겠습니다, 오레일리 씨.」 그녀는 고개를 숙였다. 방문객들이 일어나자 그녀는 먼지로 덮인 카펫을 내려다보았다. 「많은 사람들 앞에서!」 그녀가 마치 혼잣말을 하듯 중얼거렸다.

그들이 집으로 돌아왔을 때 요셉 신부는, 그로서는 한 명의 백인 여자의 허영심과 싸우기보다는 인디언 마을 사람들 전체의 미신과 싸우는 편이 차라리 더 쉽겠다고 말했다.

「나도 두 번 다시 이런 일을 하느니 차라리 다른 일을 하는 게 낫겠습니다.」 주교가 얼굴을 찡그리며 말했다. 「이렇게 잔인한 일을 거든 건 이번이 처음인 것 같습니다.」

보이드 오레일리는 올리바레스 형제들을 물리치고 소송에서 이겼다. 주교는 법정의 청문회에 나가지 않았지만 바일랑 신부는 법정에 나가서 좋지 않은 냄새를 풍기는 수많은 사람들 사이에 서 있었는데(그 법정에는 의자가 없었다), 걱정으로 가득 찬 젊은 변호사가 그의 의뢰인인 올리바레스 부인에게 손가락을 치켜 대며 이렇게 물을 때 그의 무릎도 떨렸다.

「올리바레스 부인, 당신은 나이가 쉰둘이시죠, 그렇죠?」

올리바레스 부인은 남편을 잃은 슬픔 속에 잠겨 있었고, 그녀의 얼굴은 접혀 있는 검은 베일 사이로 그림자 진 채 하얗게 얼룩져 보였다.

「네, 그렇습니다.」 그녀의 목소리는 검은 상장을 통해 겨우 흘러나왔다.

판결이 선언된 후 그날 밤, 마누엘 차베스는 안토니오의 옛 친구들 몇 명과 함께 미망인을 축하해 주기 위해 그 집에 방문했다. 그들이 방문할 거라는 소문이 읍내에 퍼지자 다른 사람들도 오랫동안 방문객들에게 닫혀 있던 이 집을 찾아가 보고 싶어졌다. 상당한 수의 사람들이 그날 저녁 그곳에 모여들었는데, 군인들 몇 사람을 포함해서 올리바레스 형제들과 원래부터 적대시하며 지내던 몇 사람도 포함되어 있었다.

요리사는 기다란 대청이 다시 한 번 사람들로 가득 들어찬 데 대해 고무되어 급히 즉석에서 저녁식사를 준비했다. 파블로는 하얀 셔츠와 벨벳 재킷을 입고 지하실에서 죽은 주인이 최고로 여기던 위스키와 셰리주와 샴페인을 날라 왔다. (멕시코인들은 거품이 많이 이는 포도주를 아주 좋아한다. 불과 몇 해 전 한 미국인 상인이 산타페에 있는 멕시코 군 당국과 정치적인 문제에 심각하게 연루되었는데, 커다란 마차로 샴페인을 하나 가득 실어다 선사함으로써 그들과 신뢰와 우정을 회복할 수 있었다고 한다. 그런데 그때 가져다준 샴페인은 실로 3,920병이나 되었다고 한다!)

이런 환대의 분위기가 순식간에 이 집을 가득 메우게 되었는데, 이를 위해 미리 준비한 것은 아무것도 없었다. 포도주 잔들은 먼지로 차 있었지만 파블로는 얼른 셔츠를 벗어 그것들을 닦아, 누가 시키지 않는데도 술잔을 가득 담은 쟁반을 들고 손님들 사이를 오가며 포도주를 따라 준 다음 식기장 쪽으로 가서 대기하고 있다가 더 마시기 위해 다시 오는 사람들에게 여러 차례 술잔을 채워 주었다. 도나 이사벨라까지도 샴페인을 약간 마셨다. 그녀가 조지아 출신의 젊은 대위가 권하는 술 한 잔을 한 모금씩 마셨을 때, 그녀의 남편에게 늘 진실한 친구이자 가장 가까이에 사는 이웃인 페르디난드 산체스가 권하는 또 한 잔을 그녀는 거절할 수가 없었다. 모두가 즐거웠다. 하인들과 손님들, 모든 것이 소나기가 내린 뒤의 정원처럼 반짝이며 빛났다.

라투르 신부와 바일랑 신부는 즉흥적으로 친구들이 모였다는 소식을 듣지 못한 채, 여덟 시경 이 용감한 미망인을 방문하려고 집을 나섰다. 이 집 뜰로 들어섰을 때 그들은 안에서 나는 음악소리와 현관문 뒤로 난 일련의 기다란 창에서 흘러나오는 불빛에 놀랐다. 문을 두드리기 위해 멈추지는 않았다. 문은 대청으로 열려 있었기 때문이다. 그곳에서는 많은 촛불들이 타고 있었다. 남자들이 단추들이 모두 채워진 기다란 프록코트를 입은 채로 서 있었다. 오레일리와 요새에서 온 일단의 군인 장교들이 식기 찬장 근처를 에워싸고 있었는데, 거기서 파블로는 손목에 하얀 냅킨을 그럴싸하게 감고서 샴페인을 따라 주고 있었다. 다른 한쪽 끝에서는 높이 튕기는 하프의 음률 소리가 나면서 도나 이사벨라의 목소리가 들렸다.

「앵무새 소리에 귀를 기울여
 앵무새 소리에 귀를 기울여!」

 사제들이 문가에서 노래가 끝날 때까지 기다렸다가 앞으로 가서 여주인에게 경의를 표했다. 그녀는 여전히 애도의 뜻을 보여 주듯 검은 상복 대신 흰 상복을 입은 채였고, 곱슬거리는 노란 머리를 동글동글 만 머리카락은 예전처럼 그녀의 오른쪽 귀 뒤로 세 가닥, 다른 쪽 관자놀이 너머로 하나, 그리고 목 뒤를 가로질러 아주 낮게 하나가 매달려 있었다. 그녀는 검은 옷을 입은 두 사람이 다가오는 모습을 보더니 하프에서 팔을 내리고 페달을 밟던 공단 신은 발가락을 떼고는 각기 신부들에게 손을 내밀었다. 그녀의 눈은 빛났고, 얼굴은 그녀의 정신적인 아버지들에 대한 애정으로 빛이 났다. 하지만 그녀의 인사는 장난기가 들어 있는 질책이었는데, 그곳에 모여든 사람들이 내는 웅성대는 소리보다 더 높이 들릴 정도로 크게 말했다.
「결코 당신을 용서하지 않을 거예요, 요셉 신부님. 라투르 주교님도 마찬가지고요. 제 나이에 대해 법정에서 그렇게 엄청난 거짓말을 하도록 했으니까요!」
 두 성직자는 고개를 숙여 사죄했고, 이에 웃음과 박수 소리가 열렬하게 울렸다.

제7부
대교구

1
성모 마리아의 달

주교가 하는 일은 가끔 외부 사건에 의해 도움을 받기도 했지만, 더 자주 방해를 받기도 했다.

라투르 주교가 산타페로 온 지 3년 만에 개즈던 구매 계약에 의해 미국은 멕시코로부터 지금의 남부 뉴멕시코와 애리조나를 형성하고 있는 방대한 영토를 샀다. 로마 가톨릭 당국은 라투르 주교에게, 이 새로운 영토를 그의 대교구에 합병시키지만 국가 간의 국경 문제로 인해 교구들이 둘로 갈라질 수도 있으니 교구 관할은 치와와와 소노라의 멕시코 주교들과 협의해서 정하라는 통보를 받았다. 이러한 회의를 개최하려면 거의 4천 마일이나 되는 여행이 수반되어야 했다. 바일랑 신부가 지적하듯이, 이를 위해서는 두 명의 선교사가 말을 타고 역사적인 행진을 계속해야 하는데, 로마에서는 그것이 결코 쉬운 일이 아님을 깨닫지 못하고 있는 것 같았다.

그래서 상당한 양의 편지 왕래를 요하는 주제인 이 문제는 몇 년째 미해결 상태로 남아 있었다. 그러다가 마침내 1858년 바일랑 신부가 멕시코 주교들과 경계선을 논의하고 정하기 위해 파견되었다. 그는 가을에 떠났는데 겨울 내내 길에서 보내고 엘파소 델 노르트로부터 서쪽으로 툭손까지, 다시 산타 막달레나와 캘리포니아 만에 위치한 항구 도시인 과이마스까지 간 다음 집으로 돌아오는 길에는 태평양 연안을 배를 타고 다녔다.

산타페로 돌아오는 길에 그는 말라리아 열병에 시달렸다. 그것은 말라리아 전염병과 식수로 적합하지 않은 물을 접해야 했기 때문에 일어난 일이었는데, 그는 애리조나에 있는 선인장 사막에 몹시 심하게 아픈 상태로 누워 있어야 했다. 그가 병이 났다는 소식을 인디언이 산타페까지 달려와 알리는 바람에, 라투르 신부와 하신토는 뉴멕시코를 가로질러 애리조나의 반쯤까지 가서 바일랑 신부를 발견하고는 그를 중간에 여러 차례 쉬도록 하면서 조심스럽게 데려와야 했다.

그는 두 달 동안 주교의 집에서 아파 누워 있었다. 이로 인해 그와 라투르 주교 두 사람이 동시에 함께 지내면서 그들이 산타페에 처음 온 이래로 자신들이 만들어 놓은 정원을 즐길 수 있는 첫 번째 봄을 맞이했다.

성모 마리아의 달이었고, 5월이었다. 바일랑 신부는 정원에 있는 포도덩굴 정자 아래서 군용 침대에 누워 담요를 덮고서 주교와 그의 정원사가 채소밭에서 일하고 있는 모습을 지켜보고 있었다. 사과나무는 꽃이 한창 만발해 있었고 벚꽃은 이미 진 상태였다. 따스한 봄바람에 공기와 흙냄새가 스며 있었다. 흙은 햇빛으로 가득 차 있었으며 햇빛은 붉은 먼지로 가득 차 있었다. 숨 쉬는 공기에는 흙냄새가 배어 있었고, 발밑의 풀은 그 속에 파란 하늘을 투영해 내고 있었다.

이 정원은 6년 전에 계획되었는데, 그때 주교는 이곳으로

와 빛의 성모 학교를 설립한 로레토의 축복받은 수녀들과 함께 세인트루이스에서 과수나무(그때는 그저 마른 가지에 불과해 보였다)를 마차에 실어 가져왔다. 학교는 이제 잘 설립되어 운영되고 있어서 그 지역에 사는 가톨릭교도들뿐 아니라 신교도들까지 혜택을 보고 있었으며, 나무들은 과일을 맺게 되었다. 일부 잘려 나가 접목된 나무들은 여러 멕시코인 정원에서 이미 많은 과일을 매달고 있었다. 주교가 볼티모어로 처음 여행을 간 동안 요셉 신부는 그가 맡은 많은 공식적인 일들 이외에도 시간을 내서 멕시코 가정부인 프룩토사에게 요리를 가르쳤다. 그리고 후에는 라투르 주교가 프룩토사의 남편 트란킬리노를 일손으로 맞아들여 그를 정원사로 훈련시켰다. 그들은 미래에 대한 대담한 계획을 세웠는데, 성당 뒤에 있는 땅과 주교의 집과 수녀원 학교 사이에 있는 땅을 방대한 과수원과 채소밭으로 만들기로 했다. 그래서 그 후로 주교는 거기서 일을 하며 나무를 심기도 하고 가지치기도 했다. 그것이 그의 유일한 오락거리였다.

성당의 뜰과 수녀원 학교 사이에 어린 포플러 나무들이 일렬로 서 있게 되었다. 남쪽으로는 흙 담장 앞에 그들이 처음 왔을 때부터 일렬로 나무들이 자라고 있었다. 이들은 늙을 대로 늙은 능수버들 나무로 줄기가 비틀어져 있었다. 아무도 돌봐주는 이 없이 방치되어 있는 그 나무들은 햇빛에 구워지고 당나귀 발에 밟혀 단단해진 땅에서 그토록 힘겹게 살고 있었기에 줄기가 삼나무처럼 강인했다. 그들은 실로 비바람에 잘 단련되고 세월에 의해 반들반들해진 아주 오래된 막대기처럼 보였는데 봄이 되면 기적적으로 섬세한 잎새와 꽃을 틔워 내는 힘을 갖고 있었고, 기다란 빗자루 같은 라벤더 빛이 도는 분홍빛 꽃으로 나무 전체를 뒤덮기도 했다.

요셉 신부는 어떤 나무보다도 이 능수버들 나무를 아주 좋아하게 되었다. 그 나무는 방랑하는 사람에게 친구가 되어 주었기 때문이다. 그가 뉴멕시코와 애리조나의 사막을 지나 길을 가다가 멕시코인 마을이 나타나기만 하면 늘 햇빛에 구워진 흙에서, 혹은 햇빛에 구워진 어도비 흙벽돌 담에서 능수버들은 청록 빛 날개 달린 잎들을 흔들어 대고 있었다. 가족용 당나귀가 능수버들 나무줄기에 묶여 있거나, 능수버들 아래서 닭들이 긁어 대고 있거나, 개들이 능수버들 그늘 아래서 잠을 자거나, 혹은 빨래가 능수버들 나뭇가지에 매달려 있곤 했다. 라투르 신부는 종종 이 나무가 어도비 흙벽돌집 마을에 잘 어울리도록 그 형태나 색상이 특별히 고안된 것 같아 보인다는 말을 했었다. 이 나무의 가지들을 장식하는 꽃들은 붉은 흙 담장의 또 다른 그늘 같아 보였으며, 그 섬유질의 줄기도 금빛과 라벤더 빛으로 가득 차 있었다. 요셉 신부는 그런 것에 대한 주교의 안목을 존경했지만 그 자신은 그 나무가 이곳에 사는 사람들의 나무이고, 모든 멕시코 가정에 마치 가족처럼 존재하기 때문에 그 나무를 아주 좋아했다.

이번 봄은 바일랑 신부에게는 아주 행복한 계절이었다. 그는 소년 시절에 이미 일 년 중 성스러운 달을 정해 놓고 그 기간 동안 성모 마리아께 묵상하며 보내기로 결심했었다. 그것이 바로 이번 달이었는데, 그는 이를 여러 해 동안 지켜 오지 못하고 있었다. 선교 생활 초창기, 오대호 근처에 있을 때만 하더라도 그는 늘 이 계절에는 모든 일에서 물러나 묵상을 했었다. 그러나 이곳 뉴멕시코로 온 후로는 이런 것을 실천할 시간이 없었다. 작년 5월에는 호피족 인디언들을 찾아 하루에 30마일씩이나 노새를 타고 돌아다녀야 했다. 그들에게 혼배 성사며 세례며 고해성사 등을 해주어야 했고, 밤에는 모래 언덕에서 노숙을 해야 했다. 그래서 그의 묵상은 늘 실질적인 일들을 수행해 내느라 방해를 받았었다.

하지만 올해는 그가 아프기 때문에 5월을 성모 마리아께 바칠 수 있었다. 성모 마리아께 그가 깨어 있는 시간을 헌사할 수 있게 된 것이었다. 밤에 그는 성모 마리아의 보호 아래 잠이 들 수 있었다. 그가 잠을 깨는 아침이면 눈을 뜨기 전, 대기 중에 특별히 달콤한 냄새가 있다는 것을 의식할 수 있었다. 성모 마리아, 5월. 회개를 받아 주신 성모 마리아! 한 번 더 그는 젊은 종교적인 열정으로 예배를 올릴 수 있었다. 종교는 순전히 개인적인 헌신이고, 선교의 일로 인한 부담감과 걱정거리를 없애는 것으로 할당될 수 있는 편의주의가 아니기 때문이다. 다시 한 번 이번 달은 그의 달이 되었다. 그의 성모 마리아께서 그에게 그런 기회를 주셨다. 그의 종교 생활에 늘 그렇게 많은 의미를 갖게 해주는 계절을.

오래전 어느 시절이던가, 그는 자신이 퓌드돔에 있는 센드르 교회에서 젊은 보좌관으로 일하던 때를 생각해 내고 미소 지었다. 그가 5월을 성모 마리아께 특별한 헌신을 하는 계절로 삼기를 얼마나 열렬히 계획했던가, 그가 보좌하고 있는 늙은 사제가 얼마나 차갑게 그의 이런 소망을 일시에 거절했던가를 생각해 내고는……. 그 노인은 공포스러운 프랑스 혁명을 경험한 사람으로, 성직자들을 박해하던 당시에 고행을 단련받기도 했는데 가톨릭교의 개혁을 주장하는 얀센주의에 영향을 받지 않은 것도 아니었다. 젊은 신부인 요셉은 그의 질책을 온순하게 받아들이고 슬픈 마음으로 자기 방으로 갔다.

거기서 그는 묵주를 꺼내 들고 온종일 기도했다. 「그대의 영광을 위해서라면 제 욕망에 따라서 이끌지 마시고 어머니의 뜻에 따라 저를 이끄소서. 오, 성모 마리아, 저의 소망이시여.」 그날 저녁에 늙은 신부가 그를 부르더니, 그가 그날 아침 근엄한 태도로 하지 말라고 했던 그의 요청을 자진해서 하도록 허락해 주었다. 요셉 신부는 너무나 기뻐서 이에 대해 그의 누이인 필로메네에게 편지로 써 보냈다. 그 당시 그의 누이는 그들의 고향인 리옹에 있는 성모 방문 수녀원에서 수녀가 되기 위해 수녀들과 함께 공부를 하고 있는 학생이었는데, 그는 그녀에게 자신이 5월 제단을 장식할 수 있도록 인조 꽃들을 많이 만들어 달라고 부탁했다. 그녀가 얼마나 많은 꽃들을 만들어 보내 주었던가! 그리고 이로 인해 그가 하는 5월 예배에는 많은 사람들이 참석했다. 특히 교구의 젊은 사람들이 많이 참석했는데, 이로 인해 신앙심이 놀라울 정도로 많이 늘었다는 소식을 다시 접하고 그녀는 오빠 못지않게 기뻐했었다. 바일랑 신부는 가족 간에 유대 관계가 아주 깊었다. 어렸을 때 어머니를 여의었기에 형제자매들이 아주 가깝게 지냈는데 이 여동생, 필로메네와 그는 그의 모든 희망과 소망 그리고 가장 깊은 종교적인 삶까지도 공유하고 있었다.

그때 이래로 줄곧 그 자신의 인생 역사에 있어 가장 중요한 사건들은, 이 죄 많고 오점 많은 세상 사람들이 마치 성모 영보 대축일을 축하해 주려는 듯이 그리고 예수의 신부가 되려는 듯이, 잠시 동안만이라도 아름답게 보이려고 흰 옷을 입는 이 축복받은 5월에 일어났다. 그가 자신의 인생에서 가장 힘든 일을 수행하는 은혜가 베풀어진 것은 바로 5월이었다. 그것은 그가 그 자신의 나라를 떠나, 그의 사랑하는 여동생과 아버지를 떠나(얼마나 슬픈 상황이었던가!), 선교의 임무를 수행하기 위해 신세계로 출발하는 일이었다. 그 헤어짐은 헤어짐이 아니라 일종의 도피였다. 멀리 도망치는 것, 더 높은 믿음을 위해 가족의 믿음을 배반하는 일이었다. 그는 이제야 그때 일을 돌이켜 보며 미소 지을 수 있었다. 하지만 그 당시에는 너무나 무시무시할 정도로 고통스러운 일이었다. 저 너머에서 당근을 솎아 내고 있는 주교는 그 일을 너무나 잘 기억하고 있으리라. 실로 그 시간에 라투르 신부가 그와 함께 있어 주었기에 요셉 신부가 이처럼 산타페의 정원에 있을 수 있게 된 것이었다. 그는 새로 임명된 주교가 그와 새 주교지로 가서 힘든 일을 함께 해보자고 요청하지 않았더라면 사랑하는 샌더스키를 결코 떠나지 않았을 것이다. 그는 혼자 스스로 이렇게 말하지 않았던가? 〈아, 이제 그가 힘겨운 일에 처하게 되었구나! 우리가 길가에서 파리행 **역마차**를 기다리며 서 있던 그날, 그가 내게 해주었던 것을 내가 그에게 해줄 차례가 되었구나. 내 결심은 무너졌었지, 그런데 그가 나를 구해 줬었지.〉

그 시절을 돌이켜 보자 바일랑 신부는 이제 아주 예민하게 감상적이 되어 약간 촉촉해진 눈가를 닦아 냈다(그는 아픈 사람들이 그렇듯이 쉽게 감상적이 되었다). 그래서 그는 물을 한 모금 마시고는 주교를 불렀다.

「라투르 주교님, 등 좀 쉬게 해줘야 할 때 같군요. 너무 오래 구부리고 있었잖아요.」

주교가 오더니 정자 가장자리에 놓여 있는 구루마에 앉았다.

「난 당신이 빨리 쾌유되기를 기도하지 않을까 합니다. 요셉. 내가 내 주교 대리를 계속 붙잡고 있을 수 있는 유일한 방법은 아플 때뿐이니까요.」

요셉 신부가 미소를 지었다.

「당신도 산타페에 오래 머물러 있는 편은 못 되잖아요, 주교님.」

「글쎄, 그렇지만 이번 여름은 여기 있을 생각입니다. 당신도 나와 함께 있었으면 하고요. 올해 난 당신이 연꽃들을 보았으면 하거든요. 트란킬리노가 오늘 오후 호수에 물을 댈 거예요.」 호수는 정원 한가운데 있는 조그만 웅덩이 같은 곳인데, 트란킬리노가 모든 멕시코인들이 그렇게 하듯 산타페 시내에서 흐르는 시냇물이 관을 통해 그곳으로 들어가도록 물길을 내놓았던 것이다. 「지난여름, 당신이 멀리 가 있는 동안에……」 주교가 계속해서 말했다. 「백 송이도 넘는 연꽃이 그 조그만 호수에 피었다니까요. 내가 로마에서 가방에 넣어 온 게 모두 다섯 뿌리였는데요.」

「언제 꽃이 피나요?」

「6월에 피기 시작하지만, 7월에 가장 만발하지요.」

「그럼 조금 더 서둘러 피도록 하는 게 좋겠네요. 주교께서 허락하면 나는 7월에 떠날 생각입니다.」

「그렇게 빨리요? 왜요?」

바일랑 신부는 약간 몸이 불편한 듯 담요 밑에서 움직였다. 「잃어버린 가톨릭 신도들을 찾으려고요, 장! 당신의 새 영토 아래 툭손 쪽에서 완전히 잃어버린 가톨릭 신도들요. 거기 아래쪽에는 사제를 한 번도 본 적이 없는 가난한 가정들이 수백 채나 돼요. 이번에는 마을마다, 또 집집마다 가보고 싶어요. 그들은 헌신과 믿음이 아주 충만해요. 하지만 이를 제대로 인도할 게 아무것도 없어 미신에 빠지고 있어요.

그들은 기도를 잘 못하기도 해요. 글을 읽지도 못하는 데다 그걸 제대로 가르쳐 주는 사람도 없으니 그들이 어떻게 제대로 할 수 있겠어요? 그들은 발아할 준비로 가득 찬 씨와 같아요. 하지만 물이 없는 거지요. 단지 접촉만 해주어도 그들은 활기 있는 성당의 일부가 될 수 있을 텐데요. 내가 멕시코인들과 일하면 일할수록 저는 이 사람들이, 우리의 구세주가 너희들이 작은 아이들처럼 되기 전에는, 하고 말할 때의 그런 아이 같은 기질이 있다고 믿게 됩니다. 이 말은 구세주께서 이 세상의 물질에 영리한 자들이 아니라 마음이 세속적인 출세를 얻지 않으려는 사람들을 염두에 두고 한 말 같습니다. 이 불쌍한 기독교도들은 고향에 있는 우리나라 사람들처럼 검약하지 않아요. 그들은 물질을 숭상하지 않아요. 물질에 대한 개념도 없어요. 저는 마을에 들러 몇 시간씩 머물며 성사를 베풀고 고해성사를 듣고 떠나면서 각 가정에 약간의 작은 사랑의 표시들, 묵주라든가 종교적인 성화라든가를 주곤 하는데 그러면서 저는 무한한 행복을 느낌과 동시에, 소홀히 했기에 하느님으로부터 격리되어 있던 믿음 깊은 이 사람들을 구원해 주는 느낌을 갖게 됩니다.

「툭손 근처로 내려갔을 때, 한번은 피마족 인디언 하나가 보여 줄 게 있다면서 제게 함께 사막으로 가자고 청했어요. 그는 어떤 사람이 그런 곳에 익숙지 않아서 잘못 유괴되어 목숨을 잃을지도 모른다고 무서워할 정도로 그렇게 험악한 곳으로 저를 데려갔어요. 우리는 아주 무시무시하게 험악한 검은 바위 계곡으로 내려갔는데, 거기에 깊은 동굴이 있었어요. 거기서 그가 제게 금으로 된 성배와 옷과 제단에 올리는 병들과 미사 올릴 때 쓰는 여러 가지 물건들을 보여 주었어요. 선교사들이 아파치족들에게 약탈당할 때 그의 선조들이 거기서 이 성스러운 물건들을 몰래 가져왔는데 얼마나 오래 전에 그랬는지는 그도 모르고 있었어요. 그 비밀은 그의 가족 대대로 전해 내려왔는데, 내가 처음으로 그 성물들을 꺼내다가 하느님께 다시 바친 사제가 된 거였어요. 제게 그것은 예수께서 말씀하신 상황 그대로였어요. 그 황량한 변방지에서 믿음은 묻혀 있는 보물과 같아요. 그들은 그것을 지키고만 있지 그것을 어떻게 사용해서 자기들의 영혼을 구원할지를 모르고 있어요. 한마디의 말, 한 번의 기도, 한 번의 미사면 속박되어 있는 그 영혼들을 석방시키는 데 필요한 모든 것이 되는데도요. 고백하건대, 나는 그런 선교를 꼭 하고 싶습니다. 나는 이 잃어버린 아이들을 하느님께 되돌리는 일을 하는 사람이 되고 싶어요. 그게 제 삶에서 가장 큰 행복이 될 거예요.」

주교는 이런 탄원에 즉시 대답하지 않았다. 마침내 그가 진지하게 말했다. 「요셉 신부, 당신은 내가 여기서 당신을 필요로 한다는 걸 알아야 해요. 내가 해야 할 일도 한 사람이 하기에는 너무 벅찬 것이거든요.」

「하지만 당신은 나를 그렇게 많이 필요로 하지는 않습니다!」 요셉 신부가 덮은 담요를 밀치더니 성직복을 입은 채로 일어나 앉아 발을 땅에 댔다. 「몽페랑에서 온 우리의 훌륭한 프랑스 사제들 중 하나가 여기서 당신을 보좌할 수 있어요. 그 일은 지성으로 할 수 있는 일이에요. 하지만 저 아래로 내려가서 하는 일은 가슴이, 특별한 동정심이 해야 하는 일이에요. 그리고 새로 온 사제들 중 어느 누구도 나만큼 그 불쌍한 사람들을 이해할 수 없어요. 나는 거의 멕시코인이나 다

름없어요! 나는 **콜로라도** 고추나 양고기 비계를 좋아하게도 되었잖아요. 그들의 어리석은 방식도 더 이상 나를 괴롭히지 않고, 그들의 잘못도 내게는 사랑스러워 보이고요. 나는 **그들의 사람이 되었다고요!**」

「아, 그럼요, 그렇고말고요! 하지만 지금으로선 당신에게 좀 누우라고 말해야겠군요.」

바일랑 신부는 흥분해서 얼굴이 벌게져 베개 위로 다시 누웠고, 주교는 정원을 따라 능수버들 나무들이 있는 곳을 왔다 갔다 했다. 그는 천천히 걸었다. 꼿꼿하게, 주저하지 않는 발걸음으로, 날씬하면서도 엄격하지 않은 반듯한 자세로 머리를 똑바로 세우고. 그런 태도는 늘 그가 상황에 잘 대처하는 사람으로 보이게 했다. 어느 누구도 그가 내면적으로는 정말로 많이 흔들리고 있다고 추측하지 못하게 하는 모습이었다. 요셉 신부의 냉정한 요청은 그가 소중히 여기던 계획을 망가뜨렸고, 라투르 신부가 씁쓸하게 개인적으로 실망감에 젖도록 했다. 해야 할 것은 단 한 가지가 있었고, 그가 능수버들에 도달하기 전에 그는 그것을 해야 했다. 그는 마른 라일락 빛깔의 능수버들 꽃가지를 하나 꺾음으로써 자신의 생각을 단념하기로 했다. 그는 똑같이 느긋한 걸음으로 조심스럽게 걸어와 군용 간이침대 옆에 미소를 지으며 섰다.

「이 문제에 있어서는 당신의 마음이 결정을 지어야만 할 것 같군요, 요셉. 나는 당신이 원하는 길을 방해하지 않겠어요. 당신 건강이 확실히 좋아지는 거나 내가 깊이 관여할 일이지요. 하지만 병이 다 낫거든, 당신이 가장 중요하다고 생각하는 일을 하도록 하세요.」

그들은 둘 다 잠시 말이 없었다. 요셉 신부는 햇빛에 눈이 부셔 눈을 감고 있었다. 라투르 신부는 섬세하고 다소 예민해 보이는 손가락으로 능수버들 꽃가지를 무의식적으로 돌리며 생각에 잠겨 있었다. 주교의 손가락은 호기심이 일 정도로 권위가 있었지만, 대개 성직자들의 손에서 보이는 침착함은 없었다. 그 손가락은 늘 뭔가 조사를 하고 확고한 결심을 하는 것 같아 보였다.

두 친구는 미친 듯이 날개 치는 소리에 명상에서 깨어났다. 빛나는 한 떼의 비둘기들이 그들의 머리 위로 휙 날아 정원 저 멀리 끝까지 갔는데, 그곳에는 한 여자가 학교 운동장으로 연결되는 문에서 막 나오고 있었다. 매일 비둘기 먹이를 주고 꽃을 꺾는 막달레나였다. 수녀들은 이번 달 학교 성당의 제단을 장식하는 임무를 그녀에게 맡기고 있었으므로 그녀는 주교의 사과나무 꽃과 수선화 꽃을 꺾으러 나온 것이었다. 그녀는 반짝이는 날개들이 빙빙 도는 가운데 앞으로 나오고 있었고, 트란킬리노는 삽질을 하다가 멈추고 그녀를 보며 서 있었다. 햇빛 속에서 날고 있던 전체 비둘기 떼들이 물에 소금이 녹듯 한순간 빛 속에 녹아 사라졌다. 다음 순간, 햇빛을 배경으로 검고 은빛이 도는 그들은 주위를 번쩍이게 했다. 비둘기들이 막달레나의 팔과 어깨 위로 앉더니 그녀의 손에서 먹이를 먹었다. 그녀가 입술에 빵 부스러기를 물고 있자, 두 마리 비둘기가 그녀의 얼굴 앞에서 공중에 매달린 채 날개를 움직이며 빵 조각을 쪼아 먹고 있었다. 그녀는 멋진 여자가 되어 있었는데, 단정한 모습에 금빛이 도는 갈색 뺨 아래로 짙은 자줏빛의 불그스레한 생기가 감돌고 있었다.

「이제 그녀를 보면, 우리가 그런 잔인하고 욕정이 있는 곳에 살던 그녀를 데려왔다고 누가 믿겠어요!」 바일랑 신부가 중얼거렸다.「기독교가 생긴 이래로 교회가 저 여자에게 여기서 할 수 있는 가장 큰 선행을 베푼 셈이지요.」

「스물일고여덟 살밖에 안 되었는데, 그녀가 다시 결혼하고 싶지 않은 건지 어쩐지 모르겠군요.」 주교가 생각에 잠겨 말했다.「그녀가 이 생활에 아주 만족한 듯 보이지만, 가끔 그녀의 눈에는 비극적인 그림자가 있어 나는 놀라고는 한답니다. 우리가 처음 그녀를 봤을 때 그녀의 눈에 어려 있던 그 무시무시한 모습 생각납니까?」

「제가 그걸 잊을 리가 있나요! 하지만 그녀의 몸이 아주 많이 변했어요. 그때는 보잘것없고 왜소한 모습이었는데요. 저는 그녀가 정신이 좀 모자라는 줄 알았다니까요. 아닙니다, 재혼하지 말아야 해요! 그녀는 이 세상의 폭풍을 충분히 겪었잖아요. 여기서 그녀는 안전하고 행복하잖아요.」 바일랑 신부는 일어나 앉더니 그녀를 불렀다.「막달레나, 막달레나, 여기 와서 우리와 얘기 좀 해요. 두 남자가 얘기할 사람이 둘밖에 없을 때는 외로워지거든요.」

2
12월 밤

바일랑 신부는 한여름 이래로 애리조나 교구를 돌아다니느라 12월이 되었는데도 산타페로 돌아오지 않았다. 라투르 주교는 추위와 의심으로 우울한 시기를 겪고 있었는데, 그것은 어린 시절부터 가끔 정신적으로 겪는 일로 그가 어디에 있든지 간에 고독감을 느끼게 만들었다. 그는 편지 쓰는 일을 하고, 교구의 사제들을 만나러 다니고, 교구 사제가 없는 곳에 가서 미사 예배를 집전하고, 수녀원 학교의 신축 건물 짓는 일을 감독하는 데에 몰두하고 다녔지만 그의 마음은 웬일인지 이런 것들에 진심으로 가 있지 않았다.

크리스마스가 되기 3주 전쯤 어느 날 밤 그는 침대에 누워서 자신이 실패했다는 자괴감으로 잠을 이룰 수가 없었다. 기도를 드렸지만, 기도의 말이 공허해지고 마음을 안정시킬 수가 없었다. 그의 영혼은 불모지가 되어 있었다. 그는 그의 교구 사제들과 교구민들에게 마음으로부터 아무것도 해준 것이 없다는 생각이 들었다. 그가 하는 일은 피상적인 것처럼 보여서 모래 위에 짓는 집 같았다. 그의 거대한 대교구는 아직도 이교도의 지방이었다. 인디언들은 공포와 어둠의 옛

길을 여행하며 악의 징조와 옛날 미신의 그림자와 싸우고 있었다. 멕시코인들은 종교를 갖고 장난을 치는 아이들이었다.

 밤이 점점 깊어지자 주교가 누워 있는 침대는 가시방석이 되었다. 그는 더 이상 이를 참아 내며 누워 있을 수가 없었다. 어둠 속에서 일어나 창밖을 내다보니 놀랍게도 눈이 내리고 있었다. 땅은 이미 눈으로 살짝 덮여 있었다. 보름달은 구름의 베일에 가려 하늘에서 창백한 인광 같은 빛을 비추고 있었고, 성당의 탑들은 이 은빛 보풀 직물을 배경으로 검게 솟아 있었다. 라투르 신부는 기도를 올리기 위해 성당 안으로 들어가고 싶었지만, 그러지 않고 다시 담요에 몸을 파묻었다. 성당이 아주 춥다는 사실을 생각해 내고 이불 속으로 움츠러들었는데, 그는 그런 자신을 경멸하며 다시 일어나 서둘러 옷을 입고 뜰로 나가면서 바일랑 신부의 것과 똑같은, 오래된 든든한 망토를 성직복 위에 걸쳤다.

 그들은 오래전 파리에서 이 코트를 만들 천을 샀는데, 그때 젊었던 그들은 뤼뒤박의 해외 선교 신학교에서 신세계로 가는 첫 항해를 준비하고 있었다. 그 천은 미국으로 가져와 오하이오에 있는 독일인 재봉사에게 부탁하여 소매 없는 형태의 승마용 망토로 만들고 안쪽에 여우 털을 댔다. 몇 해 후에 라투르 신부가 새로 임명된 교구로 긴 여행을 떠날 무렵, 그가 가게 될 산타페는 기후가 더 온난하기 때문에 이에 맞도록 재봉사에게 부탁하여 여우 털을 떼어 내고 그 안쪽에 다람쥐 털가죽을 대달라고 한 것이었다. 주교가 이 듬직한 옷을 걸치고 손에 커다란 쇠로 된 열쇠를 들고 성물 보관소로 가기 위해 뜰을 지날 때, 이러한 추억과 다른 많은 일들이 주교의 머릿속을 스쳐 지나갔다.

뜰은 눈으로 하얗게 덮여 있었고, 담장과 건물들은 구름에 어렴풋이 가린 달에서 나오는 희미한 빛 속에 예리하게 솟아 있었다. 성물 보관소의 깊숙한 문가에서 그는 무언가 웅크리고 있는 형체를 보았는데, 여자였다. 그녀는 씁쓸하게 울고 있었다. 그는 그녀를 일으켜 세워 안으로 데리고 들어갔다. 촛불을 켜자 그는 그녀를 알아볼 수 있었는데, 그녀가 왜 이곳에 왔는지를 짐작할 수 있을 것 같았다.

그녀는 사다라고 하는 멕시코 여자로 미국인 가정의 노예였다. 신교도들이었던 그 미국인 가정은 로마 가톨릭교회에 아주 적대적이어서 그녀가 미사에 가거나 신부의 방문을 받지 못하도록 금하고 있었다. 그녀는 그 집에서 감시를 받았다. 하지만 그 집 가족들이 따뜻하게 난방이 된 방에 들어가 있기를 좋아하는 겨울철이었던 데다가 그녀 자신은 따로이 나무로 만든 헛간에서 잠을 자고 있었기에, 오늘 밤 추워서 잠을 잘 수 없게 되자 그녀는 용기를 내어 이런 영웅적인 행동을 하기로 하고 마구간 문을 통해 밖으로 몰래 빠져나와 하느님의 집으로 기도를 하러 가기 위해 오솔길을 달려온 것이었다. 성당의 앞문이 굳게 잠겨 있었기에 그녀는 주교의 정원 안으로 들어가 성물 보관소가 있는 곳으로 왔지만 그 또한 잠겨 있는 것을 발견했다.

그녀가 몇 마디 말을 하는 동안 주교는 촛불을 들고 서서 그녀의 얼굴을 물끄러미 쳐다보았다. 이 하인 여자의 짙은 갈색 얼굴은 슬프고도 힘들게 사느라 마르고 앙상했다. 하지만 그는 지금까지 그녀의 얼굴에서처럼 인간의 얼굴에서 그토록 순수한 선함의 빛이 비쳐 나오는 것을 결코 본 적이 없다고 생각했다. 그녀는 주인이 신다가 버린 가죽신을 신고 있었는데, 주교는 양말도 신지 않은 채 신을 신고 있는 그녀의 발을 보았다. 그리고 그녀는 낡아서 해진 검은 숄을 두르고 있었는데, 그 안에는 기워서 누더기가 다 된 얇은 옥양목 드레스 하나만을 입고 있었다. 그녀는 추워서 떨리는 것을 애서 참으려고 했지만 덜덜 떨리는 바람에 이가 서로 맞물리며 부딪히고 있었다. 촛대를 들지 않은 손으로 주교는 그의 어깨에서 털이 달린 망토를 벗어 그녀에게 걸쳐 주었다. 그러자 그녀가 깜짝 놀랐다. 그녀는 망토 밑에서 움츠러들며 중얼거렸다. 「아, 안 돼요, 안 돼요, 신부님!」

「당신은 신부에게 복종해야 합니다, 부인. 망토로 몸을 감싸세요. 이제 우린 기도하러 성당 안으로 들어갈 겁니다.」

성당은 높은 제단 앞에 놓인 성체 등의 붉은 반짝임을 제외하고는 완전히 캄캄했다. 그녀의 손을 잡고 앞에 촛대를 들고 주교는 성가대석을 지나 마리아 상이 안치된 곳으로 갔다. 그는 성모 마리아 상 앞에 촛불을 켜놓기 시작했다. 늙은 사다가 무릎을 꿇더니 바닥에 입을 맞추었다. 그녀는 성모 마리아 상의 발과 그들이 서 있는 좌대에까지 입을 맞추면서 한참을 울었다. 하지만 그녀의 얼굴 표정과 그 떨림으로 보아, 주교는 그녀의 눈물이 황홀경에 이른 것임을 알 수 있었다.

「19년이에요, 신부님. 제가 제단의 성스러운 모습을 본 지 19년이나 됐어요!」

「모두 지나간 일이에요, 사다 부인. 당신은 그 거룩한 모습을 당신 가슴속에 간직해 왔잖아요. 우리 함께 기도합시다.」

주교가 그녀 옆에 무릎을 꿇더니 기도하기 시작했다. 오 거룩하신 마리아시여, 동정녀의 여왕이시여…….

바일랑 신부는 주교에게 이 나이 든 노예 여자에 대한 이야기를 여러 차례 했었다. 교구의 신앙심 깊은 여자들 사이에서 이 불쌍한 여자에 대한 이야기가 오갔었다. 이 여자가 들어가 살고 있는 스미스 가족은 조지아 사람들로, 한때 노예들과 엘 파소 델 노르트에 살았다가 그들의 고향인 미국으로 돌아갈 때 노예들도 함께 데려갔었다. 그런데 얼마 전 이 가족이 조지아에서 어떤 수치스러운 일을 저질러 그곳을 뜨게 되었는데, 그때 흑인 노예들을 모두 팔고 미국을 떠났다. 이 멕시코 여자는 그녀에 관한 법적인 노예문서가 없어서 그녀의 지위를 입증할 수가 없었기에 그들이 팔 수가 없었다. 이제 그들이 멕시코로 돌아오게 되자 스미스 가족은 미국에서와 달리, 이 여자가 도망가 그녀와 같은 종족인 멕시코 사람들 사이에 숨을까 봐 그녀를 엄격하게 감시하게 되었다. 그들은 그녀가 안뜰 바깥으로 나가는 것은 물론, 심지어 여주인을 따라 시장에 함께 가는 것도 허용하지 않았다.

사다가 빨래를 하고 있을 때 성단 유지회의 여자 둘이 대담하게 그 집 안뜰로 들어가 사다와 이야기를 하려고 시도했지만, 그 집 여주인한테 무례한 말만 듣고 쫓겨났다. 스미스 부인은 옷을 반쯤 입은 채로 뜰로 달려 나오더니, 자기 집에 용무가 있으면 앞문으로 정정당당하게 들어올 것이지, 왜 마구간을 통해 살금살금 들어와 불쌍하고 어리석은 사다를 괴롭히느냐고 호통을 쳤다고 했다. 그들이 사다에게 그들과 함께 미사에 가자고 하기 위해 왔다고 하자, 스미스 부인은 자기가 이 불쌍한 여자를 사제들의 손아귀에서 간신히 빼냈으니 이제 다시는 그녀가 그들에게 빠지지 않도록 하겠다고 했다.

이렇게 거절당한 후에도 신앙심이 아주 깊은 이웃 여자가 마구간 문가에서, 당나귀에서 장작을 내리고 있는 사다를 보고 한마디 하려고 시도했다. 하지만 이 늙은 하녀는 그녀의 입술에 손가락을 갖다 대고 방문객에게 저리 가라는 시늉을 하면서 어깨 너머를 흘깃거리며 보는데 그녀의 표정이 얼마나 공포스러웠던지, 방문객은 성급히 물러나며 사다가 누군가와 말을 하기만 해도 얼마나 심하게 벌을 받는지 추측할 수 있을 지경이었다고 했다. 이 선한 여신도는 곧 바일랑 신부에게 이 이야기를 했고, 바일랑 신부는 주교와 상의하며 이 속박된 여자를 위해 종교적 위안으로 구해 줄 무슨 일인가를 해야 한다고 했다. 하지만 주교는 아직은 때가 아니라고 했다. 현재로서는 이 스미스 가족을 적대시하기에 부적당하다는 것이었다. 스미스 가족은 어느 정도 차별 계급을 지향하는 소규모 신교도들의 지도자들이었는데, 매번 가톨릭 교도들에게 문제를 일으키고 있었다. 그들은 축제일마다 성당 문가에서 서성대며 크게 웃으며 조롱과 야유를 퍼붓기도 하고, 길에서 수녀들에게 무례한 말을 하기도 하고, 성체 축일에 행렬이 있을 때면 야유를 보내며 모독하는 말을 하기도 했다. 스미스 가족은 다섯 명의 아들이 있었는데, 성격이 못되고 욕이 입에 밴 사람들이었다. 심지어 아직 어린 두 아이들도 사악한 성질을 보여 주었다. 트란킬리노는 매번 이 두 아이들이 나쁜 패거리들과 주교의 정원으로 들어와 어린 배나무를 훔쳐 가거나 사제들에 대해 욕을 해대는 것을 쫓아내야 했다.

　무릎을 꿇고 있던 라투르 주교는 일어나면서 사다에게 그녀가 기도문을 아주 잘 외우고 있어 기쁘다고 말했다.

　「아, 신부님, 매일 밤 저는 성모 마리아께 꼭 로자리오 기도를 드려요, 제가 어디서 자든지 간에요!」 늙은 여자는 주교의 얼굴을 올려다보며 마디마디 관절이 굵게 튀어나온 두 손을 가슴에 대고 열정적으로 말했다.

주교가 그녀에게 묵주를 갖고 있느냐고 묻자, 그녀는 좀 당황스러워했다. 그녀는 묵주를 끈으로 묶어 옷 속 허리춤에 감추고 다녔는데, 그것을 안전하게 숨기기 위해서였다.

주교는 그녀에게 위로하듯이 이렇게 말했다. 「이걸 명심하세요, 사다 부인. 크리스마스가 되기 전 9일의 기도 기간과 미사를 드릴 때마다 제가 당신을 위해 잊지 않고 기도할게요. 제가 제단 앞에서 묵념으로 기도할 때 제 자신의 누이들이나 질녀들을 위해 기도하듯이 당신을 위해서도 기도해 줄 테니, 마음 편히 지내세요.」

이후 주교가 바일랑 신부를 만나 이야기를 나누던 중, 그는 희미한 12월의 그날 밤 겪은 종교의 거룩한 즐거움에 대해 그토록 깊은 경험을 해본 적이 없다고 했다. 그는 그 여자와 무릎을 꿇고 기도하는 중에, 제단 위에 놓인 물건들이 아무것도 갖지 못한 이 여자에게는 굉장히 귀중한 것임을 느낄 수 있었다고 했다. 촛대, 성모 마리아 상, 성자들의 초상화, 고통으로부터 냉대를 없애 주고 예수처럼 고통과 가난을 함께하고 있는 존재라는 느낌을 주는 매개체가 되는 십자가……. 많이 인내하며 속박되어 사는 여자 옆에서 무릎을 꿇고 기도하는 가운데 그는 젊은 시절 경험했던 성스러운 신비를 경험했다고 했다. 비록 지상에는 잔학한 여자들이 많지만 천국에는 성모 마리아 같은 친절한 여인이 있다는 것을 그녀가 알게 되는 것을 느낄 수 있었다. 세상의 고난 속에서 수많은 난관과 고통을 겪은 늙은 사람들은 아이들보다도 더 성모 마리아의 온화한 손길이 필요하다. 성스러운 성모 마리아라는 여인만이 여자가 겪는 모든 것을 잘 알고 계시리라.

사실, 장 마리 라투르는 모든 자비의 원천인 성모 마리아에게 그날 밤처럼 그렇게 가까이 간 적이 많지는 않았었다. 성모 마리아의 자비심은, 여자에게서 태어난 인간은 어느 누구라도 배제하지 않는 완전한 자비심이었다. 그것은 죽어 가는 병사나 고문대에 오른 선교사와 마찬가지로 사형대에 오른 살인범에게도 똑같이 베풀어지는 자비심이었다. 성모 마리아에 대한 아름다운 개념이 주교의 마음을 칼처럼 관통하고 있었다.

「오, 성모 마리아의 성스러운 마음이여!」 그 여자는 주교 옆에서 이렇게 중얼거렸고, 그는 그 이름이 그녀에게는 음식이며 옷이며 침구며 어머니라는 것을 느꼈다. 주교는 그녀의 마음속에 있는 기적을 그 자신의 마음속으로 받아들이며, 그녀의 눈을 통해 그 자신의 빈곤이 그녀의 빈곤만큼 황량하다는 것을 깨달았다. 이 세상, 고문과 노예와 주인들로 가득 찬 잔인한 세상에 하느님의 왕국이 처음 들어설 때, 그것을 세운 그분은 이렇게 말씀하셨다. 「너희들 가운데 가장 낮은 자가 하늘의 왕국에서는 제일 높은 자가 되리라.」 이 말씀에 따른다면, 이 성당은 사다의 집이고 주교 자신은 그 안에 사는 노예였다.

주교는 이 늙은 여인이 고해하는 소리를 들었다. 그는 그녀의 머리에 양손을 얹고 그녀를 축복해 주었다. 그가 성당에서 그녀를 배웅하기 위해 회중석을 걸어갈 때, 그녀는 어깨에서 망토를 벗었다. 그는 이를 저지하며 그녀에게 망토를 가지고 가서 밤에 덮고 자라고 했다. 하지만 그녀는 황급히 망토를 벗었다. 그런 생각이 그녀를 몹시 겁먹게 하는 것 같았다.「아니에요, 아닙니다, 신부님. 만일 그 집 사람들이 제가 이 망토를 입은 걸 보기라도 하는 날에는!」그녀는 자신을 잔인하게 압박하고 있는 사람들에 대해 그 이상으로 욕을 할 수가 없었다. 하지만 망토를 벗더니 그녀는 마치 자신에게 친절히 대해 준 살아 있는 존재인 양 그 낡은 옷을 톡톡 두드리며 어루만졌다.

때마침 라투르 신부는 그의 호주머니에 성모 마리아 상이 새겨진 작은 은빛 메달이 들어 있다는 생각이 났다. 그는 그녀에게 그 메달을 주며 이는 거룩한 성부께서 축복해 주신 것이라고 말했다. 이제 그녀는 숨겨 두고 잘 보호하며 그녀를 감시하는 사람들이 잘 때 숭배해야 할 보물을 갖게 된 것이다. 아, 글을 읽을 수 없거나 생각조차 할 수 없는 사람에게 형상 같은, 사랑을 상징하는 물질적인 형태 같은 게 필요하구나! 하고 주교는 생각했다.

그는 커다란 열쇠를 자물쇠에 넣고 나무로 된 문지방 위에서 천천히 되돌렸다. 문밖의 평화와 그 자신의 영혼 속에 있는 평화가 모두 하나 되는 것 같았다. 눈이 그치고, 아치형의 하늘을 뒤덮은 희뿌연 구름이 이제는 모두 상그레 데 크리스토 산 너머로 부드러운 하얀 안개가 되어 가라앉아 있었다. 보름달이 파란 둥근 천장에서 높이, 그리고 외로이 인자하게 빛나고 있었다. 주교는 성당 문가에 서서 그의 방문객이 질척한 눈 속에 남기고 간, 한 줄로 늘어선 검은 발자국 띠를 바라보며 생각에 잠겼다.

3
나바호족이 사는 지역의 봄

 바일랑 신부는 겨울 내내 애리조나 지방에 가 있었다. 하늘에 봄이 오는 기미가 보이자, 주교와 하신토는 오래도록 노새를 타고 뉴멕시코를 횡단해서 페인티드 데저트와 호피족 인디언 마을들을 방문하러 갔다. 그들이 오라이비를 떠날 때 주교는 남쪽까지 여러 날을 노새를 타고 가 그의 나바호족 친구를 방문했는데, 그는 최근 산타페에 있는 주교에게 그 아들의 죽음을 알리며 경의를 표해 준 사람이었다.

 라투르 신부는 유사비오를 오래전부터 알아오던 터였는데, 그는 그 사람을 처음 새 교구에 온 지 얼마 안 있어 만나게 되었다. 그 나바호족은 그의 부족과 호피 부족 사이에 끊이지 않고 일어나는 싸움을 평화적으로 진정시켜 달라고 군장교들에게 도움을 청하기 위해 당시 산타페에 와 있었다. 그때 이래로 주교와 그 인디언은 서로 간에 점점 더 우의를 다지게 되었다. 유사비오는 산타페에 올 때면 그의 아들을 데려와 주교에게 세례를 받도록 했는데, 그 사랑하는 아들 하나가 이번 겨울에 죽은 것이었다.

 나바호족 유사비오가 라투르 주교보다 열 살 더 어리긴 하지만, 그는 나바호족 사람들 사이에서 가장 영향력 있는 사람들 중 하나였고, 양과 말이 많아 가장 부유한 사람들 중 하나였다. 산타페와 앨버커키에서 그는 지성과 권위로 존경을 받았고, 훌륭한 외모로 찬탄을 받았다. 그는 보통 키가 큰 나바호족 중에서도 굉장히 키가 컸으며, 공화정 시대의 로마 장군 같은 얼굴을 하고 있었다. 그는 늘 벨벳과 사슴 가죽으로 되어 있으며 거기에 구슬과 깃대로 장식을 한 아주 우아한 옷을 입고 다녔고, 허리에는 은 벨트를 차고 있었고, 가장 좋은 양모에 가장 디자인이 좋은 담요를 쓰고 다녔다. 팔은 느슨하게 늘어진 셔츠 속에서 은팔찌들로 뒤덮여 있었고, 가슴에는 아주 오래된 조가비 구슬과 터키석과 산호 목걸이가 매달려 있었는데, 그것은 지중해에서 나는 산호로 코로나도 탐험대 대장들이 호피족 마을들과 그랜드캐년을 발견하러 가는 도중에 나바호족이 사는 지역을 지나며 남겨 준 것이었다.

유사비오는 콜로라도 치키토 언덕 위에다 나뭇가지를 엮고 진흙을 얹어 지은 일단의 인디언 집에서 그의 가족들과 친척들과 함께 살고 있었다. 서쪽과 남쪽과 북쪽에는 그의 동족들이 수많은 가축 떼들을 키우고 있었다.

라투르 신부와 하신토는, 그들과 노새 주위에서 모래 바람이 거세게 일며 눈보라처럼 원을 그리면서 풍경을 보이지 않게 하는 동안 내내 노새를 타고 칸막이 집 같아 보이는 오두막집이 밀집되어 있는 그곳 마을에 도착하게 되었다. 나바호족이 그의 집에서 나와 손수 안젤리카라는 노새의 고삐를 잡았다. 처음에 그는 입을 열지 않고서 라투르 주교의 아주 섬세하고 하얀 손을, 마찬가지로 아주 섬세하고 검은 그의 손으로 붙잡고 깊이 안착된 독수리 같은 눈에 슬픔과 단념의 전갈을 담은 채 주교의 얼굴을 바라보고만 있었다. 한 줄기의 감정이 그의 청동 빛 이목구비를 지나간 후에 그가 천천히 말했다.

「제 친구가 오셨군요.」

그게 다였다. 하지만 그것은 모든 것이었다. 환영과 신뢰와 감사의 말이었다.

그의 주거지에 있는 동안 주교는 마을에서 홀로 약간 떨어져 있는 인디언 오두막에 머물게 되었다. 유사비오는 그곳을 가장 좋은 가죽 털과 담요로 서둘러 치장을 하고, 손님에게 거기 며칠 머물며 피로를 풀라고 했다. 노새들도 지쳐 있으며 신부도 피곤해 보인다고, 산타페로 가는 길은 먼 길이라고 그 인디언이 말했다.

주교는 그에게 감사하다며 사흘 정도 머물면 될 것이라고 했다. 그는 생각하기 위해 그 정도의 시간이 필요했다. 집을 떠나온 이래로 그의 마음은 실질적인 문제들로 복잡해 있었다. 이곳은 생각을 정리하기에 좋은 곳이었다. 해마다 이맘때쯤이면 상당한 양의 냇물이 흐르는 강은 거친 봄바람에 하루 종일 공중에서 소용돌이치는 느슨한 모래 언덕과 둔덕들 사이로 굽이굽이 흐르고 있었다. 주교가 묵는 인디언 오두막 집에도 모래가 쌓여 있었는데 벽 틈에도 마찬가지였다. 이 또한 다른 인디언 집들처럼 나뭇가지로 얽어매고 그 사이를 진흙으로 발라서 만든 집이었기 때문이다.

강 옆에는 키가 크고 잎이 거의 없이 헐벗은 미루나무 숲이 있었다. 이곳에 있는 나무들은 굉장히 늙고 엄청나게 컸는데, 나이를 가늠할 수 없을 정도로 아주 오래된 것처럼 몹시 컸다. 그 나무들은 각기 서로 떨어져서 자라고 있었는데,

이상하게 비틀린 형체는 끊임없이 불어오는 바람 때문에 동쪽으로 모두 구부러져 있었다. 모래에 시달리고 물이 거의 없는 곳에 살아서 그렇게 된 것 같았다. 나무들은 굽은 모습으로 땅에서부터 나와 있었는데 40에서 50피트 정도 높이로 자라 있었고, 하얗고 마른 줄기들은 모두 동쪽으로 구부러져 그 끝이 바닥에 거의 닿을 정도였다. 어떤 나무들은 중간에서 여러 갈래로 커다랗게 갈라져 땅에 거의 아치 형태로 굽어 닿을 정도였다. 또 어떤 나무들은 전혀 갈라지지 않았지만 원래 줄기가 심하게 아래쪽으로 굽어 땅에 닿았는데, 그 모습이 활 모양으로 되어 있었다. 그리고 어떤 나무들은 두터운 것이 성장하다가 순간순간 갑자기 멈추는 바람에 구불구불한 마디가 생긴 야자수 같았다. 그것들은 모두 살아 있는 나무들이었지만 늙고 죽거나 마른 목재 같아 보였고, 잎사귀도 거의 없었다. 가지가 갈라진 것들의 위쪽 꼭대기나 뒤틀린 채 높이 올라간 가지 끝에는 섬세한 푸른 잎사귀들이 희미하게 돋아나 있었다. 하얀 몸통 줄기와 가지에는 계절이면 볼 수 있는 잎사귀들이 하나도 없었다. 숲은 헐벗은 가지들 사이로 겨우살이 이끼들이 무리 지어 기생하고 있는 거대한 겨울나무들의 숲 같았다.

　나바호족 유사비오의 환대는 지나치게 간섭하는 식이 아니었다. 그는 주교로 하여금 그가 거기 와 있는 것을 자신이 기쁘게 생각한다는 것을 알게 하면서도 그가 혼자 즐길 수 있도록 배려해 주었다. 라투르 신부는 끊임없이 모래 폭풍이 이는 그곳에서 사흘간을 머물렀다. 벽들과 태피스트리도 날릴 정도인 모래 폭풍으로 인해 조금 떨어져 있는 작은 인디언 마을이 보이지 않기도 했다. 그는 집 안에 앉아서 바람 소리를 듣거나 밖으로 나가 바람에 뒤틀린 오래된 나무들 밑을 걷거나 했다. 그는 인디언 담요로 몸을 꼭 휘감고, 입과 코까지도 덮은 채로 거닐었다. 이 집에 도착한 이래로 그는 툭손 지방에 가 있는 바일랑 신부를 소환하는 일이 정당한지 아닌지에 대해 결정을 짓지 못하고 있었다. 주교 대리인 바일랑 신부가 여행객들 편에 가끔 보내는 편지는 그가 세인트 사비에 델 박에서 오래된 선교 성당을 복구하는 생활에 몹시 만족하고 있음을 말해 주었는데, 그는 그 성당이 지금까지 2백 년 이상 등한시되어 왔지만 신세계 대륙에서 가장 아름다운 성당이 될 거라고 호언장담하고 있었다.

바일랑 신부가 그곳으로 가버린 이후 주교의 부담은 점점 더 커져 왔다. 오베르뉴에서 새로 데리고 온 사제들은 모두 좋은 사람들이어서 주교가 소망하는 것을 실현시키는 데 충실했고 지칠 줄 몰랐다. 하지만 그들은 아직도 이 지방에 낯설어서 결정을 하는 데 소심해 모든 어려운 문제를 주교에게 맡겼다. 라투르 신부는 그의 주교 대리가 필요했다. 그는 원주민들과 아주 잘 어울리는 재주가 있었고, 그들의 단점에도 아주 쉽게 동정심을 베풀었다. 그들이 함께 있을 때면 주교는 바일랑 신부의 낙관적인 경솔함을 늘 억제하지만, 혼자 있게 되면 바일랑 신부의 그런 자질을 몹시도 그리워했다. 게다가 그는 바일랑 신부의 동료애가 그리웠다. 이것을 시인하지 않을 수 있겠는가?

장 마리 라투르와 요셉 바일랑이 퓌드돔에서 서로 옆 동네인 두 교구에서 태어났지만, 어린아이였을 때 그들은 서로 모르고 지냈다. 라투르 가문은 오래된 학자에 전문직을 가진 사람들이었던 반면, 바일랑 가문은 그 지방에서 훨씬 더 낮은 지위에 있는 사람들이었다. 게다가 어린 요셉은 체질이 약하고 신경이 예민하여 집에서 아주 많이 떨어진 볼빅 산에 있는 그의 할아버지 댁 농장에서 많은 시간을 보냈다. 할아버지 댁이 있는 곳은 공기가 맑았을 뿐만 아니라 아주 조용해서 신경이 예민한 아이에게는 매우 좋은 지역이었다. 이 두 소년은 클레르몽에 있는 몽페랑 신학교에 가서야 처음으로 서로 만날 수 있게 되었다.

장 마리가 그 신학교에서 2학년이 되었을 때, 학기가 시작된 어느 날 여가 시간을 즐기며 운동장에 서서 신입생들을 호기심 있게 바라보고 있었다. 신입생들 중에서 그는 특히 못생긴 외모를 가진 한 학생을 주목했다. 키가 아주 작고, 매우 창백하고, 얼굴이 못생겼으며, 턱에 사마귀가 있고, 독일인처럼 보일 정도로 거친 삼 빛깔 머리를 한 열아홉 살 소년이었다. 이 소년은 그의 시선을 느낀 것 같았는데, 마치 자기가 부름을 받았다는 듯이 즉시 다가왔다. 그는 자신이 못생겼다는 점을 분명히 의식하지 않는 듯 보였다. 그는 전혀 부끄러워하지 않았을 뿐 아니라, 오히려 자신의 새로운 환경에 아주 열렬한 관심을 드러냈다. 그는 장 라투르에게 이름이 무엇이며 어디서 왔으며 아버지의 직업이 무엇인지를 물었다. 그런 다음 그는 아주 간단히 자신에 대해 소개했다.

「저의 아버지는 빵 굽는 사람이에요. 리옹에서 최고죠. 사실 아버지는 빵 굽는 사람으로 유명해요.」

젊은 라투르는 재미있었지만, 이런 솔직한 말에 정중하게 고맙다고 했다. 이상한 소년은 연이어서 그의 형과 고모 그리고 그의 영리한 여동생, 필로메네에 대해 말해 주었다. 그는 라투르가 신학교에 얼마나 있었는지를 물었다.

「늘 성직자가 되고 싶었나요? 나는 늘 그랬어요. 하지만 하마터면 성직자 대신 군대에 갈 뻔했어요.」

알지에가 함락되고서 바로 전해, 클레르몽에서는 군대 사열이 있었는데 군복을 입은 군인들과 군악대 사열이 있었고, 프랑스 군대의 영광을 알리며 군인이 되도록 부추기는 연설도 있었다. 젊은 요셉 바일랑은 그 열광 속에서 정신을 못 차리고 아버지와 상의도 없이 그만 군인을 자원하는 지원서에 서명을 해버렸던 것이다. 그는 라투르에게 그의 열렬했던 애국심과 그의 아버지가 군대에 자원했다는 말을 듣고 못마땅해 했던 일, 그리고 결과적으로는 자신이 그렇게 한 것을 몹시 후회했던 일에 대해 생생하게 설명을 해주었다. 그의 어머니는 그가 사제가 되기를 원했었다. 그가 열세 살 때 어머니가 돌아가셨는데, 그 이후로 그는 어머니의 소원을 이루어 드리기 위해 그의 일생을 성모 마리아께 헌신하기로 마음먹고 있었다. 하지만 어느 날 군악대와 군인들을 보고서 모든 것을 단번에 잊어버리고 프랑스 군대에 들어가기로 했던 것이었다.

갑자기 젊은 바일랑이 말을 끊더니, 시간이 지나기 전에 편지를 한 통 써야 한다고 말하고는 긴 옷자락 끝을 잡아 올리고 전속력을 다해 달려가 버렸다. 라투르는 그의 뒷모습을 바라보며 서서 이 신입생 소년을 자기 보호 아래 두기로 마음먹었다. 이 빵 굽는 사람의 아들에게는 어떤 모험심 같은 게 있었기 때문에 그는 계속해서 만나 보기로 했다. 우연한 첫 만남에서 그는 이 생기 있고 못생긴 소년을 그의 친구로 선택했던 것이다. 즉흥적이었다. 라투르 자신이 기질에 있어서는 훨씬 더 냉정하고 비판적이었다. 그는 기분이 유쾌해지기 힘들었고, 종종 우울한 기분에 빠지기조차 했다.

　신학교에 다니는 동안 라투르는 학교 성적에 있어서는 그의 친구를 쉽게 능가했지만 믿음의 열렬함에 있어서는 늘 그를 능가하지 못한다는 것을 깨달았다. 선교사가 된 후에도 요셉은 영어와 스페인어를 배웠는데 라투르보다 훨씬 더 수월하게 했다. 확실히 그는 두 언어를 처음에는 아주 정확하지 않게 말했는데, 그에게는 문법이나 어구를 세련되게 말하려는 허영 같은 게 없었다. 일꾼들이나 하인들과 대화를 나눌 때 그는 기꺼이 그들처럼 말하려고 애썼다.

　지금까지 25년간 요셉 신부와 함께 일해 왔지만, 주교는 요셉 신부의 모순된 천성에 동조하는 데는 실패하고 말았다. 다만 그 모순된 성질 그대로를 받아들일 뿐이었다. 그리고 요셉이 오래도록 멀리 가 있는 사이에 자신이 그 모순된 성질들을 모두 사랑했음을 깨달았다. 주교 대리는 그가 알고 있는, 가장 진실 되게 영적인 사람들 중 하나였다. 비록 그가 너무나 열정적으로 이 세상의 많은 물질에 집착하는 경향이 있긴 하지만……. 먹고 마시는 것을 아주 좋아하지만 그는 가톨릭교회의 모든 금식을 잘 준수할 뿐 아니라, 기나긴 선교 여행에서 힘겨움과 먹을 것이 없음을 견뎌 내야 하는 데 대해서도 결코 불평하지 않았다. 요셉 신부가 좋은 포도주에 대해 남달리 탐을 내는 취향은 다른 사람에게는 결점으로 보일는지도 모른다. 하지만 늘 몸이 허약한 그에게 포도주는 그의 목적과 상상을 단숨에 실행시키도록 지원해 주는 약효 빠른 육체의 자극제 같은 것이어서 그는 그것을 필요로 하는 듯했다. 훌륭한 만찬이나 클라레 적포도주 한 병이 그의 눈 밑에 영적인 에너지를 가져다주는 것을 주교는 여러 차례 봐

왔기 때문이다. 다른 사람이라면 이러한 연회에서 몸이 무거워지거나 쉬고 싶은 생각이 들 텐데, 바일랑 신부는 생기 있게 벌떡 일어나서 열 시간이나 열두 시간 일을 할 뿐만 아니라 그 열성과 몰두는 일이 끝날 때까지 지속되었던 것이다.

주교는 종종 바일랑 신부가 교구나 성당의 기금 혹은 선교에 필요한 기금 등을 위해 멀리까지 가서 구걸하고 다니는 인내심에 당황하기도 했다. 하지만 그 자신을 위해서는 요셉 신부는 조금도 안락한 생활을 하려 하지 않았다. 그는 콘텐토라는 노새 한 마리 말고는 세상에 가진 게 하나도 없었다. 그가 리옹에 있는 누이에게서 좋은 의복을 선사받긴 하지만, 그의 일상복은 거칠고 초라한 것이었다. 주교는 커다랗고 귀중한 서재를 갖고 있는 만큼 적어도 그의 집에서는 많은 안락함을 누릴 수가 있었다. 그곳에는 유사비오와 다른 인디언 친구들이 선물로 준 아름다운 가죽들과 담요들이 있었다. 멕시코 여자들은 바느질과 레이스 뜨기와 자수에 솜씨가 좋아서 그에게 개인용 무명천 손수건이라든지 침대보라든지 식탁보 같은 것들을 선사했다. 그는 올리바레스와 그의 교구에 있는 부유한 사람들이 선물로 준 은 접시도 있었다. 하지만 바일랑 신부는 초창기 교회의 성자들처럼, 문자 그대로 개인 소지품은 하나도 없었다.

젊은 시절 요셉은 은둔 생활을 하며 홀로 종교 생활에 헌신하고자 소망했었다. 하지만 사실, 그는 사람들과 교제하지 않고는 오래 행복할 수 없는 성격이었다. 그리고 그는 거의 모든 사람을 좋아했다. 오하이오에 있을 때 그들은 승합마차를 타고 함께 여행을 하곤 했는데, 도중에 새로운 승객이 이미 사람들로 가득 찬 마차 안으로 밀치고 들어와도 매번 요셉이, 마치 사람이 더 들어오는 것이 유쾌한 일이라도 되는 듯 즐겁고 흥미롭게 그들을 바라보는 것을 라투르 신부는 보곤 했다. 자기 자신은 짜증을 내거나 그걸 숨기려고 하는 상황에서도……. 오하이오에서 그런 힘겨운 상황은 요셉을 괴롭히지 않았다. 무시무시한 집들과 교회들, 제대로 관리를 하지 않은 농장들과 정원들, 지저분하고 더러운 읍내와 시골 풍경은 계속해서 라투르 신부를 억누르며 불쾌하게 했지만 바일랑 신부는 전혀 개의치 않는 것 같았다. 그 모습이 과연 그가 아름다움이나 우아함에 대한 감각을 아예 갖고 있지 않다고 말할 정도였다. 하지만 그는 음악에 아주 열정적이었다. 샌더스키에 있을 때 그의 즐거움은, 독일인 성가대 단장이 젊은 사람들에게 바흐 오라토리오 노래를 가르치고 훈련시키는 것을 보며 저녁 시간들을 보내는 일이었다.

어느 누구도 바일랑 신부를 어떻다고 제대로 말할 수 있는 사람은 없었다. 그 사람은 그가 가진 여러 가지 자질을 다 합친다 해도 그것보다 훨씬 더 위대한 사람이었다. 그는 어떤 부류 사람의 모임이라 할지라도 잠시 들르면 빛을 더해 주는 사람이었다. 나바호족이 사는 인디언 오두막집이건, 아주 말할 수 없이 가난한 멕시코인 집들이 옹기종기 모여 있는 마을이건, 로마에 있는 고위 성직자나 추기경의 집이건, 모두 똑같았다.

지난번 로마에 있을 때 주교는 고위 성직자인 마츄치에게서 재미있는 이야기를 들은 적이 있는데, 그가 교황 그레고리 16세의 비서였을 때 바일랑 신부가 오하이오에서 선교 수행을 하다가 성스러운 바티칸 시티를 처음 방문하러 왔다.

요셉은 로마에서 석 달을 머물렀는데, 하루에 40센트를 갖고 다니면서 로마 시내를 하나도 빼놓지 않고 모두 구경하고 다녔다고 했다. 그가 마츄치에게 교황을 개인적으로 만나 볼 기회를 만들어 달라고 몇 번이나 부탁했었다고 했다. 그 비서는 오하이오에서 온 이 선교사를 좋아했다. 그에게는 당돌하면서도 생기 넘치고 순진한 어떤 면, 로마에 있는 많은 사제들에게서는 찾아볼 수 없던 신선한 면모가 있었기 때문이다. 그래서 그는 교황과 바일랑 신부와 마츄치가 참석하는 만남을 주선해 놓았다.

바일랑 선교사가 의전 수행관의 안내로 면회실 안으로 들어왔는데, 그는 축복을 받아야 할 물건들로 가득 찬 두 개의 커다란 검은 가방을 가지고 왔다. 관습대로라면 가방 하나만 가지고 와야 하는데 두 개씩이나 가져왔던 것이다. 교황을 접견하고서 요셉 신부는 그의 선교와 다른 선교사들에 대해 너무나 생생하게 설명을 하는 바람에 교황과 비서는 시간 가는 줄 모르고 듣다가 다음으로 예정되어 있던 면회를 세 번이나 뒤로 미루어야 했다. 교황 그레고리 16세는 귀족적이고 전제적인 성직자로서 유럽의 정치 파동에 대해 지고 있는 편을 지지해 주고 있었고, 일관성 있게 자유 이탈리아의 적에게 편을 들어주고 있었으며, 앞서 수행한 어떤 교황보다도 세상의 먼 곳에 믿음을 전파하는 선교 수행을 적극적으로 지지해 주고 있는 사람이었다. 그런데 여기서 그 자신의 마음에 맞는 선교사를 만나게 된 것이었다. 바일랑 신부는 그 자신과 그의 동료 사제들, 그의 선교, 그의 주교를 위해 축복을 빌어 주십사고 청했다. 그는 행상인 보따리처럼, 십자가와 묵주와 기도서와 메달과 성무일과서로 가득 차 있는 커다란 가방들을 열더니 그것들에 평소보다 더 많은 축복을 주십사고 청했다. 시간이 너무 많이 걸리는 데 놀란 의전 수행관이 여러 번 드나들었고, 마츄치도 교황에게 다른 면회객들이 기다리고 있다고 귀띔을 했다. 의전 수행관이 그곳에 없었으므로 바일랑 신부는 직접 두 개의 가방을 들고 힘겹게 뒷걸음질 쳐 나가고 있었는데, 이때 교황이 의자에서 일어나더니 손을 들어 올렸다. 축복을 해주려던 게 아니라, 교황이 아닌 한 인간으로서 선교를 위해 떠나는 또 다른 인간에게 인사를 하려던 것이었다. 「잘 가요, 미국인!」

라투르 주교는 나바호족의 집이 숙고를 하며 머물거나 과거를 회상하며 미래를 계획하기에 아주 좋은 곳이라는 것을 알게 되었다. 그는 프랑스에 있는 그의 형과 옛 친구들에게 기나긴 편지를 썼다. 그 인디언 집은 대양 위에 있는 배의 선실처럼 고립되어 있어 집 주변에서 센 바람이 웅얼대고 있었다. 문 말고는 밖으로 열린 곳이 하나도 없었는데 문은 늘 열려 있었고, 밖의 공기는 모래 폭풍으로 인해 몽롱하고 누런 빛을 띠고 있었다. 하루 종일 모래가 벽의 틈 사이로 들어와 흙바닥에 약간 언덕을 형성할 정도로 쌓였다. 이 집은 아주 허름한 주거지라서, 마치 거기 있는 사람이 먼지가 많은 땅과 움직이는 공기로 이루어진 세상의 중심에 앉아 있는 것 같아 보였다.

4
유사비오

주교가 유사비오를 방문한 지 사흘째 되던 날, 주교는 그의 주교 대리를 산타페로 소환하는 다소 공식적인 편지를 썼다. 그런 다음, 날마다 하는 산보를 위해 사막으로 나갔다. 그는 해가 질 때까지 밖에 머물렀는데, 해가 질 무렵에는 바람이 자더니 공기가 맑아져 크리스털처럼 청명해졌다. 돌아오는 길에 그는 1마일 혹은 그 이상 되는 강을 따라오고 있었는데, 도중에 미루나무로 만든 북을 가만히 때려서 내는 깊은 북소리를 들었다. 그는 그 북소리가 유사비오의 집에서 나는 소리라고 추측했고, 그의 친구인 유사비오가 집에 있다고 생각했다.

마을에 도착하자 라투르 신부는 유사비오가 문가에 앉아 기다란 북의 한쪽 끝을 부드럽게 치면서 나바호족 언어로 노래를 부르고 있는 것을 보았다. 그 앞에는 각기 네 살과 다섯 살쯤 되어 보이는 두 명의 아주 작은 인디언 소년들이 음악에 맞춰 딱딱하게 굳은 바닥에서 춤을 추고 있었다. 두 여자들, 유사비오의 아내와 누나가 오두막의 깊은 석양빛 속에서 그들을 바라보고 있었다.

어린 소년들은 낯선 사람이 다가가는 것을 보지 못했다. 그들은 자신들이 하고 있는 일에 완전히 몰두해 있었고, 그들의 얼굴은 진지했으며, 초콜릿 빛 눈은 반쯤 감은 상태였다. 주교는 서서 그들의 팔과 어깨가 흐르듯 유연하게 움직이는 것과 사슴 가죽신을 신은 조그만 발들, 미루나무 잎사귀보다 더 크지 않은 그 발들이 불규칙적이고 이상한 강세가 있는 음악에 맞춰 어떻게 하라는 가르침을 받지도 않았는데 확실히 리듬에 맞춰 움직이는 것을 보았다. 유사비오는 종교적인 근엄한 표정을 짓고 있었다. 그는 무릎 사이에 북을 끼고 앉아 있었는데, 그의 넓은 어깨는 앞으로 숙여 있었다. 검은 머리가 내려오지 못하도록 이마에는 진홍빛 밴드가 매여 있었다. 거무스레한 손목에 찬 은팔찌가, 그가 북을 막대나 그저 손으로 내려칠 때마다 반짝였다. 그가 부르던 노래를 끝내자 일어서더니 어린 소년들을 소개시켜 주었다. 그들은 그의 조카들로, 인디언 이름으로 각기 〈독수리 날개〉와 〈의약의 산〉이었다. 유사비오는 아이들을 소개한 후에 고갯짓을 해서 그들을 보냈다. 아이들은 집 안으로 들어갔다. 유사비오는 북을 아내에게 건네주고 손님과 함께 걸었다.

「유사비오.」 주교가 말했다. 「툭손에 있는 바일랑 신부에게 편지를 보내고 싶어요. 하신토에게 그 편지를 갖다 주라고 하고 싶습니다. 제가 산타페로 돌아가는 데 당신 부족 중 한 사람을 제게 할애해 주실 수 있다면요.」

「제가 직접 빌라까지 주교님을 모셔다 드리지요.」 유사비오가 말했다. 나바호족은 아직도 산타페를 옛날 이름인 빌라로 부르고 있었다.

이렇게 해서 다음 날 아침 하신토는 남쪽으로 편지를 갖고 바일랑 신부를 향해 가게 되었고, 라투르 신부와 유사비오는 짐을 실은 노새와 함께 동쪽으로 향하게 되었다.

산타페로 돌아가려면 4백 마일 정도 가야 했다. 날씨는 앞을 가리는 모래 폭풍과 화창한 햇빛이 교대로 반복되었다. 하늘은 끊임없이 움직이는 구름들로 가득 차 있었고, 그 밑에 있는 사막은 단조롭고도 여전히 똑같아 보였다. 광대한 하늘은 바다보다 더 넓고 세상 그 어느 곳보다도 더 컸다. 평원이 그곳에, 사람의 발치 아래 있었지만 주변을 살펴보면 보이는 것은 찌르는 듯한 눈부신 파란 하늘과 움직이는 구름뿐이었다. 산들마저도 하늘 아래에서는 단지 개미 언덕으로 보였다. 다른 곳에서는 하늘이 세상의 지붕이었지만 이곳에서는 땅이 하늘의 바닥이었다. 누군가 고향에서 멀리 떨어져 살고 있을 때 그리워하는 풍경은 모든 것들 중에 단 하나, 사실 그 안에서 살고 있는 하나의 세상인 하늘, 하늘이었다!

유사비오와의 여행은 인간이 된 풍경과 여행을 하는 것 같았다. 그는 그 지방이 주는 상황과 날씨를 있는 그대로 받아들이며 즐겼다. 그는 거의 말을 하지 않았고, 거의 먹지 않았고, 아무 데서나 잠을 잤고, 개방적이면서도 따스한 얼굴을 늘 그대로 유지했으며, 하신토처럼 한결같이 좋은 태도를 보여 주었다. 주교는 그가 산타페로 가는 도중에 종종 멈추어 꽃을 꺾는 것을 보고 다소 놀랐다. 어느 날 아침 그가 노새들과 돌아오는데 진홍빛 꽃을 한 줌 들고 있었다. 길게 관 모양을 한 종 같은 꽃이었는데 이파리가 없는 한쪽 끝에 가볍게 매달려 핀 꽃으로 바람에 떨고 있었다.

「인디언들은 이 꽃을 무지개 꽃이라고 부릅니다.」 그가 꽃들을 쥐고 흔들어 빨간 관 모양들이 떨도록 하면서 말했다.

「이 꽃들이 피기에는 아직 철이 이르지요.」

그들이 하룻밤을 노숙하고 나서 바위나 나무나 모래 둔덕을 떠날 때면, 그 나바호 추장은 잠시 거주했던 곳의 모든 흔적을 조심스럽게 없앴다. 그는 화톳불을 피우고 남은 재들과 음식 찌꺼기를 묻었고, 쌓아 올렸던 돌들을 모두 무너뜨려 제자리에 놓았고, 모래에 팠던 구덩이들도 모두 메웠다. 하신토도 똑같이 그랬기 때문에 라투르 주교는, 백인들이 어떤 풍경을 자기 마음대로 바꾸어 만들거나 어떤 조그만 흔적이라도 남기려고(잠시 머물렀다는 것을 기념하기 위해) 하는 점과 달리, 인디언들은 어떤 것도 방해하지 않고 그대로 남겨 둔 채 마치 물속을 지나는 물고기나 공중을 나는 새처럼, 아무런 흔적도 남기지 않으려 한다는 사실을 알게 되었다.

풍경 속으로 사라지는 것, 풍경을 배경으로 하여 거기서 튀려고 하지 않는 것이 인디언 방식이었다. 높은 바위 판 위에 형성된 호피족 마을은 그들의 집을 바위처럼 지어 멀리서도 보이지 않도록 했다. 나바호족의 인디언 집들은 모래와 버드나무 가지가 있는 주위 배경 속에서 모래와 버드나무 가지로 지은 것이었다. 인디언 마을의 어느 곳도 그 당시에는 주거지에 유리창을 달지 않았다. 햇빛이 반짝이는 것을 반사시키는 행위는 그들에게는 추하고 자연스럽지 못한 일이었으며, 심지어 위험하기까지 했다. 더욱이, 인디언들은 새로운 것과 변화를 싫어했다. 그들은 그들의 아버지들이 옛날에 자연적으로 생긴 돌층계를 통해 높은 바위산 마을까지 오르내리며 밟고 다녀 닳은 그 옛날 길을 여전히 오르내렸으며, 백인들이 와서 우물을 파준 뒤에도 그 옛날의 샘에서 물을 길어 날랐다.

은세공을 하거나 터키석을 뚫는 작업을 할 때 인디언들은 지칠 줄 모르는 인내심을 갖고 있었다. 담요와 벨트와 의식용 옷을 만드는 데도 그들은 기술과 노고를 아낌없이 쏟아부었다. 그러나 그들에게 장식의 개념은 풍경으로까지 진척되어 나아가지는 않았다. 그들은 자연을 〈정복하고〉 자연을 다시 배열하고 재창조하려는 유럽인들의 욕망 같은 것은 갖고 있지 않았다. 그들은 다른 방향으로 그들의 재능을 썼다. 그들은 그들이 누리고 있는 풍경에 그 자신들을 맞추려고 애썼다. 이는 그들이 나태해서가 아니라 옛날부터 내려온 것을 존중하고 아끼려는 마음에서 비롯된 것이라고 주교는 생각했다. 마치 커다란 지방이 잠들어 있는 듯이 보이지만, 그들은 그것을 깨우지 않은 채 계속해서 조용히 살아가고자 했다. 아니면 마치 땅과 공기와 물의 정령들은 적대시하거나 깨워서는 안 되는 것들이라고 생각하는 듯도 했다. 사냥을 할 때도 그들은 똑같이 신중했다. 인디언의 사냥은 결코 모두 다 잡아 죽이는 대학살이 아니었다. 그들은 강이나 숲을 모조리 파괴하지는 않았다. 그들이 관개 시설을 이용해 물을 끌어들인다면 필요한 만큼 약간의 물만 끌어들였다. 땅과 땅에서 나는 모든 것에 있어서도 그들은 충분히 고려를 한 다음 실행에 옮겼다. 그 무엇도 개선하려 하거나 결코 모독하려고 하지 않았다.

　라투르 신부와 유사비오가 앨버커키에 근접했을 때, 그들은 가끔 지나가는 사람들을 만나게 되었다. 인디언들은 평원을 가로질러 길고 구불구불하게 뚫린 길을 오가거나 샌디아 산맥을 올라가는 오솔길을 통해 오가기도 했다. 그들은 모두 똑같이 조용히 지나갔다. 보조가 빠르든 느리든 간에, 똑같이 방해하지 않는 태도로……. 알록달록한 밝은 담요를 감싼 인디언이 노새를 타고 가든 노새 옆에서 걸어가든, 모래벌판 사이로 굽이치며 펼쳐지는, 새로 싹이 난 연초록의 산 쑥 숲을 지나가든, 마치 봄으로 깨어나고 있는 지역을 보지도 못하고 듣지도 못한 채 지나가는 게 그들의 임무인 것처럼 지나갔다.

라구나의 북쪽에 다다랐을 때 두 명의 주니족이 그들 옆을 급히 달려 지나갔는데, 그들은 동쪽 어딘가로 〈인디언의 업무〉 때문에 가는 중이었다. 그들은 손바닥을 쫙 펼쳐 보이며 유사비오에게 인사를 했을 뿐 멈춰 서지는 않았다. 그들은 어린 영양처럼 날쌔게 모래펄 너머로 길을 따라갔는데, 그들의 형체가 모래 둔덕 사이로 신중하고도 힘차게 날아오르는 독수리의 그림자처럼 사라졌다 다시 나타나곤 했다.

제8부
파이크스 피크 산봉우리 밑에 있는 금

1
성당

 바일랑 신부가 툭손으로부터 소환하는 주교의 편지를 받고 산타페에 돌아온 지 3주가 되었지만, 주교는 그에게 아직 이렇다 저렇다 하는 아무런 말이 없었다. 어느 날 아침 프룩토사가 정원으로 오더니 오후에 주교가 노새를 타고 어딘가로 나갈 예정이라 오늘 점심은 보통 때보다 조금 더 일찍 먹을 것이라고 그에게 일렀다. 반시간 후에 그는 식당으로 가서 그의 상사와 식탁에 앉았다.

 주교가 점심을 혼자 먹는 일은 거의 드물었다. 점심시간은 주교가 멀리 있는 교구에서 온 사제나 군 장교나 미국인 상인 혹은 올드멕시코나 캘리포니아에서 온 방문객을 환대할 수 있는 가장 편리한 시간이었기 때문이다. 손님을 맞는 응접실이 따로 없었기 때문에 그는 식당을 그런 목적으로 이용했다. 식당은 길고 시원했고, 서쪽 끝에만 창이 있었는데 창들은 정원 쪽으로 열려 있었다. 푸른빛의 미늘살창문이 가느다란 빛을 안으로 들어오게 하고 있었다. 햇살이 하얗고 둥근 벽 위에 노닐고 있었고, 식기장의 유리와 은그릇 위에서 반짝이고 있었다. 올리바레스 부인은 산타페를 떠나 뉴올리언스로 돌아가면서 그녀의 소유물들을 경매에 붙였었는데, 라투르 신부는 친구들이 그녀의 집에서 종종 그 주변으로 모이곤 하던 이 식기장과 식탁을 기념으로 샀다. 그리고 도나 이사벨라는 은으로 된 커피 잔 세트와 장식이 달린 촛대들을 그에게 기념품으로 주었다. 그것들이 주교의 간소하고 음침한 식당에 있는 유일한 장식품들이었다.

요셉 신부가 식당으로 들어갔을 때 주교는 이미 자리를 잡고 앉아 있었다. 「왜 우리가 점심을 일찍 먹는지 프룩토사가 말해 주던가요? 우린 오늘 오후에 노새를 타고 야외로 나갈 거예요. 내가 당신한테 보여 줄 게 있어요.」

「아주 좋아요. 제가 돌아다니지 못해 안달이 좀 나 있는 걸 눈치 채셨나 보군요. 2주 이상 노새 안장에 올라타지 않은 적이 없었으니까요. 제가 마구간으로 콘텐토를 보러 갔더니 그 녀석도 저를 질책하는 듯이 쳐다보더라고요. 오랫동안 타지 않고 내버려 둬서 그 녀석이 너무 뚱뚱해질 것 같아요.」

주교가 윗입술을 살짝 들어 올리며 짓궂게 웃었다. 그는 요셉을 너무나 잘 알고 있었다. 「아, 글쎄요.」 그가 태평하게 말했다. 「툭손에서 6백 마일이나 여행해 왔는데 좀 쉬는 편이 콘텐토에게 뭐 그리 나쁘겠어요. 오늘 오후에 당신은 콘텐토를 타고 나가고, 나는 안젤리카를 타고 나가면 되겠군요.」

한낮이 조금 지난 후에 두 사제는 산타페를 떠나 서쪽으로 향했다. 주교는 가는 목적을 드러내지 않았고, 주교 대리도 묻지 않았다. 곧 그들은 마찻길을 벗어나 곧장 남쪽으로 향하는 오솔길로 접어들었는데 이 길은 인적이 없는 명아줏과 관목이 있는 곳으로, 완만하게 경사가 지면서 나무가 하나도 없는 파란 빛깔의 샌디아 산맥이 있는 방향으로 뚫려 있었다.

네 시쯤 그들은 리오그란데 계곡 위로 높이 솟은 산등성이로 나왔다. 이 지점에서 오솔길은 기나긴 내리막길이 되어 약 60마일 떨어져 있는 앨버커키로 진입하는 샌디아 산맥의 발치쯤에서 구불구불 구비치고 있었다. 이 산등성이는 원추형으로 된 바위 언덕으로 뒤덮여 있었으며 소나무들로 얇게 옷을 입고 있었는데, 바위는 신기할 정도로 바다 빛 푸른색과 올리브 빛 푸른색 사이의 푸른빛 음영을 띠고 있었다. 단지 풍화 작용으로 인해 바위가 부서져 이루어진, 얇게 울퉁불퉁 덮인 흙도 이와 마찬가지로 푸른빛을 띠고 있었다. 라투르 신부는 산등성이의 서쪽 가장자리 위로 뾰족하게 내민 한적한 언덕 위로 노새를 타고 가고 있었는데, 뾰족하게 내민 그 지점부터는 내리막길이었다. 이 언덕은 홀로 떨어져 높이 솟아 있었고, 대담하게도 지는 해와 파란 빛깔의 샌디아 산맥을 마주하고 있었다. 그들이 언덕을 향해 다가갔을 때, 바일랑 신부는 서쪽 정면으로 흙이 푹 파진 곳에 울퉁불퉁한 바위벽들이 드러나 있는 것을 보았다. 그 바위벽은 주변 언덕처럼 푸른빛이 아니라 누런빛이었는데 그것도 아주 짙은 금빛에 가까운 것으로, 이제는 그 위로 내리비치고 있는 태양빛의 금빛과 매우 흡사했다. 그곳에는 곡괭이와 쇠지렛대가 놓여 있었고 갓 캐낸 돌 조각들이 있었다.

「이 푸른 빛깔을 띤 모든 언덕들 사이에 딱 한 군데 누런 빛깔의 언덕이 있다니 신기하지요, 그렇지 않아요?」 주교가 돌 조각을 집기 위해 허리를 굽히면서 말했다. 「저는 이 언덕들 주변으로 사방을 돌아다녀 봤어요. 하지만 이런 빛깔이 나는 건 이곳뿐이에요.」 그는 손바닥에 놓인 누런 돌 조각을 물끄러미 바라보며 서 있었다. 그리고 성스러운 물건을 다룰 때 아주 소중하게 여기는 특별한 방식으로 그것을 대했는데, 아름다운 것으로 간주되는 물건을 다룰 때도 그는 그런 식으로 대하곤 했다. 잠시 침묵이 흐른 뒤, 그는 위에서 금빛을 번쩍이고 있는 울퉁불퉁한 벽을 올려다보았다. 「흰둥이, 저 언덕이 바로 내가 지을 성당의 건축 자재들이에요.」

요셉 신부는 주교를 바라보았다. 그런 다음, 눈을 껌벅이며 깎아지른 듯한 벽을 바라보았다. 「정말이에요? 이 돌이 성당을 짓는 데 쓸 만큼 아주 튼튼한가요? 물론 색깔은 좋지만요. 성 베드로 성당의 주랑 같아 보이는군요.」

주교가 엄지손가락으로 돌 조각을 문질렀다. 「고향에 있는 것과 아주 비슷해요. 내 말은 클레르몽에 있는 성당을 지은 건축물 재료와 더 비슷하다고요. 이 바위벽을 올려다보고 있으면, 난 내 뒤로 론 강이 흐르고 있는 것 같은 착각이 들어요.」

「아, 아비뇽에 있는 옛날 교황의 궁전 말이군요! 그래요, 당신 말이 맞아요. 그 건물이랑 아주 비슷하군요. 해가 지는 이 시간에는 더욱 그렇군요.」

주교는 둥근 돌 위에 앉아서 여전히 그 바위 절벽을 올려다보았다. 「이건 내가 늘 원해 왔던 돌이에요. 난 이걸 정말 우연히 발견했어요. 이슬레타에서 돌아오는 길이었어요. 거기 있는 예수 신부가 죽어 가고 있기에 그를 만나 보고 오던 참이었지요. 전에는 이 오솔길을 와본 적이 없었는데, 내가 산토도밍고에 도착했을 때 비가 몹시 와서 길이 완전히 없어졌기에 이 길을 택해서 집에 가기로 했어요. 오후 늦게 서쪽에서 이쪽으로 노새를 타고 올라왔지요. 그때 이 언덕이 지금 우리가 마주한 것처럼 나를 마주하고 있었는데, 나는 순간적으로 이것이 내가 지을 성당의 건축 자재임을 알았어요.」

「오, 그런 일이 결코 우연은 아니에요, 장. 하지만 성당을 짓기까지는 오랜 시간이 걸릴 거예요.」

「아주 오래 걸리지 않기를 바랄 뿐이죠. 내가 죽기 전에는 꼭 성당을 완성시키고 싶어요, 주님께서 그렇게 하도록 허락하신다면요. 하지만 나는 운에만 맡겨 두지는 않을 생각이에요. 그리고 미국인 건축가에게 맡기지도 않을 거고요. 오하이오에 있는 도시들마다 건축되어 있는 그런 끔찍한 모양의 건축물처럼 성당을 지을 바에는 차라리 지금처럼 낡은 어도비 흙벽돌 성당이 나을 거예요. 나는 평범한 성당을 원하지만, 훌륭한 성당을 원해요. 영국인의 마차 두는 집처럼 조잡하기 이를 데 없는 붉은 벽돌 성당을 짓고 싶지도 않아요. 이 지방에 어울리는 올바른 스타일로 짓고 싶은데, 그건 바로 우리나라의 미디에 있는 로마네스크식 성당이에요.」

바일랑 신부는 코를 킁킁거리더니 안경을 닦았다. 「건축이며 스타일이며, 한번 생각하기 시작하더니 끝이 없군요, 장! 성당 짓는 일을 미국인 건축업자들한테 시키지 않는다면, 어떤 건축가를 쓸 생각인데요?」

「툴루즈에 옛 친구가 하나 있는데, 아주 훌륭한 건축가예요. 내가 지난번 로마에 갔을 때 그를 만나 이 문제에 대해 이야기를 나눴어요. 그는 자기가 직접 올 수는 없다고 했어요. 그는 바다 항해를 오래 하는 것을 무서워하는 데다가, 말을 타고 하는 여행도 익숙하지 않다고요. 하지만 그에게는 젊은 아들이 하나 있는데, 그는 아직 건축 공부를 하고 있지만 그 일을 몹시 맡고 싶어 해요. 실은, 그의 아버지가 내게 편지를 보내왔는데 신세계에 처음으로 로마네스크식 성당을 건설하는 일이 이제는 그 젊은이가 몹시 하고 싶어 하는 야망이 되었다는군요. 그는 미디에 있는 옛 성당들이 프랑스에서 가장 아름다운 성당이라 생각하고 그에 딱 맞는 모델들을 연구할 생각이랍니다. 우리가 성당을 지을 준비가 되면, 그가 두 명의 훌륭한 프랑스 석수들과 함께 여기로 올 거랍니다. 그 사람들이 세인트루이스에서 데려오는 일꾼들보다 더 비싸게 받지는 않을 거예요. 이제 내가 원하는 딱 맞는 돌을 갖게 되었으니 내 성당은 이미 짓기 시작한 듯 여겨져요. 이 언덕은 산타페에서 단지 15마일 정도 거리에 있잖아요. 오는 길에 한 군데 비탈진 곳이 있긴 하지만 심하게 가파르지는 않고 완만한 편이고요. 그러니 돌을 나르는 일은 내가 생각했던 것보다도 훨씬 더 수월할 거예요.」

「당신은 훨씬 원대한 일을 계획하고 있었군요.」 바일랑 신부는 그의 친구를 신기하다는 듯이 바라보았다. 「음, 그게 바로 주교가 해야 하는 일이긴 하지만요. 나로서는 단지 눈앞에 닥친 일밖에 보지 못하는데요. 하지만 우리 주변 사정이 너무나 가난하고 우리 자신도 너무나 가난하기에, 당신이 그렇게 훌륭한 건물을 지을 생각을 하리라고는 짐작도 못 했어요.」

「하지만 우리를 위해 성당을 짓는 건 아니에요, 요셉 신부. 우린 미래를 위해 성당을 짓는 거예요. 우리가 이 일을 해낼 수 없다면, 차라리 돌 하나도 쌓지 않는 게 더 나을 거예요. 이미 이 대륙에 너무나 흔해 빠진 추한 모습의 성당을 또 하나 짓는 것은, 프랑스의 건축물에 있어 보배 중 하나인 신학교를 졸업하고 온 사람에게는 수치가 될 테니까요.」

「당신 말이 맞아요. 저는 그런 것에 대해 전에 생각해 본 적이 없거든요. 이곳에 오하이오에 있는 성당들과 다른 모양의 어떤 성당을 짓는다는 생각은 아예 머릿속에 떠오르지도 않았거든요. 당신의 선조들이 클레르몽 성당을 짓는 것을 도왔다는 사실이 새삼 생각나는군요. 그때가 아마 13세기로 거슬러 올라갈걸요. 분명히 시간은 흐르면서 모든 것을 변화시킨다고 하는데……. 난 당신이 이런 것들을 마음속으로 그렇게 깊이 생각하고 있는 줄은 몰랐어요.」

라투르 신부가 웃었다.「성당이 가볍게 생각할 문제는 아니잖아요, 안 그래요?」

「오, 아니죠, 물론 아니죠!」바일랑 신부가 어깨를 불안하게 움직였다. 그는 자신이 이런 일에 왜 움츠러드는지 알 수가 없었다.

그들이 서 있는 언덕의 아래 부분은 이미 그림자가 깔려 풍성한 누런빛 흙으로 가라앉은 것 같았지만 언덕 꼭대기는 여전히 용해된 금빛으로, 태양의 마지막 광선이 고동치고 있는 듯한 빛깔이었다. 주교는 마침내 만족하는 듯 깊이 한숨을 쉬더니 돌아섰다.「그래요.」그가 천천히 말했다.「저 돌이 아주 훌륭한 역할을 해낼 거예요. 그러니 이제 우리는 집으로 돌아갑시다. 내가 여기 올 때마다 나는 이 돌이 점점 더 좋아집니다. 주님께서 내 개인적인 취향, 어쩌면 당신이 허영이라고 할지도 모르는, 그걸 딱 맞춰 주시다니……. 이런 식으로 내게 은혜를 베풀어 주시리라고는 기대하지도 않았었는데요. **흰둥이**, 당신한테 말하건대, 나는 자선사업을 하는 데 쓸 수 있는 많은 재산을 얻은 것보다 저 누런 돌 언덕을 발견한 게 더 좋아요. 당신이 나를 너무 세속적이라고 생각하지 않길 바라지만요.」

그들이 달빛으로 인해 은빛 색조를 띠는 산 쑥 숲을 지나 집으로 노새를 타고 오는 동안, 바일랑 신부는 여전히 왜 주교가 애리조나에서 불쌍한 영혼들을 구하는 일을 하는 자신을 산타페로 불러들였는지, 이 가난한 선교사 주교가 건물 하나 짓는 데 왜 그렇게도 많은 공을 들이는지 통 알 수가 없었다. 그 자신이라면, 성당 짓는 일을 곧장 시작할 것이다. 스타일을 프랑스의 미디에 있는 로마네스크식으로 할지, 미국 오하이오에 있는 독일식이 되지 않도록 할지 따위는 그에게 조금도 중요하지 않을 것이다.

2
리벤워스에서 온 편지

 주교와 주교 대리가 누런빛이 나는 바위 언덕을 보러 갔다 온 다음 날, 일주일에 한 번씩 오는 우편물이 산타페에 도착했다. 그것은 주교에게 많은 편지들을 가져다주었는데, 그는 오전 내내 서재에 틀어박혀 그것들을 읽어야 할 정도였다. 점심을 먹으면서 주교가 바일랑 주교에게 리벤워스에 있는 주교한테서 온 굉장히 중요한 편지에 대해 상의할 일이 있으니 저녁에 만나야겠다고 일렀다.

 여러 장으로 된 이 편지는 거의 알려지지 않은 로키 산맥의 일부인 콜로라도에서 일어나고 있는 일들과 관련된 내용이었다. 그곳은 비록 산타페에서 북쪽으로 몇백 마일밖에 떨어져 있지 않은 곳이지만 그 지역과의 교통이 거의 없어서, 그곳에 대한 소식은 거기에 있는 파이크스 피크로부터 산타페로 오는 것보다 그곳에서 유럽으로 갔다가 다시 유럽에서 산타페로 들어오는 쪽이 더 빠른 형편이었다. 파이크스 피크라는 산봉우리의 그늘 밑으로 금이 무진장 매장되어 있다는 사실이 작년에 밝혀졌지만, 바일랑 신부는 프랑스에서 온 편지를 통해 이 소식을 처음 들었다. 금광에 대한 소문은 대서

양 해안가에 퍼졌고, 다시 유럽으로 건너갔다가 거기서 이 대륙의 남서부로 퍼졌다. 체리크리크와 산타페 사이에 있는 산맥과 협곡들을 통과하는 길이 아직 개발되지 않았기 때문에, 비록 몇백 마일 떨어져 있는 곳이라 하더라도 그곳에 대한 소식은 이런 경로로 들어오는 편이 더 빨랐다. 바일랑 신부가 툭손에 가 있는 동안, 그는 오베르뉴에 있는 남동생 마리우스에게서 온 편지를 한 통 받았다. 그의 남동생은 온통 바일랑이 들어 보지도 못한 콜로라도의 금광 열풍에 대해 묻고 있었기에 그는 적지 않게 짜증이 났다. 콜로라도 이야기에 반해 마리우스는 이탈리아에서의 전쟁 소식을 약간만 전하고 있었는데, 왠지 바일랑 신부에게는 콜로라도보다 이탈리아가 상대적으로 더 가깝고 더 중요한 것처럼 여겨졌기 때문이다.

파이크스 피크 주위로 로키 산맥의 험준한 산들이 에워싸고 있었기에, 그곳은 당시 이 대륙 사람들에게는 공백 지대였다. 덫을 놓아 짐승의 모피를 얻는 덫 사냥꾼들조차도 그 험준한 화강암으로 된 산맥의 등뼈를 피해 모피 가죽을 지고 와이오밍에서 타오스로 내려왔다. 불과 몇 년 전에 프레몽이라는 사람이 콜로라도 로키 산맥을 꿰뚫어볼 심산으로 일행과 함께 갔지만, 그들은 데리고 간 노새들마저 대부분 잡아먹고 지내다가 반쯤 굶어 죽을 지경이 되어 타오스로 내려오고 말았다. 하지만 그 후 열두 달 이내에 사태는 완전히 돌변해 버렸다. 금을 찾아 이리저리 돌아다니던 탐광자들이 체리크리크를 따라 금이 산더미처럼 매장되어 있는 곳을 발견했고, 일 년 전만 해도 인적이 드물던 이 산악 지대는 이제 사람들로 들끓게 되었다. 마차 행렬이 미주리 강에서부터 평원을 가로질러 서쪽으로 줄지어 늘어서게 되었던 것이다.

리벤워스의 주교는 라투르 주교에게 자신이 방금 콜로라도를 방문하고 돌아왔노라고 쓰고 있었다. 그는 파이크스 피크 아래 산 중턱에는 야영지들이 산재해 있으며, 협곡에는 사금을 일구어 내는 사람들로 가득 차 있다고 했다. 수천 명의 사람들이 텐트와 오두막 같은 곳에 살고 있으며, 덴버 시는 살롱과 도박장이 수두룩하다고 했다. 그곳을 돌아다니는 모든 방랑자나 부랑자들 중에는 정직한 사람들이 많으며, 수백 명의 선량한 가톨릭교도들도 있지만 사제는 한 명도 없다고 했다. 젊은이들은 정신적인 안내를 받지 못한 채 무법 사회에서 표류하고 있다고 했다. 늙은이들은 비바람과 추운 날씨에 그대로 노출되어 죽거나, 산속에서 쉽게 발생할 수 있는 폐렴으로 죽어 가는데 마지막으로 종부성사도 받지 못하고 있다고 했다.

금광으로 인해 사람들이 들끓는 바람에 새로 부흥한 이 지역은 현재로서는 라투르 신부의 관할 아래 놓여야 할 것 같다고 캔자스의 주교는 말하고 있었다. 라투르 주교의 거대한 대교구는 이미 남쪽과 서쪽으로 수천 평방 마일 확대되어 있는 상황이었는데, 이제는 북쪽으로 아직도 미개지이면서 갑자기 중요한 지역이 된 콜로라도 로키 산맥까지도 떠맡아야 할 판이었다. 리벤워스의 주교는 라투르 주교에게 그곳으로 가능하면 빨리, 이 온갖 종류의 인간들 사이에서 자신을 한껏 잘 지켜 나갈 수 있는, 신앙심이 독실할 뿐 아니라 기지가 있으며 똑똑하고 유능한 사제를 한 명 보내 달라고 간청하고 있었다. 그곳으로 가는 사제는 침구와 야영 장비, 의약품과 식량, 몹시 추운 겨울을 나기 위한 옷 등을 챙겨 가야 한다고 했다. 덴버에는 담배와 위스키 말고는 살 수 있는 게 아무것도 없다고 했다. 그곳엔 여자들도 없고, 요리용 화덕도 없다고 했다. 거기서 금을 캐는 사람들은 반쯤 구워진 밀가루 빵과 술을 먹으며 살고 있다고 했다. 그곳은 산골짜기 물조차도 깨끗하게 유지되지 못하고 있어 열병으로 죽기도 한다고 했다. 살아가는 환경은 모두 최악의 상태라고 했다.

저녁식사를 한 후에 라투르 신부는 이 편지를 서재에서 바일랑 신부에게 큰 소리로 읽어 주었다. 편지를 모두 읽었을 때 그는 빽빽하게 글씨가 쓰여 있는 편지지들을 내려놓았다.

「요셉 신부, 당신은 할 일이 없다고 불평해 왔잖아요. 바로 여기 당신이 할 일이 있어요.」

편지를 읽어 가는 동안 점점 더 조바심이 나고 있던 요셉 신부는 단지 이렇게 말했다. 「그러니 이제 나는 다시 영어를 말하기 시작해야겠군요! 당신이 거기로 가라면 난 내일이라도 떠날 수 있어요.」

주교는 고개를 내저었다. 「그렇게 빨리는 안 돼요. 이 여행의 목적지에는 당신을 환대하며 맞아 줄 멕시코인들이 없을 거예요. 당신이 살아가는 데 필요한 것들을 모두 갖고 가야 해요. 당신이 가지고 갈 마차를 하나 만들고 그곳에 가져갈 물품들을 신중하게 골라서 실어야 해요. 트란킬리노의 동생 사비노가 마차를 끌어 줄 수 있을 거예요. 아무래도 이번 임무는 당신이 맡았던 선교 임무 중 가장 힘든 일이 될 거예요.」

두 사제는 밤늦은 시간까지 이야기를 나누었다. 바일랑 신부가 애리조나 지역으로 다시 돌아가지 못하게 되기 때문에, 누군가 다른 사제를 그곳으로 보내 바일랑 신부가 거기서 하던 일을 하도록 해야 했다. 바일랑 신부가 알고 있는 모든 지역 가운데 그 사막 지역에 있는 누런 피부를 가진 사람들이 그에게는 가장 사랑스러웠었다. 하지만 그런 유대 관계를 깨고 작별 인사를 한 후 미지의 다른 곳으로 또다시 떠나야 하는 것이 그의 삶의 규율이었다.

그날 밤 잠자리에 들기 전 요셉 신부는 그의 장화에 기름칠을 하고 발에 생긴 딱딱한 굳은살을 낡은 면도날로 도려내고 있었다. 트루카스 산맥 쪽 치마요라는 멕시코인 마을에 사는 선량한 사람들은 그들의 성당에 있는, 말을 타고 있는 조그만 산티아고 성자 상을 각별히 모시는 편이었다. 그들은 이 성자가 밤마다 말을 타고 밖으로 돌아다니며 임무를 수행하느라 구두가 닳는다며, 몇 개월에 한 번씩 그 성자 조각상에게 새로 만든 장화를 신겨 주곤 했다. 그곳에 머물면서 요셉 신부는 자신의 손을 주님께 헌납하였는데, 이에 준하여 주님께서 선교사의 발에도 특별한 축복을 내려 주셨으면 한다고 그곳 사람들에게 말하곤 했다.

그는 치마요의 산티아고 성자 상과 관련되는 어떤 애정 어린 일을 회상했다. 몇 해 전에 요셉 신부는 산타페 감옥으로 치마요 출신의 살인자를 만나 보러 간 적이 있었다. 죄수는 스무 살의 소년으로 얼굴이나 태도에 있어서는 아주 유순했다. 그의 이름은 라몬 아르마힐로였다. 그는 수탉 싸움을 몹시 좋아했는데, 그로 인해 비행을 저지르게 된 것이었다. 그가 기른 수탉은 싸움에서 결코 져본 적이 없었다. 하지만 그 수탉은 그 조그만 읍내에 있는 모든 수탉들의 목을 찢어 놓았다. 마침내 라몬이 산타페에서 유명한 수탉과 싸움을 시키기 위해 그의 수탉을 산타페로 데리고 원정을 왔고, 치마요에 사는 여섯 명의 소년들이 그와 함께 와서 그들이 가진 돈

전부를 라몬의 수탉에 걸었다. 그 싸움에서의 내기는 양쪽편 모두에게 아주 부담이 가는 것으로, 관람객에게 받은 입장료도 이긴 편에게 돌아가기로 되어 있었다. 초반에는 어느 편이 이길지 다소 막상막하이던 수탉 싸움은 라몬의 수탉이 상대편 수탉의 목에 있는 핏줄을 단박에 찢어 버림으로써 끝이 나게 되었다. 하지만 패배한 수탉의 주인이 누가 말릴 사이도 없이 갑자기 링 안으로 들어가 이긴 수탉의 목을 비틀어 죽이고 말았다. 그러자 그가 손에서 죽어 늘어진 닭을 바닥에 채 떨어뜨리기도 전에 라몬의 칼이 그의 가슴을 찔렀다. 이 모든 일은 순식간에 일어났다. 이 사건을 목격한 몇 사람은 사람이 죽은 것과 수탉이 죽은 것이 거의 동시에 일어났다고 말하기까지 했다. 닭을 비틀어 죽인 사람이 숨을 돌릴 사이도 없이 칼이 번쩍였다고 하는 데는 모두가 의견을 같이했다. 불행하게도 미국인 재판관은 아주 어리석은 사람인 데다가, 멕시코인들을 싫어하고 수탉 싸움 같은 것은 제발 사라졌으면 하고 바라는 사람이었다. 살해당한 사람의 친구들은 라몬이 그 사람을 죽이겠다고 여러 차례 협박해 왔다고 주장했고, 재판관은 이 이야기를 증거로 받아들여 라몬에게 사형을 언도했다.

   이 소년이 처형되기 며칠 전에 바일랑 신부는 감방으로 그를 면회하러 갔었다. 라몬은 인형에게 신길, 사슴 가죽으로 된 조그만 장화 한 켤레를 만들고 있었는데 그는 고향의 성당에 있는 작은 산티아고 성자에게 신길 것이라고 했다. 그가 교수형에 처해지는 날 그의 가족이 산타페에 왔고, 그들은 이 장화를 치마요로 가져갔다. 아마도 그 작은 성자가 그 소년을 위해 주님께 좋은 기도를 해주었으리라.

촛불 옆에서 장화 속으로 기름을 발라 문지르며 바일랑 신부가 한숨을 쉬었다. 그가 콜로라도에서 만나야만 하는 죄인들은 결코 그 소년 같을 리가 없을 것이라고 그는 스스로에게 말했다.

3
성모 마리아여, 보호해 주소서!

바일랑 신부의 마차를 만드는 데 한 달이 걸렸다. 그것은 아주 특이한 모양의 마차로, 굉장히 많은 것들을 실을 수 있으면서도 인디언 마을 너머에 있는 산골짜기를 쏜살같이 다닐 수 있을 만큼 가볍고 통이 좁았다. 그곳의 산골짜기는 지금과 같은 가을철에는 물이 없지만 봄철이면 물이 꽉 차 흐르는 시내가 형성되므로 바위투성이의 협곡들을 제외하고는 길이 차단되었기 때문이다. 마차가 만들어지자 요셉 신부는 그가 가지고 갈 물건들과 덴버에 도착하자마자 나뭇가지들이나 텐트 천으로 만들 조그만 성당에 비치할 물건들을 신중하게 골랐다. 그리고 그의 가방도 메달, 십자가, 묵주, 컬러 성화, 종교적인 팸플릿 등으로 꽉 채웠다. 그 자신의 것으로는 성무일과서 이외의 다른 책은 필요하지 않았다.

주교의 뜰에서 그는 자신이 가지고 갈 짐들을 골랐지만, 더 필요한 물품이 생기는 바람에 덜 필요한 것을 빼내야 하는 등 다시 물품을 고르는 작업을 해야 하기도 했다. 프룩토사와 막달레나가 그를 돕도록 종종 불려 오기도 했다. 마침내 상자 하나가 다 채워지면 프룩토사는 그것을 외따로 떨어져 있는 나무로 지은 집에 갖다 놓았다. 그녀는 주교가 우연히 이 트렁크들과 궤짝들이 복도와 식당에 널려 있는 것을 보고 이마를 약간 찌푸리는 것을 보았기 때문이다. 모든 침구와 옷은 송아지 가죽으로 된 커다란 자루에 넣었는데, 그 자루는 사비노가 올드멕시코 정착민들에게서 입수한 것이었다. 이것은 이미 유행이 한물간 것이었지만, 초창기에는 가난한 사람들이 트렁크 대신 사용하던 것이었다.

라투르 주교 또한 이때 클레르몽에서 새로 온 사제를 훈련시키느라 매우 바빴다. 그는 새로 온 사제를 멀리 있는 교구로 데리고 돌아다니며 그곳 사람들에 대해 알리고 이해시키느라 애썼다. 그는 바일랑 신부가 멀리 떠나기 위해 열심히 준비를 하고, 새로운 종류의 역경을 맞이할 열광에 들떠 있는 것을 단지 주교로서 용인할 수 있을 뿐이었다. 하지만 한 인간으로서 그는 오랜 친구가 조금도 주저 없이 자기를 떠나야 한다는 사실에 약간 마음이 아팠다. 그에게는 이것이 마지막이 될지도 모른다는, 그들의 삶이 여기서 헤어지고 말지도 모른다는, 그들이 결코 다시는 함께 일을 하지 못할지도 모른다는 것을 마치 계시처럼 느끼고 있었다. 그래서 자기 집에서 그런 준비를 하느라 야단법석을 떠는 것이 그에게는 고통스러웠다. 그는 밖으로 나가 교구들을 돌아다니는 게 차라리 더 나았다.

어느 날 주교가 앨버커키에서 막 돌아왔을 때, 바일랑 신부가 기분이 고조된 채 점심을 먹기 위해 식당으로 들어왔다. 그는 새로 만든 마차를 한번 시험 삼아 몰아 봤는데, 대단히 만족할 만하다고 했다. 사비노가 떠날 준비가 되었으니 그들이 내일모레 떠날 생각이라고 했다. 그는 식탁보에 자기가 가는 여정을 그림으로 그려 주교에게 보여 주더니, 또 자기가 가지고 가는 물품 목록을 가져와 보여 주기도 했다. 주교는 피곤해서 음식을 제대로 먹을 수가 없었지만, 요셉 신부는 새로운 일에 착수할 때면 늘 불타는 경향이 있듯이 왕성하게 먹었다.

프룩토사가 커피를 가져온 후에도 그는 의자에 편안히 기댄 채 빛이 나는 얼굴로 친구를 향해 말했다. 「장, 나는 당신이 툭손에 있는 나를 불렀을 때 당신이 스스로 의식하지도 못한 채 신의 섭리의 손을 대행하고 있었다는 생각이 들어요. 나는 그곳에서 내 생애에 가장 중요한 일을 하고 있다고 생각하고 있었고, 당신은 분명 아무런 이유도 없이 나를 소환한 것 같았는데 말이에요. 우리는 둘 다 어둠 속에서 행동하고 있었던 거지요. 하지만 하느님께서는 체리크리크에서 무슨 일이 일어나고 있는지를 알고 계셨으니, 우리를 서양 장기판 위의 장기들처럼 옮겨 놓으신 거지요. 그 부름에 응답하느라 내가 여기로 온 거예요. 실로 기적이라고 할 수 있지요.」

라투르 신부는 은으로 된 커피 잔을 내려놓았다. 「기적은 모든 게 다 잘되는 것이 기적이지요, 요셉. 하지만 이번 일은 꼭 그렇게 될 것 같지가 않아요. 난 당신을 친구로 내 곁에 두고 싶어서 소환장을 보낸 거였어요. 주교로서의 권위를 내 개인적인 소망을 위해 쓴 거지요. 그건 이기적인 것일 수 있어요. 하지만 인간으로서 당연히 그럴 만한 일이기도 하지요. 우리는 같은 나라 사람인 데다가, 오랜 시간을 친구로 지내며 함께 추억할 일도 많으니까요. 그런데 두 친구가 이곳에 함께 왔다가 헤어져 각자의 길을 가야 하다니……. 하지만 그도 그럴 수 있는 일이겠지요. 나는 이 모든 일에 어떤 기적이 일어났다고 할 수는 없다고 생각해요.」

바일랑 신부는 금광지에서 영혼들을 구하러 가기 위해 준비하는 일에 완전히 몰두해 있었으므로, 사실 그동안 그 밖의 모든 일에는 눈이 가려져 있었다. 그가 열심히 콜로라도로 떠날 준비를 하는 동안 주교가 얼마나 외롭게 등한시되었었나 하는 생각이 이제야 그에게 퍼뜩 떠올랐다. 라투르 신부에게는 바일랑 신부를 그런 곳으로 떠나보내는 일이 아주 힘겨웠던 것이다. 바일랑 신부에게 주교라는 자리에 있는 외로움의 무게가 이제야 느껴지기 시작했다.

조용히 자신의 방으로 가면서 바일랑 신부는, 역시 그들은 천성적으로 아주 큰 차이가 있다고 생각했다. 자신은 어디를 가든지 곧 그 지방과 또 그곳의 가족과 금세 친구가 되었다. 하지만 어떤 사회에서나 쉽게 끼어들며 늘 예의범절이 올바른 라투르 주교는 새로운 친구를 잘 만들지 못했다. 그는 늘 그랬었다. 심지어 소년이었을 때에도 그는 그랬었다. 모든 사람에게 예의 바르게 대하지만 친하게 지내는 사람은 거의 없었다. 아무리 생각해 봐도 라투르 신부처럼 예외적인 자질을 가진 신부는, 학식과 잘생긴 외모와 섬세한 관찰력이 효력을 제대로 발휘할 수 있는 세상의 다른 곳에서 다른 직책을 맡아야 더 어울릴 것 같았다. 그런 사람이 거칠기 짝이 없는 이 뉴멕시코의 초대 주교로 와서 주님을 섬기는 일은 왠지 그에게 어울리지 않아 보였다. 그러니 의심할 여지도 없이 라투르 주교를 계승하는 다음 주교는 다른 성질을 가진 사람이어야 하리라. 하지만 주님은 그분 나름대로 이유가 있어 라투르 주교를 이런 곳으로 보내셨으리라고 요셉은 확실히 믿고 있었다. 어쩌면 새로운 지역에서 거대한 새로운 교구를 시작하는 데는 라투르 주교처럼 섬세한 자질과 훌륭한 인격을 가진 사람으로 하여금 우아하게 시작하도록 하는 것이 주님의 뜻이었는지도 모를 일이었다. 그래서 결국 앞으로 다가오는 시절에는 라투르 주교에 대한 어떤 것, 그의 이상이나 그에 대한 추억, 전설 같은 것이 남아 있게 되리라.

다음 날 오후 마차가 뜰에서 짐을 모두 싣고 떠날 준비를 마치고 서 있을 때, 바일랑 신부는 주교의 책상에 앉아 프랑스로 보낼 편지를 쓰고 있었다. 남동생 마리우스에게 짧게 편지를 쓴 다음, 사랑하는 여동생 필로메네에게는 자신이 갑자기 미지의 곳으로 가게 되었으니 금에 미친 사람들의 세상에서 그가 잘해 낼 수 있도록 기도해 달라고 간청하는 긴 편지를 썼다. 그는 손가락이 움직여 가는 대로 이를 따라 읊어 대느라 입술도 함께 들썩이며 재빨리 획획 써내려 가고 있었다. 주교가 서재에 들어서자 그가 손에 편지를 들고 일어섰다.

「요셉, 당신이 편지 쓰는 것을 방해할 생각은 아니었어요. 콜로라도로 콘텐토를 데려갈 건가요?」

요셉 신부가 눈을 깜박거렸다. 「그거야, 물론이지요. 내가 그 녀석을 타고 갈 생각이거든요. 하지만 여기서 당신이 콘텐토가 필요하다면……」

「아, 아니에요. 전혀 그렇지 않아요. 당신이 콘텐토를 데려간다면, 안젤리카도 데려가라고 부탁하려고요. 그 둘은 서로 아주 애정이 깊잖아요. 그들을 떼어 놓을 필요가 있나요? 그러려면 그들에게 뭐라고 설명을 하겠어요. 그들은 오래 함께 다니며 일했는데.」

바일랑 신부는 대답을 하지 않았다. 그는 자신이 들고 있는 편지지를 바라볼 뿐이었다. 주교는 눈물 한 방울이 그 위로 떨어져 글씨가 보랏빛으로 번지는 것을 보았다. 그는 얼른 몸을 돌려 아치형 문을 통해 밖으로 나갔다.

다음 날 아침 해가 뜰 무렵 바일랑 신부가 출발했다. 사비노는 마차를 몰았고, 사비노의 맏아들이 안젤리카를 탔고, 요셉 신부는 콘텐토를 탔다. 그들은 북쪽으로 가는 옛 길을 택해서 노간주나무들이 산재해 있는 경사진 붉은 모래 언덕을 통과해 갔다. 주교는 길이 원추형 언덕 꼭대기에서 구불거리며 뻗어 있는 모퉁이까지 그들을 배웅했고, 길을 떠나는 여행객들은 거기서 산타페를 마지막으로 바라보았다. 요셉 신부가 고삐를 잡아당기더니 아침 햇살에 장밋빛으로 물든 시내와, 그 뒤에 있는 산과, 마치 껴안고 있는 두 개의 팔처럼 그 주변을 감싸고 있는 언덕들을 뒤돌아보았다.

「성모 마리아여, 보호해 주소서!」 그가 이 익숙한 모습들로부터 등을 돌리며 중얼거렸다.

주교는 홀로 말을 타고 집으로 돌아왔다. 마흔일곱 살의 그가 신세계에서 선교 생활을 한 지 20년이 되었는데, 뉴멕시코에서는 그중 10년을 있어 온 셈이었다. 만일 그가 고향에서 교구 사제로 있었더라면, 조카들이 라틴어 공부를 하다가 모르는 것을 물어보거나 약간의 용돈을 타기 위해 그를 방문했을 테고, 질녀들이 바느질거리를 들고 그의 정원으로 달려 들어와 집안일을 거들어 주었을 텐데……. 집으로 오는 내내 그는 쉰 살에 가까운 독신 남자가 생각할 법한 이러한 추억에 빠져 있었다.

하지만 서재로 들어서자 그는 현실로, 그를 기다리고 있는 현실 문제에 대한 생각으로 돌아온 것 같았다. 아치형 문에 쳐진 커튼을 등 뒤로 내리자마자 개인적인 고독감은 사라지고 상실되었던 감각은 복구된 감각으로 대체되었다. 그는 책상 앞에 앉아 깊이 숙고했다. 사제의 생활에서 사랑에 대한 외로움은 마치 예수님이 느꼈던 것과 같은 것이리라. 그것은 퇴보의, 부정의 고독이 아니라 영원히 꽃피는 고독이리라. 삶, 그것이 동정녀의 딸이요 동정녀의 어머니요 사람들의 여자 친구요 하늘의 여왕이시고 **육신의 최고의 꿈**인 성모 마리아의 모든 은총으로 가득 차 있다면, 세속적인 관점에서 차갑거나 우아함이 부족해 보일지라도 실은 그러한 것이 아니리라. 그 어떤 육아 이야기도 그 순수성에 있어서는 성모 마리아와 겨룰 수 없고, 가장 훌륭한 신학자라도 그 심오함에 있어서는 성모 마리아를 능가할 수 없으리라.

여기 산타페에 있는 그의 성당에 성모 마리아 상이 하나 있었다. 그것은 조그만 나무 조각상으로 아주 오래된 것이었는데 이곳 사람들에게 아주 많은 사랑을 받고 있었다. 2백 년 전에 데 바르가스가 스페인을 위해 이 도시를 다시 탈환했을 때 그는 이 영광을 성모 마리아 상에 돌려 매년 행렬을 지어 그녀를 경배하겠다고 맹세했고, 이는 산타페에서 기독교인의 해를 기념하는 가장 엄숙한 행사가 되어 여전히 해마다 열렸다. 그 성모 마리아 상은 나무로 된 조그만 조각상으로, 3피트 정도 되었으며 아주 위엄 있는 태도를 지녔고 다소 엄격한 스페인 사람 같이 보이긴 하지만 아름다운 얼굴을 지니고 있었다. 그녀는 옷장에 옷이 아주 많았다. 장롱은 긴 가운들과 레이스와 금빛 은빛 왕관들로 가득 차 있었다. 여자들은 그녀에게 입힐 옷을 만드느라 바느질하기를 아주 좋아했으며, 은세공업자들은 그녀를 치장하기 위해 목걸이나 팔찌나 브로치를 만들기를 아주 좋아했다. 라투르 신부는 성모 마리아 상이 영국 여왕이나 프랑스 황후만큼이나 아주 많은 의상들을 갖고 있다는 사실이 믿을 수 없다고 말함으로써 그 성모상의 의상을 관리하는 사람들을 기쁘게 해준 적이 있었다. 성모 마리아 상은 사람들에게 인형이면서 여왕이었고, 재미있게 가지고 놀 수 있는 것이면서 찬미하는 것이기도 했다. 마치 성모 마리아의 아들이 성모 마리아에게 그런 존재이듯이.

가난한 멕시코인들이 이 단순한 형상에 사랑을 쏟아 부은 첫 번째 사람들은 아니라고 주교는 생각했다. 라파엘과 티티안은 그들이 살던 시대에 성모 마리아를 위해 의상을 만들었고, 음악의 거장들은 성모 마리아를 위해 음악을 만들었고, 위대한 건축가들은 성모 마리아를 위해 성당을 지었다. 성모 마리아가 지상에 태어나기 오래전, 인류의 타락과 참회 사이의 오랜 여명 속에서 이교도 조각가들은 늘 여자의 모습을 한 여신상을 만들려고 애썼었다.

라투르 주교의 예감은 들어맞았다. 바일랑 신부는 그와 함께 일하기 위해 뉴멕시코로 결코 돌아오지 못했다. 그가 어쩌다 돌아왔다 하면, 바쁜 생활이 허락하는 틈을 타서 그의 옛 친구들을 방문하러 올 뿐이었다. 하지만 그의 운명은 차갑고 강철같이 딱딱한 콜로라도 로키 산맥에서 임무를 수행하는 것이었다. 그는 파란 산이 있는 남쪽의 뉴멕시코처럼 그곳 로키 산맥을 결코 좋아하지는 못했다. 그가 하는 일을 막아서도록 그는 끊임없이 병이 나거나 사고를 당했는데, 그로 인하여 건강을 회복하기 위해 산타페로 돌아오곤 했다. 한번은 라투르 주교가 대주교로 승진했을 때 이를 알리는 교황의 사절로 온 적도 있었다. 하지만 그가 잃어버린 양을 돌보는 일을 하며 살아야 하는 곳은 황량한 산간 지대였고 안락한 것이라고는 아무것도 없는 광산 지대의 야영지였다.

이상하게 생긴 그의 순회 선교 마차는 크리드, 두랑고, 실버시티, 센트럴시티, 대륙 경계선을 넘어 유타까지, 울퉁불퉁한 화강암으로 뒤덮인 세계의 곳곳에 알려졌다.

그 마차는 덮개가 달려 있고 용수철들이 바닥에 있어 바일랑 신부는 밤에 그 안에서 오래 누워 있을 수도 있었다. 그는 키가 아주 작은 사람이었으니까……. 마차 뒤에는 짐 상자가 있었는데, 그것은 야외의 소나무 아래에서 미사를 올릴 때 제단으로 임시 사용되었다. 그는 산에서 갑자기 확 쏟아져 내리는 물줄기가 길을 만드는 첫 번째 주인공이라면서, 그 물줄기가 만들어 놓은 길이라면 어디든지 그도 찾아갈 수 있다고 말하곤 했다. 그의 마차를 모는 사람들은 일이 힘들고 거칠었기에 자주 바뀌었고, 마차 또한 너무나 자주 수많은 부분을 수리해야 했기에, 그가 마침내 마차를 내버리기 오래전부터 원래 마차였던 부분은 남아 있는 데가 하나도 없었다.

마차 채나 마구의 가로대가 부러지거나 바퀴가 부서지거나 차축이 찢어지거나 하는 일은 사소한 고장에 해당한다고 그는 생각했다. 그 낡은 마차는 두 번씩이나 산길을 벗어나 바일랑 신부를 실은 채 협곡으로 굴러떨어지기도 했었다. 이런 첫 번째 사고가 일어났을 때 바일랑 신부는 간신히 마차에서 빠져나왔는데, 다행히도 발을 삔 것 말고는 아무 데도 다치지 않았다. 그는 라투르 주교에게 그날 아침 자신이 라파엘 대천사에게 특별히 열렬하게 기도를 했기 때문인 것 같다고 편지를 써서 보냈었다. 두 번째로 사고를 당했을 때, 그는 센트럴 시티 근방에서 협곡으로 굴러떨어지는 바람에 관절 바로 아래 허벅지 뼈가 부러졌다. 시간이 흐르면서 뼈는 붙었지만 이로 인해 그는 평생 다리를 절름거려야 했고, 다시는 말을 탈 수 없게 되었다.

하지만 이 사건이 일어나기 전 그는 산타페와 앨버커키에 있는 친구들을 방문해 오래 머무름으로써, 그의 인생에 있어 마치 인디언 서머와 같은 옛 우정을 새로이 돈독히 할 수 있었다. 그가 덴버를 떠나면서 그곳에 있는 그의 신도들에게, 멕시코인들에게 돈을 구걸하러 간다고 공개적으로 고했다. 덴버에 있는 성당은 지붕은 있었지만 아무도 유리를 사서 끼워 주는 사람이 없어 몇 달째 판자를 댄 채 사용해 오고 있었다. 덴버 성당의 신자 중에는 금광이나 목재소 혹은 번성하는 사업체를 소유하고 있는 사람들도 있었지만, 그들은 각기 자신들이 하는 사업에 모든 돈을 밀어 넣어야 했다. 저 아래 지역에 사는 멕시코인들은 진흙집과 당나귀밖에 가진 게 없는 사람들인데도, 바일랑 신부는 그들에게서 늘 기금을 모을 수 있었다. 그들은 가진 것이 있으면 있는 대로 그것들을 갖다 바치는 사람들이었기 때문이다.

그는 이 여행을 구걸하기 위한 여행이라고 솔직히 말했고, 직접 마차를 끌고 다니며 그가 받을 수 있는 것은 무엇이든지 받아 싣고 돌아왔다. 그가 멀리 타오스까지 갔을 때, 아일랜드계 마부가 반기를 드는 일이 생겼다. 이 길로는 더 이상 갈 수가 없다고 그가 말했다. 그는 그 자신의 땅에 대해 잘 알고 있었기에, 이곳에서 그의 목과 신부의 목이 부러질지도 모르는 위험을 감수하는 일을 거절했던 것이다. 그때는 타오스에서 산타페까지 오는 마찻길이 없었다. 바일랑 신부가 마찻길도 없는 산속을 달려오는 일을 떠맡을 사람을 발견한 것은 거의 2주가 지나서였다. 마침내 마차 끄는 일에 단련된 한 늙은 마부가 이 일을 하겠다고 자원을 했다. 그는 도끼와 곡괭이와 삽으로 길을 뚫어 가며 이 길을 지나와 성당 소속의 마차를 산타페까지, 주교의 뜰 안에까지 무사히 끌고 왔다.

요셉 신부는 다시 한 번 그가 여전히 그 자신의 교구 사람들이라고 부르는 이들 사이에서 기금을 모으는 캠페인을 벌였고, 가난한 멕시코인들은 그들의 셔츠와 장화 속에서(그들은 그런 곳에 돈을 가지고 다니기를 좋아했다) 돈을 꺼내 덴버 성당에 유리를 끼울 기금으로 냈다. 그의 청원은 유리창 기금에서 그치지 않았다……. 실로 유리창을 위한 모금 운동은 이 모금 운동의 시작에 불과했다. 그는 산타페와 앨버커키에 사는 동정심 많은 여자들에게 덴버에서 자신이 얼마나 불편하고 힘들게 사는지, 그것이 얼마나 이루 말할 수 없을 정도인지 일일이 늘어놓았다. 황야의 서부에서는 우아하고 점잖게 사는 것을 무시하며 살아야 한다고 했다. 그는 다시 멕시코식 아늑한 침대에서 자게 되어 얼마나 기쁜지 모른다고 했다. 덴버에서는 밀짚이 들어 있는 매트리스 위에서 잠을 잔다고 했다. 그를 방문했던 한 프랑스 사제는 그와 함께 이런 매트리스 위에서 잠을 자다가 얇은 매트리스를 뚫고 나온 밀짚대를 하나 뽑더니 미국 깃털이라고 불렀다고 했다. 그의 식탁은 널빤지로 만들어진 것으로, 그 위에 기름을 먹인 유포가 덮여 있을 뿐이라고 했다. 그는 무명천이라든가 침대보라든가 냅킨 세트 같은 것은 가지고 있지도 않고, 얼굴을 닦는 수건으로는 낡아 해진 셔츠를 사용한다고 했다. 멕시코 여자들은 이런 이야기들을 듣고 가만히 참고 있을 수가 없었다. 콜로라도에서는 그 누구도 정원이 없다고, 바일랑 신부는 계속해서 말을 했다. 그 누구도 금이 있는 곳 말고는 어느 곳도 파지 않는다고 했다. 그곳에는 버터도, 우유도, 계란도, 과일도 없다고 했다. 그는 밀가루 빵과 소금에 절인 멧돼지 고기만 먹고 산다고 했다.

그가 도착한 지 몇 주 되지 않아 사람들은 깃털이 든 여섯 개의 침구를 바일랑 신부를 위해 주교의 집으로 보내왔다. 열두 개의 무명천 침대보와 자수가 놓인 베개 커버와 식탁보와 냅킨, 몇 두릅의 멕시코 고추와 몇 상자의 콩과 말린 과일도 왔다. 치마요의 작은 마을에서는 가장 좋은 담요가 왔다.

이런 선물들이 도착하자, 주교가 자신이 선물을 받는 것을 보고 늘 당황하며 탐탁지 않게 여기는 것을 알고 있는 요셉 신부는 그것들을 외진 곳, 나무로 지은 집에 갖다 놓았다. 하지만 어느 날 아침 라투르 신부가 우연히 그 집에 들렀다가 그것들을 보고야 말았다.

「요셉 신부님.」 그가 이의를 제기했다. 「이것들을 모두 덴버까지 가지고 갈 수는 없을 텐데요. 그것들을 가져가려면 황소가 끄는 마차 한 대 정도는 필요할 것 같군요!」

「아, 그럼요.」 요셉 신부가 대답했다. 「그러면, 주님께서 내게 황소가 끄는 짐수레를 한 대 보내 주시겠지요.」

그런데 주님께서 그렇게 해주셨다. 황소가 끄는 짐수레는 물론, 인디언 마을까지 그 마차를 끌고 갈 마부까지도 보내 주셨다.

그가 집을 떠나 콜로라도로 돌아가는 날 아침, 짐수레는 타르를 칠한 방수 텐트로 커버를 씌우고 황소들은 멍에를 멘 채 떠날 준비가 되었을 때, 동이 틀 때부터 서두르라며 재촉을 하던 바일랑 신부가 왠지 늑장을 부렸다. 그는 주교의 서재로 가더니 거기 앉아 아직 못다 한 일이 있다는 듯 머뭇거리며 중요하지 않은 일들에 대해 주교에게 말하고 있었다.

「음, 이젠 우리도 늙어 가고 있어요, 장.」 잠시 침묵이 흐른 뒤에 갑자기 그가 말했다.

주교가 미소를 지었다. 「아, 그래요. 우린 이제 더 이상 젊지 않아요. 이번에 떠나는 것이 우리의 마지막 이별이 될 수도 있어요.」

바일랑 신부가 고개를 끄덕였다. 「주님이 부르시면 언제든지 난 준비가 되어 있어요.」 그가 일어서더니 방을 왔다 갔다 하며 주교를 보지 않은 채 계속해서 말했다. 「하지만 이렇게 살아온 삶이 그리 나쁘지는 않았어요. 우린 오래전에, 우리가 신학교 학생이었을 때 하려고 계획했던 일들을 해냈잖아요……. 적어도 그 일들 중 몇 가지는요. 젊었을 때 꿈꾸었던 일들을 실현시키는 것, 그것은 최고로 행복한 일이잖아요. 어떤 세속적인 성공도 이를 대신할 수는 없잖아요.」

「흰둥이.」 주교가 일어서며 말했다. 「당신은 나보다 더 훌륭한 사람이에요. 당신은 오만이나 수치심을 갖지 않고 영혼을 구해 주는 위대한 사람이에요. 나는 늘 좀 냉정한데……. 당신이 항상 말하듯, 학자인 척만 하는 사람인데요. 훗날 천국에 가서 우리가 별들이 달린 영광의 면류관을 쓰게 된다면, 당신은 수많은 별들이 무리져 있는 왕관을 쓰게 될 거예요. 내게 축복을 베풀어 주세요.」

주교가 바일랑 신부 앞에 무릎을 꿇었고, 바일랑 신부가 그를 축복해 주자 다시 바일랑 신부가 주교 앞에 무릎을 꿇었고, 교대로 주교가 바일랑 신부를 축복해 주었다. 그들은 과거를 위해 그리고 미래를 위해 서로 꼭 껴안았다.

제9부
대주교에게 죽음이 오다

1

 신앙심이 독실한 필로메네 수녀원장이 보통 사람보다 굉장히 오래 산 나이로 그녀의 고향인 리옹에서 죽었을 때, 그녀의 서류들 속에서 라투르 대주교로부터 온 몇 통의 편지들이 발견되었다. 그중 편지 한 통은 날짜가, 그가 죽기 몇 달 전인 1888년 12월에 보낸 것으로 되어 있었다.「당신 오빠가 이 세상에서 한 일에 대한 보상을 받기 위해 주님의 부르심을 받고 하늘나라로 간 이래로……」그는 이렇게 쓰고 있었다.「나는 전보다 더 그가 내 곁에 가까이 있는 것처럼 느껴집니다. 여러 해 동안 임무를 수행하느라 우리는 떨어져 있었지만 그의 죽음이 우리를 다시 함께 있도록 했습니다. 내가 그를 만나러 갈 날도 멀지 않았습니다. 그날을 기다리는 동안 나는 지나간 시간을 회고하는 때를 한껏 즐기고 있는데, 이것은 행동하는 삶의 가장 행복한 마지막이 되고 있습니다.」

 대주교는 산타페에서 북쪽으로 약 4마일 떨어진 그의 작은 시골 영지에서 이 회고의 시간을 갖고 있었다. 대교구를 보살피는 일에서 물러나기 오래전, 라투르 신부는 테스케 인디언 마을 근처에 붉은 모래 언덕 몇 에이커를 사서 그가 쉬어야 할 때가 올 것을 대비해 과수원을 만들어 놓았었다. 친구들이 사지 말라고 조언을 하는데도 불구하고 그는 노간주나무가 산재해 있는 붉은 언덕의 이곳을 과수원으로 선택했는데, 과수나무를 재배하기에 놀라울 정도로 잘 맞는 토양이라고 믿었기 때문이다.

언젠가 그가 선교를 위해 테스케를 방문했다가 노새를 타고 나오는 길에 시내를 따라오던 중 이곳을 우연히 지나치게 되었는데, 그곳에서 그는 작은 멕시코인이 사는 집 한 채와 지금까지 본 적이 없을 만큼 굉장히 크게 자란 살구나무로 그늘이 드리워진 정원을 발견하게 되었다. 그 나무는 줄기가 두 개였는데, 각 줄기가 사람의 몸보다도 더 굵었다. 그리고 분명히 아주 늙었음에도 불구하고 그것은 열매를 주렁주렁 매달고 있었다. 살구는 크고 빛깔이 아름다웠으며 굉장히 맛이 좋았다. 이 나무가 언덕을 배경으로 자라고 있었기 때문에, 대주교는 햇살에 많이 노출되는 곳이 좋은 과일을 맺게 하는 것이라고 결론을 내렸다. 그는 바위로 울퉁불퉁한 경사진 언덕으로부터 반사되는 태양의 열기가 이 나무에 똑 고르게 온도를 유지시켜 주며 양쪽에서 따뜻하게 하기 때문이라고 생각했다. 프랑스에서도 이렇게 양쪽에 벽이 있는 곳에서 열린 복숭아가 완벽할 정도로 맛이 좋았다.

거기 살고 있는 늙은 멕시코인은 그 나무가 틀림없이 2백 년쯤은 되었을 것이라고 했다. 그 나무는 그의 할아버지가 소년이었을 적에도 지금과 똑같았으며, 늘 이렇게 탐스러운 살구를 맺는다고 했다. 그 노인이 그곳을 팔고 산타페로 이사할 생각이라는 것을 알고서 주교는 몇 주 후에 그곳을 샀다. 봄에 그는 과수원을 가꾸고 몇 줄의 아카시아 나무들을 심기 시작했다. 몇 년 후 그는 과수원이 내려다보이는 높은 언덕 위에 성당과 함께 조그만 어도비 흙벽돌집을 지었다. 그리고 그곳으로 쉬러 가거나 가끔 특별 기도를 하러 가기도 했다. 그가 은퇴한 후로는 그곳에 가서 살았다……. 비록 그가 새로운 대주교에게 내준 집에 있는 그의 서재는 조금도 바꾸지 않은 채로 그대로 두긴 했지만.

은퇴한 후에 라투르 주교가 주로 하는 일은 프랑스에서 새로 도착한 선교 사제들을 교육시키는 것이었다. 그의 후임자인 두 번째 대주교 역시 라투르 신부 자신의 모교에서 온 오베르뉴 사람이었다. 그래서 북 뉴멕시코의 성직자들 중에는 그 어느 나라 사람보다도 프랑스 사람이 많게 되었다. 사제들이 새로 왔다 하면(그들은 혼자가 아니라 여럿이서 왔다), 에스 대주교는 그들을 라투르 신부에게 보내 거기서 몇 달간 함께 지내면서 스페인어도 배우고 교구의 지리에 대해서도 배우고 다양한 인디언 부족들의 특성과 전통에 대해서도 배우도록 했다.

라투르 신부의 오락거리는 정원을 가꾸는 일이었다. 그는 캘리포니아의 오래된 과수원에서도 발견하기 힘든 과일들을 재배했다. 체리와 살구, 사과와 모과, 세상에 둘도 없는 프랑스 배, 심지어는 갖가지 변종들까지도……. 그는 새로 온 사제들에게 그들이 어디를 가든 과수나무를 심으라고 조언했다. 그리고 사제들에게, 멕시코인들에게도 과수나무를 심어 탄수화물이 많은 그들의 식사에 과일을 더 첨가해 먹도록 적극 권장해야 한다고 했다. 그는 종종 학생들에게 그들처럼 오베르뉴 출신인 파스칼이 한 말, 인류는 동산에서 추방되었고 동산에서 구원받았다는 말을 인용해서 쓰곤 했다.

그는 그 지역의 야생화들을 집의 정원에 심어 개량하기도 했다. 그는 뉴멕시코 언덕에서 무더기로 낮게 자라는 자줏빛 꽃이 피는 버베나를 개량시켜 그의 정원의 한쪽 언덕을 완전히 뒤덮게 하기도 했다. 그것은 태양 아래 내던져진 거대한 보랏빛 벨벳 망토 같아 보였다. 이것은 이탈리아와 프랑스의 염색공들과 직조공들이 수 세기 동안 애써 온 미묘한 음영을 지닌 색조를 띠고 있었는데, 장밋빛으로 가득 찼으면서도 라벤더 빛깔이랄 수는 없고, 거의 분홍빛이 되려는 파란빛이면서도 다시 하늘로 후퇴한 짙은 자줏빛 같은 보랏빛으로…… 진실한 기독교의 빛깔이자 무수한 변이를 혼합적으로 가진 빛깔이었다.

1885년에 한 젊은 신학교 학생인 베르나르 뒤크로가 뉴멕시코로 왔는데, 그는 라투르 신부에게 아들 같은 존재가 되었다. 늙은 대주교의 삶에 대한 이야기는 몽페랑에 있는 수도원과 교실에서 종종 이야기되곤 했기에 라투르 신부는 이 소년의 상상 속에 자리 잡아 동경의 대상이 되었고, 그는 오래도록 이곳에 오기를 기다려 왔었다. 베르나르는 잘생겼고 머리가 비상했으며, 존경하는 상관이 지니고 있는 우수함을 또한 존경할 줄 아는 훌륭한 청년이었다. 그는 라투르 신부의 모든 소망이 이루어지기를 기원했고, 라투르 신부의 회고담을 들었으며, 라투르 신부가 이야기해 준 추억들을 소중히 여겼다.

「틀림없어요.」 주교는 사제들에게 말하곤 했었다. 「주님께서 내 마지막 남은 세월 동안 나를 도와주라고 이 젊은이를 내게 보내 주신 겁니다.」

2

 1888년 가을 내내 주교의 건강은 좋았다. 그는 집에 와서 묵고 있는 다섯 명의 프랑스인 사제들을 두고 있었으며 여전히 가까운 선교구는 그들과 함께 동행하기도 했다. 크리스마스 전날, 그는 산타페에 새로 지은 대성당에서 자정 미사를 집전하기도 했다. 그다음 해 1월에 그는 아파 누운 교구 사제를 만나 보러 산타크루즈로 베르나르와 마차를 타고 다녀오기도 했다. 그들이 거기서 집으로 돌아오는 도중에 갑자기 날씨가 바뀌어 거센 폭풍우가 들이닥쳤다. 그들은 덮개가 없는 2인용 마차를 타고 있다가 어느 멕시코인 집으로 피신을 하러 들어갔는데 그 전에 이미 뼛속까지 흠뻑 젖고 말았다.

 집에 도착한 후 라투르 신부는 곧장 침대로 갔다. 밤새 그는 몸이 좋지 않았는데 열까지 있었다. 그는 집안 사람들을 아무도 부르지 않고 동이 트기 전, 평소 일어나는 시각에 일어나 기도를 하러 성당으로 갔다. 기도를 하는 동안 오한이 엄습했다. 그는 부엌으로 갔고, 늙은 요리사 프룩토사가 깜짝 놀라서 그를 침대로 데려다 눕히고 브랜디를 가져다주었다. 이 오한으로 인해 그는 열이 펄펄 났으며 힘겨운 기침까지 동반하게 되었다.

며칠간 조용히 침대에 누워 있던 어느 날 아침 주교가 베르나르를 부르더니 이렇게 말했다.

「베르나르, 산타페로 말을 타고 가서 내 대신 대주교를 만나 봐줄 수 있겠니? 내가 그 집에 있는 내 서재로 돌아가서 잠시 쉬어도 괜찮겠느냐고 물어봐 줘. 난 산타페에서 죽고 싶어.」

노인이 미소를 지었다. 「애야, 난 감기로 죽지 않아. 나는 지금까지 살아온 보람으로 죽을 거야.」

그 순간 이후로 그는 주변에 있는 모든 사람들에게 프랑스어로만 말했다. 평상시의 원칙을 깨는 이 갑작스러운 변화는 그 어떤 것보다도 집안 사람들을 깜짝 놀라게 했다. 라투르 신부는 고향으로부터 나쁜 소식을 들을 때나 병이 나거나 할 때만 모국어로 말을 하곤 했을 뿐, 다른 때에는 집에서 하는 모든 대화에 스페인어나 영어만 썼었다.

그날 오후 베르나르가 돌아와 산타페에 있는 대주교의 말을 전했다. 대주교는 라투르 신부가 남은 겨울을 그와 함께 지낸다면 즐거울 것이라고 말했었다. 베르나르는 막달레나가 이미 그의 서재를 환기시키고 정돈해 놓았으며, 그가 방문하는 동안 각별히 시중을 들겠다고 했다고도 전했다. 대주교는 또한 라투르 신부의 마차가 덮개가 없는 것을 염려하여 덮개가 달린 그의 새 마차를 보내 주었다.

「오늘은 못 가, 내가 기운을 좀 차리면……」 주교가 말했다. 「내가 기운을 좀 더 차리면 가도록 하자. 화창한 날, 내 마차를 타고 네가 몰아서. 오후 늦게 해가 질 무렵에 가고 싶구나.」

베르나르는 라투르 신부의 마음을 이해했다. 언젠가 오래전에 젊은 주교가 앨버커키에서 오는 길을 따라 노새를 타고 오다가 처음으로 산타페를 본 때가 하루 중 그 시간이 될 무렵이라는 것을 그는 알고 있었다……. 그리고 종종 그들이 함께 산타페로 마차를 몰고 들어갈 때면, 주교는 언덕 꼭대기에서 베르나르와 멈추어 서곤 했었다. 그곳은 바일랑 신부가 그의 남은 인생을 바쳐 일을 하기 위해 콜로라도로 떠날 때 뒤돌아서 산타페를 보았던 바로 그곳이었는데, 결국 주교도 마지막으로 그렇게 하려는 것이었다.

산타페 시내는 그 당시가 더 좋아 보였다고, 라투르 신부가 한숨을 지으며 베르나르에게 말하곤 했었다. 산타페는 옛날에는 개성이 있었다고, 그 자체만의 스타일이 있었다고 했다. 몇 그루의 푸른 나무들이 늘어선 황갈색 어도비 흙벽돌집들이 있던 시내는 홍옥수 빛깔의 언덕으로 반쯤 둘러쳐져 있었다. 그게 전부였다. 하지만 1880년대부터 이곳 풍경과 어울리지도 않는 미국식 건물이 들어서기 시작했다. 이제 광장의 반쯤은 아직도 어도비 흙벽돌집들로 이루어져 있고, 나머지 반쯤은 이중으로 된 현관들과 하얀색으로 페인트가 칠해진 소용돌이 장식물과 허수아비로 세워진 기둥들과 난간들이 있는 허술한 목재 건물들로 이루어져 있었다. 라투르 신부는 그런 목재 집들이 오하이오에 있을 때 자신에게는 보기에 아주 고역스러운 것이었는데, 결국 자신을 따라 여기까지 와 있다고 했다. 이러한 모든 것들이 자신이 여러 해 동안 심혈을 기울여 지은 대성당과는 조화를 이루지 못한다고 했다. 바일랑 신부, 그 대단한 사람이 세상을 떠난 후에 주교는 그의 빈 자리를 메우기 위해 온통 대성당을 건축하는 일에 신경을 집중했었다.

라투르 신부는 아주 화창한 2월의 오후가 끝나 갈 무렵 그의 생애 마지막을 장식하기 위해 산타페로 들어가고 있었다. 베르나르는 저녁노을이 지는 모습을 보기 위해 기나긴 거리의 발치에 말들을 세웠다.

인디언 담요를 둘러쓴 늙은 대주교는 오랫동안 그가 지은 대성당의 환한 황금빛 정면을 바라보며 앉아 있었다. 프랑스에서 온 젊은 건축가 몰니가 그가 원했던 대로 어쩌면 그렇게도 성당 건축을 잘해 주었는지! 성당은 전혀 선풍적인 관심을 일으키지는 않았지만 잘 다듬어진 튼튼한 돌로 지은 아주 순박한 건물이었다. 가장 평범한 미디 로마네스크식의 훌륭한 건물이었다. 그리고 심지어 지금, 문 앞에 아카시아 나무들이 나뭇잎 없이 헐벗은 채로 있는 이 겨울철에도 이 성당은 얼마나 남국적인지, 얼마나 남국의 음조를 들려주는지!

몰니와 주교 말고는 어느 누구도 이 건물의 아름다운 위치를 즐기는 것 같지는 않았다……. 어쩌면 그럴 수 있는 사람은 아무도 없으리라. 하지만 이 두 사람은 아주 많은 시간 동안 그것에 대해 찬탄했었다. 홍옥수 빛깔의 가파른 언덕은 성당 뒤쪽으로 아주 바짝 달라붙어 있었기에, 그 경사진 언덕에 엷게 숲을 이루고 있는 소나무 하나하나가 선명하게 보였다. 주교의 마차가 서 있는 길의 끝에서 보면 황갈색 성당은 그 장밋빛 언덕으로부터 곧장 뛰어나와, 무언가 강렬한 목적을 갖고 금방이라도 행동을 개시하려는 것 같았다. 이만큼의 거리에서 보면 대성당은 마치 커튼을 두른 듯 소나무가 물결치는 언덕배기를 배경으로 하고 있었다. 베르나르가 천천히 다가가자 언덕의 등뼈에 해당하는 부분이 점차 가라앉더니 탑들이 파란 공중에 선명하게 솟아올랐는데, 성당의 몸체는 아직도 산을 배경으로 놓여 있었다.

성당이 저토록 산과 검은 소나무 숲에서 튀어나오게끔 짓는 것은 이탈리아나 오페라 무대에서밖에 없다고 젊은 건축가 몰니는 주교에게 말했었다. 폭풍우가 몰아닥치면 몰니는 서재에서 나와 짓고 있는 성당 건물을 바라보라고 여러 차례 주교를 불러내곤 했다. 그때 위쪽의 하늘은 강렬한 라벤더 빛이 되고, 소나무들은 모두 짙은 자줏빛이 되고, 언덕은 더 가까이 나오고, 그 전체 배경이 음침한 위협을 가하며 다가오는 것 같아 보였다.

  몰니는 라투르 신부에게 말하곤 했었다. 「건물의 배경은 우연히 정해지죠. 건물이 그곳의 배경과 잘 어울려 그곳의 일부가 되는 경우도 있고, 그곳의 배경과 잘 어울리지 않아 그렇게 되지 못하는 경우도 있죠. 건물이 처음부터 그곳에 있는 장소와 잘 어울리면 시간이 흐를수록 더욱더 잘 어울리게 되죠.」

  주교가 몰니의 말을 회상하고 있을 때, 현재로부터 어떤 목소리가 그의 귀에 대고 말을 했다. 베르나르였다.

  「아름다운 저녁노을이네요, 신부님. 산들이 얼마나 빨갛게 타오르는지 보세요. 예수님께서 흘리신 피 같아요.」

  그렇다, 예수님께서 흘리신 피 같다. 하지만 저녁노을이 아무리 주홍빛으로 불타도 저 붉은 언덕들은 진홍빛으로 물들지 않는다. 다만 점점 더 진한 장밋빛 홍옥수 빛깔이 될 뿐이지. 살아 있는 핏빛이 아니라 로마에 있는 성당들이 보관하고 있는 성자들과 순교자들이 흘린 말라 버린 핏빛, 간혹 그 마른 피가 녹아서 흘러내리기도 하는 그 핏빛이라고 주교는 종종 생각하곤 했었다.

3

 다음 날 아침, 라투르 주교는 그가 지어 놓은 대성당에 아주 가까이 와 있다는 생각에 감사한 마음으로 눈을 떴다. 그 대성당은 또한 그의 무덤이 될 것이었다. 그는 대성당의 그림자 아래서 안전함을 느꼈다……. 항구에 돌아와 그 자신의 바다 벽 아래에 놓인 배처럼. 그는 그의 옛 서재에 있었다. 수녀들이 수녀원 학교에서 그를 위해 조그만 쇠 침대를 보내주었고, 그들이 가진 가장 좋은 무명천 침대보와 담요도 보내주었다. 그는 젊은 시절에 와서 그의 일을 수행했던 이 서재에 있는 것이 몹시 좋았다. 방은 조금도 바뀌지 않은 채로 있었다. 흙바닥에는 옛날에 쓰던 부분 카펫과 털가죽이 깔려 있었고, 그의 촛대가 놓여 있는 책상도 그가 옛날에 쓰던 것이었고, 물결치는 모양으로 하얗게 회칠한 두터운 벽도 예전과 똑같았는데 소리를 차단시키는 그 벽은 세상과도 단절되어 정신에 휴식을 주곤 했었다.
 어둠이 점차 잿빛으로 퇴색해지는 겨울날 아침, 그는 성당의 종소리에 귀를 기울였다. 또 다른 소리에도 귀를 기울였는데, 그것은 바로 늘 여기서 그를 즐겁게 해주던 기관차의 기적 소리였다. 그렇다, 그가 왔을 때는 물소 떼만 있었는데, 이제 산타페까지 철로가 놓이고 기차가 다니는 것을 보게 될 정도로 여기서 오래 살아온 것이었다. 그는 역사에 남을 획기적인 기간을 살아온 셈이었다.

고향에 있는 그의 모든 친척들과 뉴멕시코에 있는 친구들은 늙은 대주교가 말년을 프랑스에서, 아마도 클레르몽에서, 그리고 그의 모교인 신학대학에서 교수 자리를 차지하고 보내리라고 예상했었다. 그런 편이 자연스러워 보였으므로 그도 이에 대해 심각하게 숙고를 했었다. 그가 대주교직에서 은퇴하기 바로 전, 오베르뉴에 마지막으로 갔을 때 그렇게 하도록 일을 주선해 놓을까 하고 반쯤은 생각하기도 했었다. 하지만 구세계에서 그는 신세계에 대한 향수를 느꼈다. 그것은 자기처럼 늙은 나이에 뉴멕시코에서 사나 프랑스의 퓌드돔에서 사나 별 중요하지 않다는 느낌이었는데, 뭐라고 말로 설명할 수 없는 감정이었다.

그는 고향 산의 탑처럼 솟은 봉우리들, 수수한 마을들, 깨끗한 시골, 그 자신이 다녔던 신학대학 건물의 아름다운 자태와 회랑들을 아주 좋아했다……. 하지만 거기서 그 자신이 슬프다는 것을 발견했다. 그의 가슴 깊숙이에는 돌이 들어 있었다. 거기에는 너무나 많은 과거의 영상들이 들어 있었다. 어쩌면……. 여름철 바람이 옛 정원에 있는 라일락 꽃들을 흔들고 말밤나무 꽃들을 떨어뜨릴 때면, 그는 가끔 눈을 감고 나바호 숲에 곧게 줄지어 서 있는 나무들 속에서 아주 높은 음조로 노래하던 바람을 생각했다.

낮 동안에는 뉴멕시코에 대한 그의 향수병이 시들어 가다가, 저녁식사 시간이면 완전히 사라졌다. 그는 저녁식사와 포도주를 즐겼고, 또한 대개는 좋은 사람들로 이제는 은퇴한 세련된 사람들과의 교제를 즐겼다. 마음이 가장 아픈 때는 바로 이른 아침이었다. 그것은 바로 이른 아침 잠에서 깨어날 때와 관련이 있었다. 여기서는 잿빛 새벽이 너무나 오래 머무는 것처럼 느껴졌는데, 이곳 프랑스는 만물이 깨어나 생기를 되찾는 데 너무 오래 걸렸다. 정원과 들판은 눅눅했고, 계곡에는 심한 안개가 끼어 있어 산은 희미했다. 태양이 나와 그 햇살과 온기를 마을에 퍼뜨리고 마을을 정화시키려면 한참 시간이 흘러야 했다.

뉴멕시코에서 그는 늘 젊은이처럼 깨곤 했었다. 그가 일어나 면도를 할 때에서야 자신이 점점 늙어 가고 있음을 실감할 수 있었다. 그가 깨자마자 처음으로 의식할 수 있는 것은 창문을 통해 불어 들어오는 가볍고 건조한 바람이었는데, 이는 뜨거운 태양과 산 쑥과 클로버 냄새를 가져다주었다. 바람은 누군가에게 몸이 가볍다고 느끼도록 만들며 누군가가 마음속으로 어린아이처럼 〈오늘이다, 오늘이야.〉라고 외치도록 만들었다.

아름다운 환경, 학식 있는 사람들과의 교제, 고상한 여자들의 매력, 우아한 예술 등도 그에게 그런 느낌의 사막에서의 마음 가벼운 아침이나, 다시 소년으로 만드는 바람을 잃어버린 것을 대신해 줄 수는 없었다. 새로운 지역의 공기 속이 특질도 사람에 의해 땅이 개간되어 수확을 하게 되면 사라져 버리는 것을 그는 주목했다. 그가 처음에 널따랗게 펼쳐진 지역으로 보았던 텍사스와 캔자스 지역들이 비옥한 농장지대로 바뀌게 되자, 공기는 마른 향기 좋은 냄새를 풍기던 가벼움을 완전히 잃어버렸다. 경작을 한 땅의 습기와 노고의 무거움과 성숙해서 곡식을 품고 있는 이 모든 환경이 그것을 완전히 망가뜨려 버렸기 때문이다. 세상의 환한 가장자리, 거대한 초원지, 혹은 산 쑥 숲이 군집해 있는 사막에나 가야 그런 공기를 들이마실 수 있을 뿐이었다.

그런 공기는 어쩌면 시간이 흐를수록 모든 지구상에서 사라질 것이다. 하지만 그것은 그의 생애가 끝난 후가 되리라. 그가 타향인 뉴멕시코로 가서 여생을 보내고 거기서 죽어야겠다는 생각이 든 때가 언제였는지는 그 자신도 알 수가 없었다. 그곳에는 부드러우면서도 야생적이고 자유로운 어떤 것이 있었다. 베개 위에서 귀에 대고 살며시 속삭이며 마음을 가벼이 해주고 슬그머니 열쇠를 돌려 빗장을 빼내고 감금된 정신을 바람 속으로, 파란색의 금빛 대기 속으로, 아침 속으로, 아침 속으로 풀어 놓아 주는 그 어떤 것이!

4

 라투르 신부는 그가 보내는 마지막 날들 동안 해야 하는 규칙들을 정해 놓고 있었다. 건강할 때 규칙적인 일과가 필요하다면, 아플 때에도 그것은 더욱 필요했다. 아침 일찍이 베르나르가 뜨거운 물을 가지고 와서 라투르 신부가 목욕하는 것을 도와주고 면도도 해주었다. 그들은 이곳으로 올 때 옷가지와 무명천, 그리고 올리바레스가 오래전 주교에게 선사한 은으로 만든 세면도구만 가지고 왔다. 30년간 그는 은을 망치로 두드려 만든 대야에서 씻었다. 아침 기도가 끝나면 막달레나가 아침식사를 가지고 왔고, 그녀가 침대를 정리하고 방을 정돈하는 동안 그는 안락의자에 앉아 있었다. 그런 다음 그는 방문객들을 맞을 준비를 했다. 대주교가 집에 있는 날이면 몇 차례 방문하곤 했고, 수녀원 원장과 미국인 의사도 방문하곤 했다. 그다음에는 베르나르가 아침나절에 그에게 큰 소리로 책을 읽어 주었다. 성 아우구스티누스의 책이나 마담 드 세비녜의 서한집이거나, 그가 좋아하는 파스칼의 책들이었다.
 가끔 오전 중에 그는 젊은 학생인 베르나르로 하여금 대교구에서 행한 옛날 선교에 대한 일화들을 받아 적게 했다. 우연히 떠오르는 그런 이야기들을 그때그때 적어 두게 하지 않으면 잊어버릴까 봐 걱정되기 때문이었다. 그는 이런 일들을 좀 더 체계적으로 하고 싶었지만 그럴 여력이 없었다. 지나간 시절에 있었던 사실들, 혹은 그런 일이 있었다고 전해지는 이야기들은 옛날 전설과 관습과 미신들이 벌써 사라지고 있었기 때문에 기록으로 남겨 두지 않으면 잃어버리고 말 처지였다. 그는 이제야, 오래전에 그가 시간이 날 때 그런 것들을 적어 두었어야 했다고, 좀 더 가볍고 유연성 있는 프랑스 모국어로 재빨리 기록해 놨어야 했다고 아쉬워했다.

사실 그는 여러 해 동안 그가 가르치는 젊은 사제들에게 처음 선교사로 왔던 스페인 수도사들의 불굴의 의지와 독실한 신앙에 대해 말했었다. 그리고 그들이 한 고생에 비하면 그가 처음 뉴멕시코에 와서 겪었던 자신의 삶은 편안하고도 안락한 것이었다고 했다. 부족한 식량을 갖고 노숙을 하며 몸을 제대로 씻지도 못한 채 밖으로 나돌아 다니는 생활을 했지만, 그 누구의 집에 들어간다 하더라도 적어도 그는 친절한 세상에 있다는 느낌을 받았으며 모든 사람의 화덕 옆에서 환영을 받았다고 했다.

하지만 초창기에 왔던 스페인 신부들은 주니까지 온 다음 북쪽으로는 나바호족, 서쪽으로는 호피족, 동쪽으로는 앨버커키와 타오스 사이에 산재해 있는 모든 인디언 마을을 거쳐 점점 더 지역을 확대시키며 선교를 해나갔는데, 그들은 성무일과서와 십자가 외에 아주 약간의 식량만 가지고 그들에게 적대적인 지역들을 돌아다녀야 했다. 그들은 종종 인디언들에게 노새조차 빼앗기는 바람에 옷도 갈아입지 못한 채 음식이나 물도 없이 걸어서 가야 했다. 유럽인이라면 그런 고난을 상상조차도 할 수 없을 것이다. 유럽에 있는 나라들은 인간이 오래 살아온 곳이어서 인간을 위해 편리하도록 자연을 변경시켜 놓았기에 일종의 제2의 인간의 몸 같은 곳이었다. 거기 있는 야생초와 야생의 과일과 숲에서 나는 버섯은 먹을 수 있는 것이었다. 시냇물은 아주 맑고, 나무는 풍족한 그늘과 은신처를 제공했다. 하지만 알칼리성 사막 지대인 이곳에서 물은 독성이 있고, 식물은 굶주리는 사람에게 아무 쓸모도 없었다. 모든 것이 말라빠지고 가시투성이이고 날카로웠다. 스페인 사람들의 총검과 노간주나무와 명아줏과 관목과 선인장만 있을 뿐이었다. 도마뱀과 방울뱀만 있을 뿐이었다……. 그래서 인간은 잔인한 삶으로 인해 잔인해져 있었다. 초창기 선교사들은 거인들의 인내심을 시험해 보기로 마음먹고 있는 이 지방의 딱딱한 심장 위에 벌거벗은 그들의 몸을 내던진 것이었다. 그들은 사막에서 갈증으로 고생했고, 바위 사이에서 굶주렸으며, 발에 돌투성이로 타박상을 입으며 무시무시하게 험준한 계곡을 오르내렸고, 오래 굶주렸던 배를 깨끗하지도 않고 비위에 맞지도 않는 음식으로 채웠다. 이들은 분명히 베드로와 그의 형제들이 경험했던 정도를 능가하는 **굶주림과 갈증과 추위와 헐벗음**을 참아 내야 했다. 유럽에서는 초기 기독교인들이 얼마나 고생을 했든지 간에 그것은 모두 안전한 작은 지중해 세계, 옛날부터 알고 있는 방식으로 옛날부터 알고 있는 지역에서 일어난 일이었다. 순교를 견뎌 냈다 해도 그들은 그들의 형제들이 있는 곳에서 죽었고, 그들의 유물은 성스럽게 보관되었고, 그들의 이름은 성자의 입을 통해 살아 있게 되었다.

오베르뉴에서 새로 온 사제들과 함께 말을 타고 순교가 행해졌던 옛 선교구들을 돌아볼 때면 주교는 어느 누구도 알지 못하는 이야기들을 해주곤 했다. 거기서 일어난 믿음의 승리에 대한 이야기, 그곳에서 단 한 사람뿐인 백인이 많은 이교도들 사이에서 고문을 당하다가 죽은 이야기, 주님이 거기서 잔인하게 죽어 가는 자의 종말을 부드럽게 누그러뜨려 주기 위해 어떤 환영으로 나타나거나 계시 같은 것을 주신 이야기들이었다.

젊었을 때 라투르 신부는 올드멕시코로 가서 두랑고에 있는 주교에게 교구를 인수받을 서류들을 달라고 하기 위해 내려가던 중 소노라와 로워 캘리포니아의 선교구에서 오는 사제들을 만나, 초창기 프란체스코파 선교사들이 경험한 축복받은 이야기를 많이 들을 수 있었다. 그들이 황야를 헤매고 다니는 동안 작은 기적들이 무수히 꽃을 피웠던 것 같았다. 한번은, 유명한 후니페로 세라 신부와 그의 두 동료가 강을 건너다가 갑자기 푹 들어간 곳에서 목숨을 잃을 뻔하였는데, 맞은편 강가 바위에서 어떤 이상한 사람이 나타나 그들에게 스페인어로 물살을 따라 더 위로 올라가라고 하기에 그대로 따라 했더니 그곳은 여울물이 얕은 곳이어서 목숨을 안전하게 건질 수 있었다. 그들이 이름이라도 알려 달라 하려고 보았더니 그는 벌써 사라지고 없었다는 것이다. 또 한번은, 그들이 거대한 평원을 가로질러 가다가 물도 떨어져 굶어 죽을 지경이었는데 한 젊은이가 말을 타고 가면서 그들을 따라잡더니 잘 익은 석류 세 개를 주고는 질주하여 사라졌다. 이 과일은 갈증을 해소시켜 줄 뿐 아니라 아주 영양가가 좋은 음식이어서 그들에게 생기와 활력을 되찾아 주었고 이로 인해 그들은 다시 기운 차게 하던 여행을 마저 할 수 있게 되었다.

라투르 신부가 두랑고로 가는 여행을 하고 있던 어느 날 밤 그가 어느 저택에서 하룻밤을 묵는 환대를 받게 되었는데, 그 집에 거주하는 신부는 우연히도 서부 선교회에서 나온 사람이었다. 그는 옛날부터 있어 오던 자신의 수도원에서, 앞서 말한 그 후니페로 신부가 겪은 이야기를 해주었다.

그는 어느 날 후니페로 신부가 단 한 명의 동료와 함께 식량도 없이 그의 수도원에 도착했다고 했다. 수도사들이 깜짝 놀라서 이 두 신부를 환영했다. 아무것도 없이 그렇게 광막한 사막을 건너오는 일이 불가능하다고 믿었기 때문이다. 수도원 원장은 그들이 어디서 왔는지를 물은 다음 선교회가 안내자도, 음식도 없이 그들을 보내서는 안 될 일이었다고 했다. 그는 그들이 어떻게 살아서 이곳까지 오게 되었는지 놀라워했다. 하지만 후니페로 신부는 그들이 아주 잘 왔다며, 오는 길에 어느 가난한 멕시코인 집에서 매우 환대를 받았다고 했다. 이때 수도사들에게로 장작을 가져오던 노새 모는 사람이 웃기 시작하더니 이 근방 12리그 안으로는 집이라고는 아무것도 없고, 그들이 온 모래 황무지를 아무리 뒤져도 살아 있는 사람이라고는 한 명도 없다고 했다. 수도사들도 이 말에 동의했다.

그러자 후니페로 신부와 그의 동료는 자신들이 겪은 이야기를 했다. 그들은 하루치 빵과 물을 갖고 출발했다. 하지만 둘째 날에는 먹지도 못하고 새벽부터 선인장 사막을 가로질러 걷기 시작하여 해질 녘이 되었을 때, 지는 석양 햇살 속에 멀리 아주 키가 큰 거대한 미루나무 세 그루 이외에 아무것도 보이지 않자 낙담하게 되었다. 그들은 미루나무가 있는 쪽을 향해 서둘러 걸었다. 나무 가까이 이르러 보니, 나무는 크고 푸르렀으며 미루나무 솜털을 제멋대로 떨어뜨리고 있었다. 그런데 그들은 모래에서 삐죽 나와 있는 죽은 나무줄기에 당나귀가 매여 있는 것을 보게 되었다. 당나귀의 주인을 찾으려 주위를 둘러보다가 우연히도 문가에 화덕이 있고 벽에는 붉은 고추 두릅들이 걸려 있는 조그만 멕시코인 집을 보게 되었다. 그들이 크게 외쳐 부르자, 덕망이 있어 보이는 멕시코인이 양가죽 옷을 입고 밖으로 나오더니 그들에게 친절하게 인사를 하며 하룻밤 묵어 가라고 청했다. 그와 함께 집 안으로 들어가 보니 집은 수수하면서도 깔끔했고, 그의 아내는 아름다운 용모의 젊은 여자로 화덕 옆에서 죽을 젓고 있었다. 그녀의 아이는 아주 어려 보였는데 옷이라고는 조그만 셔츠 하나만 걸치고 그녀 옆에 붙어 앉아 바닥에서 집에서 기르는 양과 놀고 있었다.

이들은 온화하고 경건했으며, 예의 바르게 말을 했다. 남편이 말하길, 자기들은 양치기라고 했다. 사제들은 식탁에 앉아 그들의 저녁식사를 나눠 먹었고, 그다음엔 저녁 기도를 드렸다. 그들은 주인에게 그 지역과 생활 방식에 대해, 그리고 양 떼들을 몰고 가는 초원이 어디 있는지에 대해 묻고 싶었지만 너무나 피로하고 졸음이 쏟아져 내리는 바람에 주인이 주는 양가죽을 바닥에 깔고 곧 깊은 잠에 빠져들었다. 아침에 깼을 때 그들은 모든 게 잠들기 전과 똑같으며 식탁에 음식이 차려져 있는 것을 보았지만, 가족은 아무도 없고 심지어 함께 있던 양까지도 없어져 버린 것을 알았다. 그래서 신부들은 그들이 양 떼를 몰고 나갔다고 생각했다.

수도원에 있는 수도사들이 이 이야기를 듣더니 깜짝 놀라며, 그 사막에 세 그루의 미루나무들은 진짜 있기 때문에 지형을 구분하는 경계표로 알려져 있다고 했다. 하지만 만일 거기 집이 있다면, 그건 아마도 아주 최근에 생긴 집일 것이라고 했다. 그래서 후니페로 신부와 그의 동료인 앙드레 신부는 몇몇 수도사들과, 이 일을 가지고 놀리던 노새 모는 사람과 함께 다시 황야로 가서 그 사실을 입증해 보기로 했다. 그곳에서 그들은 솜털을 흩날리고 있는 세 그루의 나무들을 발견했고, 당나귀가 매여 있던 죽은 나무줄기도 발견했다. 하지만 당나귀는 거기 없었고, 집도 없었고, 문가에 있던 화덕도 없었다. 그러자 두 신부는 그 축복받은 곳에 무릎을 꿇고 앉아 땅에 입을 맞추었다. 거기서 그들을 환대했던 것은 가족으로 현현한 예수님의 은총이라는 사실을 알았기 때문이다.

후니페로 신부가 수도사들에게 말하길, 그 집에 들어가는 순간부터 왠지 이상하게 그 어린아이에게 끌렸으며 그를 안아 보고 싶었지만 그가 그냥 어머니 곁에 있도록 놔두었다고 했다. 사제가 저녁 기도를 드릴 때 그 아이는 바닥에 앉아 어머니 무릎에 기대고 있었고 양은 그의 무릎에 있었는데, 신부는 그의 일과성무서에 시선을 집중시킬 수가 없었다고 했다. 기도 후에 그는 그 집 가족들에게 안녕히 주무시라고 하면서 조그만 소년한테 몸을 굽혀 축복을 해주었다고 했다. 그러자 그 아이가 손을 들어 조그만 손가락으로 후니페로 신부의 이마에 십자 성호를 그어 주었다고 했다.

라투르 주교가 하룻밤 묵고 있는 대 저택의 벽난로 가에서 들은 후니페로 신부의 성스러운 가족에 대한 이 이야기는 그에게 강한 인상을 남겼다. 그는 그 이야기에 대해 실로 애정을 갖게 되어 두 번씩이나 다른 사람들에게 이야기를 한 적이 있는데, 한 번은 필로메네가 원장으로 있는 리옹 수녀원의 수녀들에게였고, 또 한 번은 로마에 있을 때 마츄치 추기경이 베푸는 저녁식사 자리에서였다. 위대함은 소박함으로 돌아온다는 생각은 늘 아주 매력적이었다. 시골 처녀들 사이에서 건초를 만드는 여왕이라든가처럼……. 하지만 예수님의 역사와 영광이 여러 세기가 지난 후 가난한 사람들 중에 가장 가난하다고 할 수 있는 겸손한 멕시코인 가족의 모습으로 현현했다니, 그것도 세상의 끝에 있는 황야에서, 천사들도 그들을 찾는 일이 거의 드문 그런 곳에서!

5

 이제 늙은 대주교는, 점심식사 후에는 잠을 자는 척했다. 그는 저녁식사 시간까지 방해하지 말아 달라고 청하고 그 오랜 시간을 홀로 소중하게 즐겼다. 그의 침대는 서재의 어두운 구석에 놓여 있었으므로 그늘진 그곳은 눈을 쉬기에 좋았다. 다른 한쪽 구석은 화창한 날에는 햇빛이 화사하게 들었고, 흐린 날에는 물결치는 모양의 하얗게 회칠한 벽을 따라 벽난로 불빛이 어른거렸다. 침대보를 덮고 그렇게 가만히 누워 꼼짝 않고서 그 옆에 있는 침대보나 가슴 위에 손을 살그머니 올려놓고 자신의 전 생애를 회고해 보았다. 그렇지 않으면 가만히 누워서 오른손 엄지손가락으로 검지에 낀 반지를 가만히 만져 보았다. 그 자수정 반지 위에는 **성모 마리아 보호하소서**, 라는 글귀가 새겨져 있었는데 이것은 바일랑 신부의 도장 반지였다. 라투르 주교는 요셉 바일랑을 생각했다. 여기 이 방에서…… 오대호 옆 오하이오에서…… 젊은 시절 파리에서…… 소년 시절 몽페랑에서 인생을 함께했던 그 친구를. 그들이 함께한 선교 생활 중에는 그가 회상하기를 아주 좋아하는 장면들이 많았다. 그중 초창기 생활에 대해서는 그가 얼마나 자주 회상했으며, 또한 그 시절을 떠올리기를 얼마나 좋아했었던지!

그들 둘 다 이십대의 젊은이였을 적에 더 나이가 든 사제들을 보좌했었는데, 그때 오하이오에서 주교 한 분이 클레르몽에 왔었다. 오베르뉴가 고향인 그분은 서부에 가서 선교 활동을 할 사제들을 찾고 있었다. 장 신부와 요셉 신부가 신학교에서 그의 강연을 들었고, 강연이 끝난 후에는 개인적으로 이야기를 나누기도 했다. 그가 북쪽으로 떠나기 전에 그들은 정해진 날짜에 파리에서 그를 만나기로 약속을 해놓았다. 뤼뒤박에 있는 해외 선교 학교에서 몇 주간 준비 과정을 거친 후에 세르부르에서 그와 함께 배를 타기로 했기 때문이다.

젊은 사제들인 그들 둘 다 가족들이 그들이 선교를 하러 가는 데에 강력하게 반대하리라는 것을 알았기에 그들은 아무에게도 말하지 않고, 작별인사도 없이 일반인의 복장으로 변장하고 몰래 빠져나오기로 했다. 그들은 성 프란시스 사비에르가 인도로 선교 활동을 하기 위해 몰래 떠나며 했던 말, 〈부모가 살고 있는 집 앞을 부모에게 인사도 못 하고 지나갔다네〉를 상기하며 서로 위로했다. 그들은 그 말을 학교에서 배웠는데, 그것은 프랑스 소년에게는 무시무시한 말이었다.

바일랑 신부는 특히 고통스러운 입장에 있었다. 그의 아버지는 엄격하고 말이 없는 사람이었고, 오랫동안 홀아비로 지냈기 때문에 자식들을 자기 목숨 이상으로 끔찍이 사랑했다. 요셉은 맏이였다. 그래서 그가 결심을 하고 이 일을 실행하기까지의 기간은 그에게 고통스러운 시간이었다. 그들이 출발할 날짜가 다가오자 그는 전보다 더 말라 가고 창백해져 갔다.

두 친구는 그 운명의 날 새벽, 리옹의 외곽에 있는 어느 밭에서 만나 파리로 가는 역마차를 기다리기로 약속했다. 장 라투르는 한번 결심을 하고 스스로 맹세를 하면 흔들리는 법이 없었다. 약속한 날 아침 그는 누나의 집에서 몰래 나와 잠들어 있는 읍내를 지나, 가팔라 끝이 앞으로 기울여져 있는 산지의 밭으로 갔는데 그 초입은 희끄무레하게 동이 트는 무거운 빛 속에서 차가운 푸른빛을 띠고 있었다. 거기서 그는 그의 친구가 비참한 곤경에 빠져 있는 것을 보았다. 요셉은 밤새 그 밭에 나와서 위아래로 오르내리며 갈지 말지를 고민하고 있었다. 그의 얼굴은 울어서 퉁퉁 부어 있었다. 그는 한기로 몸을 떨었고, 목소리는 걷잡을 수가 없었다.

「나 어떡해야 하나요, 장? 나 좀 도와줘요!」 그가 외쳤다. 「아버지 마음을 아프게 할 수 없어요. 그렇다고 하느님께 한 맹세를 깰 수도 없고요. 이렇게 고민하느니 차라리 죽는 게 낫겠어요. 아, 지금 여기서 이렇게 비참할 바에는 차라리 죽어 버렸으면!」

늙은 대주교는 그 장면을 정말 또렷하게 회상할 수 있었다. 희미한 아침에 산지에서 젊은 두 남자가 마치 범죄자처럼 변장을 하고 집에서 몰래 도망 나와 있던……. 그는 친구를 어떻게 위로해 주어야 할지 몰랐다. 요셉은 육신이 견뎌낼 수 없을 정도로 무척 고통스러워하는 것 같았는데, 실제로 그는 갈등하는 두 욕망 사이에서 가슴이 찢기는 듯했다. 그들이 팔짱을 끼고 위아래로 오르내리며 걷는 동안 무언가 속이 텅 비어 있는 듯한 소리가 들려왔다. 역마차가 우르릉 소리를 내며 산길을 내려오고 있었던 것이다. 역마차 기수의 나팔 소리가 울렸다.

「떠납시다!」 장이 가볍게 말했다. 「여행을 떠납시다! 일단 파리까지 나와 갑시다. 거기 도착해서 당신 아버지가 허락하지 않으면, 우리가 에프 주교를 찾아가 당신의 약속을 풀어 달라고 하고 리옹으로 돌아오면 되잖아요. 아주 간단해요.」

그는 길가로 달려가서 역마차 마부에게 손을 흔들었고, 역마차가 섰다. 잠시 후 그들이 올라타자 마차가 떠났고, 요셉은 완전히 피곤에 지쳐 자리에서 잠이 들었다. 하지만 그는 그 고통스러운 시간에 장 라투르가 후원해 주지 않았더라면 자신은 평생 퓌드돔에서 교구 사제로 있었을 것이라고 늘 말하곤 했다.

이른 봄 그날 아침 리옹에서 출발한 두 명의 젊은 사제들 중에서 장 라투르는 선교의 삶을 아주 성공적으로 잘 수행해 내는 것 같았다. 그는 실로 건강한 몸에 건전한 정신을 갖고 있었다. 그들이 뤼뒤박에 있는 해외 선교 대학에서 해외 선교를 위해 준비하는 동안, 학교 당국은 요셉이 그런 선교 분야의 고난에 적합할지에 대해 매우 의심스러워했다. 하지만, 오랜 시험 끝에 그 허약한 몸은 점점 더 많은 것을 견뎌 내고 점점 더 많은 것을 성취해 냈다.

라투르 신부는 그의 대 교구가 경계선이 바뀐 것 말고는 변한 게 없다고 종종 말했다. 멕시코인들은 늘 멕시코인들이었고, 인디언들은 늘 인디언들이었다. 산타페는 조용히 침체된 상태로 있었다. 그곳은 자연적인 특산물로 부흥이 일어나는 곳도 아니었고, 상업적인 교류지로 중요한 곳도 아니었다. 하지만 바일랑 신부는 거대한 산업 부흥의 한가운데로 뛰어들었다. 그곳은 비열하게 술수를 쓰는 사람들과 순수한 야망을 가진 사람들이 한데 모여 투쟁을 벌이는 곳이었다.

갑자기 개발이 되어 확 일어났다가 그 반대로 완전히 폐허가 되어 버리는 곳도 있었다. 다리를 절게 된 후에도 그는 매년 마차를 타고 이제는 부유해지고 가난해져 버려진 산간지의 읍내들, 볼더, 골드 힐, 카리부, 카슈아라푸드르, 스페니시바, 사우스 파크 그리고 위쪽 아칸소에서 캐시 크릭과 캘리포니아 걸취까지 수천 마일을 돌아다녔다.

그런데 바일랑 신부는 단순히 선교사에 만족을 하지 않았다. 그는 콜로라도에 있는 성당 사업이 미래에 엄청나게 전망이 있을 것이라고 보았다. 그는 자신이 들어가서 살 집 한 채도 제대로 없었지만, 성당을 지을 땅들을 엄청나게 사들이기 시작했다. 아주 적은 돈으로 상당히 많은 땅을 살 수 있었지만 그 적은 돈도 없었기에 그는 은행에서 터무니없이 비싼 이자로 돈을 빌렸다. 그는 그곳에 학교를 짓고 수도원을 짓느라 돈을 또 빌렸고, 그가 빌린 돈의 이자는 그를 먹어 없앨 지경에 이르게 되었다. 눈덩이처럼 불어나는 이 이자를 갚을 돈을 모금하기 위해 그는 오하이오와 펜실베이니아와 캐나다로 구걸하러 다니는 장기간의 여행을 해야 했다. 그는 돈을 구하기 위해 토지 구매 회사를 만들어 해외로 나가 프랑스에서 채권을 팔려고 했지만 정직하지 못한 중개인들이 끼어들어 그의 이름에 먹칠을 하기도 했다.

거의 일흔 살이 되었을 때, 한쪽 다리가 다른 쪽 다리보다 4인치가 짧게 된 채로, 그때 콜로라도의 초대 주교였던 바일랑 신부는 로마에 불려 가 교황청 법정에서 복잡한 재정 상태에 대해 설명을 해야 했다……. 그리고 그는 추기경들을 충분히 이해시키느라 애써야 했다.

바일랑 주교의 죽음을 알리는 전보가 산타페에 급히 오자마자, 라투르 신부는 즉시 덴버까지 새로 개통된 기차를 탔다. 하지만 그는 그 전보를 믿을 수가 없었다. 그는 옛날에 바일랑 주교의 별명이던 **죽음을 야유하는** 자를 떠올리고, 전에 그가 위독하다는 소식을 듣고 그가 살아 있으리라는 희망을 감히 품지 못한 채 산과 사막을 건너 달려갔었지만 멀쩡하게 살아 있었던 적이 얼마나 많았던가를 생각했다.

이상하게도 라투르 신부는 요셉 신부의 장례식에 참석해서도 그가 죽었다는 사실을 결코 실감할 수가 없었다……. 아니 오히려, 요셉이 그 자리에 있다는 것을 믿을 수가 없었다. 관 속에 웅크리고 있는 조그만 노인은 원숭이보다 더 커 보이지도 않았는데…… 그것은 바일랑 신부와는 아무런 관계도 없는 존재 같았다. 그는 자신이 베르나르를 보는 것처럼 선명히 요셉을 볼 수 있었다. 하지만 그 모습은 여전히 그들이 뉴멕시코에 처음 왔을 때의 모습이었다. 그것은 감상이 아니었다. 그의 기억 속 요셉 신부에 대한 모습은 그것뿐이었다. 다른 모습은 없었다. 주교는, 장례식이란 단지 죽었다는 사실을 인지시켜 주는 것일 뿐이라고 생각하고자 했다. 장례식은 야외에서 텐트를 쳐놓고 거행되었는데 덴버에는, 그러니까 극 서부 지방 전체에는 건물이라는 것이 아예 없었다. 그 문제로 말하자면, 야외 장례식은 **휜둥이**의 장례식으로는 충분한 곳이었다. 장례식 이틀 전부터 마을과 광산 야영 촌에서 수많은 사람들이 산으로 물밀듯이 내려왔다. 그들은 마차나 텐트나 헛간에서 잠을 잤다. 수도원 광장에 국민 전당 대회 때처럼 수많은 군중이 모여들었다. 그런데 이 장례식에서 이상한 일이 있었다.

르바르디 신부는 20여 년 전 바일랑 신부와 함께 산타페에서 콜로라도로 온 프랑스 사제인데, 그는 바일랑 신부의 보좌관 겸 주교 대리로 늘 그와 함께 있다가 주교를 대신해서 업무차 프랑스에 파견되어 있었다. 거기서 그는 의사로부터 자신이 치명적인 질병에 걸렸다는 말을 들었기에 바일랑 신부에게 보고하고 나서 죽기 위해 즉시 배를 타고 황급히 콜로라도로 돌아오는 길이었다. 시카고에 도착했을 때 그는 갑자기 심한 경련이 일어 성모 병원에 입원하게 되었고, 많이 아파하며 병실에 누워 있었다. 어느 날 아침 간호사가 그의 침대 근처에 신문을 놓고 나갔는데, 거기에 콜로라도의 주교가 죽었다는 기사가 있었다. 수녀가 돌아왔을 때 어느새 환자는 옷을 입고 있었다. 그는 즉시 기차역까지 마차를 타고 가겠다고 그녀를 설득했다. 덴버에 도착하자마자 마차를 타고 주교의 장례식장으로 가달라고 했다. 그가 거기 도착했을 때는 장례식이 거의 반은 끝나 가고 있었다. 죽어 가는 사람이 택시 운전사와 두 사제의 부축을 받으며 군중 속을 뚫고 들어가 관 옆에 무릎을 꿇었는데, 이 장면은 어느 누구도 잊을 수가 없을 정도였다. 그를 위해 의자를 가져다주었고, 나머지 장례식 동안 그는 관 가장자리에 머리를 댄 채 앉아 있었다. 바일랑 주교가 무덤으로 운반되자 르바르디 신부는 병원으로 다시 이송되었고, 거기서 며칠 후에 그는 죽었다. 이것은 홍인족 인디언이건 황인종이건 백인이건 간에 요셉 신부가 친구를 아주 잘 사귀기도 하지만, 한번 사귀면 오래도록 진실한 친구로 만들어 개인적으로 특별히 헌신하도록 하는 사람이라는 것을 보여 주는 한 가지 실례이다.

6

 주교의 인생에 있어 마지막 몇 주일 동안, 그는 죽음에 대해 거의 생각하지 않았다. 그가 생각한 것은 지나간 〈과거〉였다. 미래는 미래 스스로 저절로 해결될 일이었다. 하지만 그는 죽어 가는 것에 대해 지적인 호기심이 있었다. 한 인간의 믿음과 가치의 척도에 있어 일어나는 그 변화에 대해……. 점점 더 생각할수록 그에게 인간의 삶은 자아의 경험, 말하자면 자아 그 자체가 아니라 자아가 겪는 경험이라고 생각되었다. 이러한 확신은 그의 종교적인 삶과는 별개라고 생각했다. 그것은 한 인간 존재로서 그에게 다가온 새로운 인식이었다. 그리고 그는 이제, 그 자신의 행동이든 다른 사람의 행동이든 간에 그가 행동을 판단하는 것이 달라졌음을 알았다. 그가 인생에서 만난 실수들, 중도에 일어난 사고들, 예를 들면 주교직을 맡은 새 교구를 찾아 처음 뉴멕시코로 가던 중 갤버스턴 항구에서 난파한 일이나 마차에서 떨어져 다친 일 같은 것은 중요하지 않아 보였다.

 그는 또한 자신의 기억에 멀고 가까운 원근법적 조망에 대한 감각이 이제 더 이상 발휘되지 않는 것을 알았다. 그는 아주 어렸을 때 사촌들과 함께 지중해에서 보낸 겨울철과 성스러운 바티칸 시티에서 보냈던 학생시절이 M. 몰니가 도착해서 대성당을 건축하던 때만큼이나 선명하게 기억이 났다. 그는 곧 몇 년도 몇 월 며칠에 무슨 일이 있었다는, 달력에 따른 시간에 대해서는 모두 잊어버리게 되었다. 그는 그 자신의 의식 한가운데 앉아 있었다. 이전의 일들은 그의 마음속에서 아예 잊거나, 생각의 영역을 넓히거나 하는 것이 하나도 없었다. 그것들은 모두 그의 손이 닿을 수 있도록 그 안에 있었고, 모두 이해가 되었다.

가끔 막달레나나 베르나르가 들어와 무엇을 물으면, 그는 과거의 회상으로부터 현재로 다시 돌아오는 데 몇 초 정도가 걸렸다. 그는 그들이 그의 의식이 없어지고 있다고 생각한다는 것을 알았다. 하지만 그의 의식은 그의 삶의 더 대단했던 부분, 그들이 알지 못하는 또 다른 부분에서 아주 왕성하게 활동하고 있었다.

현재로 돌아와야 할 경우에는, 그는 현재로 돌아왔다. 하지만 현재에는 남아 있는 것이 별로 없었다. 요셉 신부는 죽었고, 올리바레스 부부도 모두 죽었고, 키트 카슨도 죽었고, 그의 인생에 있어 그에게 그다지 중요하지 않았던 사람들만이 현재에 남아 있었다. 주교가 산타페에서 돌아온 지 여러 주가 지난 어느 날 아침, 그가 아주 옛날에 매우 친하게 지냈던 사람들 중 하나가 나타났다. 기억 속에서가 아니라 스쳐 가듯 순간적으로, 현재의 희미한 빛 속에서 나타났다. 나바호의 유사비오였다. 멀리 콜로라도의 치키토에 살고 있는 이 인디언이 한 무역 상인에게서 다른 무역 상인에게로 전해지고 전해지는 말을 통해 늙은 대주교가 점점 기력이 쇠해지고 있다는 말을 듣고 산타페로 찾아온 것이었다. 그도 이제는 늙어 있었다. 다시 한 번 그들의 섬세한 손들이 서로 꼭 마주 잡게 되었다. 주교는 눈에서 눈물을 닦아 냈다.

「친구여, 이렇게 한번 만나고 싶었습니다. 사람을 보내 한번 와달라고 해볼까도 했었지만, 워낙 먼 거리라서 그렇게 하지 못했지요.」

늙은 나바호족이 미소를 지었다. 「이제는 그렇게 먼 곳도 아닙니다. 저는 기차를 타고 왔어요, 신부님. 제가 오늘 갤럽에서 기차를 탔는데 오늘 이렇게 여기 와 있게 되었어요. 우리가 함께, 제가 사는 곳에서 산타페까지 오던 때를 기억하시지요? 그때 얼마 걸렸었지요? 2주, 그쯤 걸렸었지요. 요즘 사람들은 훨씬 더 빨리 오갈 수 있어요. 그들이 행동을 더 잘하는지는 모르겠지만요.」

「우리가 미래를 알려고 할 필요는 없어요, 유사비오. 그러지 않는 게 더 좋아요. 그런데 마우엘리토는 어떻게 지내요?」

「마우엘리토는 잘 지내요. 그분은 여전히 그 부족의 지도자 노릇을 하고 있어요.」

유사비오는 오래 머물지 않았지만, 내일 다시 오겠다고 했다. 산타페에 며칠간 묵으면서 볼일을 봐야 한다고 했다. 사실 그는 산타페에 볼일이 없었다. 하지만 라투르 신부를 보면서 그는 〈오래 남지 않았구나〉 하고 혼잣말을 했다.

그가 간 후에 주교는 베르나르에게 몸을 돌렸다. 「애야, 내가 두 가지 커다란 잘못을 바로잡는 것을 볼 수 있을 만큼 살았다니 다행이야. 흑인 노예가 없어지는 것을 보았고, 나바호족이 그들이 살던 곳으로 다시 돌아가 살게 되는 것을 보았으니 말이야.」

오랜 세월을 지내 오면서 라투르 신부는 나바호족이나 아파치족이 살아남아 있는 동안에는 인디언들 사이의 전쟁이 결코 끝날 수 없지 않을까 생각하곤 했었다. 수많은 무역 상인들과 제조업자들이 이 전쟁으로 인해 아주 많은 이득을 보고 있었다. 그리고 이 전쟁이 계속되도록 정치 기관과 거대한 자본이 투입되고 있기도 했다.

7

뉴멕시코에서 보낸 주교의 중년 시절은 나바호족이 받은 박해와 그들이 살던 지역에서 추방되는 일로 인해 마음이 불편했었다. 유사비오와의 우정을 통해 주교는 새 교구로 처음 온 직후부터 나바호족에게 관심을 갖게 되었는데, 그는 그들에 대해 감탄하였을 뿐만 아니라 그들은 또한 나바호족에 대한 주교의 상상력을 자극시켰다. 비록 이 유목민들이 인디언 마을을 이루어 살고 있는 정착 인디언들보다 백인의 방식을 받아들이는 데 훨씬 더 느리고 선교사들과 백인의 종교에 훨씬 더 무관심하기는 했지만, 라투르 신부는 그들에게서 우수한 힘을 발견했다. 과묵함으로 인해 그들을 이해하기가 힘들기는 했지만 그 뒤에는 목적과 신념이 있었고, 행동력과 민첩하고 날카로운 어떤 것이 있었다. 나바호족이 그들이 얼마나 오래 그곳에서 살아왔는지 알 수 없을 정도로 오래 살아오던 땅에서 추방되는 것은 하느님께 소리쳐 호소해 볼 정도로 불공정한 일이라고 주교는 생각했다. 그는 나바호족이 그들의 거주지에서 수천 명씩이나 사냥감처럼 쫓겨 페코스 강에서 3백 마일 떨어진 보스크 레돈도로 내려가던 그 무시무시한 겨울철을 결코 잊을 수가 없었다. 그들 중 수백 명의 남자들과 여자들과 아이들이 그곳으로 가는 도중에 굶주림과 추위로 죽었다. 그들의 양과 말들이 산을 넘느라 지쳐서 죽었다. 기꺼이 그곳으로 이주하려는 사람은 아무도 없었다. 그들은 굶주림과 미군의 총검에 쫓겨 할 수 없이 이동했고, 떼를 지어 따로 떨어질 경우에는 모두 붙잡혀 잔인하게 이송되었다.

마지막으로 정복되지 않은 채 남은 이 사람들을 마침내 굴복시키는 잘못을 저지른 사람은 바로 주교 자신의 친구인 키트 카슨이었다. 그들이 살던 곳을 떠나고 싶지 않던 이 사람들은 캐년 데 첼리 계곡의 깊은 곳으로 숨어들어 갔다. 그들은 자신들이 살던 목장과 소나무 숲에서 도망가 이곳을 그들의 마지막 보루로 삼고자 했다. 하지만 카슨은 이들을 쫓아가 찾아내는 데 앞장을 섰던 것이다. 양치기들인 이들이 가진 것은 영토가 아니라 살아 있는 가축 떼뿐이었고, 이들은 또한 여자들과 아이들을 보호해야 했고, 무기도 부족했고 탄환도 거의 없었다. 하지만 이 계곡은 늘 백인 군대에게 난공불락의 요새와 같은 곳이었다. 나바호족은 이곳은 결코 함락되지 않을 것이라고 믿었다. 그들은 자신들이 섬기던 옛 신들이 이 계곡을 지켜 주리라 믿었다. 그들의 〈배 바위〉처럼, 그곳은 폭력이 행해질 수 없는 곳이고 그들 삶의 심장이며 중심이 되리라고 여겼었다.

카슨은 솟아오른 붉은 모래바위 벽들 사이에 숨어 있는 이 세계로 그들을 따라 들어가 그들의 저장품들을 망가뜨리고 깊은 곳에 은밀히 위치해 있는 옥수수 밭도 파괴했고, 그들에게 아주 귀중한 경사진 언덕에 있는 복숭아 과수원의 과수들까지 잘라 버렸다. 그들에게 신성한 이 모든 것들이 쓰레기가 되어 흩어져 있는 모습을 보았을 때 나바호족들은 몹시 마음이 아팠다. 하지만 그들은 굴복하지 않았다. 그들은 단지 싸우기를 멈추고 만 것이었다. 카슨은 명령에 따라 움직여야 하는 군인이었기에, 그는 군인으로서 잔인한 일을 해야 했다. 하지만 나바호족 추장 중 가장 용감한 추장을 그는 체포하지 않았다. 캐넌 데 첼리 계곡에서 그의 부족들이 처참하게 패배한 후에 추장인 마누엘리토는 여전히 잡히지 않고 있었다. 그때 유사비오가 산타페에 와서 라투르 주교에게 주니에 있는 마누엘리토를 만나 봐달라고 했다. 주교는 사제로서 법에 저촉되는 행동을 하는 추장을 만나는 일이 경솔한 행동임을 알았다. 하지만 그 또한 한 인간이었고 정의를 사랑하는 사람이었다. 그리고 이런 식으로 유사비오에게 받은 요청을 거절할 수가 없었다. 그는 유사비오와 함께 갔다.

미국 정부는 죽었는지 살았는지 알 수 없는 이 사람을 잡아 오면 굉장한 보상금을 하사하겠다고 하고 있었지만, 마누엘리토는 훤한 대낮에 약 열두 명의 추종자들과 거의 반쯤은 굶어 죽어 가는 불쌍한 말들과 함께 주니까지 버젓이 갔다. 그는 콜로라도 치키토에 있는 유사비오의 영지에 숨어 있기도 했다.

마누엘리토는 나바호족이 완전히 소멸하기 전에 주교가 워싱턴에 가서 그들에 대해 탄원해 주기를 바라고 있었다. 그리고 그들은 미국 정부에 아무것도 바라지 않고 그저 그들의 종교를 가질 수 있고, 태고 적부터 살아온 그들 자신의 땅에서 살 수 있기를 바랄 뿐이라고 라투르 신부에게 말했다. 그들이 살던 곳은 자신들의 종교의 일부이기 때문에 그 둘은 서로 떨어질 수 없다고 그는 설명했다. 신부는 캐년 데 첼리에 대해 알고 있었다. 그 계곡은 나바호족이 조그마하고 약한 부족이었을 때 살았던 곳이었다. 그곳은 그들에게 먹을 것을 제공해 주었고 그들을 보호해 주었던 곳이었다. 그곳은 그들의 어머니였다. 더욱이 그들이 섬기는 신들이 그곳에 살고 있었다. 벼랑들 군데군데 있는 동굴에 지어 놓은, 접근이 쉽지 않은 그 하얀 집에……. 그곳에 백인의 세계보다 더 오래된 세계가 있었다. 그곳에는 살아 있는 사람이 아니라, 신이 거주하고 있었다. 신부의 주님이 그의 성당에 있듯이 그들의 신들이 거기에 있었던 것이다.

케년 데 첼리 계곡의 북쪽에 〈배 바위〉가 있었다. 아찔할 정도로 높이 솟은 그 날씬한 바위는 평평한 사막에서 홀로 솟아올라 있었다. 50마일 정도 거리에서 보면 그 바위는 돛 하나만 달고 항해하고 있는 고깃배의 모습이었으므로 백인들은 그것을 〈배 바위〉라고 불렀다. 하지만 인디언들은 그것을 다른 이름으로 불렀다. 그 바위가 한때는 공중을 항해하는 배였다고 그들은 믿고 있었다. 오래전 마누엘리토는 주교에게 이런 이야기를 해주었었다. 인류는 먼 북쪽 지방에서 기원했는데 그곳에서 그 바위는 나바호족의 조상을 싣고 와 이곳에 정착했고, 이곳이 그들의 거주지가 되었다고 했다. 그 바위는 사막 한가운데 정착했는데, 그곳은 이 사람들이 살기에 힘든 곳이었다. 하지만 그들은 캐년 데 첼리를 발견했다. 그곳에는 은신처도 있고 계속해서 흘러나오는 물도 있었다. 그 계곡과 〈배 바위〉는 부족들에게 친절한 부모와 같았고 성당보다 더 신성한, 백인들에게 신성한 어떤 장소보다도 더 신성한 곳이었다. 그런데 어떻게 그들이 3백 마일이나 떨어진 낯선 곳에 가서 살 수 있겠는가?

 더욱이 보스크 레돈도는 페코스 아래쪽, 리오그란데 계곡의 먼 동쪽에 있었다. 마누엘리토는 모래에 지도를 그려서 주교에게 보여 주며 그의 시조가 말하길, 태고 적부터 그의 부족들은 동쪽으로 리오그란데, 북쪽으로 리오산후안, 서쪽으로 리오콜로라도를 넘어가서 살아서는 절대로 안 되고 그 안에서만 살아야 한다고 했다고 설명했다. 만일 그들이 그 경계를 넘으면 부족이 소멸하게 되리라고 했다는 것이다. 라투르 신부 같은 위대한 사제가 워싱턴에 가서 이러한 사정을 설명하면, 어쩌면 미국 정부도 귀를 기울여 줄 것이라고 했다.

 라투르 신부는, 신교도 나라에 로마 가톨릭 사제가 와서 정부의 일에 간섭하는 것은 있을 수 없는 일이라고 인디언 추장에게 설명했다. 마누엘리토는 경의를 표하며 주교의 말을 들었지만, 주교는 그가 자신의 말을 믿지 않고 있다는 것을 알았다. 그가 말을 마치자 나바호 추장이 일어나더니 이렇게 말했다.

 「주교님은 저의 부족을 쫓아 산 아래로 내몰아서 보스크 레돈도로 가게 한 크리스토발의 친구시지요. 살아 있는 채로는 저를 결코 잡지 못하게 될 거라고 친구에게 전해 주십시오. 그는 자기 마음대로 와서 저를 죽이지는 못할 겁니다. 2년 전에 제 양 떼는 셀 수 없을 정도로 많았습니다. 하지만 지금은 30마리의 양과 굶주린 몇 마리의 말밖에 없습니다. 제 아이들은 뿌리나 캐 먹고 있고, 저는 제 목숨 같은 것은 신경 쓰지 않고 있습니다. 하지만 제 어머니와 신들은 서쪽에 있습니다. 그래서 저는 리오그란데를 결코 넘어가지 않을 겁니다.」

 그는 그의 말대로 그곳을 결코 넘어가지 않았다. 그는 추방당한 사람들이 그들이 살던 곳으로 돌아갈 때까지 숨어 살았다. 예기치 않은 일이 생겼기 때문이다.

보스크 레돈도는 나바호족들에게는 전혀 맞지 않는 곳이었다. 그곳은 관개 시설로 물을 대서 농장을 일굴 수 있는 곳이었지만 그들은 유목하는 양치기들이었지, 농부들이 아니었다. 그곳에는 그들의 가축들을 키울 목초지가 없었다. 장작도 없었다. 그들은 가시가 있는 콩과에 속하는 관목 뿌리를 캐서 그것들을 말려 연료로 썼다. 그곳은 알칼리성 토양이어서 수백 명의 인디언들이 물이 좋지 않아 죽었다. 마침내 워싱턴에 있는 미국 정부는 그들의 실수를 시인했다. 그것은 정부가 좀체 하지 않는 일이었지만……. 살아남은 나바호족은 추방당한 지 5년 만에 그들의 신성한 고향으로 돌아가는 것이 허용되었다.

1875년 주교는 자신의 대성당을 짓기 위해 프랑스에서 온 건축가가 일을 마치고 다시 돌아가기 전 그에게 애리조나를 보여 주려고 그 지역에 가게 되었는데, 그때 그는 나바호족이 말을 타고 대평원을 다시 자유롭게 돌아다니는 모습을 보고 기뻤다. 두 명의 프랑스인들은 이상하게 생긴 절벽을 구경하기 위해 캐년 데 첼리 계곡에까지도 들어갔다. 위로 솟아오른 모래바위 벽들 사이 아래 땅에서는 또다시 곡식들이 자라고 있었고, 굉장히 웅장한 미루나무들 아래서 양들이 풀을 뜯으며 달콤한 시냇물을 마시고 있었다. 그 모습은 꼭 인디언의 에덴동산 같았다.

이제 늙어 아프게 되자 지나간 세월의 어둡고도 밝았던 그 모든 장면들이 주교의 머릿속에 스쳐 지나갔다. 추방되어 가는 나바호족들이 리오그란데 강에서 나룻배를 기다리며 짓고 있던 그 무시무시한 얼굴 표정들, 얼마 남지 않은 가축들을 몰고 노인들과 아이들을 데리고 그들의 고향으로 돌아가던 길게 줄지어 늘어선 생존자들의 모습이 떠올랐다. 그리고 그가 이른 봄철 리틀 콜로라도에서 유사비오와 함께 보낸 시간이 떠올랐다. 그때 양이 새끼를 분만하는 철이 아직 끝나지 않은 때여서…… 피부가 거무스레한 사람들이 말을 타고 이리저리 다니며 엄마 잃은 어린양들을 찾아 품에 안고 들어왔고…… 젊은 나바호족 여자가 엄마 양을 찾을 때까지 어린 양에게 자기 젖을 주고 있었다.

「베르나르.」 연로한 주교가 중얼거렸다. 「주님께서 그런 잘못된 일들이 올바로 되는 행복을 내가 볼 수 있도록 오래 살게 해주셨구나. 옛날에 나는 인디언이 멸종할 것이라고 믿었는데, 이제는 그렇지가 않아. 주님께서 인디언을 보호해주시리라 믿어.」

8

 미국인 의사가 대주교 에스와 수녀원 원장을 접견했다. 「지금 문제가 있는 부분은 그분의 심장입니다. 심장을 자극하기 위해 제가 소량의 약을 드려 왔지만, 이제 아무 효과도 없습니다. 약의 양을 더 늘릴 수는 없고요. 그러면 오히려 즉시 치명적이 됩니다. 이제 심장으로 인해 그분에게 변화가 올 겁니다.」

 그 변화는 늙은 주교가 음식을 더 이상 원하지 않는 것이었다. 그는 거의 내내 잠을 자거나, 혹은 잠을 자는 것처럼 보였다. 생애 마지막 날이 되었을 때는 그의 상태가 대부분의 사람들에게 알려지게 되었다. 대성당은 하루 종일 그를 위해 기도하려는 사람들로 가득 찼다. 수녀들과 늙은 여자들과 젊은 남자들과 소녀들이 오갔다. 병든 주교는 그날 아침 일찍 임종 성찬을 받았다. 그가 테스케 별장에 있을 때 알고 지내던 이웃인 테스케 인디언 몇 사람이 산타페에 와서 하루 종일 대주교의 뜰에 앉아 그에 대한 소식을 간간이 듣고 있었는데, 그들 중에는 나바호족 유사비오도 있었다. 주교의 늙은 하인들인 프룩토사와 트란킬리노는 대성당에서 탄원 기도를 드리고 있었다.

수녀원장과 막달레나와 베르나르가 병든 주교의 시중을 들었다. 주교는 침상에서 평화롭게 고통 없이 누워 있었기에 그들은 지켜보며 기도하는 것 이외에 달리 할 일이 없었다. 편안한 모습으로 보아 가끔 그는 잠들어 있는 것처럼 보이기도 했다. 눈은 뜨지 않고 있었지만, 그의 얼굴에는 어떤 표정이 감돌고 의식이 있는 것 같아 보였다.

날이 저물어 가고 있을 즈음, 촛불이 켜지는 어스름 녘에 주교 노인이 편치 못해서 약간 움직이더니 뭐라고 중얼거리기 시작했다. 프랑스어였는데, 베르나르는 몇 마디를 알아듣긴 했지만 무슨 말인지 알 수가 없었다. 그가 침대 옆에 무릎을 꿇었다. 「뭐라고 하셨어요, 신부님? 저, 여기 있어요.」

주교가 계속해서 중얼거리며 손을 약간 움직이자, 막달레나는 그가 뭔가 물어보거나 말하려는 것 같다고 생각했다. 하지만 실상, 주교는 거기에 이미 없었다. 그는 그의 고향 산천 가운데 끝이 툭 튀어나온 푸른 밭에 가 서 있었다. 그는 선교하러 떠날 것인지 그냥 고향에 머물 것인지, 그 앞에 놓인 두 개의 기로 속에서 고통에 차 있는 젊은이에게 위로를 해주려고 애쓰고 있었다. 그는 신앙심이 돈독하고 고통으로 인해 지쳐 있는 사제에게 새로운 〈의지〉를 북돋워 주려고 애쓰고 있었다. 그런데 시간이 짧았다. 파리행 **역마차**가 이미 산길에서 우르릉거리며 내려오고 있었기 때문이다.

막 어두워진 후 대성당 종이 울렸을 때, 산타페에 사는 멕시코 주민들은 무릎을 꿇었고 미국인 가톨릭교도들도 무릎을 꿇었다. 무릎을 꿇지 않은 다른 많은 사람들도 마음속으로는 기도를 했다. 유사비오와 테스케에서 온 소년들이 그들의 부족들에게 주교의 임종 소식을 전하기 위해 조용히 떠났다. 다음 날 아침 대주교 노인은 그가 지은 성당의 높은 제단 앞에 놓여 있었다.

역자 해설
소신 있는 삶, 인간 이해의 영역을 넓히다

『대주교에게 죽음이 오다』는 윌라 캐더가 미국 남서부인 뉴멕시코 지방을 여러 차례 여행하는 가운데 구상한 작품이다. 산타페 성당 앞에서 그곳의 초대 대주교였던 라미John B. Lamy의 동상을 보고, 그에 대한 일화들을 들으면서 캐더는 대주교의 업적에 감명을 받아 그에 대한 책들을 탐독하고 상상력을 더해 소설을 썼다. 그녀는 이 작품을 통해 종교적으로나 환경적으로 불모지였던 뉴멕시코에서의 선교사들의 삶을 흥미진진하게 묘사하고, 소설의 무대가 되는 뉴멕시코 일대의 웅장한 자연환경을 그리면서 인디언들과 멕시코인들의 전통과 토속 신앙, 그들의 생활상 등을 생생하게 보여 주고 있다. 또한 그녀의 다른 작품에서와 마찬가지로 여기에서도 캐더는 미국 남서부의 웅대한 자연환경을 잘 묘사하고 있을 뿐 아니라 뉴멕시코의 원시적인 험한 지세와 광막한 사막과 위험한 협곡, 그리고 그곳에서 그들 나름의 방식대로 살아가는 원주민의 생활상 등을 풍부한 색채로 그려 냈다.

프롤로그와 아홉 개의 부로 이루어진 이 소설은 라투르 신부와 바일랑 신부가 뉴멕시코에 도착하기 3년 전인 1848년에 시작하여 라투르 신부가 죽는 1889년에 끝이 난다. 그런데 이 작품도 캐더의 다른 소설 『나의 안토니아』에서처럼 다양한 삽화들을 소설 속에 끌어들여 쌓아 놓음으로써 뉴멕시코 지역에서의 선교 현장과 그 와중에 경험하는 기적들, 원주민들의 다양한 삶의 장면을 생생하게 보여 준다. 이는 독자에게 다양한 볼거리를 제공해 줄 뿐 아니라, 단조롭거나 지루하지 않게 읽는 재미를 더해 주기도 한다. 다양한 인디언 부족들 이야기, 그들의 전설과 풍습, 파렴치한 멕시코인 사제들 이야기, 라투르 주교의 멕시코인과 인디언 친구들 이야기, 그리고 그의 교구민들 이야기는 작품의 배경이 되는 뉴멕시코 자연환경에 걸맞게 내용적인 측면에서도 소설을 매우 웅장하고 풍요롭게 만들어 준다.

또한 이 작품의 주요 인물들이자 광대한 미국 남서부 지역인 뉴멕시코에 파견되어 선교 활동을 하는 프랑스 선교사 라투르 신부와 바일랑 신부는, 황금 우상을 숭배하는 현대의 물질만능주의를 비판하면서 원칙과 명분이 살아 있으며 소신 있는 삶을 지향하는 긍정적인 삶의 한 양태를 보여 준다. 그들은 또한 인간은 고난을 통해 성숙해 간다는 것을 깨닫게 해주기도 한다. 두 신부는 뉴멕시코의 여러 마을들을 순회하고 사막을 횡단하며 힘겨운 여행을 하고, 홍인종 인디언이나 멕시코인 원주민들과 멕시코인 사제들을 만나 교구의 실정을 파악하면서 수없이 기이하고도 무서운 경험을 한다. 목숨을 아끼지 않고 사명을 다하는 성직자로서 이 힘든 과정을 거치는 가운데 그들은 많은 원주민들과 사귐으로써 그들의 전통과 관습, 사고방식을 이해하게 된다. 그리고 이로써 그들은 시야를 더욱 넓히고 이해의 영역을 넓힌다. 백인의 문명과 삶의 방식만이 최고가 아니라는 사실을 그들을 통해 깨닫게 되는 것이다.

 말하자면 다문화 시대에 있어서 백인의 삶의 방식과 문화만이 가치 있는 것이 아니라, 유럽인이나 백인의 관점에서 본다면 인디언이나 멕시코인같이 가난하고 너무 옛것만 추구하며 살아가는 듯한 방식에도 그들 나름의 가치가 있으며 원칙이 있다는 면을 두 신부의 생각을 통해 작가가 보여 주고 있다고 할 수 있다. 라투르 주교가 원주민들, 특히 인디언들을 통해 파악하듯이 백인들은 자연을 정복하고 변화시키고 최대한 이용하려 하지만, 인디언들은 자연을 존중하고 자연에 자신들을 맞추고 순응하려 한다. 그들은 자연을 정복하고 자연을 재배열하고 재창조하려는 유럽인들의 욕망 같은 것을 갖고 있지 않기 때문이다. 이는 그들이 나태해서가 아니라 옛날부터 내려오는 것을 존중하고 아끼려는 마음에서 비롯된 것이다. 그리고 그들은 가능하면 그들이 사는 땅과 자연을 건드리지 않고 신중한 삶의 방식을 통해 조용히 살아가고자 한다. 그들은 사냥을 하더라도 강이나 숲을 샅샅이 뒤져 닥치는 대로 죽이거나 하지 않을뿐더러, 관개 시설을 이용해 물을 끌어들인다 해도 필요한 만큼의 물만 끌어들여 쓴다.

 이러한 것은 캐더의 원시주의 사상을 드러내는데, 그녀는 숭고한 종교적 개척 시대에 과거를 가치 있는 것으로 여기고 땅이 가지고 있는 원래의 성향을 인간이 존중해야 한다고 생각하기 때문이다. 또한 이러한 그녀의 가치관에 맞게 이 작품에서는 악한 일을 저지른 사람은 그에 응당하는 처벌을 받고 만다는 응보의 법칙이 철저하게 적용된다. 그리하여 교구민들을 부려먹고 부조리한 일을 저지른 사제들이나, 막달레나를 비롯하여 많은 사람들에게 몹쓸 짓을 한 막달레나의 남편은 결국 그에 합당한 벌을 받는 것으로 삶을 마감한다. 그러나 다른 많은 일화들을 통해서는 양면성을 함께 지니고 있는 인간적인 것으로 묘사되어 있다. 이는 캐더의 삶에 대한 폭넓은 개방성을 반영하는 것이라고 할 수 있다. 이 속에는 모든 인간과 인간 각자가 지닌 고유함을 나름대로 인정하는 캐더의 삶에 대한 개방적인 태도가 들어 있기 때문이다. 또한 일찍이 그녀의 다른 작품에서도 이민자들의 삶에 관심을 갖고 이들의 삶의 양식에 주목했던 캐더는, 이민자들로 구성된 다양한 인종의 용광로이자 다양한 문화의 모자이크로 이루어진 미국이라는 나라에서 필요한 것은 무엇보다도 이러한 삶의 태도라고 보았기 때문이다.

따라서 그녀는 인간의 개방적인 삶의 태도를 통해 무엇보다 인간과 인간 사이의 애정에 깊은 비중을 두고 있음을 보여 준다. 사람들 간의 애정에 대한 캐더의 관심은 신부들과 원주민들 사이에 지속되는 긴밀한 우정은 물론 라투르와 바일랑 두 신부 사이에 계속되는 우정을 통해서도 나타난다. 이 두 사람은 집안과 성격이 각기 대조적이지만 서로를 배려하는 사려 깊은 성격을 통해 긴밀한 유대 관계를 이어 가고, 또 서로 반대되는 성격과 성장 배경으로 인하여 오히려 서로를 보충해 주는 가운데 신세계에서 선교 활동을 더 잘해 낼 수 있게 된다. 바일랑 신부가 파악하듯이 라투르 신부와 바일랑 신부 사이에는 천성적으로 아주 큰 차이가 있다. 바일랑 신부는 어디를 가든지 곧 그 지방과 또 그곳의 가족과 금세 친구가 되지만, 어떤 사회에서나 쉽게 끼어들며 늘 예의

범절이 올바른 라투르 주교는 새로운 친구를 잘 만들지 못한다. 그는 모든 사람에게 예의 바르게 대하지만 친하게 지내는 사람이 거의 없다.

하지만 바일랑 신부는 이러한 라투르 신부를 사려 깊게 배려하면서 그를 위해 자신의 특기를 한층 더 발휘하여 더 좋은 교구를 만들기 위해 험난한 일을 도맡아 한다. 학식과 잘생긴 외모와 섬세한 관찰력이 효력을 제대로 발휘할 수 있는 세상의 다른 곳에서 다른 직책을 맡아야 더 어울릴 것 같은 라투르 신부가 거칠기 짝이 없는 뉴멕시코의 초대 주교로 와서 주님을 섬기는 것은, 주님 나름대로 이유가 있어 이런 곳으로 그를 보냈기 때문이라고 확신해서이다. 그리하여 그는 어쩌면 거대한 새로운 교구를 시작하는 데는 라투르 주교처럼 섬세한 자질과 훌륭한 인격을 가진 사람으로 하여금 우아하게 시작하도록 하는 것이 주님의 뜻이었는지도 모를 일이라며, 결국 앞으로 다가오는 시절에는 라투르 주교에 대한 어떤 이상이나 그에 대한 추억, 전설 같은 것이 남게 되리라고 생각한다. 그리고 그의 예언대로, 라투르 주교에 대한 전설은 뉴멕시코에 남아 이렇게 한 작가의 작품으로 승화되었다.

이제 나이가 들어 죽음에 임박해 돌이켜보건대, 구세계에서 신세계로 건너가 모든 고난을 극복하고 가톨릭교를 전함으로써 신세계에 신의 나라를 건설하려던 그들의 꿈은, 긍정적인 시선과 태도로 세상을 대하며 자신에게 주어진 삶을 긍정적으로 완수하는 그들의 실제적인 행동을 통해 실현된 셈이다. 그리고 그들이 깨닫고 있듯이 젊었을 때 꿈꾸었던 일들을 실현시키는 것, 그것은 어떤 세속적인 성공도 대신할 수 없을 만큼 최고로 행복한 일이다.

그러므로 그들이 작품 말미에 가서 맞이하는 죽음은 부정적인 의미의 죽음이 아니라, 영광의 면류관을 쓰기 위해 천국의 문에 도달했음을 의미하는 죽음이다. 속세의 욕망을 버리고 신의 뜻만을 실현하려고 애썼던 그들의 숭고한 일생은 고난과 시련의 연속이었지만 승리와 축복의 생애이기도 했던 것이다. 그러므로 홀바인의 목판화에서 따온 이 작품의 제목 『대주교에게 죽음이 오다』는 라투르 신부가 이 세상에서 위대한 업적을 이룬 후 그로 인해 편안히 천국에 이르게 되었음을 의미한다고 할 수 있다.

윤명옥

윌라 캐더 연보

1873년 출생 12월 7일 미국 버지니아 주 윈체스터 부근의 윌로우 쉐이드 농장에서 보안관 대리 찰스 F. 캐더Charles F. Cather와 버지니아 보크 캐더Virginia Boak Cather 사이 7명의 자녀 중 맏이로 태어남.

1883년 10세 친할아버지의 농장이 있는 네브래스카 주 웹스터 카운티로 캐더 일가가 이주함(새로운 삶을 시작하려는 개척자들이 스웨덴, 독일, 보헤미아 등 유럽 각지에서 미국 서부 지역으로 이민을 오던 시기).

1884년 11세 네브래스카의 레드 클라우드로 이사. 이곳은 이후 그녀의 여러 소설들에서 자주 언급되는 배경이 됨. 부친이 보험, 부동산 사무실 개업. 초등학교 교육은 할머니에게서 사사함. 말을 타고 우편물 배달 심부름을 하면서 이민자들의 삶을 직접 관찰함. 1921년 인터뷰에서 캐더는, 8~16세는 작가의 삶을 형성하는 지극히 중요한 시기이며 자신의 경우는 〈네브래스카로의 이주〉가 이에 해당한다고 하였음.

1890년 17세 가을 네브래스카의 링컨으로 가서 네브래스카 대학교의 예비 학교Latin School에 입학하여 어학 공부를 함.

1891년 18세 3월 토머스 칼라일Thomas Carlyle에 관한 논문이 링컨 시의 신문 「네브래스카 스테이트 저널Nebraska State Journal」에 게재됨. 이를 계기로 자연 과학에 대한 취미가 문학으로 전향됨. 네브래스카 대학교 영문과 입학.

연보 **343**

1892년 19세 보스턴 잡지 『마호가니 트리*The Mahogany Tree*』에 단편 「피터Peter」 게재. 후에 『나의 안토니아*My Antonia*』의 일부로 사용함.

1894년 21세 네브레스카 대학교 영문과 졸업. 학생 잡지 『헤스퍼리안*Hesperian*』에 시, 비평 등을 발표하기 시작하며 학생 신문 칼럼니스트로 활동. 1896년까지 레드 클라우드에 있는 집에 머뭄.

1896년 23세 1897년까지 펜실베이니아의 피츠버그에 머물며 잡지 『홈 먼슬리*The Home Monthly*』 편집자로 일함.

1897년 24세 1901년까지 피츠버그의 『데일리 리더*Daily Leader*』에서 편집자 겸 드라마 평론가로 일함.

1899년 26세 유명 배우 이사벨 맥클룽Isabelle Maclung과 피츠버그에 거주.

1901년 28세 1902년까지 피츠버그의 센트럴 하이 스쿨Central High School에서 영어와 라틴어를 가르침. 여가 시간에 단편과 시를 씀.

1903년 30세 시집 『4월의 황혼*April Twilights*』 출간. 피츠버그의 앨리게니 하이 스쿨Alleghany High School에서 교사 생활을 함.

1905년 32세 『매클류어스 매거진*McClure's Magazine*』에 「조각가의 장례식The Sculptor's Funeral」과 「폴의 경우Paul's Case」가 게재됨. 단편집 『트롤 요정의 정원*The Troll Garden*』 출간.

1906년 33세 5년여의 교사 생활을 마침. 1912년까지 『매클류어스 매거진』에서 편집인으로 일함. 미국 동부에서 교세가 커지기 시작한 신흥 기독교, 크리스천 사이언스의 창시자인 메리 베이커 에디Mary Baker Eddy의 전기 집필을 위해 보스턴의 한 호텔에 머물면서 취재 활동을 함. 그 전기가 『매클류어스 매거진』에 게재되어 선풍적인 인기를 끌고 후에 단행본으로 출간됨. 이 기간 중 뉴잉글랜드 지방주의 작가 세라 온 쥬웨트Sarah Orne Jewett를 만나 문학적 조언을 받게 되는데, 그녀는 캐더에게 잡지사를 그만두고 글쓰기에 전념하라는 충고를 함.

1908년 35세 평생 친구인 이디스 루이스Edith Lewis의 아파트로 이사, 이후 40년간을 뉴욕의 아파트에서 함께 삶.

1912년 39세 첫 장편소설 『알렉산더의 다리Alexander's Bridge』 출간. 이 처녀작 출간을 계기로 잡지사를 그만두고 전업 작가 생활 시작.

1913년 40세 『오, 개척자들이여!O Pioneers!』 출간.

1915년 42세 『종달새의 노래The Song of the Lark』 출간. 캐더에 의하면, 이 제목은 시카고 미술관에 전시된 「이류 그림」 화폭에 담긴 〈들판에서 새소리에 귀를 기울이는 시골 처녀의 모습〉에서 유래했다고 함.

1917년 44세 모교인 네브래스카 대학교에서 그동안의 문학적 업적으로 명예 문학 박사 학위를 받음. 이후에 미시간, 캘리포니아, 컬럼비아, 예일, 프린스턴 대학교에서도 각기 명예 문학 박사 학위를 받음.

1918년 45세 『나의 안토니아』 출간.

1920년 47세 단편집 『젊음과 빛나는 메두사Youth and the Bright Medusa』 출간.

1922년 49세 『우리 중의 하나One of Ours』 출간. 12월 27일 영국 국교로 귀의함.

1923년 50세 『방황하는 부인A Lost Lady』 출간. 이 작품은 1925년과 1934년에 영화로 만들어짐. 『우리 중의 하나』로 퓰리처상 수상.

1925년 52세 『교수의 집The Professor's House』 출간.

1926년 53세 『나의 철천지원수My Mortal Enemy』 출간.

1927년 54세 뉴멕시코 일대의 웅대한 자연환경을 그린 『대주교에게 죽음이 오다Death Comes for the Archbishop』 출간.

1930년 57세 『대주교에게 죽음이 오다』로 미국 예술원으로부터 하웰스상 수상.

1931년 58세 『바위 위의 그림자들Shadows on the Rock』 출간.

1932년 59세 단편집 『보이지 않는 운명Obscure Destinies』 출간. 뛰어난 문학적 업적으로 프랑스 문학상인 페미나상 수상.

1935년 62세 『루시 게이하트Lucy Gayheart』 출간.

1936년 63세 평론집 『40세 이하는 아니다Not Under Forty』 출간.

1940년 67세 마지막 장편소설 『사파이러와 노예 소녀Sapphira and the Slave Girl』 출간.

1944년 71세 미국 국립 예술원으로부터 일생에 걸친 문학적 업적을 표창하는 예술원상 수상.

1947년 74세 4월 24일 뉴욕의 자택에서 뇌출혈로 세상을 떠남. 당시 미혼이었음. 뉴햄프셔 주 제프리 묘지에 매장. 네브래스카 최초의 여성 유명 인사였던 윌라 캐더의 묘비문에는 〈당신의 작품은 이 나라와 온 국민에게 주는 불후의 선물이며 그 안에 담겨 있는 광대한 정신의 진실과 박애는 길이 보전될 것입니다〉라고 새겨져 있음.

1948년 사후 소설집 『늙은 미인The Old Beauty』 출간.

1949년 평론집 『윌라 캐더: 평론집Willa Cather: on Writing』 출간.

1955년 레드 클라우드에 〈윌라 캐더 재단〉 설립. 재단 설립의 목적은 캐더의 삶과 작품 연구를 지원하고 그녀의 고향 레드 클라우드의 여러 유적지를 관리 및 보존하는 것임.

1973년 미국 우정국에서 캐더의 얼굴을 담은 우표 발행.

1981년 미국 조폐공사에서 캐더의 얼굴을 담은 반 온스 금화 메달 제조.

1986년 네브래스카 대학은 기숙사 건물을 〈캐더와 파운드〉라 명명함(일생을 영문학과 교수로 지낸 루이즈 파운드는 대학 시절 캐더의 절친한 친구였음).

열린책들 세계문학 145 대주교에게 죽음이 오다

옮긴이 윤명옥 충남대학교 영어영문학과를 졸업한 후 같은 대학 대학원에서 존 키츠의 시에 대한 연구로 석, 박사 학위를 받았으며 캐나다, 뉴질랜드, 영국에서 시 창작과 영문학을 공부했다. 국제계관시인연합 한국위원회 사무국장과 한국시 영역 연간지 『POETRY KOREA』의 편집을 맡았으며 현재는 한밭대학교에 출강하고 있다. 영미 문학과 캐나다 문학에 관한 다수의 논문을 발표해 왔으며 허난설헌 번역문학상, 세계우수시인상, 세계계관시인상을 수상하였고 한국과 미국에서 시인으로 활동하고 있다. 저서로 『존 키츠의 시세계』, 『역설·공존·병치의 미학: 존 키츠 시 읽기』가 있고 우리말 번역서로 윌라 캐더의 『나의 안토니아』를 비롯하여 『내 눈 건너편의 초원』, 『나 자신의 노래』, 『키츠 시선』, 『디킨슨 시선』, 『포 시선』 등 다수가 있으며 영어 번역서로 『The Hunchback Dancer』, 『Dancing Alone』, 『A Poet's Liver』 등이 있다. 그 밖에 우리말 시집(필명: 윤꽃님)으로 『거미 배우』, 『무지개 꽃』, 『빛의 실타래로 풀리는 향기』, 『한 장의 흑백사진』, 『괴테의 시를 싣고 가는 첫사랑의 자전거』가 있고 미국에서 출간된 영어 시집(필명: Myung-Ok Yoon)으로 *The Core of Love, Under the Dark Green Shadows*가 있다.

지은이 윌라 캐더 **옮긴이** 윤명옥 **발행인** 홍지웅·홍예빈
발행처 주식회사 열린책들 **주소** 경기도 파주시 문발로 253 파주출판도시
전화 031-955-4000 **팩스** 031-955-4004 **홈페이지** www.openbooks.co.kr
Copyright (C) 주식회사 열린책들, 2010, *Printed in Korea*.
ISBN 978-89-329-1145-8 04840 ISBN 978-89-329-1499-2 (세트)
발행일 2010년 10월 30일 세계문학판 1쇄 초판 1쇄 2018년 12월 20일 초판 2쇄

이 도서의 국립중앙도서관 출판예정도서목록(CIP)은 서지정보유통지원시스템 홈페이지(http://seoji.nl.go.kr)와 국가자료공동목록시스템(http://www.nl.go.kr/kolisnet)에서 이용하실 수 있습니다.(CIP제어번호: CIP2010003637)

열린책들 세계문학
Open Books World Literature

001 죄와 벌 전2권
표도르 도스또예프스끼 장편소설 | 홍대화 옮김 | 각 408, 504면
죄와 벌의 심리 과정을 따라가며 혁명 사상의 실제적 문제를 제시하는 명작
- 고려대학교 선정 〈교양 명저 60선〉
- 미국 대학 위원회 선정 SAT 추천 도서

003 최초의 인간
알베르 카뮈 장편소설 | 김화영 옮김 | 392면
20세기 문학의 정점을 이룬 알베르 카뮈 최후의 육성
- 1957년 노벨 문학상 수상 작가

004 소설 전2권
제임스 미치너 장편소설 | 윤희기 옮김 | 각 280, 368면
〈소설이란 무엇인가〉라는 주제를 작가, 편집자, 비평가, 독자의 입장에서 풀어 나간 작품
- 〈이달의 청소년도서〉 선정
- 한국 간행물 윤리 위원회 선정 〈청소년 권장 도서〉

006 개를 데리고 다니는 부인
안똔 체호프 소설선집 | 오종우 옮김 | 368면
삶의 진실과 인간의 참모습을 웃음과 울음으로 드러내는 위대한 작품
- 1993년 서울대학교 선정 〈동서 고전 200선〉
- 2002년 노벨 연구소가 선정한 〈세계문학 100선〉

007 우주 만화
이탈로 칼비노 장편소설 | 김운찬 옮김 | 416면
25편 단편 속 신비로운 존재 〈크프우프크〉를 통해 환상적으로 창조된 우스꽝스러운 우주

008 댈러웨이 부인
버지니아 울프 장편소설 | 최애리 옮김 | 296면
난해한 〈의식의 흐름〉 기법과 〈내적 독백〉을 시도한 영국 모더니즘 소설의 고전
- 2005년 『타임』지 선정 〈100대 영문 소설〉, 〈20세기 100선〉
- 2009년 『뉴스위크』 선정 〈세계 100대 명저〉

009 어머니
막심 고리끼 장편소설 | 최윤락 옮김 | 544면
혁명의 교과서이자 인간다운 삶의 권리를 일깨우는 영원한 고전
- 1912년 그리보예도프상
- 2006년 이고르 수히흐 교수 〈러시아 문학 20세기의 책 20권〉
- 서울대학교 권장 도서 100선

010 변신
프란츠 카프카 중단편집 | 홍성광 옮김 | 464면
어디에도 안주하지 못하는 인간의 모습을 초현실적으로 그려 낸 카프카의 주옥같은 단편들
- 서울대학교 권장 도서 100선

011 전도서에 바치는 장미
로저 젤라즈니 중단편집 | 김상훈 옮김 | 432면
신화와 SF의 융합, 흥미롭고 지적인 중단편 소설집

012 대위의 딸
알렉산드르 뿌쉬낀 장편소설 | 석영중 옮김 | 240면
역사적 대사건을 가정 소설과 연애 소설의 형식에 녹여 내어 조망한 산문 예술의 정점
- 2000년 한국 백상 출판 문화상 번역상

013 바다의 침묵
베르코르 소설선집 | 이상해 옮김 | 256면
전쟁과 이데올로기에 가려진 인간성에 대하여 고찰한 레지스탕스 문학의 백미

014 원수들, 사랑 이야기
아이작 싱어 장편소설 | 김진준 옮김 | 320면
유대인 학살에서 살아남은 네 남녀의 사랑과 상처를 그린 소설
- 1978년 노벨 문학상 수상 작가

015 백치 전2권
표도르 도스또예프스끼 장편소설 | 김근식 옮김 | 각 500, 528면
백치 미쉬낀을 통해 구현하는 완전한 아름다움과 순수한 인간의 형상
- 피터 박스올 〈죽기 전에 읽어야 할 1001권의 책〉

017 1984년
조지 오웰 장편소설 | 박경서 옮김 | 392면
감시하고 통제하는 전체주의의 권력 앞에 무력해지는 인간의 삶
- 2009년 『뉴스위크』 선정 〈세계 100대 명저〉
- 『타임』지가 뽑은 〈20세기 100선〉

018 수용소군도
알렉산드르 솔제니찐 기록문학 | 김학수 옮김 | 480면
20세기 최고의 고발 문학이자 세계적인 휴먼 다큐멘터리
- 1970년 노벨 문학상
- 『타임』지가 뽑은 〈20세기 100선〉

019 이상한 나라의 앨리스
루이스 캐럴 환상동화 | 머빈 피크 그림 | 최용준 옮김 | 336면

시공을 초월하며 상상력과 호기심의 한계를 허무는 루이스 캐럴의 환상 동화

- 2003년 BBC 「빅리드」 조사 〈영국인들이 가장 사랑하는 소설 100편〉
- 2004년 〈한국 문인이 선호하는 세계 명작 소설 100선〉

020 베네치아에서의 죽음
토마스 만 중단편집 | 홍성광 옮김 | 432면

삶과 죽음, 예술과 일상이라는 양극의 주제를 다룬 걸작

- 1929년 노벨 문학상 수상 작가
- 피터 박스올 〈죽기 전에 읽어야 할 1001권의 책〉

021 그리스인 조르바
니코스 카잔차키스 장편소설 | 이윤기 옮김 | 488면

카잔차키스가 그려 낸 자유인 조르바의 영혼의 투쟁

- 2002년 노벨 연구소가 선정한 〈세계문학 100선〉
- 2004년 〈한국 문인이 선호하는 세계 명작 소설 100선〉
- 2005년 동아일보 선정 〈21세기 신고전 50선〉
- 피터 박스올 〈죽기 전에 읽어야 할 1001권의 책〉

022 벚꽃 동산
안똔 체호프 희곡선집 | 오종우 옮김 | 336면

거창한 사상보다는 삶의 사소함을 객관적인 문체로 그린, 가장 완숙한 체호프의 작품

- 2006년 이고르 수히흐 교수 〈러시아 문학 20세기의 책 20권〉
- 미국 대학 위원회 선정 SAT 추천 도서
- 서울대학교 권장 도서 100선

023 연애 소설 읽는 노인
루이스 세풀베다 장편소설 | 정창 옮김 | 192면

담백하고 섬세한 문체와 간결한 내용에 인간의 탐욕과 자연의 거대함을 담은 환경 소설

- 1989년 티그레 후안상
- 1998년 전 세계 베스트셀러 9위

024 젊은 사자들 전2권
어윈 쇼 장편소설 | 정영문 옮김 | 각 416, 408면

인간의 어리석음, 광기, 우스꽝스러움을 탁월하게 포착한 전쟁 소설이자 심리 소설

- 1945년 오 헨리 문학상
- 1970년 플레이보이상

026 젊은 베르테르의 슬픔
요한 볼프강 폰 괴테 장편소설 | 김인순 옮김 | 240면

사랑의 열병을 앓는 전 세계 젊은이들의 영혼을 울린 감성 문학의 고전

- 2003년 크리스티아네 취른트 〈사람이 읽어야 할 모든 것, 책〉
- 피터 박스올 〈죽기 전에 읽어야 할 1001권의 책〉

027 시라노
에드몽 로스탕 희곡 | 이상해 옮김 | 256면

명랑한 영웅주의, 감미로운 연애 감정, 기발하고 화려한 시구들이 돋보이는 명작

- 미국 대학 위원회 선정 SAT 추천 도서

028 전망 좋은 방
E. M. 포스터 장편소설 | 고정아 옮김 | 352면

영국 사회의 계층 간 갈등과 가치관의 충돌을 날카롭게 포착한 걸작

- 1998년 랜덤하우스 모던 라이브러리 선정 〈최고의 영문 소설 100〉
- 피터 박스올 〈죽기 전에 읽어야 할 1001권의 책〉

029 까라마조프 씨네 형제들 전3권
표도르 도스또예프스끼 장편소설 | 이대우 옮김 | 각 496, 496, 460면

많은 인물군과 에피소드를 통해 심오한 사상과 예술적 깊이를 보여 주는 도스또예프스끼 40년 창작의 결산

- 국립중앙도서관 선정 청소년 권장 도서 50선
- 서울대학교 권장 도서 100선

032 프랑스 중위의 여자 전2권
존 파울즈 장편소설 | 김석희 옮김 | 각 344면

자유에 대한 정열이 고갈된 20세기에 대한 탁월한 우화

- 1969년 실버펜상
- 2005년 『타임』지 선정 〈100대 영문 소설〉

034 소립자
미셸 우엘벡 장편소설 | 이세욱 옮김 | 448면

성(性) 풍속의 변천 과정을 중심으로 전개되는 두 형제의 쓸쓸한 삶을 다룬 작품

- 1998년 「타임스 리터러리 서플리먼트」 선정 〈올해의 책〉
- 2002년 국제 IMPAC 더블린 문학상

035 영혼의 자서전 전2권
니코스 카잔차키스 자서전 | 안정효 옮김 | 각 352, 408면

카잔차키스 자신의 삶의 여정을 아름답게 묘사한 자전적 소설

037 우리들
예브게니 자먀찐 장편소설 | 석영중 옮김 | 320면

인간이 인간일 수 있음을 방해하는 모든 제도를 거부하는, 디스토피아 소설의 효시

- 2006년 이고르 수히흐 교수 〈러시아 문학 20세기의 책 20권〉
- 피터 박스올 〈죽기 전에 읽어야 할 1001권의 책〉

038 뉴욕 3부작
폴 오스터 장편소설 | 황보석 옮김 | 480면

추리 소설의 형식을 빌려 장르의 관습을 뒤엎어 버린, 가장 미국적인 소설

- 피터 박스올 〈죽기 전에 읽어야 할 1001권의 책〉

039 닥터 지바고 전2권
보리스 빠스쩨르나끄 장편소설 | 박형규 옮김 | 각 400, 512면

장엄한 시대의 증언으로 러시아 문학의 지평을 넓힌 해빙기 문학의 정수

- 1958년 노벨 문학상
- 미국 대학 위원회 선정 SAT 추천 도서
- 『타임』지가 뽑은 〈20세기 100선〉

041 고리오 영감
오노레 드 발자크 장편소설 | 임희근 옮김 | 456면

〈인간 희극〉 시리즈의 으뜸으로, 이후 방대한 소설 세계를 열어 주는 발자크의 대표작

- 2002년 노벨 연구소가 선정한 〈세계문학 100선〉
- 연세대학교 권장 도서 200권

042 뿌리 전2권
알렉스 헤일리 장편소설 | 안정효 옮김 | 각 400, 448면

10여 년간의 철저한 자료 조사로 재구성된 르포르타주 문학의 걸작

- 1977년 퓰리처상
- 1977년 전미 도서상
- 2004년 〈한국 문인이 선호하는 세계 명작 소설 100선〉
- 2005년 헨리 포드사 선정 〈75년간 미국을 뒤바꾼 75가지〉

044 백년보다 긴 하루
친기즈 아이뜨마또프 장편소설 | 황보석 옮김 | 560면

꿈꾸는 듯한 현실과 현실 같은 상상이 절묘하게 어우러진, 소비에트 문화권 최고의 스테디셀러

- 1983년 소비에트 문학상
- 1994년 오스트리아 유럽 문학상

045 최후의 세계
크리스토프 란스마이어 장편소설 | 장희권 옮김 | 264면

신화적 인물과 모티프를 현대적 관심사들과 결합시킨 지적 신화 소설

- 1988년 프랑크푸르트 도서전 선정 〈올해의 책〉
- 1988년 안톤 빌트간스상
- 1992년 독일 바이에른 주 학술원 대문학상
- 피터 박스올 〈죽기 전에 읽어야 할 1001권의 책〉

046 추운 나라에서 돌아온 스파이
존 르카레 장편소설 | 김석희 옮김 | 368면

20세기 냉전이 낳은 존 르카레 최고의 스릴러

- 1963년 서머싯 몸상
- 1963년 영국 추리작가 협회상
- 1963년 미국 추리작가 협회상
- 2005년 『타임』지 선정 〈100대 영문 소설〉

047 산도칸 — 몸프라쳄의 호랑이
에밀리오 살가리 장편소설 | 유향란 옮김 | 428면

말레이시아 해를 배경으로 펼쳐지는 해적 산도칸과 그의 친구 야네스의 활약상

- 피터 박스올 〈죽기 전에 읽어야 할 1001권의 책〉

048 기적의 시대
보리슬라프 페키치 장편소설 | 이윤기 옮김 | 560면

예수가 행한 기적의 이면을 인간의 입장에서 조명한 기막힌 패러디

- 1965년 유고슬라비아 문학상

049 그리고 죽음
짐 크레이스 장편소설 | 김석희 옮김 | 224면

성장과 소멸, 삶과 죽음이 자연과 인간에게 주는 의미를 성찰하게 하는 걸작

- 1999년 전미 비평가 협회상
- 1999년 『가디언』 선정 〈올해의 책〉

050 세설 전2권
다니자키 준이치로 장편소설 | 송태욱 옮김 | 각 480면

몰락한 오사카 상류층의 네 자매의 결혼 이야기를 통해 당시의 풍속을 잔잔하게 그린 작품

052 세상이 끝날 때까지 아직 10억 년
스뜨루가츠끼 형제 장편소설 | 석영중 옮김 | 224면

반유토피아 문학의 전통을 계승하는 정치 풍자로 판금 조치를 당하기도 한 문제작

- 1988년 〈이달의 청소년 도서〉 선정

053 동물 농장
조지 오웰 장편소설 | 박경서 옮김 | 208면

스탈린 통치의 역사를 동물 우화에 빗댄 정치 알레고리 소설의 고전

- 2008년 영국 플레이닷컴 선정 〈역사상 가장 위대한 소설 10〉
- 2009년 『뉴스위크』 선정 〈세계 100대 명저〉

054 캉디드 혹은 낙관주의
볼테르 장편소설 | 이봉지 옮김 | 232면

해학과 풍자를 통해 작가 자신의 철학을 고스란히 담아 낸 철학적 콩트의 정수

- 1993년 서울대학교 선정 〈동서 고전 200선〉
- 미국 대학 위원회 선정 SAT 추천 도서

055 도적 떼
프리드리히 폰 실러 희곡 | 김인순 옮김 | 264면

〈형제의 반목〉이라는 모티프를 이용하여 자유와 반항을 설득력 있게 묘사한 비극

- 1993년 서울대학교 선정 〈동서 고전 200선〉
- 고려대학교 선정 〈교양 명저 60선〉

056 플로베르의 앵무새
줄리언 반스 장편소설 | 신재실 옮김 | 320면

예술 작품을 둘러싸고 벌어지는 인간 사회의 다양한 양상을 날카롭게 통찰한 작품

- 1986년 메디치상
- 1986년 E. M. 포스터상
- 1987년 구텐베르크상

057 악령 전3권
표도르 도스또예프스끼 장편소설 | 김연경 옮김 | 각 324, 396, 496면

실제 사건에 심리적, 형이상학적 색채를 가미한 위대한 비극
- 1966년 동아일보 선정 (한국 명사들의 추천 도서)
- 피터 박스올 (죽기 전에 읽어야 할 1001권의 책)

060 의심스러운 싸움
존 스타인벡 장편소설 | 윤희기 옮김 | 340면

1930년대 대공황기 캘리포니아 농장 지대의 파업을 극적으로 그린 소설
- 1937년 캘리포니아 커먼웰스 클럽 금상
- 1962년 노벨 문학상 수상 작가

061 몽유병자들 전2권
헤르만 브로흐 장편소설 | 김경연 옮김 | 각 568, 544면

현대 문명의 병폐와 가치의 붕괴를 상징적 비판적으로 해석한 박물 소설이자 모든 문학적 표현 수단의 총체

063 몰타의 매
대실 해밋 장편소설 | 고정아 옮김 | 304면

하드보일드 소설의 창시자 대실 해밋의 세계 최초 탐정 소설
- 2009년 『뉴스위크』 선정 (세계 100대 명저)
- 뉴욕 추리 전문 서점 블랙 오키드 선정 (최고의 추리 소설 10)

064 마야꼬프스끼 선집
블라지미르 마야꼬프스끼 선집 | 석영중 옮김 | 320면

20세기 러시아의 위대한 혁명 시인 마야꼬프스끼의 대표적인 시와 산문 모음집

065 드라큘라 전2권
브램 스토커 장편소설 | 이세욱 옮김 | 각 340, 344면

공포와 성(性)을 결합시킨 환상 문학의 고전
- 2003년 크리스티아네 취른트 (사람이 읽어야 할 모든 것 책)
- 피터 박스올 (죽기 전에 읽어야 할 1001권의 책)

067 서부 전선 이상 없다
에리히 마리아 레마르크 장편소설 | 홍성광 옮김 | 336면

지극히 평범한 한 인간을 통해 전쟁의 본질을 보여 주는, 가장 위대한 전쟁 소설
- 미국 대학 위원회 선정 SAT 추천 도서
- 『타임』지가 뽑은 (20세기 100선)
- 피터 박스올 (죽기 전에 읽어야 할 1001권의 책)

068 적과 흑 전2권
스탕달 장편소설 | 임미경 옮김 | 각 376, 368면

〈출세〉를 향한 젊은이의 성공과 좌절을 통해 부조리한 사회 구조를 고발한 작품
- 2002년 노벨 연구소가 선정한 〈세계문학 100선〉
- 국립중앙도서관 선정 청소년 권장 도서 50선
- 서울대학교 권장 도서 100선

070 지상에서 영원으로 전3권
제임스 존스 장편소설 | 이종인 옮김 | 각 396, 380, 388면

제2차 세계 대전을 배경으로 두 쌍의 연인을 통해 하와이 주둔 미군 부대의 실상을 폭로한 자연주의 소설
- 1952년 전미 도서상
- 1998년 랜덤하우스 모던 라이브러리 선정 (최고의 영문 소설 100)

073 파우스트
요한 볼프강 폰 괴테 희곡 | 김인순 옮김 | 568면

진리를 찾는 파우스트를 통해 인간사의 모든 문제를 상징적으로 표현한 고전 중의 고전
- 2002년 노벨 연구소가 선정한 〈세계문학 100선〉
- 2003년 국립중앙도서관 선정 〈고전 100선〉
- 미국 대학 위원회 선정 SAT 추천 도서
- 서울대학교 권장 도서 100선
- 『뉴스위크』 선정 〈세상을 움직인 100권의 책〉

074 쾌걸 조로
존스턴 매컬리 장편소설 | 김훈 옮김 | 316면

마스크 뒤에 정체를 감추고 폭압에 맞서 싸우는 쾌걸 조로의 가슴 시원한 활약

075 거장과 마르가리따 전2권
미하일 불가꼬프 장편소설 | 홍대화 옮김 | 각 364, 328면

스딸린 치하의 소비에트 사회를 풍자하는 서늘한 공포와 유쾌한 웃음의 묘미
- 2006년 이고르 수히흐 교수 (러시아 문학 20세기의 책 20권)
- 피터 박스올 (죽기 전에 읽어야 할 1001권의 책)

077 순수의 시대
이디스 워튼 장편소설 | 고정아 옮김 | 448면

사랑과 결혼의 의미를 찾는 세 남녀의 이야기를 세밀하게 그려 낸 연애 소설의 고전
- 1998년 랜덤하우스 모던 라이브러리 선정 (최고의 영문 소설 100)
- 2009년 『뉴스위크』 선정 (세계 100대 명저)

078 검의 대가
아르투로 페레스 레베르테 장편소설 | 김수진 옮김 | 376면

1868년 마드리드, 역사적인 음모와 계략 그리고 화려한 검술이 엮어 내는 지적 미스터리
- 1993년 『리르』지 선정 (10대 외국 소설가)
- 1997년 코레 그룹상
- 2000년 『뉴욕 타임스』 선정 (올해의 포켓북)

079 예브게니 오네긴
알렉산드르 뿌쉬낀 운문소설 | 석영중 옮김 | 328면

패러디의 소설이자 소설의 패러디. 러시아가 낳은 위대한 시인 뿌쉬낀의 장편 운문 소설
- 고려대학교 선정 (교양 명저 60선)
- 연세대학교 권장 도서 200권

080 장미의 이름 전2권
움베르토 에코 장편소설 | 이윤기 옮김 | 각 440, 448면
에코의 해박한 인류학적 지식과 기호학 이론이 녹아 있는 중세 추리 소설
- 1981년 스트레가상
- 1982년 메디치상
- 『타임』지가 뽑은 〈20세기 100선〉

082 향수
파트리크 쥐스킨트 장편소설 | 강명순 옮김 | 384면
지상 최고의 향수를 만들려는 한 악마적 천재의 기상천외한 이야기
- 2003년 BBC 「빅리드」 조사 〈영국인들이 가장 사랑하는 소설 100편〉
- 2008년 서울대학교 대출 도서 순위 20

083 여자를 안다는 것
아모스 오즈 장편소설 | 최창모 옮김 | 280면
현대 히브리 문학의 대표적 작가이자 평화 운동가인 아모스 오즈의 대표작

084 나는 고양이로소이다
나쓰메 소세키 장편소설 | 김난주 옮김 | 544면
고양이의 눈에 비친 인간들의 우스꽝스럽고도 서글픈 초상

085 웃는 남자 전2권
빅토르 위고 장편소설 | 이형식 옮김 | 각 472, 496면
17세기 영국 사회에 대한 묘사와 역사에 대한 통찰력이 돋보이는 위고의 최고 걸작

087 아웃 오브 아프리카
카렌 블릭센 장편소설 | 민승남 옮김 | 480면
아프리카에 바치는, 아프리카인과 나눈 사랑과 교감 그리고 우정과 깨달음의 기록
- 피터 박스올 〈죽기 전에 읽어야 할 1001권의 책〉

088 무엇을 할 것인가 전2권
니꼴라이 체르니셰프스끼 장편소설 | 서정록 옮김 | 각 360, 404면
젊은 지식인들에게 〈혁명의 교과서〉로 추앙받은 사회주의 이상 소설

090 도나 플로르와 그녀의 두 남편 전2권
조르지 아마두 장편소설 | 오숙은 옮김 | 각 328, 308면
브라질의 국민 작가 아마두의 관능적이고도 익살이 넘치는 대표작

092 미사고의 숲
로버트 홀드스톡 장편소설 | 김상훈 옮김 | 416면
신화의 원형을 〈숲〉으로 상징되는 집단 무의식의 본질을 유려한 문체로 형상화한 걸작
- 1985년 세계 환상 문학상 대상
- 2003년 프랑스 환상 문학상 특별상

093 신곡 전3권
단테 알리기에리 장편서사시 | 김운찬 옮김 | 각 292, 296, 328면
총 1만 4233행으로 기록된, 단테의 일주일 동안의 저승 여행 이야기
- 2009년 『뉴스위크』 선정 〈세계 100대 명저〉
- 서울대학교 권장 도서 100선

096 교수
샬럿 브론테 장편소설 | 배미영 옮김 | 368면
권위와 위선을 거부하고 자립해 가는 인간들의 모순된 내면 심리에 대한 탁월한 묘사

097 노름꾼
표도르 도스또예프스끼 장편소설 | 이재필 옮김 | 320면
잡지의 실패, 형과 아내의 죽음, 빚……. 파국으로 치닫는 악몽 같은 이야기로 승화한 작가의 회상

098 하워즈 엔드
E. M. 포스터 장편소설 | 고정아 옮김 | 508면
정교한 플롯과 다채로운 인물 묘사가 돋보이는 E. M. 포스터의 역작
- 1998년 랜덤하우스 모던 라이브러리 선정 〈최고의 영문 소설 100〉
- 2004년 〈한국 문인이 선호하는 세계 명작 소설 100선〉

099 최후의 유혹 전2권
니코스 카잔차키스 장편소설 | 안정효 옮김 | 각 408면
예수뿐 아니라 그의 주변 인물들에게까지 생생한 살과 영혼을 부여한 소설
- 피터 박스올 〈죽기 전에 읽어야 할 1001권의 책〉

101 키리냐가
마이크 레스닉 장편소설 | 최용준 옮김 | 464면
모든 문제에 대한 해답이 존재했던, 잃어버린 유토피아에 관한 우화
- 1989년 휴고상

102 바스커빌가의 개
아서 코넌 도일 장편소설 | 조영학 옮김 | 264면
가장 매력적인 탐정 〈셜록 홈스〉를 창조해 낸 코넌 도일 최고의 장편소설
- 『히치콕 매거진』 선정 〈세계 10대 추리 소설〉
- 피터 박스올 〈죽기 전에 읽어야 할 1001권의 책〉

103 버마 시절
조지 오웰 장편소설 | 박경서 옮김 | 400면
〈인도 제국주의 경찰〉이라는 실제 경험을 바탕으로 완성한 조지 오웰의 첫 장편, 그 식민지의 기록

104 10 1/2장으로 쓴 세계 역사
줄리언 반스 장편소설 | 신재실 옮김 | 464면
패러디, 다큐멘터리, 에세이 등 다양한 형식을 통한 세계 역사의 포스트모더니즘적 전복

105 죽음의 집의 기록
표도르 도스또예프스끼 장편소설 | 이덕형 옮김 | 528면
도스또예프스끼의 실제 경험이 가장 많이 반영된 다큐멘터리적 소설
- 1955년 시카고 대학 그레이트 북스
- 피터 박스울 《죽기 전에 읽어야 할 1001권의 책》

106 소유 전2권
수전 바이어트 장편소설 | 윤희기 옮김 | 각 440, 480면
우연히 발견된 편지의 비밀을 좇으며 알아 가는 빅토리아 시대의 사랑, 그리고 현실의 사랑
- 1990년 부커상
- 1990년 영국 최고 영예 지도자상인 커맨데(CBE) 훈장
- 2005년 「타임」지 선정 《100대 영문 소설》

108 미성년 전2권
표도르 도스또예프스끼 장편소설 | 이상룡 옮김 | 각 512, 544면
불행한 운명을 타고난 한 청년이 이상과 현실 사이에서 방황하는 모습을 그린 성장 소설

110 성 앙투안느의 유혹
귀스타브 플로베르 희곡소설 | 김용은 옮김 | 584면
〈낭만주의적 구도자〉 귀스타브 플로베르가 스스로 밝힌 〈평생의 작품〉

111 밤으로의 긴 여로
유진 오닐 희곡 | 강유나 옮김 | 240면
치솟는 애증과 한없는 연민의 다른 이름, 〈가족〉에 대한 유진 오닐의 자전적 고백
- 1936년 노벨 문학상 수상 작가
- 1957년 퓰리처상
- 미국 대학 위원회 선정 SAT 추천 도서
- 「타임」지가 뽑은 〈20세기 100선〉

112 마법사 전2권
존 파울즈 장편소설 | 정영문 옮김 | 각 512, 552면
중층적 책략과 거미줄처럼 깔린 복선, 다양한 상징이 어우러진 거대한 환상의 숲
- 2003년 BBC 〈빅리드〉 조사 〈영국인들이 가장 사랑하는 소설 100편〉
- 「타임」지 선정 〈100대 영문 소설〉

114 스쩨빤치꼬보 마을 사람들
표도르 도스또예프스끼 장편소설 | 변현태 옮김 | 416면
작가의 시베리아 유형 직후에 발표된 작품. 유쾌한 희극적 기법과 언어의 기막힌 패러디

115 플랑드르 거장의 그림
아르투로 페레스 레베르테 장편소설 | 정창 옮김 | 512면
그림에 감추어진 문장으로 과거를 추적해 가는 미스터리이자 역사 추리 소설
- 1993년 프랑스 추리 소설 대상
- 1993년 「리르」지 선정 〈10대 외국인 소설가〉

116 분신
표도르 도스또예프스끼 장편소설 | 석영중 옮김 | 288면
〈의식의 분열〉이라는 도스또예프스끼 창작의 가장 중요한 테마를 예고한 작품

117 가난한 사람들
표도르 도스또예프스끼 장편소설 | 석영중 옮김 | 256면
보잘것없는 하급 관리와 욕심 많은 지주의 아내가 되는 가엾은 처녀가 주고받은 편지

118 인형의 집
헨리크 입센 희곡 | 김창화 옮김 | 272면
누군가의 아내 혹은 어머니가 아닌, 한 〈인간〉으로서의 여성의 깨달음을 그린 화제작
- 미국 대학 위원회 선정 SAT 추천 도서
- 「뉴스위크」 선정 〈세상을 움직인 100권의 책〉

119 영원한 남편
표도르 도스또예프스끼 장편소설 | 정명자 외 옮김 | 448면
도스또예프스끼의 심화된 예술 세계를 보여 주는 단편 모음집

120 알코올
기욤 아폴리네르 시집 | 황현산 옮김 | 352면
파격적인 시풍과 유려한 내재율을 자랑하는 기욤 아폴리네르의 첫 시집

121 지하로부터의 수기
표도르 도스또예프스끼 장편소설 | 계동준 옮김 | 256면
선악의 충돌, 환경과 윤리의 갈등, 인간의 번민과 그리스도를 통한 구원에 관한 이야기들

122 어느 작가의 오후
페터 한트케 중편소설 | 홍성광 옮김 | 160면
세계적 작가 페터 한트케가 소설의 형식으로 써 내려간 독특한 〈작가론〉, 한트케식 글쓰기의 표본

123 아저씨의 꿈
표도르 도스또예프스끼 장편소설 | 박종소 옮김 | 304면
과장의 기법과 희화적 색채를 드러낸 도스또예프스끼의 풍자 드라마 혹은 사회 비판적 소설

124 네또츠까 네즈바노바
표도르 도스또예프스끼 장편소설 | 박재만 옮김 | 316면
네또츠까 네즈바노바라는 한 여성의 일대기를 다룬 도스또예프스끼 최초의 장편이자 미완성작

125 곤두박질
마이클 프레인 장편소설 | 최용준 옮김 | 528면
해박한 미술사적 지식을 토대로 한 예술 소설이자 역사적 배경 속에서 벌어지는 사회심리 코미디
- 1999년 「타임스 리터러리 서플러먼트」 선정 〈올해의 책〉
- 1999년 휫브레드상

126 백야 외
표도르 도스또예프스끼 소설선집 | 석영중 외 옮김 | 408면

도스또예프스끼의 유토피아적 사회주의 사상이 나타난 단편 모음으로, 뻬뜨로빠블로프스끄 감옥에 수감된 동안의 삶의 환희 등이 엿보이는 작품

127 살라미나의 병사들
하비에르 세르카스 장편소설 | 김창민 옮김 | 304면

1939년 프랑스 국경 숲 집단 총살에서 살아남은 작가이자 팔랑헤당의 핵심 멤버였던 산체스 마사스를 추적하는, 탐정 소설 형식을 띤 이야기

- 2001년 스페인 살림보상, 「케 레에르」지 독자상, 바르셀로나 시의 상
- 2004년 영국 「인디펜던트」 외국 소설상

128 뻬쩨르부르그 연대기 외
표도르 도스또예프스끼 소설선집 | 이항재 옮김 | 296면

새로운 테마와 방법으로 고심한 흔적이 나타나는, 당대 사회에 대한 날카로운 관찰자적 시각을 가지고 간결하고 세련된 문체를 사용한 작품

129 상처받은 사람들 전2권
표도르 도스또예프스끼 장편소설 | 윤우섭 옮김 | 각 296, 392면

19세기 중엽 뻬쩨르부르그 상류 사회의 이중적 삶과 하층민의 고통, 그로 인한 비극적 갈등과 모순을 그린 작품

131 악어 외
표도르 도스또예프스끼 소설선집 | 박혜경 외 옮김 | 312면

도스또예프스끼의 중기 단편, 점차 완숙해져 가는 작가의 예술적·사상적 세계관이 돋보이는 작품

132 허클베리 핀의 모험
마크 트웨인 장편소설 | 윤교찬 옮김 | 416면

모험 소설의 대가, 미국의 셰익스피어라 불리는 마크 트웨인의 대표작

- 미국 대학 위원회 선정 SAT 추천 도서
- 서울대학교 권장 도서 100선

133 부활 전2권
레프 톨스토이 장편소설 | 이대우 옮김 | 각 308, 416면

똘스또이의 세계관이 담긴 거대한 사상과, 끝없는 용서와 사랑으로 부활하는 인간성에 대한 이야기

- 2003년 국립중앙도서관 선정 〈고전 100선〉
- 2004년 〈한국 문인이 선호하는 세계 명작 소설 100선〉

135 보물섬
로버트 루이스 스티븐슨 장편소설 | 최용준 옮김 | 360면

백 년이 넘게 전 세계 독자들의 사랑을 받아 온 해양 모험 소설의 고전

- 2003년 BBC 「빅리드」 조사 〈영국인들이 가장 사랑하는 소설 100편〉
- 미국 대학 위원회 선정 SAT 추천 도서

136 천일야화 전6권
앙투안 갈랑 | 임호경 옮김 | 각 336, 328, 372, 392, 344, 320면

마법과 흥미진진한 모험 속에서 아랍의 문화와 관습은 물론 아랍인들의 세계관과 기질을 재미있게 전하는 앙투안 갈랑의 〈천일야화〉 완역판

- 2003년 국립중앙도서관 선정 〈고전 100선〉

142 아버지와 아들
이반 뚜르게네프 장편소설 | 이상원 옮김 | 328면

격변기 러시아의 세대 갈등, 〈보수〉와 〈진보〉가 대립하는 시대상을 묘사하여 논쟁을 불러일으킨 작품

- 1993년 서울대학교 선정 〈동서 고전 200선〉
- 미국 대학 위원회 선정 SAT 추천 도서

143 오만과 편견
제인 오스틴 장편소설 | 원유경 옮김 | 480면

오만과 편견에서 비롯된 모든 갈등과 모순은 결혼으로 해결된다. 셰익스피어에 버금가는 작가 제인 오스틴의 대표작

- 1954년 서머싯 몸이 추천한 세계 10대 소설
- 2002년 노벨 연구소가 선정한 〈세계 문학 100선〉
- 미국 대학 위원회 선정 SAT 추천 도서

144 천로 역정
존 버니언 우화소설 | 이동일 옮김 | 432면

좁은 문을 지나 천국에 이르는 순례자의 여정. 침례교 설교자 존 버니언의 대표작인 종교적 우화소설

- 1945년 호레이스 십 선정 〈세계를 움직인 책 10권〉
- 2003년 국립중앙도서관 선정 〈고전 100선〉
- 2004년 〈한국 문인이 선호하는 세계 명작 소설 100선〉

145 대주교에게 죽음이 오다
윌라 캐더 장편소설 | 윤명옥 옮김 | 352면

웅대한 자연환경과 함께 뉴멕시코 선교사들의 삶을 그린, 퓰리처상 수상 작가 윌라 캐더의 아름다운 신화적 소설

- 2005년 「타임」지 선정 〈100대 영문 소설〉
- 2009년 「뉴스위크」 선정 〈세계 100대 명작〉
- 미국 대학 위원회 선정 SAT 추천 도서

146 권력과 영광
그레이엄 그린 장편소설 | 김연수 옮김 | 384면

군사 혁명 시절의 멕시코, 범법자이자 도망자를 자처한 어느 사제의 이야기. 불구가 된 세상이 신의 대리인에게 내리는 가혹한 형벌, 혹은 놀라운 축복!

- 2005년 「타임」지 선정 〈100대 영문 소설〉

147 80일간의 세계 일주
쥘 베른 장편소설 | 고정아 옮김 | 352면

공상 과학 소설의 고전. 지금까지 전 세계에 가장 많은 번역 작품을 남긴 쥘 베른, 그가 그려 낸 80일 동안의 세계 일주

- 미국 대학 위원회 선정 SAT 추천 도서

148 바람과 함께 사라지다 전3권
마거릿 미첼 장편소설 | 안정효 옮김 | 각 616, 640, 640면

미국 문학사상 최고의 이야기꾼 마거릿 미첼의 대표작. 전쟁의 폐허 속에서 살아가는 여성의 이야기
- 1937년 퓰리처상
- 2009년 『뉴스위크』 선정 〈세계 100대 명저〉

151 기탄잘리
라빈드라나트 타고르 시집 | 장경렬 옮김 | 224면

먼 곳을 가깝게 하고 낯선 이를 형제로 만드는 타고르 시의 힘! 나그네, 연인…… 〈님〉을 그리는 가난한 마음들이 바치는 노래의 화환
- 1913년 노벨 문학상
- 2003년 국립중앙도서관 선정 〈고전 100선〉

152 도리언 그레이의 초상
오스카 와일드 장편소설 | 윤희기 옮김 | 384면

예술과 삶의 관계를 해명한 오스카 와일드의 유일한 장편소설
- 1966년 동아일보 선정 〈한국 명사들의 추천 도서〉
- 미국 대학 위원회 선정 SAT 추천 도서

153 레우코와의 대화
체사레 파베세 희곡소설 | 김운찬 옮김 | 280면

이탈리아 신사실주의 문학을 대표하는 파베세의 급진적인 신화 해석

154 햄릿
윌리엄 셰익스피어 희곡 | 박우수 옮김 | 256면

삶과 죽음, 도덕과 양심, 의지와 운명 등 다양한 문제를 동반한 존재 탐구의 여정
- 2002년 노벨 연구소가 선정한 〈세계문학 100선〉
- 미국 대학 위원회 선정 SAT 추천 도서

155 맥베스
윌리엄 셰익스피어 희곡 | 권오숙 옮김 | 176면

모순과 역설을 통해 인간 내면의 온갖 가치 충돌을 그려 낸, 셰익스피어 4대 비극의 마지막 작품
- 2002년 노벨 연구소가 선정한 〈세계문학 100선〉
- 미국 대학 위원회 선정 SAT 추천 도서

156 아들과 연인 전2권
D. H. 로런스 장편소설 | 최희섭 옮김 | 각 464, 432면

19세기 말에서 20세기 초 영국 사회 하층 계급의 삶을 생생하게 묘사한 로런스의 자전적 소설
- 2002년 노벨 연구소가 선정한 〈세계문학 100선〉
- 2009년 『뉴스위크』 선정 〈세계 100대 명저〉

158 그리고 아무 말도 하지 않았다
하인리히 뵐 장편소설 | 홍성광 옮김 | 272면

〈전후 독일에서 쓰인 최고의 책〉이라고 극찬받은 작품. 섬세하게 묘사된 전후의 내면 풍경
- 1972년 노벨 문학상 수상 작가

159 미덕의 불운
싸드 장편소설 | 이형식 옮김 | 248면

신앙 깊고 정숙한 미덕의 화신 쥐스띤느에게 가해지는 잔혹한 운명. 〈싸디즘〉의 유래가 된 문제작

160 프랑켄슈타인
메리 W. 셸리 장편소설 | 오숙은 옮김 | 320면

공포 소설, 공상 과학 소설의 고전. 과학의 발전과 실험이 불러올지도 모를 끔찍한 재앙에 대한 경고
- 2009년 『뉴스위크』 선정 〈세계 100대 명저〉
- 미국 대학 위원회 선정 SAT 추천 도서

161 위대한 개츠비
프랜시스 스콧 피츠제럴드 장편소설 | 한애경 옮김 | 280면

개츠비, 닉, 톰이라는 세 캐릭터를 통해 시대적 불안을 뛰어나게 묘사한 고전
- 2005년 『타임』지 선정 〈100대 영문 소설〉
- 미국 대학 위원회 선정 SAT 추천 도서

162 아Q정전
루쉰 중단편집 | 김태성 옮김 | 320면

현대 중국의 문학과 인문 정신의 출발을 상징하는 루쉰의 소설집
- 1996년 『뉴욕 타임스』 선정 〈20세기에 가장 큰 영향을 끼친 그레이트 북스〉

163 로빈슨 크루소
대니얼 디포 장편소설 | 류경희 옮김 | 456면

최초의 본격 소설이자 근대 소설의 효시. 국적과 시대와 세대를 불문한 여행기 문학의 대표작
- 2003년 국립중앙도서관 선정 〈고전 100선〉
- 미국 대학 위원회 선정 SAT 추천 도서

164 타임머신
허버트 조지 웰스 소설선집 | 김석희 옮김 | 304면

SF의 거인 허버트 조지 웰스가 그려 낸 인류의 미래 그 잔혹한 기적
- 2003년 크리스티아네 취른트 〈사람이 읽어야 할 모든 것 책〉
- 피터 박스올 〈죽기 전에 읽어야 할 1001권의 책〉

165 제인 에어 전2권
샬럿 브론테 장편소설 | 이미선 옮김 | 각 392, 384면

가난한 고아 가정 교사 제인 에어와 부유하지만 불행한 로체스터의 사랑을 주제로 한 연애 소설
- 미국 대학 위원회 선정 SAT 추천 도서
- 피터 박스올 〈죽기 전에 읽어야 할 1001권의 책〉

167 풀잎
월트 휘트먼 시집 | 허현숙 옮김 | 280면

자유시의 선구자 월트 휘트먼. 40년간 수정과 증보를 거듭한 시집 『풀잎』의 초판 완역본
- 2002년 노벨 연구소가 선정한 〈세계문학 100선〉
- 2009년 『뉴스위크』 선정 〈세계 100대 명저〉

168 표류자들의 집
기예르모 로살레스 장편소설 | 최유정 옮김 | 216면

쿠바와 미국, 그 어느 땅에도 뿌리박기를 거부한 작가 기예르모 로살레스, 그가 생전에 남긴 단 한 권의 책
- 1987년 황금 문학상

169 배빗
싱클레어 루이스 장편소설 | 이종인 옮김 | 520면

일반 명사가 된 한 남자의 이야기, 미국의 중산 계급에 대한 풍자와 뛰어난 환경 묘사에 성공한 루이스의 최고 걸작!
- 1930년 노벨 문학상

170 이토록 긴 편지
마리아마 바 장편소설 | 백선희 옮김 | 192면

50대 여성 라마툴라이가 친구 아이사투에게 쓴 편지. 일부다처제를 둘러싼 두 여인의 고통과 선택, 새로운 삶에서의 번민을 담아낸 작품
- 1980년 노마상

171 느릅나무 아래 욕망
유진 오닐 희곡 | 손동호 옮김 | 168면

욕정과 물욕, 근친상간과 유아 살해, 욕망에서 비롯된 인간사 갈등의 극단점. 그러나 그 속에서도 아직 꺾이지 않는 사랑에 대한 이야기
- 1936년 노벨 문학상 수상 작가

172 이방인
알베르 카뮈 장편소설 | 김예령 옮김 | 208면

인간의 부조리를 성찰한 작가 알베르 카뮈의 처녀작. 죽음, 자유, 반항, 진실의 심연을 들여다본다
- 1957년 노벨 문학상 수상 작가
- 2002년 노벨 연구소가 선정한 《세계 문학 100대 작품》

173 미라마르
나기브 마푸즈 장편소설 | 허진 옮김 | 288면

아랍 문학계의 큰 별, 나기브 마푸즈가 파고든 두 차례의 혁명, 그 이후
- 1988년 노벨 문학상 수상 작가
- 피터 박스올 《죽기 전에 읽어야 할 1001권의 책》

174 지킬 박사와 하이드 씨
로버트 루이스 스티븐슨 소설선집 | 조영학 옮김 | 320면

인간 내면의 근원을 탐구한 탁월한 심리 묘사가 스티븐슨. 그가 선사하는 다섯 가지 기이한 이야기
- 2004년 《한국 문인이 선호하는 세계 명작 소설 100선》

175 루진
이반 뚜르게네프 장편소설 | 이항재 옮김 | 264면

한 〈잉여 인간〉의 삶과 죽음을 러시아 문단의 거인 뚜르게네프의 사실적 시선을 통해 엿본다

176 피그말리온
조지 버나드 쇼 희곡 | 김소임 옮김 | 256면

20세기 영국 사회의 허위와 모순에 대한 신랄한 풍자. 셰익스피어 이후 가장 위대한 극작가 조지 버나드 쇼의 대표작
- 1925년 노벨 문학상 수상 작가

177 목로주점 전2권
에밀 졸라 장편소설 | 유기환 옮김 | 각 336면

노동자의 언어로 쓰인 최초의 노동 소설. 19세기를 살아간 노동자의 고달픈 삶, 그 몰락의 연대기
- 피터 박스올 《죽기 전에 읽어야 할 1001권의 책》

179 엠마 전2권
제인 오스틴 장편소설 | 이미애 옮김 | 각 336, 360면

호기심과 오해가 빚어낸 사건들 속에서 완성되는 철부지 엠마의 좌충우돌 성장기
- 2007년 데보라 G. 펠터 《여성의 삶을 바꾼 책 50권》

181 비숍 살인 사건
S. S. 밴 다인 장편소설 | 최인자 옮김 | 464면

추리 소설의 황금시대를 장식한 S. S. 밴 다인의, 시와 문학을 접목시킨 연쇄 살인 사건

182 우신예찬
에라스무스 풍자문 | 김남우 옮김 | 296면

자유로운 세계주의자 에라스무스, 그의 눈에 비친 〈웃지 않을 수 없는〉 시대의 모습

183 하자르 사전
밀로라드 파비치 장편소설 | 신현철 옮김 | 488면

지중해에 실제로 존재했던 하자르 제국에 대한, 역사와 환상이 교묘하게 뒤섞인 역사 미스터리 사전(辭典) 소설

184 테스 전2권
토머스 하디 장편소설 | 김문숙 옮김 | 각 392, 336면

옹졸한 인습 속에서도 강인한 생명력과 자연의 회복력을 지닌 순수한 대지의 딸 테스의 삶과 죽음
- 미국 대학 위원회 선정 SAT 추천 도서

186 투명 인간
허버트 조지 웰스 장편소설 | 김석희 옮김 | 288면

SF의 거장 허버트 조지 웰스의 빛나는 상상력, 보이지 않는 인간이 보여 주는, 소외된 인간의 고독
- 미국 대학 위원회 선정 SAT 추천 도서

187 93년 전2권
빅토르 위고 장편소설 | 이형식 옮김 | 각 288, 360면

프랑스 대혁명 당시 가장 치열했던 방데 전투의 종말. 그리고 그곳에서, 사상과 인간성 간의 전쟁이 다시 시작된다

189 젊은 예술가의 초상
제임스 조이스 장편소설 | 성은애 옮김 | 384면

20세기 가장 혁명적인 문학지 제임스 조이스의 자전적 소설. 감수성을 억압하는 사회를 거부하고 예술의 길을 택한 한 소년의 성장기

190 소네트집
윌리엄 셰익스피어 연작시집 | 박우수 옮김 | 200면

아름다운 언어로 사랑과 고통을 그려 낸 소네트 문학의 최고 걸작
- 2009년 『뉴스위크』 선정 〈세계 100대 명저〉

191 메뚜기의 날
너새니얼 웨스트 장편소설 | 김진준 옮김 | 280면

할리우드 뒷골목의 하류 인생들! 그들의 적나라한 모습에서 헛된 꿈에 부푼 인간들을 본다
- 2009년 『뉴스위크』 선정 〈세계 100대 명저〉

192 나사의 회전
헨리 제임스 중편소설 | 이승은 옮김 | 256면

모호한 암시와 뒤에 숨겨진 반전. 현대 심리 소설의 아버지 헨리 제임스의 대표작
- 미국 대학 위원회 선정 SAT 추천 도서
- 1955년 시카고 대학 〈그레이트 북스〉

193 오셀로
윌리엄 셰익스피어 희곡 | 권오숙 옮김 | 216면

인간의 사랑과 질투, 그리고 의심이라는 감정이 빚어내는 비극

194 소송
프란츠 카프카 장편소설 | 김재혁 옮김 | 376면

난데없는 소송과 운명적 소용돌이에 희생당하는 한 인간을 통해 카프카의 문학적 천재성을 본다
- 2002년 노벨 연구소가 선정한 〈세계 문학 100선〉
- 2005년 『타임』지 선정 〈100대 영문 소설〉

195 나의 안토니아
윌라 캐더 장편소설 | 전경자 옮김 | 368면

유토피아를 꿈꾸며 고향을 떠나온 이민자들의 삶, 황량한 초원에서 펼쳐진 그들의 아름다운 순간들
- 2007년 데보라 G. 펠터 〈여성의 삶을 바꾼 책 50권〉

196 자성록
마르쿠스 아우렐리우스 명상록 | 박민수 옮김 | 240면

로마 황제라는 화려한 뒤에 권력보다는 철학과 인간을 사랑했던 고독한 영웅이 있었다. 그의 성찰의 시간들을 본다

197 오레스테이아
아이스킬로스 비극 | 두행숙 옮김 | 336면

오레스테스를 중심으로 벌어지는 잔혹한 복수극을 통해 정의란 무엇인지에 대한 질문을 던진다

198 노인과 바다
어니스트 헤밍웨이 소설선집 | 이종인 옮김 | 320면

한 노인과 거대한 물고기의 사투를 통해 삶과 죽음에 대한 고민과 패배하지 않는 인간의 굳건한 의지를 그려 낸다
- 1952년 퓰리처상 수상작
- 1952년 노벨 문학상 수상 작가

199 무기여 잘 있거라
어니스트 헤밍웨이 장편소설 | 이종인 옮김 | 464면

체험에 뿌리를 내린 크나큰 비극. 미국 문학의 거장 헤밍웨이가 〈잃어버린 세대〉의 모습을 담는다
- 『타임』지가 뽑은 〈20세기 100선〉
- 미국 대학 위원회 선정 SAT 추천 도서

200 서푼짜리 오페라
베르톨트 브레히트 희곡선집 | 이은희 옮김 | 320면

이데올로기 속에 갇힌 인간의 모습을 그려 낸 「서푼짜리 오페라」와 「억척어멈과 자식들」을 만난다
- 『뉴욕 타임스』 선정 〈20세기 최고의 책 100선〉

201 리어 왕
윌리엄 셰익스피어 희곡 | 박우수 옮김 | 224면

자신의 정체성을 아는 자 누구인가? 오이디푸스의 후예 리어, 눈도 있되 보지 못하는 자의 고통
- 미국 대학 위원회 선정 SAT 추천 도서
- 2002년 노벨 연구소가 선정한 〈세계문학 100선〉

202 주홍 글자
너대니얼 호손 장편소설 | 곽영미 옮김 | 360면

미국 문학의 시대를 연 호손의 대표작. 가장 통속적인 곳에서 피어난 가장 숭고한 이야기
- 미국 대학 위원회 선정 SAT 추천 도서
- 서울대학교 선정 〈동서 고전 200선〉

203 모히칸족의 최후
제임스 페니모어 쿠퍼 장편소설 | 이나경 옮김 | 512면

자연과 문명, 인디언과 백인, 신화와 역사의 경계를 넘나드는 모히칸 전사의 최후 전투 기록
- 미국 대학 위원회 선정 SAT 추천 도서

204 곤충 극장
카렐 차페크 희곡선집 | 김선형 옮김 | 360면

양차 대전 사이 유럽을 살아간 휴머니스트 카렐 차페크의 치열한 고민, 그러나 위트 넘치는 기록들

205 누구를 위하여 종은 울리나 전2권
어니스트 헤밍웨이 장편소설 | 이종인 옮김 | 각 416, 400면

허무주의에서 평화를 위한 필사의 투쟁으로, 연대를 통한 실천 의식을 역설한 헤밍웨이의 역작
- 1953년 노벨 문학상 수상 작가
- 뉴스위크 선정 세계 100대 명저
- 르몽드 선정 〈20세기 최고의 책〉

207 타르튀프
몰리에르 희곡선집 | 신은영 옮김 | 416면

최고의 희극 배우이자 가장 위대한 극작가 몰리에르. 조롱과 웃음기로 무장한 투쟁의 궤적
- 1955년 시카고 대학 〈그레이트 북스〉
- 서울대학교 선정 〈동서 고전 200선〉

208 유토피아
토머스 모어 소설 | 전경자 옮김 | 288면

르네상스 시대의 휴머니즘과 종교적 관용, 성 평등을 주장한 근대 소설의 효시이자 사회사상사적 명저
- 〈뉴스위크〉 선정 세상을 움직인 100권의 책
- 스탠포드 대학 선정 〈세계의 결정적 책 15권〉

209 인간과 초인
조지 버나드 쇼 희곡 | 이후지 옮김 | 320면

니체의 초인 사상에 큰 영향을 받은 버나드 쇼의 인생관과 예술론이 흥미로운 설정과 희극적인 요소와 함께 펼쳐진다
- 1925년 노벨 문학상 수상
- 시카고 대학 그레이트 북스

210 페드르와 이폴리트
장 라신 희곡 | 신정아 옮김 | 200면

프랑스 신고전주의 희곡의 대가 라신의 대표작이자 정념을 다룬 비극의 정수
- 서울대학교 선정 〈동서 고전 200선〉
- 시카고 대학 그레이트 북스

211 말테의 수기
라이너 마리아 릴케 장편소설 | 안문영 옮김 | 320면

고독과 고난에 대한 기록, 20세기 초 독일어로 발표된 최초의 현대 소설이자 릴케의 유일한 장편소설
- 국립중앙도서관 선정 청소년 권장도서 50선
- 서울대학교 선정 〈동서 고전 200선〉

212 등대로
버지니아 울프 장편소설 | 최애리 옮김 | 328면

삶과 죽음, 세월을 바라보는 깊은 눈. 무수한 인상의 단면들을 아름답게 이어 간 울프의 자전적 소설
- 2002년 노벨 연구소가 선정한 〈세계문학 100선〉
- 2005년 『타임』지 선정 〈100대 영문 소설〉

213 개의 심장
미하일 불가꼬프 중편소설집 | 정연호 옮김 | 352면

혁명의 모순과 과학의 맹점을 파고든 〈불가꼬프식〉 상상력의 정수

214 모비 딕 전2권
허먼 멜빌 장편소설 | 강수정 옮김 | 각 464, 488면

고래에 관한 모든 것, 전율적인 모험, 자연과 인간에 대한 심오한 통찰을 담은 멜빌의 독보적 걸작
- 1954년 서머싯 몸이 추천한 〈세계 10대 소설〉
- 2002년 노벨 연구소가 선정한 〈세계문학 100선〉

216 더블린 사람들
제임스 조이스 단편소설집 | 이강훈 옮김 | 336면

마비된 도시 더블린에 갇힌 욕망과 환멸, 20세기 문학사를 새롭게 쓴 선구적 작가 제임스 조이스 문학의 출발점
- 2008년 〈하버드 서점〉이 뽑은 잘 팔리는 책 20
- 2004년 〈한국 문인이 선호하는 세계 명작 소설 100선〉

217 마의 산 전3권
토마스 만 장편소설 | 윤순식 옮김 | 각 496, 488, 512면

20세기 독일 문학의 거장 토마스 만 작품의 정수! 죽음이 지배하는 알프스의 호화 요양원 〈베르크호프〉에서 생(生)의 아름다움과 환희를 되돌다

220 비극의 탄생
프리드리히 니체 | 김남우 옮김 | 304면

아폴론과 디오뉘소스라는 두 가지 원리로 희랍 비극의 근원을 분석하고 서양 문화의 심층 구조를 드러낸다. 20세기 문학, 철학, 예술에 심대한 영향을 끼친 책

221 위대한 유산 전2권
찰스 디킨스 장편소설 | 류경희 옮김 | 각 432, 448면

세상만사를 꿰뚫어보는 깊은 통찰과 풍부한 서사, 유쾌한 해학이 담긴 19세기 대문호 찰스 디킨스의 작품
- 2002년 노벨 연구소가 선정한 〈세계문학 100선〉
- 2007년 영국 독자들이 뽑은 가장 귀중한 책

223 사람은 무엇으로 사는가
레프 똘스또이 소설선집 | 윤새라 옮김 | 464면

1852년부터 1907년까지, 13편을 선정해 60년에 이르는 똘스또이 작품 세계의 궤적을 담아낸 단편선

224 자살 클럽
로버트 루이스 스티븐슨 소설집 | 임종기 옮김 | 272면

인간 내면에 도사린 본질적 탐욕과 이중성, 죄의식과 두려움을 둘러싼 기묘하고도 환상적인 단편선

225 채털리 부인의 연인 전2권
데이비드 허버트 로런스 장편소설 | 이미선 옮김 | 각 336, 328면

20세기 문학계를 뒤흔든 D. H. 로런스의 문제작. 현대 산업 사회에 대한 비판과 인간성 회복에의 염원이 담긴 작품
- 르몽드 선정 〈20세기 최고의 책〉
- 피터 박스올 〈죽기 전에 읽어야 할 1001권의 책〉
- 2004년 〈한국 문인이 선호하는 세계 명작 소설 100선〉

227 데미안
헤르만 헤세 장편소설 | 김인순 옮김 | 272면

혼돈과 자아 상실의 시대를 살아가는 젊은이들에게 시대의 지성 헤르만 헤세가 바치는 작품
- 1946년 노벨 문학상 수상 작가
- 2004년 〈한국 문인이 선호하는 세계 명작 소설 100선〉

228 두이노의 비가
라이너 마리아 릴케 시 선집 | 손재준 옮김 | 504면
삶 속에서 죽음을 노래한 시인 릴케의 대표 시집 중 엄선한 170여 편의 주요 작품을 소개한 시 선집
- 동아일보 선정 〈세계를 움직인 100권의 책〉
- 고려대학교 선정 〈교양 명저 60선〉

229 페스트
알베르 카뮈 장편소설 | 최윤주 옮김 | 432면
죽음 앞에 선 인간의 고뇌와 역할에 대한 진지한 성찰이 담긴 〈제2차 세계 대전 이후 최대의 걸작〉
- 1957년 노벨 문학상 수상 작가
- 서울대학교 선정 권장 도서 100선
- 국립중앙도서관 선정 청소년 권장 도서 50선

230 여인의 초상 전2권
헨리 제임스 장편소설 | 정상준 옮김 | 각 520, 544면
자유로운 이상을 가진 한 여인의 이야기, 헨리 제임스의 심리적 사실주의를 대표하는 걸작
- 2004년 〈한국 문인이 선호하는 세계 명작 소설 100선〉
- 미국 대학 위원회 선정 SAT 추천 도서
- 서울대학교 선정 〈동서 고전 200선〉

232 성
프란츠 카프카 장편소설 | 이재황 옮김 | 560면
독일인이 뽑은 20세기 최고의 작가 카프카의 3대 장편소설 중 하나
- 2002년 노벨 연구소가 선정한 〈세계 문학 100선〉
- 피터 박스올 〈죽기 전에 읽어야 할 1001권의 책〉

233 차라투스트라는 이렇게 말했다
프리드리히 니체 산문시 | 김인순 옮김 | 464면
니체 철학의 가장 중심적인 사상들을 생동하는 문학적 언어로 녹여 낸 작품
- 국립중앙도서관 선정 고전 100선
- 동아일보 선정 〈세계를 움직이는 100권의 책〉

234 노래의 책
하인리히 하이네 시집 | 이재영 옮김 | 384면
독일을 대표하는 서정 시인이자 혁명적 저널리스트인 하이네의 시집. 실패한 사랑의 슬픔과 인습의 굴레에서 벗어나고자 했던 고아한 시성(詩聖)의 노래

235 변신 이야기
오비디우스 서사시 | 이종인 옮김 | 632면
라틴 문학의 전성기를 대표하는 시인 오비디우스가 그리스 로마 신화를 응집한 역작
- 2002년 노벨 연구소가 선정한 〈세계문학 100선〉
- 서울대학교 권장 도서 100선
- 연세대학교 권장 도서 200선

236 안나 까레니나 전2권
레프 똘스또이 장편소설 | 이명현 옮김 | 각 800, 736면
사랑과 결혼, 가정 등 일상적인 소재를 통해 당대 러시아의 혼란한 사회상과 개인의 내면을 생생하게 묘사한, 똘스또이의 모든 고민을 집대성한 대표작
- 『가디언』 선정 역대 최고의 소설 100선
- 서울대학교 권장 도서 100선

각 권 8,800~15,800원